북한문학사와 고전시가

숭실대학교 한국문예연구소 학술총서 49

북한문학사와
고전시가

조규익

보고사

머리말

　남북한은 말과 글자, 그리고 역사를 공유한다. 그래서 이 땅의 단일민족은 '역사공동체'이기도 하다. 그러나 이질화와 분단의 세월이 길어지면서 역사 또한 양분되고 말았다. 민족에게 남겨진 역사적 사실들은 하나이되, 그에 대한 '해석'이 달랐기 때문이다. 이런 남북한 역사 이질화의 근원은 이념이다. 처음에 통치이념으로 사회주의를 받아들인 북한은 한 발 더 나아가 주체사상을 만들었고, 그로 인해 역사의 이질화는 더욱 심화되었다.

　북한에서 이른바 사회주의적 사실주의나 주체적 사실주의의 잣대는 그런 것들이 없던 시기의 옛 문학이나 지금의 창작문학에 가리지 않고 적용되었다. 옛 문학에 대해서는 해석의 도구로, 지금의 문학에 대해서는 창작과 비평의 원리로! '김일성의 교시', '김정일의 지적'과 함께 제시된 것이 강령으로서의 사회주의 미학 혹은 주체미학이었다. 문학작품이든 문학사이든 획일화의 감옥에 가둬버린 것이다.

　우리 고전시가를 통해 그 실상의 일부나마 확인하는 과정에서 얻은 것이 이 글이고, 일부 학자들이 고창해 온 '통일문학사의 서술'이 허구라는 점도 이 공부를 통해 얻은 결론이다. 북한의 문학사(들)를 이 땅의 다수 문학사들 가운데 하나로 취급해주면 될 일이지, 다양성을 추구해 온 남한의 문학사들까지 굳이 주체미학의 형틀에 묶인 북한식 문학사로 획일화시킬 필요야 있겠는가.

　문학사에도 '시대의 소임'이 주어진다. 시대정신이나 미학을 벗어나기 힘든 것이 문학사라는 뜻이다. 각자 자기 시대의 목소리로 해석한 문학사를 읽으려 하기 때문이다. 통일 후 '문학사 아카이브'에는 지금까지 쏟아져 나온 남한의 문학사들과 주체사상으로 무장된 북한의 문학사(들)가 그들먹하게 들어차겠지만, '문학사 서술의 역사'를 연구하는 극소수의 학자들이나 그것들을 찾게 될 것이다.

　책을 멋지게 만들어주신 보고사 김흥국 사장님과 편집부 이순민 선생께 감사드린다. 아울러, 해외에서 학업을 마치고 패기 넘치는 교수로 뉴욕대학(New York University)에 입성한 큰 아이(경현)와 현대건설에서 훌륭한 기업인의 꿈을 키우고 있는 작은 아이(원정)에게 '아버지의 마음'을 담아 이 책을 건넨다.

을미년 한여름
백규서옥 주인
조규익

차례

ଛ제4부ଓ 총결

:: 제1부 ::

총서

이념적 잣대와 남북의 거리,
왜곡된 옛 노래문학

1.

탁월한 역사철학자 카(E. H. Carr)는 역사의 기능을 다음과 같이 요약, 제시했다.

> 과거는 현재의 빛에 비쳐졌을 때에만 비로소 이해될 수 있는 것이며, 또한 현재도 과거의 조명 속에서만 충분히 이해될 수 있는 것입니다. 인간으로 하여금 과거 사회를 이해시키고 현재 사회에 대한 그의 지배를 증진시킨다는 것이 역사의 이중적 기능인 것입니다.[1]

'과거'란 인간이 남긴 '삶의 자취'이고 '현재의 빛'이란 오늘날을 사는 우리들의 안목이며, '빛을 비추는 것'은 해석 행위다. 과거에 대한 해석을 통해 현재를 알게 되고 현재에 대한 지배력을 높이는 것이 역사

---

[1] E. H. Carr 저, 길현모 역, 『역사란 무엇인가』, 탐구당, 1976, 71쪽.

의 기능이라면, 그런 기능은 역사를 넘어 인간의 본질에 대한 이해를
위해 필수적이다. 사실 '인간이 남긴 삶의 자취'는 해석된 뒤에야 비로
소 의미를 갖게 되는데, 역사 뿐 아니라 문학도 여기에 포함된다. 팔머
(Richard E. Palmer) 식으로 말하면, '문학이란 이해되어야 할 무엇인가
를 언어적으로 표현한 것'인데, '이해에 이르게 하는 행위' 즉 해석을
통해 '의미상으로 익숙하지 못하고 거리감이 있으며 불명료한 어떤 것
을 현실적이고 친숙하며 명료한 것으로 바꾸게 된다'는 것이다.[2] '불
명료 → 명료'는 의미 이해도의 차이를 보여주거나 해석의 정확성이나
효율성을 보여주는 표지라 할 수 있다. 제대로 된 해석의 경우는 명료
하지 못한 것을 명료하게 만들겠지만, 서툰 해석의 경우 필경 명료한
것을 불명료하거나 애매모호하게 만들 것이기 때문이다. 심지어 순수
하지 못한 의도가 전제된 해석의 경우에는 독자들의 이해를 방해하거
나 오도할 수도 있다. '이해란 다른 사람의 사고를 재구성하는 기술'
즉 '이해의 목적은 저자가 갖게 되는 여러 감정의 동기나 원인을 알아
내는 것이 아니라 저자가 행한 언표에 대한 해석을 통해 다른 사람의
사상 그 자체를 재구성하는 것'이란 팔머의 생각[3]을 다시 끌어온다면,
앞서 제시한 바와 같이 과거와 현재의 시간적 의미에 대한 카의 말이나
그에 바탕을 둔 문학사의 기본 이념 역시 팔머 식의 '해석'적 범주를
벗어나지 않는다고 보는 것이다.

　여기서 큰 강줄기와 그에 연결되는 무수한 하천들이 이 땅을 나누듯
해석들의 크고 작은 갈래들이 촘촘하게 문학의 경계들을 구분 짓고
있음을 깨닫게 된다. 의사(擬似) 사회주의 혹은 주체사상을 바탕으로

---

2) 리차드 팔머 저, 이한우 옮김, 『해석학이란 무엇인가』, 문예출판사, 2001, 36쪽.
3) 리차드 팔머 저, 이한우 옮김, 『해석학이란 무엇인가』, 136쪽.

이루어진 전체주의 북한과 자유민주주의 체제의 완성단계를 지향하는 남한이 문학사 즉 '문학작품 해석의 통시적 체계'를 전혀 다른 모습으로 이룩해가고 있는 현실은 이데올로기의 허상에 사로잡혀 민족의 본질을 왜곡시키는 한반도의 아이러니를 극명하게 보여준다. 언젠가 '난데없는' 모습으로 도래할 '통일시대'를 위해 '남북한 통일문학사'의 모델을 제시해야 한다는 부담 아닌 부담을 학자들이 짊어지고 있는 것은 사실이지만, 남한 내의 많은 문학사들이 경쟁을 거쳐 승패가 갈리듯 남한과 북한문학사의 체계 역시 치열한 경쟁을 벌이다가 최종 순간에 승자와 패자가 갈릴 것은 확실하고, 또 그렇게 되는 것이 순리다. 후쿠야마가 갈파한 바와 같이 공산권의 몰락과 함께 종식되었어야 할 '이념 대결의 역사'[4]가 아직도 진행 중인 이 땅의 모든 대결들 가운데 '문학사의 대결' 만큼 흥미로운 것도 없다. 문학작품들의 해석을 통해 현실과 인간의 삶을 극도로 통제하는 이념의 합목적성을 보여주려는 측과, 문학작품들로부터 각각의 시대에 부응하던 현실과 꿈을 자유롭게 해석하여 다양한 미학으로 체계화하려는 측의 대결이 벌어지고 있는 공간이 한반도라 할 수 있기 때문이다. 군사분계선을 두고 남북이 대치하듯 문학사에 대해서도 그러한 것은 아마 한반도가 유일하리라 본다. 일반 역사와 마찬가지로 문학사를 보는 남북의 잣대나 눈은 이처럼 다르다. 현격하게 차이 나는 '남북한 문학사의 차이'도 그들이 습관적으로 관치(冠置)시켜 온 북한문학사의 이념적 대전제로부터 형성된다.

---

4) 프랜시스 후쿠야마 저, 이상훈 옮김, 『역사의 종말』, 한마음사, 1992, 198~217쪽 참조.

2.

북한의 초기 문학사들은 맑스-레닌주의의 사회주의적 사실주의 미학을 대전제로 삼았고, 그 후의 문학사들은 주체사상의 주체적 사실주의 미학을 대전제로 삼았음은 당연하다. 다음의 글들에서 그 점은 확인된다.

〈그림 1〉 1977년 북한 사회과학원 문학연구소가 만든 조선문학사

1) 영광스러운 조선 로동당의 령도 하에 전체 조선 인민이 천리마를 탄 기세로 사회주의의 더욱 높은 봉우리를 향하여 내달리고 있는 오늘, 우리 문학 앞에는 우수한 사회주의적 사실주의 작품을 더욱 많이 창작함으로써 근로자들을 공산주의 사상으로 교양할 데 대한 영예로운 과업이 제기되어 있다.

우리 문예학자 집단은 이 긴절한 현실적 과업에 이바지하고자 오늘 우리의 사회주의적 사실주의 문학의 찬란한 개화 발전을 이루기까지에 우리 문학이 인민과 함께 걸어 온 영광스러운 력사를 맑스-레닌주의적 방법으로 간명하게 서술하여 이에 『조선 문학 통사』를 상, 하권으로 나누어 내여 놓는 바이다.

우리는 이 책을 서술함에 있어서 력사주의 원칙에 립각하여 우리의 진
보적 문학을 관류하고 있는 열렬한 애국주의, 풍부한 인민성, 높은 인도
주의의 전통을 밝히며, 특히 해방 후에 조선 로동당의 정확한 문예 정책
에 의하여 찬란히 개화 발전하고 있는 사회주의적 사실주의 문학의 새로
운 성과와 그의 특성을 명확히 천명하려는 지향으로 일관하였다. 그리하
여 이『조선 문학 통사』는 그 시대 구분에 있어서 종래의 문학사적 저서
들과 구별되는 자기 특성을 가지고 있다.[5]

2) 경애하는 수령 김일성 동지께서는 다음과 같이 교시하시였다.
"우리 민족은 반만년의 유구한 력사를 가지고 있는 단일민족이며 옛날
부터 외래 침략자들과 력대 반동 통치배들을 반대하여 줄기차게 싸워 온
용감하고 패기 있는 민족이며 인류의 과학과 문화 발전에 크게 재능 있는
민족입니다."

(∴)

위대한 수령 김일성 동지와 친애하는 지도자 김정일 동지께서는 문학
사 연구가 사회주의 문화건설에서 가지는 거대한 의의를 깊이 헤아리시
고 이 사업이 불멸의 주체사상에 기초하여 시대의 요구와 인민의 지향,
혁명의 리익에 맞게 올바로 진행되도록 끊임없이 제기되는 모든 리론 실
천적 문제들에 전면적인 해명을 주시였다.

당과 수령의 현명한 령도 밑에 해방 후 조선문학사 연구 사업은 불멸의
주체사상과 주체적 문예사상을 지도적 지침으로 힘 있게 추진되었으며
적지 않은 성과와 경험을 가지게 되었다.

(∴)

친애하는 지도자 김정일 동지께서는 다음과 같이 지적하시였다.
"우리 민족이 먼 옛날부터 발전된 문화를 가지고 독자적으로 살아 온

---

5) 언어문학연구소 문학연구실, 『조선문학통사(상)』, 과학원출판사, 1959, 머리말.

것은 우리 인민의 큰 자랑입니다. 우리는 주체적 립장에서 우리 민족의
유구성과 우리나라 사회 발전의 합법칙적 과정을 옳게 해명함으로써 인
민들에게 민족적 긍지와 자부심을 더욱 높여 주어야 합니다."6)

[이상 밑줄은 인용자]

1)은 주체사상 등장 이전에 발간된『조선문학통사』의 머리말, 2)는
주체사상 등장 이후에 발간된『조선문학사』의 머리말이다. 전자가 출
발기 북한 미학으로서의 사회주의적 사실주의가 지닌 보편적 측면을
강조한 경우라면, 후자는 김일성의 교시와 김정일의 지적이 북한 체제
를 지탱하는 통치 이념의 근원이자 역사 해석의 대전제임을 극명하게
보여준 경우다. 1)의 내용적 핵심은 '사회주의적 사실주의 미학의 당위
성/사회주의적 사실주의 문학관과 맑스-레닌주의 역사관/역사주의
원칙에 바탕을 둔 진보적 문학관으로서의 열렬한 애국주의, 풍부한 인
민성, 높은 인도주의, 사회주의적 사실주의 지향성' 등이다. 즉 이 글
과 함께 책 전체를 관통하는 생각은 역사관으로서의 맑스-레닌주의,
미학으로서의 사회주의적 사실주의, 구체적 내용으로서의 애국주의·
인민성·인도주의 등이다. 그리고 이런 것들의 보편적 기반은 '역사주
의 원칙에 바탕을 둔 진보적 문학관'이라는 것이다. 이 경우 역사주의
란 '사회에도 자연에서처럼 필연적 법칙이 있으며, 이에 대한 인식을
통해 미래를 예측할 수 있다는'7), 이른바 그들 나름의 합법칙적 관점
이다. 자신들의 이념이나 미학이 진보적이라는 북한 통치자들의 신념
도 '예측 가능한 역사주의 원칙'에 기반을 두고 있다는 착각에서 나온

6) 정홍교,『조선문학사 1』, 사회과학출판사, 1991, 1~3쪽.
7) 손철성,『『독일 이데올로기』연구』, 도서출판 영한, 2007, 62쪽.

것이다. 집단생활이나 사회 환경을 바탕으로 이루어지는 전형화, 인간의 인식 행위를 본질적 반영과정으로 보고 인식을 인간의 의식 속에 객관적 실체가 반영된 것으로 보는 반영론 등이야말로 가장 발전적인 미학이라는 관점을 바탕으로 우리의 고전문학을 해석해 온 도구이자 의식의 패러다임이다.

2)에 제시된 김일성의 교시나 김정일의 지적에도 논리의 출발이나 바탕만 약간 다를 뿐 1)과 크게 다르지 않은 미학적 논리의 단서가 들어있다. 김일성이 창시했다는[8] 주체사상의 시대에도 여전히 사회주의적 사실주의는 변함없이 그들 이념의 바탕을 형성하고 있음이 확인되는 것이다. 역사[혹은 문학사] 서술의 원칙이 추출되고, 그 원칙으로부터 목적이 수립되며, 수립된 목적을 바탕으로 문학작품·작가·문학적 사건[혹은 역사적 사건·인물] 등을 선택·해석하여 통시적으로 체계화시킴으로써 문학사가 서술되는 과정을 거치는 점이나, 그런 단계와 과정을 거쳐 서술된 문학사가 김일성의 교시나 김정일의 지적을 새롭게 보강하는 피드백의 반복을 보아도 그들이 새롭게 내세우고자 한 이념적 기술의 본질을 알 수 있는 것이다. 헤겔은 '세계의 보편적 원리로서의 역사이성과 바로 이 이성을 특수적·개별적 관심과 의도와 목적에 따라 관철시켜 나가는 실천의 힘을 동시에 걸머쥐고 이끌어 나간다는 점에서 이른바 이성의 교지(狡智)가 역사의 추동자로 대체된다'[9]고 보았는데, 좋게 보아 북한의 통치자들이 자신들의 역사 혹은 문학사에서 추동력으로 보고 있는 '주체적 입장이나 외래 침략자들 혹은 반동 통치배들에 대항해 온 민족정신'이야말로 헤겔이 이야기한 '역사의 이성'을

---

8) 김정일, 『주체사상에 대하여』, 조선로동당출판사, 1991, 1쪽.
9) 임석진, 「헤겔 역사철학의 근본문제」, 『헤겔연구』 3, 한국헤겔학회, 1986, 13쪽.

살짝 바꿔치기한 개념으로 간주될 수도 있을 것이다. 말하자면 사건 혹은 행위 자체의 내부에서 이끌어 가는 정신으로서의 '역사의 이성'을 김일성과 김정일은 민족의 재능과 '주체적 입장의 문화 혹은 합법칙적으로 발전해온 과정' 자체로 바꾸어 놓았다는 것이다. 여기서 구체화되는 주체사상이 북한의 일반 역사 기술뿐 아니라 문학사 해석의 유일한 잣대로 활용되고 있음을 확인할 수 있다. 김일성의 이른바 '조선민족 제일주의'는 '우월성의 근거를 생물학적 요인 대신 사상·전통·역사에서 찾으려는'[10] 입장인데, 우리 민족의 우수성을 역사 해석의 근거나 전제로 제시한 셈이어서 자칫 '자민족 제일주의' 같은 배타적 민족주의로 연결될 가능성이 크다.[11] 그에 대한 구체적인 설명이 인용문 2)로 제시한 김정일의 '지적'이다. '먼 옛날부터 발전된 문화를 갖고 독자적으로 살아왔다는' 사실을 바탕으로 '우리 민족의 유구성과 사회 발전의 합법칙적 과정을 밝힘으로써 민족적 긍지와 자부심을 더욱 높여야 한다'는 것인데, 그 사고의 전제로 제시한 내용이 바로 '주체적 입장'이고, 그것을 체계화시킨 내용이 이른바 '주체사상'이다.

---

10) 정치학대사전편찬위원회, 『21세기 정치학대사전(하)』, 아카데미아 리서치, 2002, 네이버 지식백과.

11) 물론 그들도 그렇게 되는 것을 극구 경계한 것은 사실이다. 즉 "우리 민족이 제일이라고 하는 것은 결코 다른 민족을 깔보고 자기 민족의 우월성만 내세우라는 것이 아닙니다. 우리 공산주의자들이 민족주의자로 될 수는 없습니다. 공산주의자들은 참다운 애국주의자인 동시에 참다운 국제주의자입니다. 내가 우리 민족 제일주의를 주장하는 것은 자기 민족을 가장 귀중히 여기는 정신과 높은 민족적 자부심을 가지고 혁명과 건설을 자주적으로 해나가야 한다는 것입니다. 자기 민족을 깔보고 남을 맹목적으로 숭배하는 사람들은 자기 당과 인민에게 충실할 수 없으며 자기 나라 혁명에 대하여 주인다운 태도를 가질 수 없습니다."[김정일, 『주체사상에 대하여』, 149쪽]라는 언급만 보아도 그들 나름으로 '자민족제일주의'가 가져올 수 있는 문제를 분명히 인식하고 있었음을 알 수 있다.

유물론과 관념론, 변증법과 형이상
학 등 상반되는 두 조류의 투쟁을 통해
과거의 세계관은 발전되었는데, 그 과
정에서 유물론과 변증법의 승리를 이
끌어낸 맑스주의를 바탕으로 근로인민
대중이 민족해방·계급해방·인간해방
의 역사적 위업을 성공적으로 실현해
나갈 수 있게 한 새로운 세계관이 바로
주체사상이라는 것이다.[12] 그로부터
나온 것이 주체미학이니 북한문학사의
작품 해석은 이 범주 안에서 이루어지
게 된 것이다.

〈그림 2〉 2012년에 나온 『조선문학사 16』

3.

북한문학사에서 해석적으로 다루어진 고전시가들을 살피고, 그 보
충논의로 고전시가사 시기 구분의 전제로 거론할 수 있는 '전환점'의
모색 및 통일 이후 한국문학사 서술의 단일화 가능성을 찾아보고자
하는 것이 본서의 목적이다. 사실 고전문학사 서술의 맥락이나 해석의
방향이 현저하게 다를 경우 남북 문학사의 대화는 분명 쉽지 않을 것이
다. 이 책의 제2부에서 재론되겠지만, 예컨대 송강 정철의 〈관동별곡〉
에 대한 해석을 이곳에서 먼저 살펴보기로 한다.

---

12) 김정일, 『주체사상에 대하여』, 82~83쪽 참조.

북한문학사의 저자들은 〈관동별곡〉을 해석하면서 긍정적인 측면과 부정적인 측면을 교차시키고 있는데, 그것이 일견 관점의 객관성으로 이해될 수는 있을 것이다. '우리나라의 산천이 중국의 그것보다 못하지 않다'는 요지의 표현은 '애국적 감정과 민족적 긍지'를 부각시킨 '긍정적 측면'으로서 송강이 갖게 된 두 가지 감정[비로봉 등정에서 느낀 감정/십이폭포를 보고 느낀 감정]을 해석한 결과로 본 점은 일견 수긍할만하기 때문이다. 그러나 그들이 '동산 태산이 어나야 높돗던고~넙거나 넙은 천하 어찌하여 적단 말고'란 표현에 대하여 '비로봉이 결코 동산(東山)이나 태산(泰山)보다 못하지 않다는 것'을 강조했다고 말한 점은 납득하기 어렵다. 금강산의 비로봉 꼭대기에 오른 화자가 눈 아래 세계를 내려다보며 '공자가 동산과 태산에 올라 노나라와 천하를 작게 여겼다'는 맹자의 설명을 떠올리면서 그에 관한 자신의 감동을 술회한 것이 바로 이 부분이다. 즉 '비로봉 상상두에 올라 본 사람이 그 누구인가/동산 태산과 비로봉, 그 어느 것이 높은가/노국 좁은 줄도 우리는 모르는데/넓디넓은 천하를 어찌하여 작다고 하셨는가'라는 탄식이 바로 이 내용인데, 북한의 학자들은 화자가 비로봉과 '동산·태산'의 높이를 비교하여 우리나라가 중국에 비해 못하지 않음을 강조함으로써 '애국적 감정과 민족적 긍지'를 표출하는 데 주안점을 두었다고 했다.

과연 그럴까? 작자 정철은 누구도 오르기 힘든 비로봉 상상두에 올랐다는 점, 그곳에 오르니 사방 천지가 모두 내려다보인다는 점 등에 대하여 벅찬 감동을 노래하고 있을 뿐, 중국과의 비교를 통해 애국적 감정이나 민족적 긍지를 표출한 것으로 볼 수는 없다. 그 옛날 동산과 태산에 올라 노국과 천하를 작다고 여긴 공자의 경지를 거론하며 새삼 탄복한 것도 비로봉 상상두에 올라 느끼는 감동의 극대화였을 따름이다. 높은 곳에 올라 아름다운 천하를 내려다보고 서 있는 화자로서는 '그 자체'가 의미 있었던 것이고, 동산과 태산에 올랐던 공자의 선례에 비견되는 자신의 모습에 벅찬 감동을 느낀 것이었을 뿐, 당시로서는 가지고 있지도 않았을 '국가나 민족 감정'을 토로했을 리 만무한 것이다. 무엇보다 그 당시가 '조공과 책봉' 관계 아래 중세의 보편적 질서관념이 중국과 조선을 하나의 균질적인 시공으로 인식하던 시기였음을 감안하면 더욱 그렇다.[13]

이처럼 전제로 제시한 이념에 사로잡혀 논리적 모순이나 무리를 피할 수 없게 된 것이 북한문학사들의 해석이 드러내는 단점이다. 그런 모순을 오류로 인식하지 않은 것은 자신들의 이념이 갖고 있는 완벽성에 대한 믿음 혹은 이념을 기반으로 체제가 유지되어야 하므로 이념의 무오류성을 지켜야 한다는 의무감 때문이었을 것이다. 보편적 가치판단을 기준으로 북한문학사의 해석들을 신뢰할 수 없으면서도 그 나름의 체제 내적 합리성이나 합목적성을 갖는 이유를 그런 점에서 찾아볼 수 있다. 이처럼 북한의 문학사들이 동시에 보여주는 합리성과 불합리성을 고전시가들에 대한 해석에서 찾아보고자 하는 것이다.

---

13) 조규익, 「조선 지식인의 중국체험과 중세보편주의의 위기」, 『온지논총』 40, 사단법인 온지학회, 2014, 40~43쪽 참조.

:: 제2부 ::

북한문학사와 고전시가

제1장

북한문학사와 상고시가

1. 상고시가와 문제의식

남한의 학자들은 '상고시가', '상대시가' 혹은 '고대가요[고대시가]'라는 명칭을 오래전부터 사용해 왔고, 그런 범주들을 대표하는 노래로 〈구지가(龜旨歌)〉·〈공무도하가(公無渡河歌)〉·〈황조가(黃鳥歌)〉를 드는 것이 일반적이다.[1] 비록 한시 형태이긴 하나 문헌상에 기록으로 남아 있다는 점, 향가와 비슷하게 배경설화를 갖고 있으나 노래의 성격이나 창작 시기가 향가 이전이라는 점 등에서, '고대'나 '중세 이행기' 이전 단계에 해당하는 '상고'의 시간적 표지(標識)를 부여했으리라 본다. 〈구지가〉는 가락국 건국 이전부터 불려온 노래로 추정되고, 〈공무도하가〉는 고조선의 노래이며, 〈황조가〉는 고구려 초기 혹은 그 이전의 노래라는 점에서 이것들을 함께 엮는 시대적 스펙트럼이 단순치 않다. 무엇보다 장르적으로 향가이자 생산자[혹은 생산계층]의 측면에서 '개인 서정가요의 출발'로 볼 수 있는 유리왕 대의 〈두솔가(兜率歌)〉와 시기적

---

1) 정병욱, 『증보판 한국고전시가론』, 신구문화사, 1985, 46~64쪽; 김동욱, 『國文學史』, 일신사, 1986, 25~36쪽; 조동일, 『제4판 한국문학통사 1』, 지식산업사, 2005, 104쪽; 김영수, 『古代歌謠硏究』, 단국대학교 출판부, 2007, 29~61쪽 등의 연구 참조.

으로 겹친다는 점2)에서 노래의 형태나 기능, 장르적 성격이 향가와 크게 구분될 수 있는 것들인지 분명치 않다. 더구나 '1세기부터 창작되기 시작한 집단적 노동민요들이 향가의 원천이 되었다는 점, 향찰식 기사법(記寫法)이 고안되면서 향가는 개인들에 의한 창작시의 형태로 나타났다는 점, 따라서 다수 작품들의 공통적 기사(記寫) 수단 즉 향찰이야말로 어학적으로는 중요한 의의를 가지나 문예학적으로는 부차적이라는 점' 등3) 북한의 관점을 감안한다면 '상고시가'의 장르적 독립성을 재고할 여지도 없지 않다.

'인민성'과 '노동계급성'을 강조해온 북한 학계의 이념적 속성상 '피지배 근로계층의 집단적 노동민요'를 중시하는 것은 당연하다. 무엇보다 생산과 소비 과정의 공동체적 성격을 기반으로 하던 인류 역사 초창기의 보편적 양상을 감안하면, 구체적인 내용을 확인할 수 없는 이 시기에 많은 노래들이 만들어지고 향유되던 미학적 기반을 강조하는 북한 학계의 입장은 수긍되는 면이 있기 때문이다. 북한의 문학사들 모두 주체사상 이전에는 '역사주의 원칙에 입각하여 애국주의, 인민성, 인도주의의 전통을 밝히고, 사회주의적 사실주의 문학의 새로운 성과와 그의 특성을 명확히 천명하려는 지향'4)을 서술의 모토로 제시했으

---

2) 남한의 학계에서는 유리왕대의 〈두솔가〉를 다양하게 보았다. '上古 종교의식의 祝詞와 近古 서정요의 중간형식으로서, 民俗歡康·時和年豐을 구가하거나 임금의 어진 정사를 칭송한 민중의 노래 즉 농민의 노래인 동시에 羅代의 國風·雅頌의 남상'이라는 양주동[『增訂 古歌硏究』, 일조각, 1981, 17쪽]의 견해가 있고, 악장으로 본 김흥규[『한국문학의 이해』, 민음사, 1986, 109쪽]·조동일[『제4판 한국문학통사 1』, 144쪽]·김영수[『古代歌謠硏究』, 233~268쪽] 등의 견해가 있으며, 삼국시대 예술의 사뇌격 시대를 개화시킨 〈두솔가〉와 신열악이 일정한 곡조와 악기의 연주를 수반하는 창작음악을 일컫는 가악의 시발이라는 점에서 역사상 처음 등장한 본격 창작음악으로 본 조규익[「韓國古典詩歌史' 서술방안(2)」, 『韓國詩歌硏究』 1, 한국시가학회, 1997, 158쪽]의 견해도 있다.

3) 과학원 언어문학연구소 문학연구실, 『조선문학통사(상)』, 과학원출판사, 1959, 37~39쪽.

며, 주체사상 확립 이후에는 '주체사상을 바탕으로 우리나라 문학발전
의 합법칙적 과정을 연구하고 체계화해야 한다.'5)는 원칙을 덧붙임으
로써 문학사를 자신들이 지향하는 '주체적 사회주의 혁명'의 한 도구로
보는 관점을 노출시키기도 했다.

　여기서는 『조선문학통사(상)』·『조선문학사(고대중세편)』·『조선문학
사 1』 등을 중심으로,6) 〈구지가〉·〈공무도하가〉·〈황조가〉 등과 함께
그것들의 콘텍스트라 할 수 있는 상대 가요문화의 전개를 북한문학사
들은 어떻게 기술하고 있는지 살펴보기로 한다.

---

4) 『조선문학통사(상)』, 머리말 참조.

5) 사회과학원 문학연구소, 『조선문학사(고대중세편)』, 과학백과사전출판사, 1977, 머리말.

6) 거의 모든 북한의 문학사들은 '(사회)과학원 문학연구소'와 '김일성 종합대학 조선어문
학부' 등의 기관에서 출판되었기 때문에 집체 창작이 대부분이지만, 필자의 이름을 밝힌
경우도 있다. 각각의 모두(冒頭)에 제시되는 김일성의 교시나 김정일의 지적 아래 사회
주의적 사실주의나 주체 사실주의를 기본 미학으로 한다는 점에서 비록 개인이 저술했
다 하더라도 개인적 관점이 반영될 소지는 거의 없다고 할 수 있다. 이 글에서 분석의
대상으로 삼는 3종의 문학사는 사회과학원 문학연구소(혹은 주체문학연구소)에서 시기
를 달리하여 펴낸 것들이다. 1959년에 출판된 『조선문학통사』(상/하)[이 글에서는 『조
선문학통사(상)』를 사용]는 주체사상 등장 이전의 문학사, 1977년에 출판된 『조선문학
사』(전 5권)[이 글에서는 『조선문학사(고대중세편)』를 사용]는 주체사상 등장 이후의
문학사, 1991년부터 출판되기 시작한 『조선문학사』(전 15권)[이 글에서는 『조선문학사
1』을 사용/2012년에 발간된 『조선문학사 16』은 본서의 분석대상에서 제외함.]는 주체사
상 확립기의 문학사. 모두 집체창작의 형식을 취하고 있지만, 『조선문학사』 전 15권
가운데 『조선문학사 1』은 집필자[박사 정홍교]를 밝혔는데, 그렇다 해서 그의 개인적인
사관이나 견해가 북한의 이념체계를 벗어난 것은 아니었다. 따라서 1950년대부터 1990
년대까지 같은 기관에서 출판된 이 3종의 문학사에는 개인 저술들과 달리 북한의 이념
적 진화가 비교적 정확하게 반영되어 있고, 그에 따른 문학사 서술의 관점 역시 비교적
정연하게 들어 있는 것으로 보인다. 10여 종에 이르는 것으로 추정되는 북한의 문학사들
가운데 3종을 선택하여 분석의 대상으로 삼은 것도 그 때문이다.

2. 상고시가 콘텍스트와 해석의 양상

1) 주체사상 이전의 경우

'원시종합예술의 상태를 벗어나지 못한 노동요이자 의식요로서의 〈구지가〉, 원시종합예술 단계를 벗어난 노래의 성립을 보여주는 〈공무도하가〉와 〈황조가〉, 작품은 전해지지 않으나 주술적인 기능이 청산된 독립적인 가요 〈두솔가〉' 등을 원시종합예술의 상태에서 개인작의 서정시 발생까지 한국 시가사의 첫 시기에 이루어진 노래들로 보는 것[7])이 남한 학계의 일반적인 견해다.

이 세 노래들을 향가나 이른 시기의 한시 등 공존하던 당대의 시가들 혹은 가사부전의 시가들과 별도의 범주로 처리해 온 남한의 문학사들과 달리 북한의 문학사들은 이 노래들을 유리왕 대 〈두솔가〉로부터 출발된다고 보는 향가나 이른 시기의 한시 혹은 가사부전의 시가들과 함께 거론하거나 공존하던 상황을 중시한다. 이 점과 함께 당대 인민들의 삶이나 역사를 담은 신화 혹은 고대국가의 정치 등을 상고시가의 콘텍스트로 다룰 수 있을 것이다.

주체사상 등장 이전『조선문학통사(上)』의 집필자들은 당시 조선의 영토 안에 거주하던 여러 원시 종족들 사이에 예술적 완성도가 높은 집단적 가무가 성행하고 있었다는 사실을 주목했다. 집단노동과 의식(儀式) 등 생활 속에서 각종 구전 가요들이 만들어졌고, 그런 노래들이 집단의 염원이나 기쁨, 기원 등을 담고 있다는 것이다. 그들은 '여러 종족들이 대체로 동일한 사회·경제적 구성과 사회생활 양식들을 갖고 살았기 때문에 공통적인 내용과 특성을 보여주었다는 점, 〈영신가〉(즉

---

7) 서울대학교 동아문화연구소,『국어국문학사전』, 신구문화사, 1981, 82쪽.

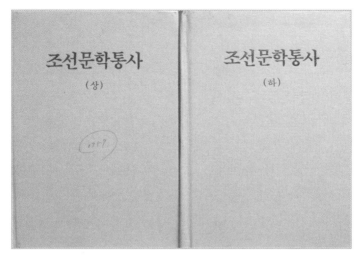

〈그림 3〉 1959년 북한 과학원 언어문학연구소 문학연구실에서 발간한
『조선문학통사』(상·하)

〈구지가〉는 그 예의 하나이며, 신라 가악으로 창작된 〈두솔가〉도 노동 인민들 속에 불리던 집단적 노동민요, 즉 두레노래라는 점, 집단적 구전 가요의 전통이 개인 창작시가의 발생에 직접적인 토대나 원천이 되었는데, 계급국가 형성에서 핵심 역할을 담당한 종족들의 노래가 그 지방의 가요적 특성들이나 시적 형식·운율 등에 큰 영향을 주었다는 점, 각 종족 내부에서 평등을 바탕으로 한 집단생활 양식이 붕괴되고 불평등한 관계가 조성되다가 계급적 모순의 첨예화를 거쳐 국가가 형성되자 필연적으로 자기 계급의 이해관계를 대변할 이데올로그의 출현을 요구하게 되었는데, 노래나 시가에서도 마찬가지였다는 점, 계급사회 출현 이후에도 인민들의 사상 감정을 표현하기 위한 구전시가들은 계속 만들어졌으나 개인 서정시가 대세였고 그 한 예가 〈황조가〉라는 점, 〈견우중문시(遣于仲文詩)〉 같은 반침략 투쟁과 애국주의 사상을 반영한 한시, 〈물

계자가(勿稽子歌)〉·〈실혜가(實兮歌)〉 등 정치생활과 사상을 표현한 국
어노래, 〈서동요〉나 〈천관원사(天官怨詞)〉 같은 연정 테마의 노래, 〈해
론가(奚論歌)〉·〈양산가(陽山歌)〉 등 애국주의 사상 고취와 국가에 대한
희생정신 배양을 위한 노래들도 지어져 불리고 있었다는 점 등을 이
시기 노래문화의 맥락과 구체적인 작품들의 예로 제시했다.[8]

　　노동이나 의식을 중심으로 하는 집단생활을 반영한 〈구지가〉의 단
계에서 개인 창작시가의 단계로 막 넘어가는 곳에 〈두솔가〉가 있었고,
그로부터 한시와 향가를 중심으로 하는 개인 창작 시가들이 앞 시대에
서 지속되어오던 집단 가요들과 공존하는 시대적 맥락을 형성했다는
것이 그들의 시각이었다. 노래에서 확인할 수 있는 그런 변화는 원시
씨족 공동사회에서 계급을 바탕으로 하는 부족국가로, 부족국가에서
계급적 모순의 첨예화를 거쳐 고대국가로 상승하면서 각자 자기 계급
의 이해관계를 대변하는 이데올로그의 출현을 자극한 것은 시가의 창
작에도 마찬가지였다는 것이다. 그 과정에서 출현한 개인적 서정시의
대표가 〈황조가〉이며, 반침략 투쟁과 애국주의 사상을 표출한 한시도,
정치생활이나 사상을 표출한 국어노래도, 개인적인 사랑의 감정을 표
출한 노래들도 생겨나 이것들이 당대 노래문화의 콘텍스트를 형성했
다고 보았다. 말하자면 개인에서 집단을 거쳐 국가로 나아가는 과정을
통해 계급관념이 도입되었고, 그런 상황에서 불가피하게 지배와 피지
배 간의 계층 갈등, 외세의 침략에 대한 투쟁의식이 작품에 표현될 수
밖에 없었다는 것이다.

　　이런 노래들이 처음 만들어지고 나서 상당기간 지속된 후에는 한문

---

8) 『조선문학통사(상)』, 17~19쪽 참조.

으로 번역·기록되기도 하고, 향찰 같은 서사법이 고안됨으로써 '우리
말 노래'로 존속되기도 했으며, 일부는 원래의 모습대로 구전을 통해
지속된 것들도 있었으나, 구전만으로는 한계가 분명했다. 그래서 많은
국어노래들이 지어졌음에도 불구하고 문헌들에는 가명(歌名)들만 적혀
있는데, 이런 상황에서 출현한 것이 향찰 표기법으로서 그것이 국어
시가를 서책에 기사할 수 있도록 했을 뿐 아니라 '읊던 시가'에서 '쓰는
시가'에로의 전환을 초래하기도 했다는 것이다.9)

2) 주체사상 이후의 경우

주체사상 이후의 문학사들에서도 이런 관점은 지속되지만, 좀 더
구체적이며 풍부한 고고학적 자료들을 바탕으로 했을 뿐 아니라 '김일
성의 교시들'10)이 강령으로 직접 제시되었다는 점에서 앞 시기보다 좀
더 강한 이념 지향적 의도를 드러냈다. 원시사회와 문화예술의 기원에
대한 설명을 통해 우리 민족의 우수함과 함께 우리나라의 원시사회가
이미 구석기 시대 전기에 시작되었음을 밝힌 것이다. 특히 원시공동체
주민들의 집단 노동과 공동생활에 근원을 두고 있는 원시가요는 춤과
밀접하게 결합된 원시가무의 형태로 발생했고, 그로부터 분리되어 독
자적인 문학형태로 발전하게 되었다고 했으며, 그 사례로 〈구지가〉를
들기도 했다.

---

9) 『조선문학통사(상)』, 20쪽.
10) 『조선문학통사(고대중세편)』, 3~15쪽 참조. 우리 민족의 우수성이나 언어·풍습의 동
질성, 문학예술의 역사적 전통, 예술 창작의 근원적 요소인 근로자들의 노동 등이 김일성
교시의 주된 내용이다. 말하자면 이런 여러 요소들이 복합되어 주체사상이나 미학을
형성한다는 뜻일 것이다.

'가야 지역 원시인의 신화에 토대를 두고 이루어진 것이 가야국 건국
설화이며 〈구지가〉도 그 때 사람들이 불렀다는 점, 종족을 형성한 씨족
의 우두머리들은 한 곳에 모여 종족 장을 뽑고 종족평의회를 구성했으며
평의회의 지도 밑에 제천의식과 종족모임을 진행했는데, 그 때마다 종족
의 성원들은 연일 노래 부르고 춤추며 즐겼다는 점, 가야국 건국설화는
종족 형성 시기의 현실을 반영하고 있고 9명의 간(干)들은 한 혈통에서
갈라진 씨족의 우두머리들이었으며 설화에서 대왕이라고 한 것은 선출
된 종족 장이었다는 점, 9명의 씨족 우두머리들이 각기 자기 무리를
이끌고 구지봉에 모인 것은 종족 장을 선거하기 위한 것이며 〈구지가〉는
종족모임을 한 다음 춤추며 즐길 때에 부른 노래들 중의 하나였다는
점, 구지봉과 〈구지가〉는 연관을 갖고 있으며 가야 종족들이 모인 장소
와 그들이 부른 노래를 특징짓는 거북은 가야 종족의 원시신앙 즉 토템
사상과 밀접히 연관된다는 점, 〈구지가〉에는 사냥과 목축을 위주로 하
던 가야 종족의 생활과 지향이 담겨 있다는 점, 〈구지가〉를 원시가요라
고 하는 것은 그 내용이 원시신앙과 결합된 집단 노동가요의 성격을
띠고 있고 그 형식이 극히 단순 소박하기 때문이라는 점' 등11)을 가야국
의 정치상황과 결부되는 〈구지가〉의 성격이나 배경으로 들었다.

　한역(漢譯)이긴 하지만, 분절이나 후렴 없이 집단 노동에서의 성과를
바라던 그들의 기대나 지향을 몇 줄의 시행으로 갈라 표현한 〈구지가〉
의 4구체 형식은 단순 노동 현장에서 단순한 외침의 단계를 벗어나
진일보한 것으로 보았다. 즉 원시신앙과 결합된 집단 노동가요의 성격
혹은 그 내용과 형식의 단순 소박성 등이 이 노래의 기본 특성으로서

---

11) 『조선문학사(고대중세편)』, 10~11쪽.

〈구지가〉를 원시가요로 인정할 수 있는 근거라는 것이다.[12] 집필자들은 특히 〈구지가〉의 콘텍스트로 제시된 건국신화에 대하여 '원시인들에 의해 창조된 신화들은 고대국가의 형성과 함께 당시 사회현실에 맞게 건국신화로 재구성되었다는 것, 그 건국신화는 통치계급의 권력과 국가를 정당화하고 신성화하는 데 이용되었다는 것' 등[13]으로 설명했다. 콘텍스트로서의 건국신화에 삽입된 〈구지가〉를 원시가요로 간주하는 것은 이 노래를 원시 신앙과 결부된 집단 노동요로 볼 수 있기 때문이다.

이런 고대 건국신화에 삽입되었으면서도 원시가요인 〈구지가〉와 다른 것이 '고대 노예 소유자 사회'[14]인 고대국가의 출현과 함께 등장한 서정가요로서의 〈공후인〉이다. 노예 소유자 사회의 현실에 토대하고 개인의 정서와 감정을 반영한 〈공후인〉은 원시가요 〈구지가〉와 달리 계급사회의 현실에서 사는 사람들의 생활처지와 사상 감정에 기초하고 있으며,[15] 〈황조가〉는 '이 땅에서 처음으로 봉건사회가 출현한' 삼국시대 고구려의 서정가요라는 것이다.[16] 이처럼 건국신화에 끼어들어 있지만 원시시대의 집단노동가요이자 의식요인 〈구지가〉, 고대 노예 소유자 사회의 서정가요인 〈황조가〉, 봉건사회 고구려의 서정가요인 〈황조가〉 등으로 주체사상의 단계에 이르러 상고시가들의 성격은 좀 더 구체적이고 분명한 모습으로 설명된다.

---

12) 『조선문학사(고대중세편)』, 11~12쪽.

13) 『조선문학사(고대중세편)』, 13~15쪽.

14) 『조선문학사(고대중세편)』, 25쪽.

15) 『조선문학사(고대중세편)』, 27쪽.

16) 『조선문학사(고대중세편)』, 37쪽.

『조선문학사 1』은 주체사상 확립기의 문학사인 만큼 앞 단계 문학사들의 기조를 이어받되 '김일성의 교시'와 '김정일의 지적'[17]을 근거로 하는 '우리민족 제일주의'[18]의 주체이념이 강조되는 서술양상을 보여준다. 특히 고고학적 연구결과를 근거로 우리의 원시사회가 다른 어느 지역보다 먼저 우수하게 출발되었음을 강조한 것은 앞 시기의 문학사들과 달라진 점이다. 즉 '평양시 상원군 검은모루에서 발굴된 원시유적을 토대로, 약 100만 년 전인 구석기 시대 전기에 돌로 노동 도구를 만들어 채집과 수렵에 이용한 초기 원시인 집단이 생겨나 살고 있었다.'는 고고학적 연구결과나 추정을 논의의 출발점으로 삼고 있는 점이 주목된다.[19] 이러한 민족사의 장점과 민족의 우수성을 바탕으로 문학과 문학사가 우수하다는 증거를 '유구하고 우수한 우리 민족의 초창기 노래문학이 그들이 주창한 주체문예의 핵심적 이론에 부합한다[20]는 점'에서 찾고자 했다. '인민대중이 세계의 주인으로 등장하여

---

17) 『조선문학사 1』, 7쪽의 "조선민족은 오랜 력사와 빛나는 문화전통을 가진 우수한 민족입니다."[『김일성저작집』 3권, 305쪽], "반만년의 유구한 력사를 통하여 우리 인민은 민족문화를 찬란하게 발전시켜왔으며 이 과정에 다양하고 아름다운 민족예술형식을 창조하여 왔다."[김정일, 『영화예술론』, 279~280쪽] 등 참조. 전자를 '김일성의 교시', 후자를 '김정일의 지적'이라 했다.

18) 김정일, 『주체사상에 대하여』, 조선로동당출판사, 1991, 84쪽.

19) 피터 왓슨(Peter Watson)은 구석기 시대 가운데 가장 초기 단계를 '전기 구석기(前期舊石器, Lower Paleolithic)'로 규정하고, 약 250만 년 전~10만 년 전 사이의 기간으로 보았다. 이 기간은 인류 최초로 분업이 이루어졌다는 증거와 석기의 사용에 관한 고고학적 기록에 나타나는 시점으로부터 중기 구석기 시대로 이어지는 중요한 기술적인 변혁이 나타날 때까지다.[남경태 역, 『생각의 역사: 사람이 알아야 할 모든 것』, 들녘, 2009, 50쪽] 북한의 학자들이 상원군 검은모루 유적의 편년을 100만 년 전으로 잡은 것은 이 지역의 구석기 문화가 매우 이른 시기에 이루어진 것으로 보았기 때문이다. 북한 정권은 이것을 주체사상의 바탕으로 활용하여 자신들의 정통성을 강변했고, 문학사가들은 그것을 우리 민족의 유구성과 우수성의 근거로 수용했음을 알 수 있다.

20) 『조선문학사 1』, 12~13쪽.

자기 운명을 자주적으로, 창조적으로 개척해나가는 우리 시대, 주체시대의 요구를 정확히 반영하고 있으며 새 시대의 요구와 인민대중의 지향에 맞는 참다운 혁명적이며 인민적인 문학예술, 새로운 사회주의, 공산주의 문학예술 발전의 앞길을 환히 밝혀주는 강령적 지침'[21]이 바로 그들의 주체적 문예사상이다. 인류사회의 초창기부터 삶을 시작하여 단일 혈통으로 유구한 역사와 우수한 문화를 창조해온 사실이야말로 주체사상의 논리적 근거일 뿐 아니라 주체문예의 핵심적 바탕이며 주체문예의 논리를 바탕으로 원시 문학이나 가요의 본질을 해석하고자 한 것이 문학사 집필자들의 관점이었다. 말하자면 이들이 영위하던 집단적 삶 자체에서 산출된 모든 예술들이 주체문예적 관점의 분석 대상이었던 것이다.

'원시 주민들의 집단적 노동과 정신생활에 바탕을 둔 감정과 사상을 예술적으로 구현한 원시가요나 신화는 문학의 원초 형이었다는 점, 원시가요는 씨족공동체의 성원들이 힘겨운 노동과정에서 더 많은 성과를 거두려는 지향과 욕망에서 나온 집단적 외침소리로부터 시작되었다는 점, 옛 문헌들과 고고학적 유물은 조선의 원시종족들이 노래와 춤을 즐겨 일찍부터 많은 노래들을 창작하였으며 그 수준도 당시로서는 높았음을 시사해주고 있으나 그 흔적을 볼 수 있는 것으로 남은 것은 〈구지가〉 한 편뿐이라는 점, 국가 형성 이전 가야 지방에 살고 있던 원시 종족집단에 의해 창조되고 오랜 기간에 걸쳐 전승되어 오던 신화의 유산을 바탕으로 꾸며졌으며 〈구지가〉도 그 때 원시종족들 속에서 불린 노래라는 점, 후대의 수로부인 전설에 삽입되어 있는 〈바다

21) 사회과학원 주체문학연구소, 『문학예술사전(중)』, 과학백과사전종합출판사, 1991, 557쪽.

의 노래〉 즉 〈해가〉는 〈구지가〉에 기초하여 가사의 내용을 현실세계
에 대한 사람들의 이해와 인식이 훨씬 깊어지고 자연 정복의 투쟁이
강화된 새로운 역사시대의 생활지향과 요구에 맞게 보충하고 전개시
킨 것이라는 점, 〈구지가〉는 신화적 요소들을 내포하고 있고 고대가요
에 비해 보다 단순·소략하며 분절·후렴구·감탄구 등이 없어 〈공후
인〉보다 훨씬 이전인 원시 말기 주민들 가운데 창조되고 가창된 원시
집단가요라는 점, 〈구지가〉는 넉 줄의 짧고 미숙한 노래로서 조선 민
요의 시초형식과 가요 창조의 역사적 유구성을 밝히는 데 귀중한 유산
이라는 점, 자연 현상들과의 연관 속에서 인간의 시원을 해석하고 운
명개척의 지향과 삶에 대한 요구를 이해하려는 욕망에 바탕을 둔 신앙
의 일종으로서 토템이 나왔으며, 신화나 〈구지가〉 등의 원시노래들에
토템숭배사상이 반영되어 있다는 점, 이 시기 신화들에 반영된 생활은
수렵과 목축, 농사를 위주로 하면서 정착생활을 하고 있던 씨족공동체
시기의 생활이며 자연정복을 위한 창조적 노동과 그 과정에서 축적된
삶에 대한 지향과 생활감정이 구현되어 있다는 점' 등22)이 주체사관의
관점에서 살펴 본 〈구지가〉와, 그를 둘러싼 신화적 이야기나 문화가
구성하는 콘텍스트라 할 수 있다.

　고대에 들어와 개인 창작의 서정노래로 등장한 노래들 가운데 기록
으로 확인할 수 있는 것이 〈공후인〉이고, 그 다음 단계가 고구려 유리
왕 대의 〈황조가〉다. 앞서 말한 〈구지가〉는 신화가 만들어지던 시기에
집단 노동이나 의식을 위해 함께 만들어진 노래인데, 이른바 고대 노
예제 사회로 접어들면서 원시시기에 만들어진 신화들은 건국신화로

---

22)『조선문학사 1』, 26~31쪽 참조.

재편되었다. 말하자면 이 시기 상고시가의 콘텍스트 역시 변함없이 신화적 사유가 바탕이 되어 만들어진 언술체계였던 것이다. 개인주의를 바탕으로 하는 사회관계의 확립이나 변화된 사회적 노동과정을 통해 사람들은 계급의식을 갖게 되었고 앞 시기의 원시공동체사회와 달리 개인이나 가족 범위의 이해관계를 사고와 행동의 척도로 갖게 되었으며 그런 관계 속에서 표출되는 자주적 지향성이나 창조적 활동성은 개인적 정서 및 감정과 결합됨으로써 서정가요를 출현시키게 되었다는 것이 북한문학사의 핵심적 관점이다.[23]

원시사회가 무너지고 고대국가가 출현하던 시기부터 등장한 개인 서정가요들의 이념적 지향이나 콘텍스트의 구체적인 모습은 〈공후인〉을 통해 확인된다고 보았다. 한역(漢譯)을 통해 가까스로 남아 있게 된 당시 노래이지만, 그것을 단서로 당대의 창작 관습이나 노래들의 일반적 양상, 혹은 노래문화의 수준이나 시대적 지향을 알 수 있을 뿐 아니라, 민족사의 한 단계까지 가늠할 수 있다[24]는 식의 높은 평가를 부여한 내용이다. 이처럼 그들은 〈공후인〉을 둘러싼 콘텍스트를 설명하기 위해 당대의 문예 현실을 들어 비교적 세밀히 분석했음을 알게 된다.

크게 부각시키지는 않았으나, 그 다음 단계인 '삼국시기 문학'에서 언급한 것이 〈황조가〉다. 이들은 삼국을 봉건국가로, 그 시기의 문학을 '중세문학'으로 각각 규정했는데, '첫 봉건국가인 고구려가 성립됨으로써 우리나라의 봉건사회가 나타났고 봉건사회의 토대를 이루는 봉건적 생산관계는 그보다 훨씬 이른 시기 노예사회의 테두리 안에서 생산력이 발전하고 계급투쟁이 격화된 결과로 인해 발생했다'[25]고 보

---

23) 『조선문학사 1』, 65~66쪽 참조.
24) 『조선문학사 1』, 72~73쪽.

았다. 또한 '고구려·백제·신라의 문학은 지역적 차이에 비해 혈통과
언어, 풍습을 같이 한 한겨레 문학으로서의 공통성을 위주로 민족적
특성을 보다 풍만하게 구현하면서 발전했다'[26]는 관점은 물론, 〈황조
가〉를 비롯한 당대의 시가들을 통해 한자로 기록된 사실과 함께 '개별
국가들을 초월하는 보편성'이라는 중세문학적 성향을 읽어낸 관점 또
한 비교적 온당했다고 할 수 있다.

노래들의 콘텍스트를 형성하는 시대·사회적 배경 가운데 중요하다
고 본 것이 바로 '고대사회의 계급적 성격'이었다. 그들의 표현처럼 '노
예주들이 독점적으로 행사하던 무제한의 권력과 야만적인 압제를 반
대하고 인간 본성의 요구인 자주성을 완전히 유린당한 인간 이하의
처지에서 벗어나며 초보적인 생존의 권리를 찾으려는 노예들과 하호,
평민계층의 투쟁에 의해 조건 지어진 것'[27]이 바로 고대사회 혹은 고
대문화의 계급적 본질이었다. 착취계급과 피착취계급이 분화되었다거
나 양자 간의 대립과 투쟁을 바탕으로 계급[혹은 계층] 간의 이해관계를
반영할 뿐 아니라 지배계급에 복무하는 '반동적 문화'와 착취·억압에
신음하는 하층민들의 요구를 구현한 '진보적인 문화'로 갈라지게 된
것[28]이 고대사회의 상황이었으며, 고대의 노래들 역시 그런 현실의
소산이라는 것이다.

이처럼 『조선문학사 1』에 이르러서도 고대시가의 시대적·문화적
콘텍스트에 관한 앞 단계의 단정적인 견해들이나 '강한 이념 지향성'이

---

25) 『조선문학사 1』, 74쪽.
26) 『조선문학사 1』, 81쪽.
27) 『조선문학사 1』, 36쪽.
28) 『조선문학사 1』, 같은 곳 참조.

지속되고 있긴 하지만, 고고학적 연구결과 같은 학문적 근거들을 바탕으로 얼마간 객관성을 추구하고자 한 점은 원천적인 한계 안에서나마 나름대로 진일보한 측면이라 할 수 있다.

3. 작품 해석과 이념 지향성

'맑스-레닌주의에 입각한 사회주의적 사실주의, 역사주의, 열렬한 애국주의, 풍부한 인민성, 높은 인도주의적 전통' 등의 원칙과 함께 '집체적 서술'이란 방법론29)을 천명한 『조선문학통사(상)』은 주체사상 이전에 등장한 북한 정권 차원의 대표적인 문학사이자 지난 시대의 문학을 이념적으로 해석하는 표본이기도 하다. 그러나 시대 및 민중의식의 변화에 대한 설명과 이념을 문학작품의 해석에 맞추고자 하는 의식이 강하여 주요 작품들에 대한 심층적 해석은 의외로 소략한 모습을 보여준다. 주체사상 이후에 등장한 문학사로서 이 글 분석대상의 두 번째 책인『조선문학사(고대중세편)』에서는 '주체의 빛발 아래 사회주의적 사실주의 문학으로 찬란히 개화 발전하였으며, 해방 후 새로운 사회·역사적 환경에서 전면적으로 급속히 발전한 우리나라 문학의 합법칙적 과정을 깊이 연구하고 체계화 하는 것은 우리 문예학 앞에 나서는 중요한 과업의 하나'30)라고 밝힘으로써 앞 단계에서 천명한 원칙에 '주체사상을 선양하는 합법칙적 과정'의 연구와 체계화를 덧붙인 것으로 보인다. 그러다 보니『조선문학통사(상)』에 비해 콘텍스트로서의

---

29)『조선문학통사(상)』, 머리말 참조.
30)『조선문학사(고대중세편)』 머리말 참조.

사회발전 단계에 대한 서술이 좀 더 체계화되고 길어졌음을 확인할
수 있었다. 주체사상 확립기에 등장한 『조선문학사 1』의 경우 좀 더
확충되는 모습을 보여준다. 즉

　　우리는 문학사 서술에서 지난 시기의 성과와 경험을 살려 주체성의 원
　칙, 당성, 로동계급성의 원칙과 력사주의적 원칙을 철저히 구현함으로써
　사대주의와 복고주의를 극복하고 조선문학 발전의 합법칙적 과정을 보다
　정확히 밝혀낼 수 있게 시기 구분과 서술체계를 세우며 새로 발굴 수집된
　진보적이며 인민적인 작품들을 문학사의 응당한 위치에 올려 세우고 매
　시기를 대표하는 작가들의 력사적 공적과 제한성을 옳바로 천명하는 데
　힘을 넣었다. 우리는 특히 조선 로동당의 현명한 령도 밑에 사회주의 제도
　의 비옥한 토양에서 찬란히 개화 발전하고 있는 사회주의적 사실주의 문학
　의 자랑찬 로정을 뚜렷이 그려내며 새 시대 민족문학의 본질적 특성과
　그 발전의 합법칙성을 옳게 밝혀내기 위하여 탐구적 노력을 기울였다.[31]

　『조선문학사(고대중세편)』와 『조선문학사 1』의 핵심은 '주체사상에 입
각한 문학해석'과 '문학의 합법칙적 과정'이다. 그들이 말하는 주체사상
이란 '사람이 세계의 주인이며 세계는 사람에 의해 지배된다' 또는 '사람
이 세계의 개조자이며 사람에 의해 세계가 개조된다'는 철학을 바탕으로
하는 사상이며,[32] 자연이나 사회 혹은 사물에 내재하는 그런 철학이나
법칙에 따라 변화·발전해 가는 과정이 그들의 이른바 '합법칙적 과정'이
라는 것이다. 새로 창작되는 문학은 그런 법칙에 따라야 하며, 이미 만들
어진 지난 시기의 문학 또한 시대에 내재하는 그런 법칙에 맞추어 해석

---

31) 『조선문학사 1』, 머리말, 3쪽.
32) 김정일, 『주체사상에 대하여』, 4쪽.

되어야 한다고 보았다. 사람과 세계의 관계, 세계 속에서 차지하는 사람의 지위나 역할 등을 근본적인 차원에서 고려하고자 하는 생각의 체계인 만큼 물질이나 존재를 1차적으로 존중하는 맑스-레닌주의와 약간의 차이를 보이는 것은 사실이다. 따라서 사람의 본질적 특성과 사회적 운동사이의 그것을 다루는 것이 주체사상의 '합법칙성'이다. 지배와 피지배의 사회구조 속에서 사람의 자기존재를 확인하고 증명하기 위해 어떤 투쟁을 벌였는가, 그것을 문학이란 그릇에 어떤 식으로 반영했는가 등이 북한문학사가들의 주된 관심사인 것도 그 때문이었다. 인용문의 '사회주의적 사실주의 문학의 자랑찬 로정을 뚜렷이 그려내며 새 시대 민족문학의 본질적 특성과 그 발전의 합법칙성을 옳게 밝혀내기 위해 탐구적 노력을 기울였다'는 부분은 『조선문학사 1』의 단계에 이르러 비로소 그런 사유가 구현되었다는 믿음과 자부심을 드러낸 언급이다.

우선 〈구지가〉의 경우 사회주의적 리얼리즘이나 주체미학의 원리를 적용시키려는 의지는 있었으나, 실제 문학사 서술에서는 '원시가요의 단계를 벗어나지 못한 노래'로만 규정하고 있는데, 텍스트 현실로 보아 확대 해석이 불가능하다는 판단 때문이었을 것이다.

> ① 이 노래는 가락국의 2, 3백 명 인민이 신인의 가리킴에 의하여 수로왕을 맞이할 때에 산정의 흙을 파면서 처음으로 부른 노래라고 하나 그 실은 오래 동안 집단적 로동을 진행하던 그들 속에서 즐겨 불려지던 원시 집단가요의 하나였음이 틀림없다. 이와 같이 조선 원시 인민들은 집단적으로 예술을 즐기었을 뿐 아니라 유구한 예술-문학 창조의 전통을 가지고 있었으며 특히 그 후 시기 서사문학 발전의 모태로 된 집단적인 구전 가요들과 인민 설화의 풍부한 구전문학 발전의 귀중한 전통을 가지고 있었다.33)

②『삼국유사』의 기록은 〈거북의 노래〉를 우리나라 봉건국가의 하나였
던 가야국의 건국설화와 련결시켜 소개하면서도 이 노래를 맨 처음
부르기 시작한 것은 사람들이 무리를 지어 촌락을 이루고 살았을
뿐 아니라 나라도 임금도 없었던 시기 즉 원시시대에 있은 사실이었
다는 것을 밝히고 있다. (…) 9명의 씨족 우두머리들이 각기 자기 무
리를 이끌고 구지봉에 모인 것은 종족 장을 선거하기 위한 것이며
〈거북의 노래〉는 종족 모임을 한 다음 춤추며 즐길 때에 부른 노래
중의 하나였으리라고 짐작된다. (…) 따라서 〈거북의 노래〉에는 거
북과 같은 자연동물을 종족 신으로 숭배하던 원시토템사상이 반영
되어 있고 사냥과 목축을 위주로 하던 가야종족의 생활과 지향이
담겨져 있다고 할 수 있다. (…) 원시신앙과 결합된 집단적 로동가요
의 성격, 그 내용과 형식의 단순성과 소박성, 이것이 계급형성 이후
시기의 가요들과 구별되는 것이 이 가요의 기본 특성이며 여기에
또한 〈거북의 노래〉를 원시가요라고 인정하는 중요한 근거가 있는
것이다.[34]

①과 ②는 주체사상 이전과 이후로 나뉘지만, 두 기술 사이의 내용
에서 큰 차이는 없다. 〈구지가〉가 계급 형성 이후의 봉건국가인 가야
국 건국신화에 들어 있긴 하나, 실제 노래는 그보다 훨씬 이전인 원시
단계의 집단 노동가요로서 내용과 형식이 단순·소박하다는 것이『조
선문학통사(상)』의 설명인데, 이 점은『조선문학사 1』도 마찬가지다.
가야국을 계급국가로 바라보는 것이 그들의 관점이므로, 그 건국신화
에 들어있는 〈구지가〉 역시 지배와 피지배 간의 계급투쟁적 관점으로
분석하고 싶었던 것이 원래 그들의 바람이었으리라 본다. 그러나 그렇

---

33)『조선문학통사(상)』, 6쪽.
34)『조선문학사(고대중세편)』, 10~12쪽.

게 복잡한 투쟁의 의미를 읽어내기에 〈구지가〉의 텍스트는 내용적으로도 형식적으로도 지극히 단순·소박했다. 기껏 '집단적(공동적) 노동, 집단예술' 등을 바탕으로 계급투쟁 이전의 원시성만 강조할 뿐이었다. 그러나 역으로 이런 작품 해석의 이면에서 이념지향의 욕구를 읽어낼 수 있는 것이 〈구지가〉의 사례라 할 수 있고, '이념적 과잉해석'의 실제 모습은 그들이 '노예 소유자 국가'로 규정하던 고조선의 단계에서나 확인할 수 있게 된다.

노예 소유자 사회의 단계에 '개인의 정서와 감정을 반영한 서정가요'[35)가 출현했다고 보는 것이 북한의 주장이며, 그 첫 예로 〈공후인〉을 들어 왔다. 그러나 초창기 북한의 문학사에서는 〈구지가〉와 마찬가지로 〈공후인〉의 해석에 대해서도 그다지 눈에 거슬리는 이념 과잉의 양상을 발견할 수 없다. '시가의 형식으로 보아 처음에 고대 조선 근로인민 속에서 창작되어 구전으로 불리다가 후에 한역되어 문헌에 정착했으며, 물에 빠져 목숨을 잃은 남편을 부르며 비탄하는 아내의 감정이 소박하고 진실되게 표현된'[36) 노래라는 해석 이상으로 심층적인 경우를 발견할 수 없다. 그러나 이것이 주체사상 등장 이후의 문학사에서는 이념 체계에 맞춘 연역적 해석의 성향으로 바뀐다. 『조선문학사(고대중세편)』와 『조선문학사 1』의 〈공후인〉 해석은 거의 같은데, 후자의 것을 들면 다음과 같다.

이른 새벽에 사품 치는 강물 속에 뛰여들어 강을 건느려다가 물살에 휘감겨 끝내 솟아나지 못한 로인의 절박한 처지와 남편에게 닥친 위험을

---

35) 『조선문학사(고대중세편)』, 26쪽.
36) 『조선문학사(고대중세편)』, 21쪽.

막아주지 못한 쓰라린 심정을 안고 원한과 통분 속에 남편의 뒤를 따른 안해의 참혹한 모습은 늘 생존의 위협을 당하며 핍박한 처지에서 억눌려 사는 하층인민들의 모습을 엿볼 수 있게 한다. 고대사회에서 노예와 함께 하호, 자영 소농민 등은 권세 없는 백성들로서 노예주들과 통치자들의 야만적인 억압과 천대, 착취와 수탈을 면할 수 없는 처지에서 살았다. 노예주들과 통치계급의 무제한한 탐욕과 권세, 야수적인 횡포와 탄압은 하층인민들의 운명을 끝없이 위협하였으며 그들을 인간 이하의 고역과 불행 속에 몰아넣고 있었다. 나루가의 배를 보고도 탈 엄두를 내지 못하고 사품 치는 물결에도 마다하지 않고 강을 건너려다가 물결에 밀리워 목숨까지 빼앗긴 백발의 로인과 솟구치는 울분과 원통한 심정으로 가슴을 치며 통곡하다가 마침내는 야속한 세상을 등지고 남편의 뒤를 따르는 안해의 참혹한 형상은 노예사회의 엄혹한 현실이 빚어낸 참상이며 노래의 비감한 정서는 권세 없는 사람들의 생활처지의 공통성으로부터 오는 창작자의 울분과 슬픔의 표현이라고 하여야 할 것이다.[37]

인용문은 주체사상 정립 이후 〈공후인〉의 해석에 맑스-레닌주의의 계급국가론이 뼈대를 이루고 있음을 보여준다. 노예소유자는 노예를 착취하고 봉건 국가의 귀족은 농노를 착취하며, 근대 국가의 자본가는 자본을 수단으로 임금 노동자를 착취한다고 보는 것이 맑스가 정리한 계급국가론의 핵심이며,[38] 결국 북한 정권의 이념으로 수용되어 문학작품 해석의 바탕으로 활용되기에 이른 것이다. 즉 '〈공후인〉은 개인 창작의 서정가요로서 사적 소유에 기초를 두는 계급사회의 예술적 산물'[39]이라는 것이다. 이 점은 〈공후인〉에 관하여 최근 남한 학계 일각

---

37) 『조선문학사 1』, 72쪽.
38) 임석진 외, 『철학사전』, 중원문화, 2009, 34쪽.
39) 『조선문학사 1』, 44쪽.

에서 제기된 견해와도 크게 보면 맥을 같이 한다. 즉 '백수광부에게 강을 건너는 행위는 일상적인 일로서 삶의 수단이었다는 점, 배를 소유하거나 자유롭게 이용하는 일은 하층민들에게는 여유롭지 못한 생활의 한계일 수 있다는 점, 주위에 배가 있었음에도 뱃삯을 아끼기 위해 도강의 보조기구인 표주박을 끼고 건너다 백수광부가 죽었을 수 있다는 점, 백수광부의 아내는 전날 밤 꿈자리가 사나웠고 풍랑 또한 거센 이유로 불길한 예감이 들어 급히 달려와 남편의 도강을 말렸으나 남편은 듣지 않았고, 급류의 와중에 빨려 들어간 것일 수 있다는 점' 등40)을 감안하면, 기본 생각의 출발은 유사할 수도 있다. 그러나 북한은 그런 배경으로부터 계급사회의 구조를 읽어냈고, 착취자와 피착취자라는 이분법적 도식 안에서 '계급 투쟁적 관점'으로 몰고 가려는 의도를 드러냈다. 그리고 그런 관점은 하나의 상투적 유형으로 고착된 이후 다른 노래들의 해석에도 일률적으로 적용됨으로써 이념 과잉의 연역적 해석이 초래되었다는 점을 지적하지 않을 수 없다.

필자가 이미 지적한 바 있지만,41) 노랫말이나 배경설화 등 텍스트 자체에 무게중심을 두고, 가능한 한 많은 논거들을 찾아 논리적 타당성을 추구하는 남한의 담론과 극명하게 대조되는 사례는 〈공후인〉에만 국한되지 않는다. '죽음이나 이별을 둘러싸고 생길 수 있는 인간의 보편적인 정서'를 중심으로 다양하게 해석하기보다는 계급투쟁의 한 비극적 결과로 풀어내고 있는 북한의 문학사들이야말로 계급투쟁을 통해 착취 받는 민중의 해방과 그들이 주체가 되는 사회를 건설해야

---

40) 김영수, 『古代歌謠研究』, 334~335쪽.
41) 조규익, 「통일시대 한국고전문학사 서술의 전망」, 『온지논총』 11, 사단법인 온지학회, 2004, 106~107쪽 참조.

한다는, 이념 전제적 해석의 표본일 수 있다. 다양한 해석의 스펙트럼
을 보여주는 남한의 문학사들과 달리, 어떤 다른 해석도 나올 수 없는
북한문학사의 실상. 그것은 이념사회 북한이 뛰어넘을 수 없는 한계라
고 할 수 있다.

　앞의 두 노래들에 비해 북한문학사에서 이례적으로 소홀히 다뤄지
고 있는 노래가 〈황조가〉다. 세 문학사들 모두 이 노래의 설화나 노래
내용만 간단히 짚고 넘어가는 데 그치고 있기 때문이다. '〈황조가〉는
이미 기원전 17년에 창작된 개인 서정시 작품'42)이라는『조선문학통
사(상)』, '벌써 기원전에 고구려 2대왕인 류리왕에 의하여 창작된 것으
로 알려지고 있는 〈황조가〉는 우리나라 시문학 발전의 오랜 력사에
대하여 말하여 주고 있다'43)는『조선문학사(고대중세편)』, '기원전에 고
구려의 류리명왕이 지은 것으로서 그 내용이 궁정 내의 생활과 련관을
가지며 시적 형상이 섬세하고 서정이 부드럽고 풍만한 것으로 특징
적'44)이라는『조선문학사 1』등 모두 단 한 줄로 처리되고 있다.

　사실 다른 작품들에 적용한 그들의 해석 방법이나 관점을 감안할
경우 새로운 이야기를 많이 만들어낼 수도 있는 것이 이 노래다. '화희
의 구박에 노하여 자기 집으로 돌아가 버린 치희를 설득하기 위해 찾아
갔다가 설득에 실패하고 돌아온 군주 유리왕이 자신의 고독한 신세를
행복한 한 쌍의 꾀꼬리에 대비하여 부른 노래'라는 것이 텍스트와 콘텍
스트를 통해 1차적으로 드러나는 〈황조가〉의 본질이다. 만약 이 내용
을 북한식으로 해석하여 '봉건국가 고구려의 군주가 부족 공동체의 성

42)『조선문학통사(상)』, 19쪽.
43)『조선문학사(고대중세편)』, 37쪽.
44)『조선문학사 1』, 98쪽.

원들에게 수모를 당한 뒤 한탄하며 패배의식을 토로하는 노래'로 풀어
냈다면, 계급투쟁과 관련되는 그들의 이념을 선양하는데 더할 나위 없
이 좋은 사례였을 것이다.

그런데 왜 그들은 〈황조가〉에 대한 소개를 단 한 문장으로 얼버무린
것일까. 『조선문학사(고대중세편)』의 '제1절 봉건사회의 형성과 삼국시
기의 문학'에서 집필자들은 김일성의 교시['고구려 사람들은 어렸을 적부터
조국을 사랑하는 정신으로 교양되고 무술을 배웠으며 용감성으로 단련되었기 때문
에 높은 민족적 긍지와 씩씩한 기상을 지닐 수 있었으며 아세아 대륙에서 가장
큰 나라였던 수나라의 300만 대군의 침습을 물리치고 나라의 영예와 민족의 존엄
을 지킬 수 있었습니다."『사회주의문학예술론』, 5쪽]를 내걸었는데, 이게 바
로 이 시기 문학을 해석하는 최고의 강령이었다.

북한은 자신들의 정통성을 강변하기 위해 고구려 역사를 중시했으
며, 이에 따라 고구려의 문학예술에 대한 일방적 긍정해석은 당연한
일이었다. '북한당국의 고구려 정통화 작업은 바로 현 체제의 정통성
및 그 보위(保衛) 문제와도 직결되는 이데올로기적 성격을 띠는'[45] 일
이었고, '대한민국과의 체제 대결 속에서 북한 주도의 통일이 정당함
을 주장하는 일'[46]이기 때문이었다. 그런 상황에서 〈황조가〉나 유리
왕에 대한 기존의 다양한 견해들과 함께 그에 대한 새로운 연구까지
제출된 남한 학계[47]에 '얼버무림'으로 대응할 수밖에 없었던 것도 노

---

45) 이기동, 「北韓에서의 高句麗史 연구의 현단계—孫永鍾 著《고구려사》를 읽고—」, 『東國
   史學』 33, 동국사학회, 1999, 7쪽.
46) 이성제, 「北韓의 高句麗史 研究와 歷史認識—孫永鍾 교수의 최근 저술에 보이는 고구
   려사 인식을 중심으로—」, 『高句麗研究』 18, 고구려연구회, 2004, 232쪽.
47) 작자, 장르 등 이 노래에 관한 제반 연구사 및 새로운 견해는 김영수, 『古代歌謠研究』,
   405~450쪽 참조.

래의 텍스트와 콘텍스트에 나타나는 명료한 사실들을 부정할 수 없었
던 데 그 이유가 있다. 특히 '〈황조가〉가 유리왕 자신의 고독이나 주변
과의 갈등을 자탄한 노래라는 점, 작자인 유리왕은 통치능력의 한계를
드러낸 까닭에 비판받은 임금이었으나 후대에 이런 시각이 변질되어
두 계비(繼妃) 사이를 오가는 낭만적 실연의 주인공으로 재해석되었다
는 점' 등 최근의 연구결과48)가 보여주는 것처럼, 너무나 뚜렷한 유리
왕의 인간형이나 노래의 내용적 성격상 이 노래를 체제 보위의 문예물
로 해석해낼 근거를 찾아낼 수 없었다. 더욱이 계급투쟁이나 사회주의
적 리얼리즘, 주체미학의 흔적을 찾을 수 없을 뿐 아니라 '삼각구도
내의 사랑과 번민'이라는 범속성을 바탕으로 하는 서정적 내용이나 주
제를 제외한 어떤 이면구조도 없다는 점이 이 노래의 한계였던 것이
다. 따라서 앞의 두 노래들과 달리 슬쩍 뛰어넘거나 얼버무리는 정도
로 마무리할 수밖에 없었고, 이러한 '얼버무림'이야말로 역으로 다른
노래들에 대한 계급 투쟁적 해석 못지않은 이념편향성의 노출이라고
할 수도 있다.

4. 마무리: 상고시가의 해석과 이념 과잉성

집단 노동이나 의식을 반영한 〈구지가〉의 단계에서 개인 창작시가의
단계로 넘어가는 어름에 〈두솔가〉가 있고, 그로부터 한시와 향가를
중심으로 하는 개인 창작 시가들이 앞 시대에서 지속되어오던 집단
가요들과 공존하는 시대적 맥락을 형성했다는 것이 북한문학사들의

---

48) 김영수, 『古代歌謠研究』, 450쪽.

관점이다. 그 과정에서 개인적 서정시, 반침략 투쟁과 애국주의 사상을 표출한 한시, 정치생활이나 사상을 표출한 국어노래, 사랑의 감정을 표출한 개인 노래 등이 생겨나 당대 노래문화의 콘텍스트를 형성했다는 것이다. 이런 노래들이 출현한 뒤 상당기간 지속된 다음 한문으로 번역·기록되기도 하고, 향찰 같은 서사법에 의해 '우리말 노래'로 존속되기도 했으며, 일부는 원래의 모습대로 구전을 통해 지속된 것들도 있었다. 많은 국어노래들이 지어졌음에도 불구하고 문헌들에 노래 이름들만 적혀 있는 점으로 미루어, 구전의 한계는 분명했다. 이런 상황에서 출현한 향찰 표기법은 국어 노래를 서책에 기록할 수 있게 했고, '부르거나 읊는 시가'에서 '쓰는 시가'로의 전환을 초래했다는 것이다.

원시사회가 무너지고 고대국가가 출현하던 시기부터 개인 서정가요들은 만들어졌고, 그 가운데 한역을 통해 가까스로 남아 있게 된 것이 〈공후인〉이다. 그 노래를 단서로 당대의 창작 관습이나 노래들의 일반적 양상, 혹은 노래문화의 수준이나 시대적 지향을 알 수 있을 뿐 아니라, 민족사의 한 단계까지 가늠할 수 있다는 등 높은 평가를 부여한 것이 북한의 문학사들이다. 그들은 그 다음 단계인 삼국을 봉건국가로 규정했고, 첫 봉건국가를 고구려로 보았으며, 그 시기의 문학을 '중세문학'이라 했다. 이 시기 〈황조가〉를 비롯한 당대의 시가들을 통해 한자로 기록된 사실과 함께 '개별국가들을 초월하는 보편성'이라는 중세문학적 성향을 읽어냈기 때문이다.

노래들의 콘텍스트를 형성하는 요인이 바로 '고대사회의 계급적 성격'이었다. 고대사회에 이미 이루어진 착취계급과 피착취계급의 분화에 따라 양자 간의 대립과 투쟁을 바탕으로 계급 간의 이해관계를 반영하여 지배계급에 복무하는 '반동적 문화'와 착취 및 억압에 신음하는 하층민들의 요구를 구현한 '진보적인 문화'로 갈라지게 되었고, 고대의 노래들 역시 그런 현실의 소산이라는 것이 그들의 견해였다.

노래 텍스트 자체에 대한 해석에서 이념적 성향은 구체화된다. '집단적(공동적) 노동, 집단예술' 등을 바탕으로 계급투쟁 이전의 원시성만 강조함으로써 이념지향의 욕구나 읽어내는 데 그친 것이 〈구지가〉의 사례였고, 그러한 '이념적 과잉해석'의 실제 모습은 그들이 '노예 소유자 국가'로 규정하던 고조선의 단계에서 확인된다. 노예 소유자 사회의 단계에 이르러 '개인의 정서와 감정을 반영한 서정가요'가 출현했다고 보는 것이 북한의 주장인데, 그 첫 예가 〈공후인〉이었다. 주체사상 정립 이후 〈공후인〉의 해석에는 맑스-레닌주의의 계급국가론이 뼈대를 이루는데, '개인 창작의 서정가요로서 사적 소유에 기초를 두는 계급사회의 예술적 산물'이라는 것, 즉 노래의 배경으로부터 계급사회의 구조를 읽어냈고, 착취자와 피착취자라는 이분법적 도식 안에서 '계급투쟁적 관점'으로 몰고 가려는 의도를 노정시켰음을 확인할 수 있다.

〈구지가〉나 〈공후인〉에 비해 노래의 제목만 언급되거나 설화나 노래 내용만 간단히 짚고 넘어갈 정도로 북한문학사들에서 소홀히 다뤄진 것이 〈황조가〉다. 사실 다른 노래들에 적용한 해석 방법이나 관점을 적용시킬 경우 많은 이야기들을 만들어 낼 수 있는 것이 이 노래다. '화희의 구박에 노하여 자기 집으로 돌아가 버린 치희를 찾아 갔다가 설득에 실패하고 돌아온 군주 유리왕이 자신의 고독한 신세를 행복한 한 쌍의 꾀꼬리에 대비하여 부른 노래'라는 것이 텍스트와 콘텍스트에서 표면화 되는 〈황조가〉 내용의 핵심이다.

사실 북한은 자신들의 정통성을 주장하기 위해 고구려 역사를 중시했는데, 그것은 동시에 체제의 보위와 유지를 위한 이데올로기적 수단이기도 했다. 〈황조가〉가 유리왕 자신의 고독과 주변과의 갈등을 자탄한 노래이고, 유리왕은 통치능력의 한계를 드러낸 군주이자 실패한 연애담의 주인공에 불과하다면, 그것은 그들이 찬앙(讚仰)해마지 않는 고구려의 영웅적 군주의 모습일 수 없었다. 즉 계급투쟁이나 사회주의적 리얼리즘, 주체미학의 흔적을 찾아내기 어렵다는 것이 이 노래의 한계였다. 고작 '삼각구도 내의 사랑과 번민'이라는 범속성을 바탕으로 하는 서정적 내용이나 주제 외에 어떤 내포도 찾을 수 없었던 것이다. 앞의 두 노래들에 대해서와 달리 북한의 문학사들이 노래의 존재를 얼버무리거나 무시하는 정도로 마무리할 수밖에 없었던 것도 그런 이유 때문이었다. 그러나 역으로 볼 때, 그런 '얼버무림'이야말로 계급투쟁적 해석 못지않은 이념편향성의 노출로 이해될 수도 있을 것이다.

◆ 제2장 ◆

북한문학사와 향가

1. 향가와 문제의식

'사뇌가란 위로는 조정과 교묘의 가악이거나 위정자의 규계(規戒)·
풍영(諷詠), 아래로는 낭도·승려들의 송도(頌禱)와 수창(酬唱), 유명 가
인(歌人)들의 수시 창영(唱詠) 혹은 민요 일반이거나 남녀노소의 풍요에
걸쳐 있으며, 상대의 샤만적 전통을 띠고 있는 노래의 부류'임을 설파
한 양주동[1] 이래 학계에서 고전시가의 본격 출발 장르로 연구되어왔
다. 특히 연구 진행 과정에서 이념을 바탕으로 한 해석상의 차이는 부
득이한 일이었으나, 양주동·홍기문[2] 등 초창기 학자들의 원본해독
작업이 연구의 발판이 되었다는 점에서 처음부터 향가에 관한 남북
간의 견해 차이가 그다지 컸다고 할 수는 없다.

예컨대, 앞서 인용한 것처럼 양주동이 유리왕 대 〈두솔가〉[3]를 지칭

---

1) 양주동, 『增訂 古歌硏究(重版)』, 일조각, 1981, 54~55쪽.

2) 홍기문, 『향가해석』, 조선민주주의인민공화국 과학원, 1956.

3) 북한의 문학사가들은 유리왕 대의 '兜率歌'를 대개 '두렛노래'와 결부시켜 '두률가'로
읽는다. 북한의 문학사를 거론하는 본서에서도 '두률가'로 읽어, 같은 한자제목을 '두솔
가'[혹은 도솔가]로 달리 읽는 월명사의 그것과 구분하는 것이 타당하지만, 우리 학계의
관습에 따라 '두솔가'로 읽는다.

하던 '사뇌가'의 한 성격을 '조정 교묘의 가악'이라 규정했고 후대의
학자들이 아예 그것을 '신라의 악장'⁴⁾이라 한 반면, 북한에서 '로동가
요적 성격의 민요'⁵⁾로 본 것은 '전체 인민이 참여하고 향유할 수 있는
문학이라야 참다운 문학이라는 인민성의 원칙과 군중예술론의 지향'⁶⁾
때문에 생겨난 차이라 할 수 있지만, '노래로 출발한 향가가 후대에
기록으로 정착된 장르'라는 인식만큼은 남북이 공통된다. 향가라는 단
일 대상을 두고 남북한이 보여주는 인식의 같고 다름은 여타 장르들에
서도 큰 차이 없다고 할 수 있겠으나, 모습을 확인할 수 있는 초기 고전
시가들 가운데 향가가 사실상 본격적인 출발기의 장르라는 점을 감안
하면 시가사의 기술에 시사하는 바가 크다. 앞으로 소통 여하에 따라
남북한 간에 개재하는 역사 인식이나 관점의 차이를 좁힐 수 있고, 궁
극적으로 학계 일각에서 거론 중인 이른바 '통일문학사'도 가능할 것이
기 때문이다.

　기술의 태도나 내용 혹은 해석으로 보아 북한문학사는 주체사상 이
전과 이후가 약간 다르고, 주체사상 직후와 1990년대 이후의 그것들이
약간 다르다. 학문적 조류나 방법론에 의해 수정되어가는 남한과 달리
시종일관 이념에 지배되어 온 것이 북한인데, 그 중에서도 문학사는
더욱 민감하다. 사회과학원 주체문학연구소는 『조선문학사 1』의 머리
말에서 "문예학자들은 우리 당이 밝혀준 주체의 방법론에 기초하여 과
학적인 조선문학사 서술을 위한 탐구적 노력을 기울여 왔다. 우리 연구
소에서는 이미 1950년대에 『조선문학통사』(상·하)를, 1970년대에 『조

4) 조동일, 『제4판 한국문학통사 1』, 지식산업사, 2005, 144쪽.
5) 정홍교, 『조선문학사 1』, 사회과학출판사, 1991, 151쪽.
6) 김대행, 『북한의 시가문학』, 문학과비평사, 1990, 15쪽.

선문학사』(전 5권)를 세상에 내놓았으며 해방 후 우리 문예학이 이룩한
성과와 경험에 토대하여 이번에 전 15권의『조선문학사』를 집필·출판
하게 되었다."[7]고 함으로써 이 3종의 문학사가 시기별로 북한의 이념
과 부합하는 문학사들임을 알 수 있다.[8] 주체사상 이전인『조선문학통
사(상)』의 머리말에서 천명한 원칙['력사주의, 열렬한 애국주의, 풍부한 인민
성, 높은 인도주의의 전통, 사회주의적 사실주의의 지향성' 등],[9] 주체사상의
첫 단계『조선문학사(고대중세편)』[10]의 머리말에서 천명한 원칙,[11] 둘
째 단계『조선문학사 1』의 머리말에서 천명한 원칙[12] 등은 북한 정권

---

7) 정홍교,『조선문학사 1』, 2쪽.
8) 북한에서 '(사회)과학원 문학연구소'와 '김일성 종합대학 조선어문학부' 등은 문학사를
   비롯한 문학연구물들을 펴낸 대표적 기관들이다. 전자에서는 대략 4종의, 후자에서는
   대략 6종의 문학사들을 각각 펴냈는데, 이것들 모두 이념적 통제 하에 이루어진 것들이나
   기명(記名) 저자들에 따라 약간씩 차이를 보여주는 것도 사실이다. 이 글에서 분석 대상
   으로 삼고자하는 3종의 문학사들[『조선문학통사』(상/하)·『조선문학사』(전 5권)·『조선
   문학사』(전 15권)]은 각각 '과학원 언어문학연구소 문학연구실', '사회과학원 문학연구
   소', '사회과학원 주체문학연구소' 등으로 약간씩 저술 주체가 달리 표기되어 있으나,
   사실은 같은 기관이고 구성 멤버만 시기에 따라 교체되었으리라 짐작된다. '정홍교' 개인
   이름이 명시된 세 번째 저술[『조선문학사』(전 15권)] 중의 1권만 빼고는 모두 구체적인
   저술자가 밝혀져 있지 않으므로, 집체 창작이거나 그에 가까운 것으로 보아야 할 듯하다.
   이 점은 과학원 문학연구소 혹은 주체문학연구소로 명시된 저술들에서 시기에 따른 이념
   적 변화의 맥을 잡기가 수월한 것으로 판단되어 이 글에서는 이 3종의 문학사를 분석의
   대상으로 삼는다.
9) 과학원 언어문학연구소 문학연구실,『조선문학통사(상)』, 과학원출판사, 1959.
10) 사회과학원 문학연구소 지음, 과학백과사전출판사, 1977. 이 글에서는 정홍교,『조선문
    학사 1』과 구분하기 위해『조선문학사(고대중세편)』로 표기한다.
11)『조선문학사(고대중세편)』, 1쪽의 "위대한 수령 김일성 동지께서 조직 령도하신 영광스
    러운 항일혁명 투쟁시기에 이르러 주체의 빛발 아래 사회주의적 사실주의 문학으로 찬란
    히 개화 발전하였으며 해방 후 위대한 수령님의 현명한 령도 밑에 새로운 사회 력사적
    환경에서 전면적으로 급속히 발전하였다. 우리나라 문학발전의 합법칙적 과정을 깊이
    연구하고 체계화하는 것은 우리 문예학 앞에 나서는 중요한 과업의 하나이다." 참조.
12)『조선문학사 1』, 2쪽의 "위대한 수령 김일성 동지께서와 친애하는 지도자 김정일 동지

수립 이후 최근까지 이념의 변모에 따른 문학작품의 해석이나 문학사의
기술이 진화·확충될 것을 암시할 뿐 아니라, 향후 북한의 문학사들이
지향해야 할 노선을 명시했다는 의미 또한 지닌다.[13]

이 글에서는 이 책들에 해석·기술된 향가 부분을 중심으로 북한문
학사의 시각을 살펴보기로 한다.

2. 시기에 따른 북한문학사가들의 관점

1) 장르 형성 및 전개에 대한 합리적 추론과 작품내용의 사회주의적 합법칙성:『조선문학통사(상)』

(1) 장르형성 과정 및 형식적 측면

노동을 비롯한 실생활에서 노래가 나타났고, 그것이 상당기간 후에
고안된 기사법으로 기록되는 단계에서 가공이 이루어짐으로써 비로소

께서는 문학사 연구가 사회주의 문화건설에서 가지는 거대한 의의를 깊이 헤아리시고
이 사업이 불멸의 주체사상에 기초하여 시대의 요구와 인민의 지향, 혁명의 리익에 맞게
올바로 진행되도록 끊임없이 제기되는 모든 리론 실천적 문제들에 전면적인 해명을 주시
였다." 참조.

13)『조선문학통사(상)』에서 말한 '력사주의, 열렬한 애국주의, 풍부한 인민성, 높은 인도
주의의 전통, 사회주의적 사실주의의 지향성' 등은 사회주의의 보편적 문예이념으로 전
시기에 걸쳐 공통적이고,『조선문학사(고대중세편)』에 이르러 비로소 '주체'가 등장하는
데, 그 근원으로서 김일성의 이른바 항일혁명투쟁을 제시했다. 즉 주체와 사회주의적
사실주의의 결합으로 새로운 문예학이 개화되었다는 것이다. 그것이『조선문학사 1』에
서는 김일성과 김정일이 주체사상을 바탕으로 인민의 지향과 혁명의 이익에 맞게 문학사
연구가 진행될 수 있도록 이론적 실천적 문제들에 대한 전면적 지침을 주었다는 것인데,
바로 앞 단계에서 언급한 '(사회주의적 사실주의 문학의 찬란한 개화를 위해 쪼여주는)
주체의 빛발'이 이 단계에서는 '(인민을 위한 문학사 연구에 이론적 실천적 기초가 되는)
불멸의 주체사상'으로 진화하는 모습을 보여주었다. 북한문학사관으로서의 주체사상이
확충·진화되는 양상은 다른 자리에서 상론하고자 한다.

시 형식을 갖추게 되었다는 설명을 바탕으로 작품에 대한 이념적 해석을 덧붙인 것이 이 책에 기록된 향가 관련 기술의 핵심이다. 즉 신라 유리왕대의 〈두솔가〉는 신라의 인민들이 부르던 집단적 노동민요로서의 '두렛노래'였고, 신라 음악과 시가의 중심에 있던 '사뇌가'는 경주 일대 '새뇌' 지방 인민들의 집단 구전민요들 가운데 하나라는 것, 그 사뇌가는 점점 확충되어 '신라의 노래' 또는 '향가'라는 이름과 같은 의미로 사용되었고, 여러 원시 종족의 인민들 사이에서 발전해온 집단적 구전가요들은 개인 창작의 서정시가 발생에 직접적 토대 역할을 했다는 것, 향찰 기사법을 고안하여 그 시가들을 노래 부르는 대로 표기할 수 있게 됨으로써 '읊던 시가'로부터 '쓰는 시가'에로 전환될 가능성을 보여주었고, 〈서동요〉나 〈풍요〉 혹은 〈혜성가〉 등 삼국통일 이전 시기의 노래들을 향찰표기법으로 문헌에 기록할 수 있게 되었다는 것 등14)이 특정 지역의 집단노래로부터 확인할 수 있는, 향가가 안출되기까지의 과정을 설명한 부분이다. 특히 '노래 → (기사 및 가공 단계) → 시문학[즉 향가]'의 과정은 이들이 향가 발생의 문화사적 맥락과 과정을 정확히 파악하고 있었음을 보여주는 동시에 주체사상 이후에도 내용의 이념 과잉적 해석만 제외한다면, 장르 발생 과정이나 문화사적 의의에 대하여 제시한 근거들이 비교적 객관적이며 합리적임을 인정하게 만드는 단서들이라고 할 수 있다. 다음의 기록을 살펴보기로 한다.

벌써 1세기에 집단적인 농경 로동 과정에서 반복적 감탄사를 가진 우수한 로동 민요들을 창조하기 시작함으로써 후일의 서정시(향가)의 먼 원천

---

14) 『조선문학통사(상)』, 17~20쪽 참조.

을 마련한 신라 인민들은 백결, 천상욱개자, 담수 등의 재능 있는 시인들을
자랑하면서 많은 노래들을 공동의 재산으로서 향유하여왔다. 조선어를 기
록하는 수단을 소유하게 되자 그들은 우선 이 노래들을 기록하며, 기록하
는 과정에서 때로는 그것들을 가공하기 시작했다. 그리고 향찰식 기사법이
란 노래를 지을 수 있는 저마다 다 가능하지 않았던 조건 하에서 개인의
서정시들도 이러한 능력을 가진 사람들의 손을 거쳐서만 문학작품으로
될 수 있는 정형들도 벌어졌다. 이러한 계기들에서 향가의 시 형식은 점차
응결되어 왔다. 응결된 기본 형식은 첫째로 전편은 3장으로 구성되어 있으
며, 제 1, 2장은 각각 4시행으로, 제 3장은 2시행으로 씌어져 있는 데 있다.
둘째로 제 3장을 〈락구(落句)〉, 〈격구(隔句)〉 기타로 부르며 3장 모두에는
〈아야(阿耶)〉 기타의 감탄사가 온다. 이와 같은 시 형식은 바로 그것이
인민 가요의 반복적 합창-감탄사[『삼국유사』는 그것을 차사(嗟辭)라고 일
컬었다(…)] 사이에 독창 문구가 투입된 형식의 발전이다. 즉 제 3장은
합창-감탄사의, 그리고 제 1, 2장은 투입구의 발전인 것이다. 이리하여
인민가요는 자기의 합법칙적 발전 과정에서 고려 시대의 일부 인민 가요들
이나 〈아리랑〉에서 보는 바와 같은 긴 후렴구를 낳았으며, 서정시 분야에
서는 시조나 일부 가사들에서 보는 바와 같은 모두(冒頭)에 감탄적 문구를
가진 종장 또는 제 3 시단(詩段)—이 서정시들은 역시 3장 또는 3단으로
구성되어 있다—에 도달한 것이다. (…) '향가란 향찰로 기사된 신라 시대의
노래이다'라는 설명은 문예학적으로는 아무런 의의도 갖지 못한다. (…)
기사 수단의 공통성은 어학적으로는 중요한 의의를 가지나 문예학적으로
는 부차적이다. 『균여전』과 『삼국유사』에 수록된 25편의 노래들은 인민
창작과 개인 서정시, 2행시와 10행시, 불교 선전과 화랑 찬양, 신라의 노래
와 고려의 노래 등으로 나누어진다. 여기에는 그루빠를 형성할 아무런 공
통성도 없다. 문예학적으로 향가란 형식적으로 조건 지어지는 서정시 그루
빠이며 그 형식은 앞에서 말한 바와 같이 신라 서정시가 8세기에 확호하게
도달한 3장 10행시의 형식이다. (…)향가란 막연한 조선어 가요가 아니라

일정한 률조를 가진 3장으로 구성된 서정시이며 그것은 8~9세기를 중심으로 그 이전에 준비기를 가졌고 그 이후에 점차적인 쇠퇴기를 가진 일정한 력사적 시기의 문학 현상이다. 향가의 현존 최종 작품을 우리는 12세기 후반기의 〈정과정곡〉에서 찾는다.[15]

내용상 이 글은 '향가 장르의 발생 및 전개사'로 명명될 수 있다. 향가 이전 단계로서 노동요의 존재를 상정한 것이 이 글의 첫 부분이다. 우리말을 기록하기 위한 표기체계로서의 향찰이 고안되면서 그 노래들은 기록되기 시작했고, 기록되는 과정에서 미학적인 가공 작업도 이루어졌다는 것이다. 그런 작업의 결과가 가시적으로 나타난 것이 현재 향찰로 기록된 향가들이다. 어떤 규모로 기록되었든 저자들이 주목한 점은 전체가 세 부분으로 되어 있다는 사실이다. 그리고 두 개의 시행으로 이루어진 셋째 부분의 첫 행에 낙구(落句) 혹은 격구(隔句)로서의 감탄어가 온다는 점이고, 이 점은 차사(嗟辭)를 갖춘 사뇌격의 노래 〈두솔가〉로부터 향가를 거쳐 고려노래들과 조선조의 시조·가사에까지 연결된다고 본 것이다. 따라서 "'향가란 향찰로 기사된 신라 시대의 노래이다'라는 설명이 문예학적으로는 아무런 의의도 갖지 못한다."는 저자들의 언급은 사실 시가사에서 향가가 갖는 역사적 의미를 정확하게 간파한 말이다. 즉 향찰이라는 기사법이 어학적으로는 중요한 의미를 가질 수 있지만, 문예학적으로는 부차적이라는 것이다. 우리말로 부르는 노랫말을 표기하기 위해 부득이 차자체계인 향찰을 사용함으로써 '향가'라는 장르명이 붙게 되었다면, '같은 노랫말을 훈민정음 창제 이후에 한글로 바꾸어 표기했을 경우 향가와 다른 장르 명을

---

15) 『조선문학통사(상)』, 37~39쪽.

붙여야 하는가' 라는 문제제기로 볼 수 있다. 문예학적 측면에서 앞에
말한 향가의 장르규정이 잘못 되었음을 지적한 것도 바로 이 문제 때문
이다. 말하자면 장르를 규정하는 조건으로서의 문예학적 측면에서 향
가란 형식적으로 조건 지어지는 서정시 그룹이며, 그 형식이야말로 일
정한 율조를 지닌 3장 10행시의 형식으로서 8세기에 그 분명한 모습을
드러냈다는 것이다.

　이처럼 8~9세기에 형식을 확고하게 완성한 향가는 12세기 후반기의
〈정과정〉에서 종말을 고했다고 보았는데, 이 점은 〈정과정〉이 10구체
향가의 잔존 형태라는 우리나라 학자들의 견해16)와 약간 차이를 보이
는 부분이다. 훈민정음 창제 이후의 표기로 기록된 〈정과정〉이 향찰
표기로부터 벗어나긴 했으나, 3장 10행체의 형식 조건을 갖춘 이상 향
가로 볼 수밖에 없다는 것이 저자들의 생각이었다. 말하자면 8~9세기
이전부터 12세기 후반까지 '준비기-완성기-쇠퇴기-종말'의 전개양상
을 보인 향가를 고대~중세 전반기까지 걸치는 시가장르로 파악하고
있는 것이 그들의 관점이었던 것이다.

(2) 계급적 시각과 이념 과잉의 해석

　사뇌가가 발생하던 시기는 집단 노동요가 개인적인 창작시가 단계
로 발전되던 시기였는데, 집단가요에서 개인가요로의 전환은 사회·
역사적 조건과 긴밀히 관련되어 있다는 것이 저자들의 관점이다. 다음
의 언급에서 분명히 드러난다.

---

16) 조윤제, 『조선시가사강』, 동광당서점, 1937, 101쪽; 김동욱, 『한국가요의 연구』, 을유
　　문화사, 1961, 165~168쪽; 조동일, 『제4판 한국문학통사 1』, 316쪽 등 참조.

각 종족 내부에서 평등적인 집단생활 관계가 붕괴되고 불평등한 관계
가 조성되였으며, 결국은 종족 집단 내의 계급적 모순이 첨예화 되여 국
가의 형성을 보게 되는 이러한 계급 사회 형성의 사회-력사적 조건은 필
연적으로 자기 계급들의 리해 관계를 대변할 계급적 이데올로그들의 출
현을 요구하게 되였으며 그것은 문학 분야, 시가 분야에서도 마찬가지의
현상을 낳았다. (…) 사회의 계급적 분화와 함께 자기의 소 집단적 리해
관계를 반영하며 사상 감정들을 대변하는 새로운 시가 작품들이 계급적
이데올로그로서의 개인 시인들에 의하여 창작되기 시작하였다. (…) 이리
하여 시가는 자기 계급의 리해 관계를 반영하는 사상적 무기로 되는 동시
에 또한 자기를 인식하는 개성의 감정과 기분을 표현하기 위한 수단으로
되었다.[17]

사회주의 예술에서 중시하던 '노동계급성과 인민성'이 이 언급의 핵
심이며, 그와 관련하여 그들이 중시한 것은 집단가요였다. 앞에서 말
한 것처럼 〈두솔가〉는 노동 인민들 속에서 불려진 '두렛노래' 즉 '집단
적 노동가요'였으며, 그것의 발전 형태인 '사뇌가' 또한 경주 일대 사뇌
지방 인민들의 '구전 인민 가요'의 하나[18]라고 본 것이다. 그런 집단가
요가 개인 창작 시가의 발생에 토대 역할을 했으며, 그 후 형성된 계급
국가의 중심 집단이 소유했던 노래들의 특성이나 시적 형식 등에 큰
영향을 주기도 했다는 것이 그들의 관점이었다. 인용문에서 작동하는
이념성의 근원이 바로 노래의 바탕이 되는 집단성 즉 노동계급성과
인민성이다. 사회주의적 문학예술의 노동계급성을 강화하고 계급적
선을 확립하는 것이 문학예술의 본성과 사명이라는 말인데,[19] 그런

---

17) 『조선문학통사(상)』, 18~19쪽.
18) 『조선문학통사(상)』, 18쪽.

원칙을 강화하기 위해서는 인민대중이 잘 알고 좋아하는 혁명적 문학예술을 창조·발전시켜야 한다고 했다.[20]

사실 〈두솔가〉가 집단노동요라 해도, 그 노래 이후에 등장한 화랑·승려·기타 개인 등 개별 작가들의 서정요로 전환된 향가들을 저자의 주장처럼 '사회의 계급적 분화에 따른 소 집단적 이해관계'를 반영한 결과물로 보는 것은 무리다. 말하자면 이 시기 향가 작자들을 단순히 자기 계급의 이해관계를 대변할 '계급적 이데올로그'로 보기는 어렵다는 것이다. 현존 향가들은 각자가 처한 삶의 현장에서 상황의 변화에 따른 정서적 반응을 자신들에게 익숙한 표현물로 만들어 부른 것들일 뿐 '계급투쟁의 구도' 속에서 자신이 속한 공동체나 계급의 이익을 지키기 위해 만든 이념적 산물로 보는 것은 억지에 가깝다. 북한 정권 초기 문예미학을 정립해 가던 단계에서 창작을 주도해야 할 미학으로

---

19) 사회과학출판사, 『우리 당의 문예정책』, 사회과학출판사, 1973, 13쪽의 "사회주의적 문학예술은 그 본성에 있어서 로동계급적이며 로동계급과 그 당의 혁명위업에 복무하는 것을 근본사명으로 하고 있다. (…) 사회주의적 문학예술의 로동계급성을 강화하고 계급적 선을 날카롭게 세워야 할 요구는 이 문화예술의 본성과 사명으로부터 필연적으로 흘러나올 뿐 아니라 사회주의 제도가 세워진 다음에도 계급투쟁이 계속되며 근로자들과 자라나는 새 세대들에 대한 계급교양을 끊임없이 강화해야 할 사정과 관련하여 더욱 더 절실하고 심각한 문제로 나선다." 참조.

20) 『우리 당의 문예정책』, 14쪽의 "경애하는 수령 김일성 동지께서는 다음과 같이 교시하시였다. '소설, 시, 음악, 영화, 그밖에 다른 모든 예술은 인민대중들이 알 수 있는 것으로 되어야 하며 인민대중을 위하여 복무하여야 합니다.'[『김일성 저작선집』 2권, 578쪽] 우리 당은 문학예술은 인민을 위한 것으로 되여야 한다는 혁명적이며 인민적인 립장으로부터 출발하여 인민대중이 잘 알 수 있고 그들의 감정에 맞으며 인민들이 좋아하는 혁명적이며 인민적인 문학예술을 창조하고 발전시키는 것을 중요한 정책적 요구의 하나로 내세우고 있다. 사회주의적 문학예술은 그 본성에 있어서 한줌도 못되는 지주, 자본가 계급의 반동적, 반인민적 정책에 복무하는 부르죠아 반동문학예술과는 근본적으로 달리 혁명과 건설의 주인인 인민대중을 위하여 복무하는 혁명적이며 인민적인 문학예술이다." 참조.

서의 사회주의적 사실주의를 지난 시기 예술 담당 계층 교체의 의미를 해석하는 잣대로 적용시키고자 한 과잉 의욕의 소산으로 볼 수 있다는 것이다.

작품에 대한 해석 또한 같은 맥락에서 비판될 여지가 많다. 다음의 세 경우가 그것들이다.

① ⓐ이 노래는 작가가 주술적 목적을 추구하여 부른 것이지만 그러나 그 속에는 당시 신라 인민들이 전개하던 왜구 격퇴를 위한 애국적인 투쟁 현상이 반영되어 있으며[21] / ⓑ 설화로 보나 노래의 내용으로 보아 이 작품은 확실히 당시 인민들 속에서 창작되어 류전되던 민요임이 틀림없다. 노래만을 보면 그 속에 풍유적 음향도 울리고 있으나 설화까지를 결부시켜 보면 이 노래는 고대 인민들의 근로 생활과 그들의 소박한 행복에 대한 꿈이 토대로 되어 있는 서정가요 작품임을 알 수 있다.[22] / ⓒ 이 노래도 향찰법에 의하여 고착된 당시 민요 작품의 하나이다. 이 노래에는 고통스러운 현실 생활에 시달리는 이 시기 인민들의 자탄과 신음의 읊조림 소리가 울리고 있다.[23]

② 〈모죽지랑가〉와 〈헌화가〉가 신흥 군사 귀족들을 중심으로 삼국통일과 외래 강점자들을 반대하는 투쟁에 전 인민적 력량이 집결된 시대의 소산이라면, 그리고 〈원가〉가 이미 신라 귀족 통치 기구의 내적 모순을 은연하게 발로하기 시작한 당시의 정세를 반영한다면, 월명과 충담이 활동하던 8세기 중엽에는 모순이 자못 격화하기 시작하여 통치자들은 자기들의 정권에 의구를 느끼지 않을 수 없었으며, 그들은 중앙 집권제를 더

---

21) 『조선문학통사(상)』, 25쪽.
22) 『조선문학통사(상)』, 27쪽.
23) 『조선문학통사(상)』, 27쪽.

욱 강화함으로써 그것을 극복하는 한편 확호한 통치 리념을 수립하려고 노력하기 시작하였는바, 이러한 정형은 당시의 저명한 시인들인 월명과 충담의 작품들에 그대로 반영되어 있다.24)

③『삼국유사』의 기록이 농민 봉기군을 불교도의 립장에서 극악한 이단자로 보고 그들이 지배계급을 반대해서 싸우는 것은 물욕 때문이며 그들의 투쟁을 저지하기 위해서는 그들에게 사회생활에 대한 허무주의적 사상을 선전해야 한다는 것을 주장하고 있는 것이 명백하다.25)

①-ⓐ는 〈혜성가〉에 대한 해석이다. 이 노래는 아직도 정확하게 해독되지 않아 의미해석 또한 쉽지 않은 것이 사실이다. 노래에 상정된 '주술'이 현실적 상황과 직결되어 있을 것이라는 방증은 학자들에 의해 꾸준히 제기되어 왔으며, 이 노래가 '혜성과 왜군 때문에 조성된 위기상황에 대처하는 자세를 말한 교훈'26)이라 해도, '신라 인민들이 전개하던 왜구 격퇴를 위한 애국적인 투쟁 현상의 반영'으로 읽어 '반외세의 주제의식' 혹은 '반침략 애국투쟁'의 이념적 모토와 직결시킨 것은 지나치게 의도적이라는 혐의를 피하기 어렵다. '사랑의 계략과 성숙'27)으로 읽히는 〈서동요〉를 ①-ⓑ에서처럼 '고대 인민들의 근로 생활과 소박한 행복에 대한 꿈'으로 해석한 것은 강한 이념적 의도의 소산이고, ①-ⓒ에서 '고해(苦海) 속의 존재라는 자아인식'으로 해석했어야 할 '서럽더라[哀反多羅]'를 '고통스러운 현실 생활에 시달리는 이 시기 인민들의 자탄

---

24) 『조선문학통사(상)』, 44쪽.
25) 『조선문학통사(상)』, 49쪽.
26) 조동일, 『제4판 한국문학통사 1』, 166쪽.
27) 신재홍, 『향가의 미학』, 집문당, 2006, 410~412쪽 참조.

과 신음의 읊조림'으로 풀어낸 것은 계급 투쟁적 역사관에 바탕을 둔 이념적 과잉 해석의 소산이라 할 수 있다.

〈모죽지랑가〉와 〈헌화가〉, 〈원가〉를 '애국·반외세 투쟁·지배체제의 모순' 등 당시 현실의 소산으로 해석한 것이 ②의 핵심이다. '삼국통일사업 준비기의 앙양된 애국적 분위기' 속에서 악한 관리 익선의 손아귀에 잡혀 있던 자신의 낭도를 빼내 온 죽지랑의 형상이야말로 '민족통일의 지상명령의 체현자'[28]이고, '집단노동에서의 일치된 함성이 인간을 지배하는 신의 의지까지도 좌우할 수 있다'는 신념을 통해 '생활의 어려운 고비를 해결하는 주체는 지배계급이 아니라 인민집단'임을 강조한 〈헌화가〉는 '반외세 투쟁'으로 연결되며, '지배계급의 정권쟁탈 분쟁이 빚어낸 탄식'인 〈원가〉는 통치체제의 모순과 계급투쟁을 그려내고 있다는 것이다.

세속에 대한 미련을 버리고 산속으로 들어가던 영재가 도적을 타일러 감화시키기 위해 지어 부른 〈우적가〉를 '모순으로 충만한 시대 현실, 그로 인한 민중의 봉기, 그에 대한 기만적 마무리'로 해석한 것이 ③의 핵심이다. 영재가 만난 도적들이 사실은 모순의 극한상황에서 일어난 농민 봉기군으로서 지배계급에 대항하여 싸우고 있는데, 『삼국유사』의 기록자가 단순히 불교적 입장에서 그들을 '물욕에 지배당하는 도적'으로 기록해 놓았다고 비판한 것이다. 영재가 그들을 맞이한 태도는 그의 '사상적 발전'의 면에서 볼 때 긍정적이었으나, 그 '인민 봉기군'을 지리산 속에 영구히 가두는 것으로 끝냈기 때문에 '인민의 참된 지향에 위반된다.'[29]는 것이다.

---

28) 『조선문학통사(상)』, 40쪽.
29) 『조선문학통사(상)』, 50쪽.

이처럼 주체사상 이전 북한의 문학사에서는 비록 고전시대의 향가
라 할지라도 자신들이 주장하는 사회주의적 사실주의 문예이론의 합
목적적 기준에 맞도록 해석하는 것이 일반적이었고, 그 핵심적 내용은
'인민성에 기반을 둔 집단성, 계급투쟁, 반외세 투쟁' 등으로 요약될
수 있다. 그리고 이런 내용은 주체사상의 단계에 이르러 좀 더 목적
지향적으로 구체화 된다.

2) 사회주의적 리얼리즘의 지속과 주체미학의 가세:『조선문학사(고대 중세편)』와『조선문학사 1』

(1) 주체미학적 해석의 가능성 모색:『조선문학사(고대중세편)』

주체사상이 맑스―레닌주의의 바탕 위에서 나왔고,[30] 당성·노동계
급성·역사주의의 원칙을 바탕으로 민족사와의 밀접한 관련 아래 당대
의 사회제도·계급투쟁·경제관계·정치 및 다른 사회적 의식형태들과
예술형태들의 상관성 속에서 모든 문제들을 고찰하는 것이 과학적인
문학사 서술의 방법임을 밝히고 있는 이상,[31] 주체사상 이전과 이후의
문학사들이 큰 차이를 보여준다고 말할 수는 없다. 약간의 차이를 보
여준다면 자민족 제일주의,[32] 민족사의 배타적 특수성, 적극적 외세

30) 김정일,『주체사상에 대하여』, 조선로동당출판사, 1991, 102쪽 참조.
31) 사회과학원 주체문학연구소,『문학예술사전』(상), 과학백과사전종합출판사, 1988, 761쪽 참조.
32) 김정일,『주체사상에 대하여』, 84쪽의 "세계혁명 앞에 우리 당과 인민이 지닌 첫 째 가는 임무는 혁명의 민족적 임무인 조선혁명을 잘 하는 것입니다. 자기 나라 혁명에 충실하자면 무엇보다도 자기 민족을 사랑하고 귀중히 여길 줄 알아야 합니다. 나는 이런 의미에서 우리 민족 제일주의를 주장합니다. 우리 민족이 제일이라고 하는 것은 결코 다른 민족을 깔보고 자기 민족의 우월성만 내세우라는 것이 아닙니다. 우리 공산주의자 들이 민족주의자로 될 수는 없습니다. 공산주의자들은 참다운 애국주의자인 동시에 참

배격 등등 앞 시기에 표면상으로나마 강조했던 보편 지향적 세계관과 다른 양상의 의식을 보여준다는 점에서일 텐데,[33] 그 점 역시 분명한 것은 아니다. 주체사상 전반기 문학사로 볼 수 있는 『조선문학사(고대중세편)』의 서문 첫머리에서 저자들은 "우리 인민은 반만년의 유구한 력사와 찬란한 문화를 가지고 있는 슬기롭고 재능 있는 인민이다. 먼 옛날부터 발전된 문화생활을 하여 온 조선 인민은 풍부하고도 다양한 문학유산을 남기였다."[34]고 함으로써 김정일이 언급한 '자민족 제일주의'의 정신을 문학사 기술의 원칙으로 삼았음을 암시한 셈이다. 그와 함께 다음과 같은 언급을 마무리 부분에 배치함으로써 이 문학사가 '주체미학에 의한 문학사'임을 강조하기도 했다.

> 필자들은 조선문학사 연구에서 이룩된 이전의 성과들과 경험들에 토대하면서 구성체계와 서술방법, 문학운동과 문학작품들에 대한 분석과 평가를 새롭게 하려고 시도하였으며 새로운 자료들을 보충하였다. 특히 문학사의 서술체계와 서술방법으로부터 구체적인 문학현상을 분석·평가하는 데 이르기까지 서술전반에서 주체의 방법론을 구현하기 위해 노력하였다.[35]

말하자면 저자들이 분석·평가·서술을 새롭게 했으며, 서술에서 '주체의 방법론을 구현하기 위해' 노력했다는 것인데, 무엇이 주체인

다운 국제주의자입니다." 참조.

33) 사실 김정일은 자민족 제일주의를 내세우면서도 자기 민족의 우월성만 내세우지 않는 국제주의를 강조했다. 그러나 자민족 제일주의가 배타적 민족주의로 귀결되는 것이 필연적임은 나찌즘이나 파시즘의 역사적 선례에서 입증되기 때문에, 하나의 민족이 '자민족 제일주의와 국제주의'를 동시에 견지하기는 쉽지 않다고 본다.

34) 『조선문학사(고대중세편)』, 1쪽.

35) 『조선문학사(고대중세편)』, 2쪽.

지에 대해서는 설명하지 않았다. 따라서 『조선문학사(고대중세편)』의
향가 관련 기록들을 중심으로 그 점에 대하여 살펴보기로 한다.

6세기 말~7세기 초 향찰 표기법에 의한 시가창작이 진행됨으로써
'민족시가 형식'인 향가가 출현했다고 본 점, '향가'란 향찰 표기법으로
된 시가들을 통칭하는 말일 뿐 특정한 시가형태를 지칭하는 것은 아니
라는 점, 10구체 향가가 예술적으로 세련되고 정제된 고유시가 형태상
의 특징을 갖고 있다는 점, 10구체 향가는 우리나라 국어시가에서 첫
정형시 형식으로서 고려 국어가요·경기체가·시조 등 그 후 민족시가
형식의 출현에 영향을 주었다는 점, 통일 이전의 향가인 〈서동요〉·
〈풍요〉·〈혜성가〉 가운데 전2자는 당시 인민들 사이에서 불리던 구전
가요를 향찰 표기법으로 적은 것이고 후자는 개별 시인들에 의하여
향찰 표기법으로 창작된 것이라는 점 등[36]은 앞 시기에 보여준 관점과
일치한다.

통일 이후 향가의 전개에 대해서도 큰 차이 없는 견해를 드러냈다.
초기 향가들은 민요를 향찰로 기록했거나 중들이 창작한 것들이었음에
반해 7세기 후반 이후의 경우 중과 화랑은 물론 평범한 노인, 부녀자,
아이 등 다양한 계층의 사람들이 창작에 참여했다는 점, 다양한 계급과
계층의 사람들이 창작에 참여함으로써 사회 정치적 문제·인정세태·
전설적 성격 등 다양한 주제 영역을 포괄하게 되었다는 점, 이 시기에
이르러 10구체의 정형시가 형식으로 완성되었다는 점 등을 들었다.[37]

이와 함께 몇 작품의 해석을 중심으로 향가에 관한 이 시기의 시각
과 관점들을 살펴볼 필요가 있다.

---

36) 『조선문학사(고대중세편)』, 61~62쪽 참조.
37) 『조선문학사(고대중세편)』, 72~73쪽.

① 이 노래의 밑바닥에는 단란한 가정을 이루고 행복하게 살려는 당시 사람들의 꿈이 깔려 있다는 것을 알 수 있다. 물론 여기에서 근로하는 가난한 총각이었던 서동을 공주와 결합시키고 왕으로까지 되게 한 것은 온달에 대한 이야기의 경우와 마찬가지로 당시 사람들의 세계관적 제한성에서 온 것이었다.[38]

② 불교를 극력 내세웠던 신라 봉건국가의 통치배들과 그들의 적극적인 비호를 받았던 중놈들은 2중 3중의 봉건적 억압과 착취 속에서 신음하는 가난한 인민들에게 부처를 숭상하고 '공덕'을 닦으면 죽은 다음에 '극락세계'에 가게 된다고 설교하면서 그들의 재물을 략탈하고 사상의식을 마비시키기 위하여 날뛰었다. 풍요는 허황한 불교교리로서 인민들을 기만하고 그들에 대한 략탈을 감행한 중놈들의 악랄성을 보여주고 있다. 이와 함께 이 노래에는 중세기적 암흑 속에서 아무런 기쁨도 없이 서럽게 살아가면서도 그 사회적 근원과 출로를 모르는 데로부터 중들에게 기만 당하여 심한 고통을 겪은 당시 인민들의 비참한 처지와 소박한 생활감정이 반영되어 있다.[39]

③ 〈혜성가〉는 주술적 목적을 추구하고 화랑들의 풍류를 찬양한 제한성을 가지고 있으나 거기에는 옛날부터 왜적을 물리치고 나라를 지킨 인민들의 애국적 투쟁사실이 반영되어 있다.[40]

④ 노래에서 꽃을 꺾어주고 받는 사람들 사이의 관계는 설화에서 이야기된 것처럼 착취하고 압박하는 사람과 억눌리고 천대받는 사람 간의 관계라기보다도 같은 처지에 놓여있는 사람들 간의 관계로서 거

---

38) 『조선문학사(고대중세편)』, 62쪽.
39) 『조선문학사(고대중세편)』, 62~63쪽.
40) 『조선문학사(고대중세편)』, 64쪽.

기에는 서로 존경하고 사랑하는 뜨거운 정과 아름다운 마음씨가 흐
르고 있는 것을 볼 수 있다.[41]

⑤ 부모와 형제간에 아끼고 사랑하며 이웃 간에 화목하게 지내는 것은
우리 민족의 고유한 품성의 하나이다. 노래에서는 한 피줄을 타고
태여나 정답게 자라난 누이, 세상을 떠나면서 마지막 말도 나누지
못한 사랑하는 누이를 그리는 서정적 주인공의 심정이 아무런 수식
도 없이 생활 그대로 표현되고 있다. (…) 그러나 마지막 분절에서
노래는 누이를 잃은 서정적 주인공의 비통한 감정을 불교적 관념에
기초한 부질없는 위안으로 바꿔지고 있다. (…) 이것은 당시 널리 퍼
지고 있던 불교사상의 부정적 영향의 반영으로서 중이였던 작가의
세계관적 제한성으로부터 흘러나온 것이었다.[42]

①은 앞에서 '고대 인민들의 근로 생활과 소박한 행복에 대한 꿈'으
로 설명한바 있는 〈서동요〉에 대한 해석이다. 여기서 말하는 '세계관
적 제한성'이란 가난한 인민을 대표한 서동이 왕을 포함한 지배계급에
저항하거나 투쟁하는 대신 스스로 왕으로 등극하겠다는 비현실적 꿈
을 가진 점에 대한 저자들의 비판적 지적이다. 왕이 되는 대신 박해받
는 서민들을 대표하여 권력계급과 투쟁을 벌이는 것이 주체미학의 범
주에서 이상적 역할이라는 가정이었을 것이다. 해석의 결론으로 이념
적 당위성을 제시했을 만큼 필자들이 주체미학 구현에 일종의 강박관
념을 갖고 있었음을 ①은 암시한다.

②는 〈풍요〉에 대한 언급인데, '고통스러운 현실 생활에 시달리는

---

41) 『조선문학사(고대중세편)』, 73쪽.
42) 『조선문학사(고대중세편)』, 74~75쪽.

이 시기 인민들의 자탄과 신음의 읊조림'으로 풀어낸 앞 시기의 해석
에, 인민의 고통은 불교와 승려계층이 기만적으로 내세를 강조함으로
써 현실의 고통을 잊게 하고 그를 틈타 약탈을 일삼은 데서 나왔다는
그들 나름의 판단을 덧붙인 생각의 체계가 구체적으로 드러난다. 노래
나 배경설화의 분석에서 도출되는 생각이 아니라 자신들이 설정한 계
급투쟁의 구도를 바탕으로 연역(演繹)과 의미적 비약을 마다하지 않는
이념적 과잉해석의 오류를 드러내게 된 것이다.

③의 〈혜성가〉 해석은 앞 시기의 그것['주술적 목적을 추구하여 불렀지
만, 그 속에는 당시 신라 인민들이 전개하던 왜구 격퇴를 위한 애국적인 투쟁 현상
이 반영되어 있음']과 정확히 부합하며, ④〈헌화가〉의 경우는 집단노동
에서 민중의 일치된 함성이 신의 의지까지도 좌우하는 만큼 생활의
어려운 고비를 해결하는 주체는 지배계급이 아니라 인민집단'임을 강
조함으로써 궁극적으로 '반외세 투쟁'의 이면적 의미까지 읽어낸 앞
단계의 해석과 약간 다른 모습을 보여준다. 즉 이 경우는 계급투쟁보
다 '같은 처지의 구성원들 사이에 오고 가는, 존경하고 사랑하는 뜨거
운 정과 아름다운 마음씨'를 강조한 셈인데, 주체사상에서 강조하고
있는 '우리 민족 고유의 장점'을 이 노래의 해석에서 제시하고자 한
의도의 소산으로 생각된다.

⑤에서 〈제망매가〉에 등장하는 형제간의 사랑을 '우리 민족의 고유
한 품성의 하나'라고 하여 자민족의 우수성을 강조함으로써 주체적 이
념성을 노출시켰다. 『조선문학통사(상)』의 해당 노래 해석에서 저자들
은 '내세에 대한 신념이나 극락에 대한 동경' 등을 불교적 환상으로
비판한 바 있는데, 그런 점을 '작가의 세계관적 제한성'으로 비판하면
서도 민족적 품성의 측면에서 긍정적으로 바라보는 것은 이 시기에

새롭게 등장한 해석의 한 갈래라 할 수 있다.

　주체사상에 바탕을 둔 주체미학이 정립되기 시작한 것은 1970년대와 1980년대에 걸친 시기라 할 수 있다. 주체미학 역시 사회주의적 사실주의를 바탕으로 했음을 감안한다면, 주체사상 이전의 문학사와 이 시기의 문학사가 그리 현격하게 달라질 이유는 없을 것이다. 향가에 초점을 맞출 경우 이 시기의『조선문학사(고대중세편)』는 이전 시기의 관점을 대폭 수용한 바탕 위에 주체미학의 관점을 가미하려는 의욕을 보여줌으로써 두 시기 사이의 교량 역할을 하게 되지 않았나 생각된다.

(2) 주체미학을 포괄하는 사회주의적 리얼리즘의 지속:『조선문학사 1』

　주체사상은 '사람중심의 철학'으로서 '혁명과 건설의 주인은 인민대중이며 혁명과 건설을 수행하는 힘도 인민대중에게 있다'는 논리를 중심으로 형성되었다는 것[43]이 김정일의 주장이다. 그 '지도적 지침'은 사상에서 주체, 정치에서 자주, 경제에서 자립, 국방에서 자위 등을 구현하는 것이며, '창조적 방법'은 인민대중에 의거하는 방법, 실정에 맞게 하는 방법 등이라고 설명된다.[44] 주체사상이 국가의 이념으로 확립된 1990년대에 들어 사회과학원 주체문학연구소에 의해『조선문학사』15권이 발간되는데, 규모와 내용으로 미루어 주체사상을 가장 확실하게 반영한 결과가 바로 이 문학사일 것이라는 믿음을 갖게 한다. 머리말의 모두(冒頭)에 제시된 김일성의 교시[45]와 뒷부분에 제시

---

43) 김정일, 『주체사상에 대하여』, 24쪽.

44) 김정일, 『주체사상에 대하여』, 64~71쪽.

45) 『조선문학사 1』, 1쪽의 "우리 민족은 반만년의 유구한 력사를 가지고 있는 단일민족이며 옛날부터 외래 침략자들과 력대 반동 통치배들을 반대하여 줄기차게 싸워 온 용감하고 패기 있는 민족이며 인류의 과학과 문화 발전에 크게 기여한 재능 있는 민족입니다.[『김

된 김정일의 지적46)은 문학의 장르나 작품에 대한 해석의 방향과 내용
을 결정하는 강령으로 작용했을 것이다. '외세 및 반동 통치배들과의
투쟁, 인류 과학과 문화 발전에 기여한 재능 있는 민족, 발전된 문화와
독자적인 삶의 자부심' 등이 두 사람의 말 속에서 찾아낼 수 있는 우리
역사와 문화의 공통점이며, 특히 '주체적 립장에서 우리 민족의 유구
성과 우리나라 사회 발전의 합법칙적 과정을 옳게 해명함으로써 인민
들에게 민족적 긍지와 자부심을 높여 주어야 한다'는 김정일의 말은
북한문학사 서술의 지침으로 삼게 될 것임을 암시하고 있는 셈이다.
　앞의 문학사들과 마찬가지로 이 책도 향가 장르의 성립에 관한 서술
을 앞세우고 있다. 특히 향찰에 의한 서사화(書寫化) 과정을 거쳐 정형
시가로서의 형태적 특성을 완성한 것이 대체로 7세기 후반이지만, 그
런 부류의 최초 노래는 '사뇌격을 지닌' 기원 28년의 〈두솔가〉로부터
였다는 점, 따라서 〈두솔가〉로부터 노래와 음악이 시작되었다는 『삼
국사기』의 기록이 우리나라 가요음악의 역사적 시원을 뜻하는 것이
아니라 사뇌의 격을 갖춘 민족시가 형태로서의 향가가 〈두솔가〉로부
터 시작되었음을 밝힌 것이라는 점, 8세기에 창작된 월명사의 〈두솔
가〉를 그가 같은 시기에 지은 〈제망매가〉와 대비해 보면 기원 1세기에
창작된 〈두솔가〉의 형식에 노랫말만을 바꾼 것으로 짐작된다는 점,
〈두솔가〉로부터 시작하여 향찰 표기에 의해 서사화 과정이 완성되기
이전 시기의 초기 향가작품들로서 현재까지 가사가 전해지는 것은 〈서

　　일성저작집』 1권, 233쪽]" 참조.
46) 『조선문학사 1』, 2~3쪽의 "우리 민족이 먼 옛날부터 발전된 문화를 가지고 독자적으로
　　살아 온 것은 우리 인민의 커다란 자랑입니다. 우리는 주체적 립장에서 우리 민족의
　　유구성과 우리나라 사회 발전의 합법칙적 과정을 옳게 해명함으로써 인민들에게 민족적
　　긍지와 자부심을 더욱 높여 주어야 합니다." 참조.

동요〉・〈풍요〉・〈혜성가〉 등 세 편뿐인데, 이 가운데 〈서동요〉와 〈풍요〉는 구전으로 창작・전승되다가 7세기 후반 이후 향찰 표기법에 의해 기록되었고, 〈혜성가〉는 향찰을 서사의 수단으로 창작된 최초의 작품이라는 점 등47)을 밝혔다. '인민의 집단적 노동요'가 '개인 창작 노래'로 바뀜으로써 향가의 존재론적 범주가 확장되었다거나, 노래가 향찰에 의한 기사(記寫)의 단계를 거치면서 가공되었고, 그 결과 '향가'라는 시문학으로 바뀐 과정을 보여준 앞의 문학사들과 달리 이 책에서는 이런 내용이 '향찰 표기법에 의해 기록되었다'는 언명으로 단순화되었음을 확인할 수 있다. 말하자면 선행 문학사들이 강조한 '가공(加工)'의 부분을 생략한 셈인데, 선행 문학사들의 주장을 부정해서라기보다는 변이나 발전의 과정을 단순화시킴으로써 '향찰'의 존재를 부각시키고자 한 의도였으리라 본다. 무엇보다 이 점을 설명하기 위해 사뇌가의 초기 형태로 구전되던 1세기 〈두솔가〉의 악곡에 향찰로 기사된 노랫말을 채워 넣음으로써 불교적 내용을 다룬 월명사의 〈두솔가〉가 비로소 가시화되었다는 점을 그 주장의 예로 제시했을 것이다.

개별 작품들에 대한 해석 또한 앞 시대의 문학사들과 별반 다를 것이 없다. '가난한 홀어미의 아들을 왕으로까지 되게 한 것, 신비하고 미신적인 출생담 등 일련의 제한성은 있으나 거기에는 단란한 가정을 이루고 걱정 없이 행복하게 살려는 당시 사람들의 소박한 소원이 깃들어 있다'고 본 〈서동요〉 해석,48) '주술적인 목적을 추구한 점에서 제한성을 갖고 있긴 하나 시적 언어표현이 비교적 세련되어 있을 뿐 아니라 민족의 투쟁 사적을 일정하게 반영한 10구체 향가라는 점에서 문학사적

---

47) 『조선문학사 1』, 182~184쪽.
48) 『조선문학사 1』, 185쪽.

〈그림 4〉 1991년 사회과학출판사에서
펴낸 『조선문학사 1』(저자 정홍교)

의의를 갖는다'고 본 〈혜성가〉 해석,49) 해룡에게 잡혀간 수로부인을 인민들이 구출해냈다는 점에서 노래에서 꽃을 주고받는 행위는 아름다운 꿈을 안고 낭만에 넘쳐 사는 사람들 사이의 일이며, 거기에는 서로 존경하고 연모하는 뜨거운 정과 생활낙천의 정서가 담겨져 있다고 보는 것이 보다 자연스럽다고 본 〈헌화가〉 해석,50) 출세와 물욕에 빠진 통치배들의 가혹한 착취와 파렴치한 약탈로 말미암아 국정이 약화되고 나라에 큰 혼란이 조성되고 있던 당대 사회현실의 일단을 엿볼 수 있게 한다고 본 〈안민가〉51) 등 향가 작품들에 대한 대부분의 해석은 앞 시기 문학사들과 별반 큰 차이를 보여주지 않는다.

이와 함께 불교의 폐해나 부정적인 측면을 문학사의 전개와 결부시키려는 의도를 강하게 노출시킨 점을 주목할 필요가 있다. 종교를 부정적으로 보는 북한의 이념 체계에서 향가의 발생이나 현실적인 효용성, 사상적 기반 등과 관련하여 뗄 수 없는 관계를 갖고 있던 외래종교

---

49) 『조선문학사 1』, 187쪽.

50) 『조선문학사 1』, 219~220쪽. 그러나 앞 단계에서는 "'집단노동에서의 일치된 함성이 인간을 지배하는 신의 의지까지도 좌우할 수 있다'는 신념을 통해 '생활의 어려운 고비를 해결하는 주체는 지배계급이 아니라 인민집단'임을 강조한 〈헌화가〉는 '반외세 투쟁'으로 연결된다"는 요지의 관점을 보였는데[『조선문학통사(상)』, 44쪽], 이 점으로 미루어 앞 단계 문학사의 해석이 좀 더 이념 지향적이었다고 할 수 있다.

51) 『조선문학사 1』, 226쪽.

불교는 향가를 부정적으로 보게 만드는 핵심 요인이었다. 〈천수대비
가〉, 〈원왕생가〉 등 불교적 색채의 노래들은 모두 불교의 교리를 설파
하고 부처의 공덕을 찬미함으로써 통치계급의 정치적 목적을 실현하
는데 복무해왔다는 점, 인간에 의한 인간의 착취가 법적 보호 밑에 성
행하고 신분이 천하고 권세 없는 사람들에게 불행과 고통만이 강요되
는 불합리하고 모순에 찬 사회 현실 속에서 날로 증대되는 인민들의
불만과 반항의식을 마비시키고 사람들을 저들의 지배와 수탈에 순종
시키기 위한 통치배들의 이해관계가 이런 작품들에는 반영되어 있다
는 점, 향가 창작에서 불교 교리의 찬양과 금욕주의의 반영은 고려시
기에 창작된 균여의 향가 11수에 더욱 경향적으로 나타났으며, 향가는
바로 이런 제한성 때문에 결국 생활적 바탕을 잃고 그 존재를 마치게
되었다는 점 등52)이 향가의 장르적 종식에 불교가 절대적인 원인이었
음을 강조한 내용이다. 교리에 바탕을 둔 불교의 설득이나 부처의 공
덕에 대한 찬미와 함께 통치 집단과의 제휴를 통한 현실적인 힘이 민중
의 불만과 반항의식을 마비시켰다고 본 것이 불교에 대한 문학사 저자
들의 부정적 관점이었으며, 그것은 사회주의 미학에서 중시하던 비판
적 사실주의의 실종과 맥을 같이 하는 점이다. 특히 외래 종교인 불교
가 통치 집단과 긴밀하게 제휴하여 민중의 마음을 사로잡고 판단력을
마비시킴으로써 결국 우리 고유의 문학 장르인 향가를 고사시키게 되
었다는 것인데, '외래 종교인 불교 : 우리 고유의 문학 장르인 향가'처
럼 양자를 대립 관계로 파악·제시함으로써 불교가 원시종교, 유교 등
과 함께 향가의 사상성이나 서정성을 더욱 풍부하게 해준 것으로 파악

52) 『조선문학사 1』, 227쪽 참조.

하고 있는 남한 학자들의 일반적인 생각과 크게 다른 모습을 확인할 수 있다.

향가를 중심으로 이 책이 보여주는 분석의 관점이나 방향이 얼마간 정돈된 느낌을 주는 것은 사실이나, 주체사상 이전이나 이후의 문학사적 관점과 크게 다른 점을 찾기는 어렵다. 그것은 현재 남아 있는 향가들이 향찰 즉 우리의 독자적 표기체계로 정착된 최초의 노래라는 점에서 부정적인 면보다는 긍정적인 면이 많다고 보았고, 무엇보다 작품에서 읽어낼 만한 계급이나 이념투쟁 혹은 외세와의 투쟁적 요소 등이 적기 때문일 것이다.

3. 마무리: 향가해석의 이념 중심적 작위성

문학작품이나 작가, 배경적 사건 등 문학사적 사실들을 선택한 다음 그것들을 해석하여 통시적으로 체계화 시키면 문학사가 된다. 북한의 문학사에 기술된 향가를 중심으로 그에 적용된 해석의 관점이나 의미를 찾는 것이 이 글의 목적이었다. 향가는 표기체계를 확인할 수 있다는 점에서 사실상 우리 고전시가의 출발점으로 남북한 모두 인정하는 장르다. 따라서 문학사 기술의 첫 작업이라 할 수 있는 '문학사적 사건의 선택' 문제는 저절로 해결된 셈이다. 문제는 해석의 관점이다. 이 글에서 사용한 세 가지 텍스트는 『조선문학통사(상)』(1959)·『조선문학사(고대중세편)』(1977)·『조선문학사 1』(1991) 등인데, 전자는 주체사상 등장 이전의 저술, 후자는 주체사상 정립 이후의 저술들이다. 『조선문학통사(상)』는 맑스-레닌주의적 방법과 역사주의에 기초하여 문학사를 서술했음을 밝혔고, 후자들은 그와 함께 주체미학적 관점을 강조했다.

우선 향가의 남상(濫觴)을 '인민대중의 집단적 노동요' 즉 '두렛노래'에서 찾은 것은 북한의 모든 시기 문학사들에서 공통된다. 그것은 사회주의적 리얼리즘의 필수요건인 '인민성·당성·노동계급성' 가운데 인민성과 노동계급성을 강조하는 측면에서도 소홀히 할 수 없는 점이었을 것이다. 노동계급으로서의 인민대중 속에서 생활가요로 불리다가 상당기간 후에 고안된 향찰 서사법으로 기록되면서 구체적인 시형식으로 나타났는데, 그 서사의 과정은 형식적 정제를 이루어 나가던 가공의 과정이기도 했다는 것이 그들의 관점이었다. 노래 즉 '읊던 시가'에서 시문학 즉 '쓰는 시가'로의 전환을 향가에서 찾아낸 점은 고대 시가사적 전개 양상의 합리적 발견인 셈이었다. 그러나 개별 노래들에 대한 해석의 경우 이념적 과잉의 모습을 피할 수 없었던 것은 문학을 '사회주의 혁명을 보조하는 수단'으로 인식하던 이들의 입장에서는 당연한 결과였다고 할 수 있다. 비록 고전시대의 향가라 해도 사회주의적 리얼리즘 문예이론의 합목적적 기준에 맞도록 해석해야 했고, 그 핵심 내용인 '인민성에 기반을 둔 집단성, 계급투쟁, 반외세 투쟁' 등에 부합되는 것이어야 했다. 자신들이 설정한 기준과 부합하는 부분은 긍정적으로 보는 반면, 그렇지 않은 부분들에 대해서는 강하게 비판함으로써 과도한 이념적 편향성을 보여 줄 수밖에 없었던 것이다.

'사람 중심의 철학'이란 모토로 '사상에서 주체, 정치에서 자주, 경제에서 자립, 국방에서 자위'를 지도적 지침으로 내걸고, '인민대중에 의거하는 방법, 실정에 맞게 하는 방법' 등을 창조적 방법으로 강조한 주체사상의 시대에도 문학사 서술의 기조만큼은 앞 시기와 별반 달라지지 않았음을 확인하게 되었다. 주체사상 자체가 정치·외교적 현실의 변화를 반영한 삶의 노선이었기 때문에, 그들이 견지해오던 사회주의적 리얼리즘 미학의 근본까지 변화시켜야 할 이유는 없었던 것이다. 주체미학을 문학사의 강령으로 내세웠으면서도 앞 시기의 문학사에 제시한 작품 해석의 경향이 지속된 이유도 바로 여기에 있었다고 할 수 있다.

어느 시기나 북한의 문학사들에서 향가가 비판된 것은 주로 불교 때문이었다. 상당수의 향가들이 불교의 교리를 설파하거나 부처의 공덕에 대한 찬미를 통해 통치계급의 정치적 목적 실현에 복무해왔다는 점, 불합리와 모순의 사회 현실 속에서 인민대중의 불만과 반항의식을 마비시켰다는 점 등이 자신들의 이념적 지향과 정면으로 배치된다고 본 것이다. 그런 불교적 사유방식은 고려시대에 창작된 균여의 향가 11수에서 더욱 심화되었으며, 그런 문제 때문에 향가는 결국 생활적 바탕을 잃고 그 존재를 마치게 되었다고 보았다. 그럼에도 불구하고 향가에 대한 북한문학사들의 해석이 비교적 정돈된 느낌을 준다거나 주체사상 전·후의 관점들 사이에 큰 차이를 읽어낼 수 없는 것은 그들의 관점에서도 문헌에 남아 있는 향가들이 향찰이라는 우리 독자적 표기체계로 정착된 최초의 노래라는 점에서 부정적인 면보다는 긍정적인 면이 많기 때문이었고, 무엇보다 작품에서 읽어낼 만한 계급이나 이념투쟁 혹은 외세와의 투쟁적 요소 등이 적기 때문일 것이다. 향가 장르의 역사적 전개나 작품의 해석에서 이념 과잉으로부터 생겨나는 작위성이 적지 않음에도 불구하고, 부분적으로나마 그들 논리의 합리성을 인정하게 되는 것은 바로 그런 이유 때문이다.

제3장

북한문학사와 고려속악가사

1. 고려속악가사와 문제의식

이 부분에서는 고려속악가사['고려속가'로 약칭][1]에 대한 북한문학사의 관점을 살펴보기로 한다. 고려속가들은 주로 조선조의 문헌에 실려 전해지고, 『익재난고(益齋亂藁)』와 『급암집(及菴集)』 등 고려시대 문헌들에도 실려 전해진다.[2] 남한의 학계에는 문헌·실증적 연구를 주축으로 형태·구조·장르, 작자·창작시기·향유층 등 다양한 분야의 연구 성과들이 보고되어 있다. 이에 비해 북한의 경우는 집체적 저작의 형태를 띠고 있는 여러 건의 문학사들에 부분적으로 연구결과들이 반영되어 있을 뿐, 대체로 한산한 편이다. 고전문학 연구자들의 수가 한정되어 있을 뿐 아니라, 북한 사회가 용인할 수 있는 고전문학에 대한

---

1) 『악장가사』·『시용향악보』·『악학궤범』·『대악후보』·『악학편고』 등 조선조의 문헌들에 실려 전해지는 국문의 고려 노래들은 궁중 속악의 가사로 쓰이던 것들이다. 지금까지 우리 학계에서는 그것들을 '고려가요·고려가사·고려속요·고려시가·장가·별곡' 등 다양하게 불러왔고, 북한에서는 '고려국어가요'[정홍교, 『고려시가유산연구』, 과학, 백과사전출판사, 1984, 26~27쪽 참조]로 부른다. 본서에서는 이 노래들이 사용되던 국면과 실려 전해지는 텍스트의 현실을 중시하여 '고려속악가사'로 통칭하고, 그것을 '고려속가'로 약칭하기로 한다. 명칭에 대한 필자의 견해는 『고려속악가사(高麗俗樂歌詞)·경기체가(景幾體歌)·선초악장(鮮初樂章)』, 한샘, 1994, 5~15쪽 참조.

2) 간단히 표로 제시하면 다음과 같다.

이념적 해석 자체가 분명한 한계를 지니고 있기 때문으로 보인다. 그 가운데 가장 두드러진 성과는 정홍교의『고려시가유산연구』라 할 수 있는데, 그의 이 연구는 자신이 저자로 되어있는 『조선문학사 2』[3])에 상당 부분 그대로 전재됨으로써 고려속가에 대한 그의 견해는 북한 학계의 공적인 학설로 자리 잡았다고 할 수 있다. 고려속가에 대한 북한식 해석의 이념적 출발은 무엇이며, 김일성 · 김정일의 강령이나 교시를 중심으로 한 이념적 규정이 구체적인 장르나 작품의 해석에 어떠한 모습으로 구체화 되는지를 살펴보기로 한다.

2. 고려속악가사에 대한 이념적 해석의 양상

『고려시가유산연구』와 『조선문학사』는 주체사상이 확립된 이후의

문헌 작품	익재 소악부	고려사 악지	악학 궤범	악장 가사	시용향 악보	악학 편고	대악 후보
鄭石歌	6연 漢譯			全文	1연	全文	
青山別曲				全文	1연	全文	
西京別曲	2연 漢譯			全文	1연	全文	1연
思母曲				全文	全文	全文	
雙花店		2연 大意 漢譯			改作歌詞	全文	1~3연
履霜曲				全文		全文	全文
가시리				全文	1연	全文	
處容歌	大意 漢譯	由來 및 漢譯	全文			全文	
滿殿春				全文		全文	악보
動動		由來	全文				악보
井邑詞		由來	全文				악보
鄭瓜亭	漢譯	由來 및 漢譯					全文

3) 과학백과사전종합출판사, 1994.

저작들이다. 따라서 이들 문헌에는 주체문예론을 바탕으로 하는 작품 해석들이 주된 부분을 차지한다고 할 수 있다. 주체문예론은 북한의 체제를 지탱하고 있는 주체사상으로부터 나왔으며, 주체사상 혹은 주체 사관은 맑스–레닌주의를 바탕으로 이루어진 것이다. 즉 김정일이 밝힌 것처럼 주체사상은 김일성이 맑스–레닌주의를 우리나라의 현실에 창조 적으로 적용하여 혁명의 진로를 개척하는 과정에서 창시한 것으로 혁명 의 자주적 발전의 길을 열어 놓았다는 것이다.[4] 맑스–레닌주의를 이 땅의 현실에 창조적으로 적용한 중심축은 김일성·김정일을 중심으로 하는 북한의 이념생산 주도 세력이었으며, 그들의 움직임은 김일성의 교시나 김정일의 지적 등에 바탕을 둔 이른바 '강령'이었던 것이다.

김일성의 교시나 김정일의 지적은 일종의 대원칙으로 제시되는데, 그것들은 문학사 서술에서 벗어날 수 없는 대전제로 작용한다. 그들의 강령과 문학사 서술의 관계를 도시하면 다음과 같다.

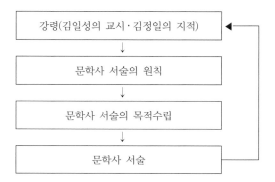

---

4) 김정일, 『주체사상에 대하여』, 조선로동당출판사, 1991, 102쪽.

강령으로부터 원칙이 나오고, 원칙으로부터 문학사 서술의 목적이 도출되며, 그러한 목적을 바탕으로 문학작품이나 작가 혹은 문학적 사건을 선택하거나 해석할 수 있게 된다. 문학적 사건의 선택이나 해석은 문학사 서술의 핵심적 작업이며, 서술된 문학사는 피드백의 과정을 거쳐 다시 대전제로 삼았던 강령의 합목적성을 입증하는 자료로 채택되는 한편 강령을 보완하는 근거가 되기도 한다. 말하자면 강령에서 문학사 서술까지의 여러 단계들은 북한문학사들이 피할 수 없는 순환론적 생산구조의 틀로 작용하는 셈이다. 정치적·이념적 변화가 없을 경우 그들 문학사의 양상 또한 결코 변화될 수 없기 때문에, 항상 문학이나 예술은 이념의 종속변수로 머물러 있게 된다. 『고려시가유산연구』 또한 그런 강령을 논리의 대전제로 삼고 있는 만큼 해석의 폭이나 깊이가 매우 제한적임은 물론이다. 정홍교는 이 책 머리말에서 다음과 같은 김일성의 교시를 들었다.

> 우리 인민은 예로부터 봉건통치배들의 학정과 외래 침략자들을 반대하여 굴함 없이 투쟁하여 왔으며 자기의 창조적 로동과 지혜로 과학과 문화를 발전시켜 동방일각에서 조선을 빛내여 왔습니다.5)

이 말의 핵심은 세 가지다. 첫째는 봉건 통치배들의 학정에 대한 투쟁, 둘째는 외세의 침략에 대한 투쟁, 셋째는 조선을 빛낸 과학·문화의 발전 및 그 원동력으로서의 창조적 노동이나 지혜 등이다. 이 내용을 두 가지로 줄이면 반외세·반봉건 투쟁과 민족적 우수성에 대한 자긍심이라고 할 수 있다. 대외적으로는 외세를 배격함으로써 자주성을

---

5) 김일성, 『김일성저작집 1』, 조선로동당출판사, 1979, 227~228쪽.

높이고, 대내적으로는 봉건 지배층을 배격함으로써 프롤레타리아 중심의 계급 혁명에서 승리를 거두겠다는 정치적·이념적 의도를 분명히 한 것이다. 그 뿐 아니라 '민족적 우수성에 대한 자긍심'은 '자민족 제일주의'[6]의 구호를 가능케 한 논리적 전제로 작용했다고 할 수 있다. 물론 그 글에서 김정일 스스로 '자기 민족의 우월성'만을 배타적으로 주장하는 것이 아님을 강조하긴 했으나, '주체'의 속성이나 국제정치의 본질적 성격 상 '자민족 제일주의'는 결과적으로 배타성을 벗어나기 어렵게 되어 있는 것이다. 그러한 김일성의 교시를 바탕으로 저자가 천명한 원칙과 태도는 다음과 같다.

> 　조선인민은 유구한 력사와 찬란한 문화전통을 가지고 있는 재능 있고 지혜로운 문명한 민족이다. 나라와 민족을 사랑하며 슬기롭고 용감한 우리 인민이 반만년의 오랜 과정에 개척한 투쟁과 창조의 력사는 그 기간에 이룩된 문화와 예술의 유산을 통하여 전해지고 있다.
> 　『고려시가유산연구』는 국토의 통합을 실현하고 외래침략으로부터 나라를 군건히 수호한 고려인민들이 창조 발전시킨 시가문학의 면모와 특성을 밝히며 조선시가문학의 발전력사를 풍부한 사료에 기초하여 과학적으로 체계화 하는데 이바지할 목적으로 집필하였다.[7]

---

6) 김정일, 『주체사상에 대하여』, 148~149쪽의 "세계혁명 앞에 우리 당과 인민이 지닌 첫 째 가는 임무는 혁명의 민족적 임무인 조선혁명을 잘 하는 것입니다. 자기 나라 혁명에 충실하자면 무엇보다도 자기 민족을 사랑하고 귀중히 여길 줄 알아야 합니다. 나는 이런 의미에서 우리 민족 제일주의를 주장합니다. 우리 민족이 제일이라고 하는 것은 결코 다른 민족을 깔보고 자기 민족의 우월성만 내세우라는 것이 아닙니다. 우리 공산주의자들이 민족주의자로 될 수는 없습니다. 공산주의자들은 참다운 애국주의자인 동시에 참다운 국제주의자입니다." 참조.
7) 정홍교, 『고려시가유산연구』, 2쪽.

과거에 이룩한 문화와 예술의 유산을 통해 전해지는 투쟁과 창조의
역사가 바로 우리의 역사라는 점, 우리 민족은 찬란한 문화전통과 함
께 재능 및 지혜를 겸비했다는 점 등이 저자의 핵심적 주장인데, 그런
생각은 사실 김일성의 강령을 패러프레이즈한데 지나지 않는다. 따라
서 '고려시가'의 유산을 통해 그런 생각의 당위성을 입증하려는 것이
이 책의 목표이며, 그런 목표를 달성하기 위해 펼치는 서술과 논리가
바로 이 책의 줄기인 셈이다.

　우선 『고려시가유산연구』(1984)의 목차8)와 『조선문학사』(1994)의 목
차9) 혹은 그 내용을 보면, 주체사상 확립 이후 북한 학계를 대표해온

---

8) 목차들 가운데 고려속가에 직접 관련을 맺는 내용은 제3장~5장이라 할 수 있다.
　　제3장. 참요, 향가, 시조에 대한 사료적 고찰
　　제1절. 참요의 개념과 참요 작품들의 해석
　　제2절. 향가와 그 쇠퇴의 원인
　　제3절. 시조의 발생년대와 그 계승적 관계
　　제4장. 고려국어가요와 풍자시문학의 창작경향에 대한 사료적 고찰
　　제1절. 별곡체의 노래에 대한 리해와 고려국어가요의 발생년대
　　제2절. 고려국어가요의 개념과 포괄범위
　　제3절. 고려국어가요와 민요의 호상관계
　　제4절. 문헌자료를 통하여 본 고려국어가요의 창작경향
　　제5절. 풍자시문학의 창작경향
　　제5장. 고려 전반기 시가문학의 발전경향
　　제1절. 광범한 계층들 속에서 창작적 진출의 강화와 첫 민요작품집인 『풍요선집』의
　　　　　편찬
　　제2절 주제분야의 확대와 예술적 형식의 다양성
9) 목차들 가운데 고려속가와 직접 관련을 맺는 부분은 제3장~4장이라 할 수 있다.
　　제3장. 고려시기 향가의 쇠퇴와 시조의 발생
　　제1절. 향가유산과 『균여전』
　　제2절. 시조의 출현, 그 개념과 발생년대
　　제3절. 시조의 형태적 특성과 대표적인 시조작품들
　　제4장. 고려국어가요와 경기체가요
　　제1절. 고려국어가요의 개념과 발생년대

그의 논리가 10년의 시차를 넘어 문학사로 전변(轉變)되긴 했으나 그
핵심은 전혀 바뀌지 않았음을 확인할 수 있다. 말하자면 '공시→통시'
로 논리 전개의 방법만 바뀌었을 뿐 고려속가에 대하여 그들 나름대로
시도한 이념적 해석의 합목적성이나 타당성에 대한 맹신만큼은 그대
로라는 것이다.

〈그림 5〉 1991년부터 북한 사회과학출판사 등에서 펴내기 시작한 『조선문학사』

고려시가에 속하는 '참요·향가·시조·고려국어가요' 장르들을 포
괄적·종합적으로 논한 것이 전자[『고려시가유산연구』]이고, 장르들 간
의 통시적 연계를 중점적으로 논한 것이 후자[『조선문학사 2』]다. 서술방
법의 차이에도 불구하고 양자가 내용적으로 합치되는 건 당연하다. 특

제2절. 고려국어가요의 창조과정과 형태적 특성
제3절. 고려국어가요의 주제사상적 류형과 특성
제4절. 고려국어가요의 대표적 작품들
제5절. 경기체가요의 형태적 특성과 계승관계
제6절. 〈한림별곡〉의 창작과정과 경기체가요의 서사화 과정

히 두 경우 공히 모두(冒頭)에 내건 김일성의 교시10)를 바탕으로 시대
의 변천과 그에 따른 계급적 요구에 맞추어 민족적 형식이 변화되어야
한다는 저자의 관점을 강조하고 있는데, 이 점은 두 글들에서 고려속
가의 통시적 성격을 드러내기 위한 논리적 전제로 삼고 있다고 보아야
할 것이다. 양자 사이에 큰 차이를 찾을 수 없는 것 또한 김일성의 교시
가 두 논리의 대전제로 사용되었기 때문이다. 여기에 제시된 교시는
김일성의『사회주의문학예술론』에서 끌어온 것인데, 사회주의와 공산
주의 문학예술의 노선과 방침이 그 내용의 주된 부분이다.

『사회주의문학예술론』은 그들의 표현대로 '항일혁명투쟁시기, 해
방 후 평화적 건설 시기, 조국해방전쟁 시기, 전후 복구 건설과 사회주
의 전면적 건설시기' 등으로 명명되는 각각의 시기마다 문예적 실천이
어떻게 이루어져야 하는가를 구체적으로 언급한 것인데, '주체문예이
론'의 핵심이라고 할 수 있다. 여기서 크게 강조되는 내용은 당성·계
급성·인민성의 바탕 위에서 혁명적 문예전통과 민족문화유산을 발전
적으로 계승하여 사회주의·공산주의 국가건설에 기여함과 동시에 이
런 일을 수행할 새로운 인간형을 창조해야 한다는 점이다. 그런 과업
을 실천하기 위한 미학적 과제가 바로 사회주의적 내용과 민족적 형식
의 결합이었던 것이다.

전자와 달리 후자의 제4장[고려국어가요와 경기체가요]에는 김정일의 지
적11)이 강령으로 제시되어 있다. 이 시기에 주체사상의 정점이 김일성

---

10)『사회주의문학예술론』, 533쪽의 "민족적 형식은 고정불변한 것이 아닙니다. 문학예술
   의 민족적 형식도 시대적 요구와 계급적 요구에 맞게 계승발전되어야 합니다." 참조.
11) 김정일,『주체문학론』, 258쪽의 "문학의 력사는 그 내용의 변화발전과정인 동시에 형태
   를 비롯한 형식들의 변혁과정이었다." 참조.

에서 김정일로 바뀌기도 했지만, '내용의 변화·발전, 형식의 변혁과정' 등을 강조한 지적의 내용으로 미루어 문학의 내용과 형식의 변화를 함께 다루고자 하는 저자의 의도 역시 분명히 반영되었음을 알 수 있다. 이처럼 고려속가에 대한 그간의 연구가 언어학적 해석에 머물러 있을 뿐 문예학적 측면의 연구는 이루어지지 못했음을 비판적으로 본 저자는 이 책의 여러 부분에서 그 나름의 예리한 통찰을 보여주고 있다.

1) 작자계층과 고려속가의 장르적 성격

 범박하게 말하여 문예학적 연구란 시적 언어, 리듬, 플롯, 표현기법, 문학사 등 언어예술의 관점에서 작품에 중점을 두고 접근하려는 분석 방법이다. 저자는 우선 작품내적 자아나 표현기법 등을 바탕으로 작자 계층을 추정하고자 했으며, 작자계층을 바탕으로 고려속가의 본질을 밝히고자 했다.

 『고려사 악지』 속악 편에 실려 있는 우리말로 된 노래들 가운데서 〈정과정〉, 〈벌곡조〉, 〈오관산〉 등 창작가의 이름을 밝힌 6편의 작품을 제외한 나머지 것들은 모두 고려국어가요인가 민요인가를 확정적으로 구분하기 곤란한 작품의 부류에 속한다고 볼 수 있다. (…) 고려국어가요작품들이 유순하고 애상적이면서도 어둡고 침침하지 않으며 밝고 명랑한 색채를 강하게 띠게 된 것도 이 부류의 노래들이 민요와 일정한 련계를 가지고 민요의 우수한 측면들을 끊임없이 도입하고 리용한 사정과 연관된다고 볼 수 있다. (…) 민요는 말 그대로 근로 인민대중의 노래이다. 민요는 근로인민대중에 의하여 창작되고 그들 속에서 불리워진 노래인 것만큼 언제나 그들의 투쟁과 생활을 형상적 기초로 삼으며 착취 받고 억압당하는 사람들의 사상 감정과 지향을 반영한다. 그러나 고려국어가요의 작가

는 근로하는 인민들만이 아니다. 고려국어가요를 창작한 사람들의 계렬
에는 근로하는 인민 출신의 인물들과 함께 도시평민계층과 직업적인 가
수들, 량반 선비들과 봉건관료들도 있다. (…) 〈동동〉, 〈서경별곡〉, 〈가시
리〉는 도시 평민층에 속하는 녀인들의 생활에 토대하고 그들의 사상 감정
과 지향을 반영하고 있으며 〈청산별곡〉은 그 정서와 지향으로 보아 정계
에서 물러나 각지를 돌아다니면서 산수를 즐기는 량반 선비 또는 봉건관
료의 생활을 반영한 것이라고 볼 수 있다. 또한 노래의 내용으로 보아
〈정석가〉는 돌을 다루는 석공의 안해가 지은 것으로 추측되며 〈정과정〉
은 정서라는 이름을 가진 봉건관료가 지은 것이다. (…) 고려국어가요는
작가의 구성이 복잡한 것만큼 개별적인 작품에 따라 생활적 바탕이 같지
않으며 노래에 반영되는 사상과 정서도 서로 구별된다. 이 점에서 고려국
어가요는 민요와 전혀 구별된다고 말할 수 있다. 민요와 구별되는 고려국
어가요의 본질적 특징은 그것이 개인 창작가요라는 것이다.[12]

　　대부분의 선학들은 지금껏 고려속가들의 본질을 '속요(俗謠)'의 범주
에서 파악하려는 관점을 고수해 왔다. 그 경우의 '속(俗)'은 『고려사 악
지』의 '속악'으로부터 가져왔으리라 보는데, 속악과 속요는 분명 의미
영역이 다른 용어다. 기원이나 유래를 따질 경우 양자가 부분적으로
일치할 수는 있다. 그러나 구체적으로 나타나는 현상은 전혀 다르다.
속악은 궁중악이고 속요는 민간의 대중가요이기 때문이다.

　　대부분 정재라는 종합무대 예술 속의 한 부분으로 실연(實演)되던
것이 전자라면, 특별한 절차 없이 민간에서 자유롭게 부르던 노래들이
후자라는 점에서, 양자는 별개의 미학과 주제의식을 지닌 것들이라고
할 수 있다. 궁중악인 고려속가를 '고려속요'라 하여 '기층민중[농민·천

---

12) 정홍교, 『고려시가유산연구』, 153~155쪽.

민]의 진술한 생활체험을 표출한 노래'로 규정한다면, 그것은 시작부터 잘못 된 적용일 수 있다. 그런 정의는 가사의 내용이나 창작 및 수용계층을 염두에 둔 연구자들의 선입견이 상당 부분 작용한 것이거나, 노래들의 담당계층이나 주제의식 및 세계관에 대한 연구자들의 지나치게 단정적인 견해로부터 나온 결론일 수밖에 없는 것이다.

아악(雅樂)이나 당악(唐樂)에 대한 대응명칭으로서의 속악이 민중의 기층문화를 반영하고 있긴 하지만, 이미 상층문화로 상승하여 정재 등의 양식으로 재편된 이상 다층적 복합성을 본질로 지니게 된 것은 당연하다.[13] 단순하게 민중의 가요나 민요와 동일시할 만한 대상은 아니기 때문이다.

그런 점에서 인용문에 나타난 저자의 생각은 비교적 온당한 측면을 지니고 있다. 고려속가의 분위기나 내용이 민요와 일정한 연계를 갖고 있으며, 민요로부터 좋은 요소들을 수용해온 것은 사실이지만, 고려속가가 민요 그 자체는 아니라는 것이다. 익명의 '근로인민대중'이 창작하여 부른 민요와 달리 그것들은 도시의 평민계층이나 직업적인 가수, 양반 선비 및 봉건 관료 등 다양한 계층에 의해 창작되고 불렸다고 했다. 〈동동〉·〈서경별곡〉[14]·〈가시리〉 등의 작자계층으로 추정한 평

---

13) 조규익, 『고려속악가사·경기체가·선초악장』, 6쪽.

14) 〈서경별곡〉을 나약한 여인의 시정인적(市井人的) 서정이 드러난 노래["작품의 서정적 주인공은 당대의 현실생활과는 동떨어져서 자기의 사랑밖에 모르는 봉건 유교도덕에 물젖어있는 나약한 녀인이며 시정인적 생활의 울타리 안에 머물고 있다. 이것은 이 작품의 본질적 제한성이다. (…) 〈서경별곡〉은 이러한 제한성과 약점을 가지고 있음에도 불구하고 서정적 주인공의 심리적 체험에 대한 섬세하고 세련된 시적 표현을 통하여 봉건시기 녀성들이 당하는 정신적 고통과 불행한 생활처지를 생동하게 보여준 점에서 당시로서는 일정한 긍정적 의의를 가지였다.": 사회과학원 문학연구소, 『조선문학사-고대중세편-』, 과학백과사전출판사, 1977, 139쪽]로 보거나 길쌈노동에 종사하는 여인의 노래[백승조, 「〈서

민 여성들, 〈청산별곡〉의 작자로 추정한 은퇴 봉건관료 혹은 선비, 〈정석가〉의 작자로 추정한 석공의 아내, 〈정과정〉의 작자인 봉건관료 등 몇 작품만 훑어도 작자계층의 다양한 면모가 드러난다고 했다. 말하자면 익명의 다중(多衆)이 만들어 불러온 민요와 달리, 고려속가는 본질적으로 개인 창작이라는 것이다.

작자계층의 문제는 작품들이 담고 있는 주제의식이나 계급성, 혹은 서정성을 규명하는 결정적 요인일 수 있다.

고려국어가요에 작가의 이름이 밝혀지지 않았거나 이름이 명백하지 못한 것은 그 노래들이 민요와 같이 인민대중의 집체창작이여서 그런 것이 아님은 확실하다. 고려국어가요는 민요와 일련의 공통성도 갖고 있지만 작가의 계급적 구성이 매우 복잡하고 또한 개인 창작가요인 것으로 하여 민요와 엄격히 구별된다고 할 수 있다. (…) 고려국어가요를 인민가요 또 인민 서정가요라고 규정하는 것이 적중한 표현으로 되지 못한다는 것은 우선 그것이 작가들의 계급적 처지와 리해관계에 대한 정당한 분석과 올바른 평가에 기초하여 설정한 개념이라고 볼 수 없기 때문이다. 과거 계급사회에서 인민이라고 할 때 그것은 착취 받고 억압당하는 사람들을 가리키는 력사적 개념이라고 할 수 있다. 따라서 인민가요라고 한다면 응당하게 당시에 착취 받고 억압당하던 사람들의 노래여야 할 것이다. 작가의 측면에서 볼 때 고려국어가요는 순전히 근로하는 인민의 노래가 아닌 것으로 하여 민요와 구별되며 그에 따라 노래의 생활적 바탕과 노래에 반영된 지향과 정서도 민요와 같지 않다. 그럼에도 불구하고 고려국어가요를 인민가요 또는 인민서정가요라고 한다면 결국 이것은 문학의 계급적 성

경별곡〉 연구에서 제기되는 몇 가지 의견」, 『문학연구』, 1965, 50~57쪽 참조]로 보는 등 두 가지의 견해가 공존한다. 그러나 후자보다는 전자의 해석이 주류인 듯 하다.

격을 무시하는 것으로밖에 되지 않는다. (…) 다른 한편 주제사상적 특성
과 함께 정서적 색깔을 보아도 고려국어가요에 속하는 작품들을 모두 인
민서정가요라고 규정할만한 근거를 찾아보기 어렵다. 착취받고 억압당하
는 사람들이 지어 부른 노래들 가운데는 서정가요만 있는 것이 아니라
풍자 해학적인 노래도 있으며 군가적인 성격을 가진 노래도 있다. 『고려
사』에 실린 자료에 의하면 〈월정화〉, 〈장암〉은 풍자 해학적인 노래이며
〈장생포〉는 군가적인 성격을 가진 노래로 추측된다. 주제사상적 내용으
로 보나 정서적 색깔로 보나 서정적인 노래라고 평가하기 어려운 이러한
노래들까지 포괄하여 서정가요라고 규정하는 것은 무리가 아닐 수 없다.
이것은 결국 고려국어가요를 인민서정가요 혹은 인민가요라고 하는 것이
합리적이 못 된다는 것을 말하여 준다.15)

　북한의 문예정책에서 중시하는 것은 이른바 '당성·노동계급성·인
민성'이다. 노동계급의 문학예술인 사회주의적 문학예술의 계급적 본
성을 떠날 경우 문학예술의 생명은 사라진다고 보는 것이 그들의 관점
이다.16) 그런 점은 창작 뿐 아니라 고전문학에 대한 해석에도 마찬가
지로 적용된다. 존재로서의 고전문학 작품이 지닌 이념적 가치성을 평
가하여 문학사 서술에 반영하는 일은 문학사가의 가장 중요한 임무라
할 수 있다. 다양한 고려의 노래들 가운데 고려국문노래는 국문학의

---

15) 정홍교, 『고려시가유산연구』, 158~160쪽.
16) 『우리 당의 문예정책』, 사회과학출판사, 1973, 7~8쪽의 "당성, 로동계급성, 인민성의
　　원칙을 고수관철할 데 대한 문제는 철저히 조선혁명에 복무하며 우리 인민의 생활과
　　감정에 맞는 혁명적이며 인민적인 문학예술을 발전시킬 데 대한 위대한 수령 김일성
　　동지의 주체적인 문예사상과 그 구현인 우리 당의 문예정책의 중심내용을 이루며 가장
　　중대한 원칙으로 한다. (…)우리의 사회주의적 문학예술은 당의 로선과 정책에 철저히
　　의거하여 당과 로동계급의 혁명위업에 복무하는 혁명적 문학예술이며 당의 수중에 장악
　　된 힘 있는 무기로서 근로자들을 공산주의 세계관으로 무장시켜 온 사회의 혁명화, 로동
　　계급화에 이바지하는 것을 기본사명으로 하고 있다." 참조.

연구가 시작된 이래 대표적인 서정가요로 취급되어 왔으나, 북한 학자들의 관점으로는 수용하기 어려운 것으로 보인다. 학계에서 널리 인정되어 오는 바와 같이 고려속가들은 민중 혹은 노동계층이 지향하는 계급적 투쟁의 정서를 그려내지 못했다는 데서 그 이유를 찾고 있다. 그들이 추장하는 성향이나 미학은 〈월정화〉나 〈장암〉같은 풍자와 해학의 노래로서 이른바 '봉건통치배들'에 대한 비판적 의지를 그려낸 작품들에서 찾을 수 있을 것인데, 그러한 풍자나 해학이 고려속가에 보편화 되어있다고 볼 수는 없다는 것이 그들의 생각이다.

　저자는 여러 곳에서 고려속가의 작자들을 도시의 평민층으로 규정하고 있다. 도시 주민들 혹은 시정인들의 개별적인 체험을 바탕으로 그들이 체험하던 생활정서나 지향을 노래에 반영했다는 것이다. 예컨대 지배계층으로부터 멸시와 천대를 당하던 당대 직업 예술인들을 포함하여 도시의 평민들 혹은 더 나아가 작자계층의 한 부분을 차지하던 여성들은 현실에 대한 불만과 불평을 노래에 표현했으며, 사회적 차별이 없는 분방한 생활을 지향했다고 보았다. 그들의 그러한 생활감정이 도시생활의 정서와 결합되어 상당 부분 사랑의 노래로 구체화 되었다는 것이다. 더욱이 그것들은 그로부터 손쉽게 확산되었으며, 담당계층 또한 도시 평민층을 벗어나 사회계층 전반을 포괄하게 되었으므로 고려속가를 단순히 도시 평민층의 사상과 정서를 반영한 연정의 노래로만 규정할 수 없다고 했다. 말하자면 고려속가가 도시평민계층의 서정을 표현하는 데 머물지 않고, 보다 광범한 사회계층에 확산되고 그들 속에서 노래의 창작이 활발하게 이루어짐으로써 주제가 더욱 확대된 것은 물론 내용 또한 다양하고 복잡해졌다는 것이다.[17]

2) 고려속가의 존재양상 및 형태 문제

고려속가는 시문학이기에 앞서 노래장르다. 그것은 곡과 노랫말이 유기적으로 결합되어 부르는 이의 생각과 느낌을 표현하기 때문에 단순한 시문학과 다르다. '부르고 듣는'[18] 장르는 이성보다 감성에 호소하는 바가 더 크다. 고려속가는 '향가-고려노래-가곡창사-시조' 등 역대 우리말 노래들의 통시적 선상에 속해 있으며, 다른 장르들과 비교하여 노래로 불렸다고 추정되는 시기와 표출된 모습들만 다를 뿐, 그것이 '우리 노래'라는 하나의 줄기를 공유하고 있었음은 말할 필요도 없다. 따라서 이 경우 의미보다는 어감(語感)이 우선하므로 곡조와 어음(語音)의 아름다움이나 유려함이 무엇보다 중요한 미학적 요소들이다. 고려속가의 음악적 성격에 대하여 소홀하게 다룸으로써 속가의 본질을 상당 부분 그릇되게 파악해온 남한의 학계에 비해 북한의 학자들은 일찍부터 고려속가가 음악과 문학이 통합된 형태의 예술임을 인식해왔다. 다음과 같은 견해를 통해 그런 사정을 짐작할 수 있다.

고려국어가요 작품들은 문학적 측면에서만이 아니라 특히 음악적 측면인 선율에서도 민요적 특징을 다분히 도입하고 계승 발전시키었던 것만큼 민요적 색채를 진하게 표현하였다. (…) 고려국어가요의 다른 하나의 중요한 특징은 가사와 곡이 결합되어 노래로 불리워졌으며 시적으로 잘 다듬어지고 민족적 정서가 짙고 풍만한데 있다. 시가 형식적 측면에서 볼 때 고려국어가요는 분절을 가르지 않은 짧은 형식의 작품도 있지만 대부

---

17) 『조선문학사 2』, 과학백과사전종합출판사, 1994, 81쪽.
18) '부르고 듣는 문학'의 개념에 대해서는 조규익의 『가곡창사의 국문학적 본질』, 집문당, 1994, 11~18쪽 참조.

분 여러 분절로 된 긴 형식의 장가들이다. 이것은 고려국어가요가 절가에
기초하고 있는 민요의 구조 형식을 계승하고 개인 창작가요의 특성에 맞
게 발전시킨 것이라고 할 수 있다. 고려국어가요는 음악적 측면에서 가곡
과 결부되어 노래로 불리워졌던 만큼 비교적 정제된 운률구성을 가지고
있으며 음악적 효과를 내기 위한 조흥구, 감탄구 등이 도입되고 있다.
    장가 형식으로서의 고려국어가요에서 조흥구는 대체로 련을 단위로 하
여 삽입되고 있으며 이로부터 분절을 민요와는 달리 조흥구를 단위로 하
는 한 개 련을 하나의 분절로 삼기도 한다. 그러나 조흥구를 빼고 가사의
내용으로 련결시켜보면 2개 련 또는 4개 련이 완결된 의미를 가진 한 개
의 절로 된다. 고려국어가요의 음조는 노래에 따라 약간의 차이는 있으나
대체로 3, 4조 또는 3, 5조로 되었는데 그 기초 음절단위는 3음절을 위주
로 하고 2음절을 결합하고 있다. 그리고 3음절과 2음절에 기초하여 다양
한 변조를 줌으로써 노래의 운률을 풍만하면서도 민족적 정서에 부합되
게 하였다.
    고려시기에 창조된 국어가요작품들은 이와 같이 조선말의 운률적 특성
을 잘 살려냄으로써 노래의 가사와 곡이 다 유순하고 부드러우며 서정이
풍부하고 정서가 사색적이면서도 흐름새가 밝고 명랑한 것으로 특징적이
다. 또한 여기에 고려국어가요 작품들을 민요풍의 노래라고 말하는 까닭
이 있는 것이다.19)

    형태나 장르적 존재양상에 국한된 논리이긴 하나, 우리 시가의 다른
장르나 서사장르들에 대하여 그들이 보여주는 극단적이면서도 편협한
관점과 달리 고려속가에 대한 그것은 이념의 구속으로부터 얼마간 벗어
난 듯한 모습을 보여주는 것이 사실이다. 그 가운데 두드러진 부분은
고려속가가 문학 뿐 아니라 음악적 범주에도 걸쳐 있으므로 민요의

19)『조선문학사 2』, 81~82쪽.

색채를 진하게 드러낸다고 주장한 점이다. '가사와 곡이 결합되어 노래로 불린 장르이므로 시적으로 잘 다듬어지고 민족적 정서가 짙고 풍만하다'고 판단한 점은 남한의 학자들보다 훨씬 앞서 있는 관점이라고 할 수 있다. 그런 인식으로부터 전개하는 분절·분련론, 자수율론 등 고려속가 형태론은 비교적 온당하면서도 객관 타당한 면을 보여준다.

분절되지 않은 노래들도 있지만 대부분 여러 분절로 이루어진 긴 형식의 고려속가들을 저자는 장가라 통칭했다. 그런 장가형 분절은 유절 형식의 노래에 기초하고 있는 민요의 구조형식을 계승·발전시킨 것이라고 했으며, 음악적 효과를 내기 위해 조흥구와 감탄구 등이 도입됨으로써 비교적 정제된 운율 구성을 보여주는 것도 바로 그런 이유 때문이라는 것이다. 특히 장가형식인 고려속가에서 조흥구는 대체로 연을 단위로 삽입되고 있으며, 민요와 달리 조흥구를 단위로 하는 한 개의 연을 하나의 분절로 삼기도 한다는 것이다. 그리고 조흥구를 뺀 채 노랫말만 연결시킬 경우 2개 혹은 4개의 연들이 완결된 의미를 지니는 하나의 절로 완성됨은 물론이다. 이런 분절·분련론을 바탕으로 언급하고 있는 것이 자수율론이다. 3·4 혹은 3·5조로 이루어진 자수율 구조에서 기초 음절단위는 3음절을 위주로 하되 2음절을 결합하고 있으며, 3음절과 2음절에 바탕을 두고 다양하게 변조시킴으로써 풍만해진 노래의 운율은 민족 정서와 부합될 수 있다고 본 것이다.

고려속가가 우리말의 음운론적 특성을 살려 유순하고 부드러우며 풍부한 서정과 사색적 정서 위에 밝고 명랑하다고 저자 스스로 결론을 도출한 것은 물론 앞에서 말한 이런 논리들이 전제가 되어 있기 때문에 가능한 일이었다. 그런 까닭에 민요 그 자체는 아니나 전승민요의 요소들 가운데 상당 부분을 도입함으로써 고려속가가 민요풍의 노래로

될 수 있었다는 자신의 주장을 분명히 제시할 수 있었던 것이다.

3) 주제의식과 이념의 문제

『조선문학사 2』의 저자는 "력사적 사실들을 바로 평가하여 우리의 새 세대들에게 옳은 인식을 주도록 하는 것이 중요합니다."[20]라는 김일성의 말을 모두에 제시함으로써 작품의 해석에 그들의 이념을 내세우고자 하는 의도를 분명히 드러내고 있다. '바로 평가한다'고 할 때의 평가기준이나 '올바른 인식을 준다'고 할 때의 판단기준은 북한식 사회주의를 바탕으로 하는 주체사상이다. 저자는 고려속가의 담당계층을 도시 부녀자들, 봉건 통치 관료들의 추악함을 풍자하는 피지배 인민들, 양반선비들과 봉건관료 등 세 부류로 나누었다.

다정다감한 생활정서를 표출한 부녀자들의 노래들 가운데 이별과 슬픔 없고 단란하고 행복한 생활에 대한 갈망과 핍박 속에서도 피어나는 연정을 노래한 것들이 이채롭다고 했다. 즉 불안정한 생활의 고충과 연정의 곡절을 겪는 여인들의 안타까운 심정과 내면세계의 표출을 통해 우리나라의 여인들이 역사적으로 간직하고 살아온 아름다운 연정의 세계나 이별과 슬픔이 없는 생활에 대한 소망을 예술적으로 재치있게 일반화 했다는 것이다.

고려 사람들은 시련에 찬 싸움 속에서 더해지는 인정의 그리움과 행복한 생활에 대한 열망을 안고 침략자들과 용감히 싸워 승리하고 나라의 존엄을 지켜냈지만 가슴 속에 품었던 그처럼 절절한 안착된 생활에 대한

20) 『김일성저작집』 22권, 51쪽.

숙망을 실현할 수 없었다. 반동적인 통치배들은 안착되어 행복하게 살기를 원하는 인민들의 생활상 요구는 아랑곳도 하지 않고 그들을 궁전과 절간 건설을 비롯한 각종 부역에 사정없이 내몰았다. 그리하여 전쟁은 끝났으나 사람들은 여전히 단란한 가정을 이루지 못하고 안해와 남편, 부모와 자식이 갈라져 살지 않으면 안 되었고 불행과 고통은 오히려 날을 따라 우심해졌다.

련정의 노래들은 이처럼 당대의 참혹한 현실생활에 바탕을 두고 있으며 이 야속한 현실에서 항시적으로 불안을 느끼며 안착되지 못하고 눈물겹게 살아야 하는 녀인들의 고통스러운 생활처지와 심리적 고충을 그대로 펼쳐 보여준다.

착취받고 억압당하는 사람들에 의하여 창조된 련정 가요 작품들에 반영된 생활과 정서는 유흥에 들떠있는 유산계층 녀인들의 허황하고 사치한 생활과는 전혀 구별된다. 작품의 주인공들은 고생 속에 힘겹게 살아가는 평범한 녀성들이다. 그들이 체험하고 있는 내면세계의 정서적 색깔과 사상적 지향에는 향락과 안일의 저속한 감정이 아니라 남편과 함께 서로 의지하고 도우며 단란하게 살기를 원하는 소박한 지향과 이 순진하고 절절한 념원마저 짓밟는 가혹한 현실에 대한 울분이 반영되어 있다. 이러한 의미에서 〈동동〉, 〈서경별곡〉, 〈가시리〉, 〈정석가〉 등 작품들은 단순한 련정의 노래가 아니라 녀인들의 련정 세계를 통하여 당대의 사회현실이 절박하게 제기하고 있던 생활상의 근본 요구를 실감 있고 감명 깊이 보여주었다고 할 수 있다.[21]

주로 여성화자가 등장하는 고려속가들의 주제의식과 그 콘텍스트에 대한 분석이 이 글의 핵심이다. 고려 사람들은 외세의 침략에 맞서 나라를 수호했으나, 이른바 '봉건 통치배들'이 이들의 행복을 앗아갔다

---

21) 『조선문학사 2』, 83~84쪽.

고 했다. 행복하게 살기를 바라는 기본적 요구를 외면당한 채 궁궐과 사찰 건설의 부역에 내 몰리던 평민계층들은 아내와 남편, 부모와 자식의 유리(遊離)라는 극한적 참상을 겪게 되었고, 그러한 삶의 고통을 여성화자의 목소리로 노래한 것이 바로 고려속가들임을 저자는 주장하고 있다. 비록 그런 노래들의 주제가 남녀 간의 연정이라 해도, 그것은 유흥을 즐기는 유산(有産)계층 여인들의 그것과는 분명 다르다는 주장이다. 그런 노래들의 화자는 현실적 고통 속에서 힘겹게 살아가는 평범한 여인들이기 때문이라는 것이다.

그들은 향락과 안일을 탐하는 게 아니라 남편과 서로 의지하고 도우며 단란하게 살아갈 수 있기만을 바라는 기본적인 것임에도, 그렇게 소박한 욕구마저 짓밟히는 현실이 이들에겐 더할 수 없이 가혹했다고 한다. 그에 대한 울분이 서정적으로 승화된 것이 바로 이들 노래라는 것이다. 그런 이유로 이들 노래를 남녀 간의 단순한 연정 노래로 볼 수는 없다고 한다. 그것은 오히려 당대 현실과 생활상의 부조리를 보여준 당대 여인들의 감명 깊은 문제제기였기 때문이다.

상당수의 고려속가들은 남녀 간의 절절한 사랑을 노래한 것들이다. 물론 그런 사랑이 '어려운 상황'을 극복하고 이루어진다는 점은 노래들의 표면에 드러난다. 그것을 단서로 해석될 수 있는 이면적 의미들은 보는 관점에 따라 매우 다양할 것이다. 이 책의 저자를 포함한 북한의 학자들이 북한 사회의 이념에 매여 있는 한 해석의 결과는 하나다. 늘 노래의 화자는 '봉건 통치 집단으로부터 지배를 당하는 무산계급 인민들'이고, 노래되는 내용이나 주제는 '봉건 통치배들에 대한 저항이나 투쟁'이다. 그럴 경우 고려속가와 같이 아무리 오래 된 노래들일지라도 그것들은 자신들이 현재와 미래에 이룩해야 할 '혁명과업'의 수단에 불과하게 되는 것이다.

3. 마무리: 고려속악가사 해석의 이념적 경직성과 자의성

　고려속가는 민중의 노래인 것 같으나, 자세히 보면 민중의 노래가 궁중악으로 도입되어 개작된 지배계층의 노래다. 그럼에도 불구하고 남·북한 모두 국문학 연구가 시작된 이래 지금까지 그 담당계층을 '민중'으로 보는 오류를 범해온 것이 사실이다. 특히 남한 학자들은 그것들을 '속요'라 하여 대중가요와 같은 부류로 보고 있는데, 출발부터 잘못된 전제에 입각하고 있는 셈이다. 궁중악이라 해도 물론 그것이 '속악'인 이상 우리의 전통적 정서나 고유의 노래 관습으로부터 자유롭지 못한 것은 사실이다. 그렇다 해도 곡조와 가사를 통합한 실체로서의 고려속가가 액면 그대로 민중의 것이라는 주장은 대단히 잘못된 인식의 결과다.

　적어도 고려속가에 대해서만큼은 남한의 학자들에 비해 북한의 학자들이 비교적 온당한 견해를 갖고 있다. 물론 주제를 찾는 과정에서 지나친 이념 중심적 해석을 펴고 있는 점은 흠이라 할 수 있으나, 고려속가들이 '곡조와 가사의 통합체'라는 전제 위에서 논리를 전개했고, 그런 전제로부터 담당계층·형태·미학 등에 관하여 비교적 타당한 결론을 도출했다는 점은 높이 살만하다. 이 분야를 연구한 북한의 학자들 가운데 가장 의미 있는 결과를 도출함으로써 학계에서 확고한 위치를 차지하고 있는 인물은 정홍교이며, 그의 책들[『고려시가유산연구』(1984) / 『조선문학사 2』(1994)]에서 보여준 해석은 북한의 통치이념이나 그들의 현실인식과 괴리되지 않는 내용적 정합성을 확보했다고 할 수 있다. 전자의 연구결과는 후자에 고스란히 반영됨으로써 그의 견해는 북한을 대표하는 집단성과 보편성을 확보한 셈이다. 따라서 적어도 고려속가에서만큼은 그의 견해와 북한문학사의 해석이 동일한 의미와 비중을 갖는다.

북한의 학자들은 도시의 평민층, 특히 여인들과 일부 봉건 관료들, 그리고 이름을 알 수 없는 사람들을 고려속가의 담당계층으로 상정했다. 그들은 개별적인 체험을 바탕으로 자신들의 생활정서나 지향을 노래에 반영한 것이다. 특히 사회적으로 천대를 당하던 당대 직업 예술인들을 포함하여 도시의 평민들 혹은 더 나아가 작자계층의 한 부분을 차지하던 여성들이 현실에 대한 불만과 불평을 노래에 표현했으며, 그것은 특정 계층에 국한되지 않고 보다 광범한 사회계층에 확산됨으로써 주제의 확장은 물론 내용의 다양성이나 복잡성을 보여주게 되었다는 것이 그들의 생각이다.

존재양상이나 형태의 면에서 그들은 고려속가를 분명한 노래로 파악함으로써 시종일관 시문학의 관점에서만 보려는 남한의 학자들보다 정확한 인식태도를 보여주었다. 고려속가는 역대 우리말 노래들의 통시적 선상에 속해 있는 '부르고 듣는 문학'으로서 음악과 문학이 통합된 형태의 예술이기 때문에 곡조와 어음(語音)의 아름다움이나 유려함을 무엇보다 중요한 미학적 요소들로 고려하고자 했다.

북한의 학자들은 그들이 속한 체제의 한계를 벗어날 수 없었던 만큼 고려속가의 주제나 이념을 해석하는 문제에서도 어쩔 수 없는 한계를 노출시켰다. 물론 상당수의 고려속가들이 남녀 간의 절절한 사랑을 노래한 것들이고, 그런 사랑들이 '어려운 상황'을 극복하고 이루어진다는 점은 노래들의 표면에 분명히 드러난다. 그러나 그 이면을 구성하고 있는 요소들은 다양하면서도 복합적이고, 해석을 통해 추출할 수 있는 의미 또한 다양한 것이 사실이다. 그럼에도 불구하고, 노래들의 화자를 '봉건 통치 집단으로부터 지배를 당하는 무산계급 인민들'로, 노래되는 내용이나 주제를 '봉건 통치배들에 대한 저항이나 투쟁' 일변 도로 보는 것이 북한 학자들의 경직된 관점이다. 고려속가와 같이 아무리 오래 된 노래들일지라도 그것들은 자신들의 현재와 미래에 이룩해야 할 '혁명과업'의 수단으로 존재할 뿐이라는 믿음을 갖고 있었다. 이처럼 그들이 담당계층이나 장르의 현실적 존재양상을 객관 타당하게 파악하고 있다 해도, 이면적 의미를 해석하는데 있어서 이념적 경직성을 벗어나지 못하는 한, 그 해석은 자의적(恣意的)이란 비판을 면할 수 없다. 이 점이 바로 고려속가에 대한 북한문학사의 해석이 보여주는 한계이자, 남북한 학자들이 격의 없는 대화를 통해 풀어가야 할 현실적인 문제점이기도 하다.

◆ 제4장 ◆
북한문학사와 악장

1. 악장과 문제의식

권력 핵심부의 지식인들이 창작에 참여했고, 공식적인 행사들의 음악으로 연주되었다는 점에서 악장에 대한 후대 학자들의 관점은 대체로 부정적이었다. 노랫말의 내용이나 주제의식이 체제에 대한 찬양으로 일관한 점은 문학이 본질적으로 갖추어야 할 자유로운 상상의 세계를 근원적으로 막았다는 점에서 비판 받아 마땅하다고 할 수 있다. 노랫말의 외연(外延)에만 초점을 맞출 경우 물론 그런 비판도 충분히 가능하다. 어느 시대이든 사회적 배경이나 이념의 직·간접적인 통제 아래 이루어지는 것이 문학이나 예술이기 때문이다. 더욱이 그러한 문학이나 예술이 개인적 차원을 떠나 체제나 국가라는 공식적 범주에서 생산·소비될 경우 그것들이 지니는 공적인 의미는 결코 작을 수 없다.

조선 초기는 '글 문학'이 일부 지배계층 지식인들의 전유물인 시기였다. 일부 계층, 일부 인사들만 글을 통해 내면을 표출할 수 있던 시기의 문학이나 예술에 대하여 '무한 상상'이란 문예의 본질적 잣대를 들이밀 수는 없을 것이다. 그런 점에서 조선 초기의 악장에 대해서는 여타 고전문학과 마찬가지의 특수한 관점이 적용되어야 하고, 그에 덧붙여 '공적 표현물'이란 또 하나의 잣대가 추가되어야 할 것이다. 따라서 단순히 외연만으로는 그것들의 의미를 제대로 이해하기 어렵다. 노랫 말의 속뜻까지 헤아려야 하는 악장의 연구와 관련해서는 오늘날의 문학에 대한 해석 이상의 정교함을 요하는 게 사실이다.

어쨌든 악장에 대하여 초기의 학자들은 대체로 부정적이었고, 그런 경향은 오늘날까지 이어지고 있다. 그러나 본격 국문학사를 처음으로 저술한 안자산(安自山)은 악장에 대하여 비교적 정확한 관점을 보여주었다는 점에서 특이하다. 다음과 같은 견해가 그것이다.

> 근세문학의 기초는 궁정으로부터 일어났으니 이 궁정적 문학은 그 맹아가 근고 때에 있었던 것으로 근세에 와서 큰 발전을 이룬지라. 다만 크게 발전했을 뿐만 아니라 일반적으로 문학의 시 형식이든지 사상이든지 그 정신은 다 여기에서 연원을 지으니라. (…) 궁중을 중심으로 한 시가 중에서 '자궁악장(慈宮樂章)'도 이 〈용비어천가〉를 본받은 것이요, '국조악장(國朝樂章)'은 한문으로 지은 것이나 그 사상은 이에 다름 아니니라. (…) 그런데 궁정문학은 일반 문학의 모범이 되매 중요한 책을 지음에는 사민(士民)이 자유로 지음이 적고 칙찬(勅撰)에 붙이니 고로 〈동문선(東文選)〉·〈문원보불(文苑黼黻)〉·〈동국여지승람(東國輿地勝覽)〉 등의 걸작은 다 조정의 명에 의하여 찬집된 것일 새 문학은 일시적으로 궁정의 전유물이 되니라. 그러나 한글의 제작과 〈용비어천가〉는 후일 순 조선 문학과 평민문학의 기초를 놓은 것이니 이 위대한 영향은 지금에 다시 말할 필요가 없노라.[1]

악장에 대한 안자산의 정확하면서도 긍정적인 관점이 이 글의 중심

---

1) 안자산 저, 최원식 역, 『朝鮮文學史』, 을유문화사, 1984, 147~152쪽.

을 이루고 있다. 후대 시의 형식·사상·정신의 연원을 악장에서 찾은
점, 악장의 결정판인 〈용비어천가〉를 조선 문학과 평민문학의 기초로
본 점 등은 후대의 학자들이 악장을 근거 없이 폄하해온 사실과 대조적
이라 할 만하다. 이 점은 '창업의 송영(頌詠)'이라 하여 〈용비어천가〉·
〈월인천강지곡〉과 함께 선초의 악장을 다루긴 했으나,2) 그 후의 저작
들3)에서는 언급조차 하지 않은 조윤제와도 대비되는 일이다. 이처럼
안자산 같은 예외도 있었으나 대부분의 국문학자들은 악장을 아예 무
시하거나 소략하게 다루어 온 것이 사실이다.

  악장을 국문학의 당당한 분야로 다루기 시작한 것은 성호주,4) 김문
기,5) 이종출6) 등이었으며, 조동일7)과 조규익8)에 이르러 악장론은 비
로소 정착을 보게 되었다. 이처럼 악장을 인지(認知)하기 시작한 시점부
터 논리적으로 정착을 보기까지 상당한 기간이 소요된 것은 사실이나,
원래 악장이 그렇게 다루어도 좋을 만큼 미미한 존재는 아니다. 사실
고려에서 조선으로 이행되는 시기의 시문학들은 모두 본질적으로 악장
의 존재양상을 공유하고 있었다. 원래 고려 노래와 선초 악장은 통시적

---

2) 조윤제, 『朝鮮詩歌史綱』, 동광당서점, 1937, 162~190쪽.

3) 『朝鮮詩歌의 研究』, 을유문화사, 1948; 『國文學槪說』, 동국문화사, 1955 등이 대표적
   이다.

4) 성호주, 「鮮初樂章 研究」, 『부산대 석사학위논문집』 제2권 1호, 1974; 「所謂 '樂章'의
   장르 處理」, 『수련어문논집』 3, 수련어문학회, 1975; 「景幾體歌 및 樂章詩歌 槪觀」,
   『수련어문논집』 13, 수련어문학회, 1986.

5) 김문기, 「鮮初 頌禱詩의 性格 考察」, 『朝鮮前期의 言語와 文學』, 형설출판사, 1976.

6) 이종출, 「朝鮮初期 樂章體歌의 研究」, 『성곡논총』 10, 성곡학술문화재단, 1979.

7) 조동일, 『한국문학통사 2』, 지식산업사, 1983; 『제3판 한국문학통사 2』, 지식산업사,
   1994.

8) 조규익, 『鮮初樂章文學研究』, 숭실대학교 출판부, 1990; 『조선조 악장의 문예미학』,
   2005; 『조선조 악장연구』, 새문사, 2014.

변이의 과정에서 계기적(繼起的)이거나 순차적인 관계로 이어지는 선후
의 장르들이 아니었다. 악장으로 쓰였든 그렇지 않았든 이 시기의 노래
는 고려노래들과 신제 악장의 두 갈래로 나눌 수 있고, 그 가운데 양자
에 공통으로 관계되는 경기체가의 경우 출현의 시점을 고려한다면 전자
에 넣는 것이 타당하다. 그러나 실제로 경기체가의 대부분은 악장의
범주 안에서 지어졌거나, 악장이 많이 창작되던 조선조에 들어와서 지
어진 것들이라는 사실을 감안할 경우 문제가 만만치 않다.9)

  이른바 고려속가들은 조선조에 들어와서도 악장으로 연주되었으며,
〈한림별곡〉과 함께 신제 경기체가들 역시 대부분 악장들이었다. 그렇
게 본다면 적어도 이 시기의 국문 노래들 가운데 악장 아닌 것은 찾아
볼 수 없다. 물론 '악장'이란 용어가 현실적 효용성을 염두에 둔 명칭이
라면, 고려속가나 경기체가와 악장은 단순히 범주 혹은 차원만을 달리
하는 명칭일 수 있다. 신제 악장과 함께 '악장으로 쓰인 고려속가'도
'악장으로 쓰인 경기체가'도 있을 수 있기 때문이다. 그래서 '고려속가
계 악장/경기체가계 악장/창작 단형노래계 악장/현토한시계 악장/가
곡계 악장/가사계 악장'10)으로 나누어야 할 정도로 적어도 이 시기의
시가문학은 악장으로부터 자유로울 수 없다.

  악장은 국문학 연구가 시작된 이래 이렇게 푸대접을 받다가 근래
들어와서야 비로소 긍정적인 관점으로 다루어지기 시작했다. 그런 악
장이 과연 북한의 문학사에서는 어떻게 다루어져왔는지를 살피는 것
이 이 글의 목적이다.

  북한의 문학사들을 통제하는 강령은 김일성의 교시, 김정일의 지적,

---

 9) 조규익, 『高麗俗樂歌詞‧景幾體歌‧鮮初樂章』, 한샘, 1994, 13쪽.
10) 조규익, 『조선조 악장의 문예미학』, 40쪽.

주체문학론 등이다. 이 강령들을 풀어 설명한 바탕 위에 존재로서의
문학작품들을 해석하는 것이 북한문학사의 기본이다. 그런 만큼 서술
자 개인의 관점이나 생각은 허용될 수 없다. 일반 역사를 서술할 때
선택된 과거의 사건들을 현재의 관점으로 해석하듯이, 문학사 또한 서
술 대상을 지금의 관점으로 선택하고 해석해야 한다. 대부분 그들의
관점에 맞는 것들이 선택되지만, 설사 관점에 맞지 않는다 하더라도
해석과 비판이 함께 따르기 때문에 문학사의 정신이나 체계에는 전혀
문제가 없다. 이에 따라 획일화된 문학사가 이루어질 수밖에 없었고,
그것은 주체혁명의 한 수단으로 이용되어왔다. 주체 이념의 합법칙성,
합목적성이란 북한문학사가 존립할 수 있는 유일한 기반인 셈이다.
    문학사의 기술에도 분명 북한 나름의 합법칙성·합목적성이 있었
다. 그들의 이념체계에 충실할 때 비로소 들어맞는 것이 바로 자신들
의 합법칙성이나 합목적성이었다. 다음과 같은 말에서 확인할 수 있는
것이 그 원칙이다.

> 문학사는 문학의 발생, 발전의 합법칙성을 밝히며 작가들의 창작활동
> 과 문학작품들의 사상예술적 특성, 작가들과 작품들이 문학발전에서 차
> 지하는 위치와 의의를 연구한다. 문학사는 창작방법, 문예사조, 문학의
> 형태와 종류 등의 발생 발전의 합법칙적 과정을 서술하며 이러저러한 문
> 학현상들의 선행문학과의 관계 및 그것이 그 이후 시기의 문학발전에 준
> 영향 등을 밝힌다. 문학사를 과학적으로 서술하기 위하여서는 주체적 립
> 장에 튼튼히 서서 당성, 로동계급성의 원칙과 력사주의적 원칙을 확고히
> 견지하며 매개 문제들을 민족의 력사와의 밀접한 련관 속에서 당대의 사
> 회제도, 계급투쟁, 경제관계, 정치 및 다른 사회적 의식형태들과 예술형
> 태들과의 호상관계 속에서 고찰하여야 한다. 문학사는 그것이 고찰하는

시대와 범위에 따라 문학통사, 시기별 문학사, 세계문학사, 혹은 개별적인 지역문학사 등으로 구분된다. 우리의 문학사는 주체의 방법론에 기초하여 우리나라 민족문학의 발생 발전의 력사를 체계 정연하게 서술하며 특히 위대한 수령 김일성 동지께서 조직 령도하신 영광스러운 항일 혁명 투쟁시기에 창조된 항일혁명문학예술과 해방 후 이룩한 성과와 풍부한 경험들을 분석개괄하며 리론적으로 일반화하는 것을 중요한 과업으로 삼고 있다. 우리나라 문학사는 위대한 주체사상을 사상 리론적 및 방법론적 지침으로 함으로써 가장 과학적이며 혁명적인 문학사로 되었으며 인민대중을 사상미학적으로 교양하고 새로운 사회주의적 민족문학을 건설하는 데 적극 이바지하고 있다.11)

문학사의 원론적인 측면과 문학사 서술의 실제에 관한 여러 문제들을 자신들의 입장에 따라 설명한 것이 인용문의 핵심이다. 문학의 발생이나 발전에 관련된 합법칙적 과정에는 창작방법·문예사조·문학의 형태나 종류 등 다양한 사항들이 포함되며 이것들로부터 파생되는 갖가지 문학현상들이 앞뒤의 문학들과 갖는 관계나 영향을 밝히는 것까지 문학사의 범주에 속한다고 본다. 그런 일반론을 통해 좀 더 구체화 된 것이 주체문학사의 개념이다. 인민대중을 사상미학적으로 교양하여 새로운 사회주의적 민족문학

〈그림 6〉 북한에서 발간된 『문학예술사전』(상·중·하)

을 건설하는 데 이바지하도록 하는 것이 주체사상을 사상이론의 방법

---

11) 사회과학원 주체문학연구소, 『문학예술사전(상)』, 과학백과사전종합출판사, 1988, 761쪽.

론으로 삼고 있는 자신들의 문학사가 표방하는 목표라고 했다. 따라서 주체문예론은 과거의 문학작품들을 문학사에 편입시키는 해석의 도구이자 새로운 창작을 통해 민족문학을 건설하기 위한 창작의 지침이기도 하다는 것이 이 글의 요점이다. 이처럼 이념을 문학작품의 해석과 문학사 기술의 지침으로 삼고 있는 것이 북한문학사의 현실이다. 따라서 이념이 변할 경우 해석의 내용이나 문학사의 기술 방향 또한 달라지게 된다. 문학작품의 해석이 시대적 편차를 보이는 것도 그 때문이다.

악장에 대한 북한문학사의 관점도 그들의 이념적 변화에 따라 약간씩 달라졌을 것으로 보인다. 그런 관점의 변화를 중점적으로 살펴보고, 남한 문학사의 관점과 같고 다른 점들을 밝혀 보고자 한다. 이런 작업은 궁극적으로 통일 이후 시기의 문학사 기술을 위한 발판 역할을 하게 되리라 생각한다.

2. 북한문학사의 악장관

맑스-레닌주의의 이념적 바탕 위에서 수립된 것이 북한 정권이다. 그런 만큼 그들이 정권 초기의 문예를 통해 구현하고자 한 미학은 사회주의적 사실주의였다. 따라서 '주체적인 민족문화예술은 민족적인 형식에 사회주의적 내용을 담아야 하며 인민대중의 정치문화생활에 훌륭히 이바지하는 것으로 되어야 한다'거나 '훌륭한 문학 예술작품의 특징은 시대의 요구와 인민의 지향에 맞는 높은 사상 예술성에 있다'는 김일성의 교시12)는 '지금 창작되는' 문예 뿐 아니라 기왕에 만들어져

---

12) 『문학예술사전』(중), 과학백과사전종합출판사, 1991, 195쪽.

내려오는 고전문예에 대한 해석에도 적용되는 강령이었다. '민족적 형식에 사회주의적 내용'이란 주체사상 등장 이후에도 변함없이 적용되어온 문예 창작 및 해석의 전범이었다. 즉 주체사상 이전은 문예이론의 보편성을, 이후는 특수성을 추구해온 것[13]이 사실이지만, 큰 틀에서 보면 '민족적 형식에 사회주의적 내용'이란 범주를 벗어나지 않았다고 할 수 있다. 대표적인 몇 문학사를 중심으로 악장에 대한 주요 견해를 정리해보면 다음과 같다.

1) 『조선문학통사』(1959)의 경우

악장이 속한 15세기 시가문학의 경우 고려의 멸망과 조선의 건국이라는 사건을 반영한 작품들이 많다고 보았다. 이성계를 중심으로 한 통치계급이 자신들의 정권을 합리화하고 민심을 수습하기 위해 이씨 왕조 만세를 부른 것은 물론 궁중의식 등 궁중 악가(樂歌)의 새로운 수요에 응해서 조선 건국을 노래한 작품들이 많이 나온 것으로 판단하고 있다.

> 이 시가들의 창작에는 정도전과 같은 리조 건국 공신들이 전면에 나섰으며 그 내용들은 모두가 리 왕조의 창건을 송축하고 유교 정치를 례찬하는 것으로 되었으며, 시가 형식은 한림별곡체와 시조 등과 같이 고려 전대의 형식을 답습한 것도 있으나, 궁중 악가로 불리운 작품들은 그 대부분이 일종의 송축 시가의 독특한 형식을 창조한 것으로 되어 있다.[14]

---

13) 민족문학사연구소, 『북한의 우리문학사 인식』, 창작과 비평사, 1991, 63쪽.
14) 『조선문학통사(상)』, 184쪽.

이 글에는 이념의 구속으로부터 벗어나 비교적 객관적 시각에 바탕을 둔 정확한 판단이 들어 있음을 알 수 있다. 정도전같은 건국 공신들이 악장의 담당층이었다는 점, 이씨 왕조의 창건을 송축하고 유교 정치를 예찬하는 내용이라는 것, 한림별곡체와 시조 등 고려시대의 형식을 답습했거나 새롭게 안출한 송축시가의 형식이라는 것 등이 이 말속에 들어 있는 핵심적 견해다.

객관적이면서도 정확한 관점이 피력되어 있는 점을 보면, 이 단계만 해도 아직 이념의 지배가 큰 힘을 발휘하지 않았던 것으로 보인다. 다시 말하여 정도전 등 건국공신들의 존재나 이씨왕조에 대한 송축과 유교에 대한 예찬 등을 큰 적개심 없이 언급한 것도 이례적인 일이고, 악장의 장르적 본질에 대한 인식이 정확한 점 또한 두드러진다. 다시 말하여 한림별곡체 즉 경기체가와 시조 등 기존의 노래들을 답습하여 악장으로 사용했으며, '궁중 악가' 즉 악무(樂舞)를 동반한 짧은 노래들을 새로 만들어 사용한 부분들도 있다고 했다. '기존의 노래장르와 신형의 노래장르'가 공존하는 악장의 장르적 범주를 정확히 제시하고 있다는 점에서 악장에 대한 이 단계의 인식으로서는 나무랄 데 없이 체계적임을 알 수 있다. 그리고 그런 노래들을 '송축시가'라 부르면서도 별다른 비판을 가하지 않고 있는 점으로 미루어 주체사상 확립 이후 북한체제에 대한 찬양의 모델 역시 악장으로부터 따왔을 개연성마저 짐작할 수 있게 한다.

권근의 〈상대별곡(霜臺別曲)〉과 변계량의 〈화산별곡(華山別曲)〉, 윤회의 〈봉황음(鳳凰吟)〉, 작자 미상의 〈북전(北殿)〉을 들고 〈상대별곡〉은 조선조 문물제도의 정비와 사헌부의 생활을, 〈화산별곡〉은 조선조의 정치적 업적을, 〈봉황음〉은 조선조의 유교문화와 왕실을, 〈북전〉

은 조선조 건국을 각각 찬양하거나 송축하는 노래들이라고 했다. 이와
함께 변계량의 시조 '치천하(治天下) 오십년(五十年)에 … '15)를 악장의
범주에서 거론하기도 했다. 또한 이런 노래들 가운데 〈봉황음〉은 궁중
악가의 가곡에다 가사만을 개작하여 만든 것이라고 했다. 사실 〈봉황
음〉은 세종 때 윤회가 전해오는 고려 〈처용가(處容歌)〉의 곡은 그대로
두고 가사만 개작한 노래다. 이 노래는 진작(眞勺) 1·2·3의 예와 같은
형식으로 노랫말을 세 번 반복하는 형태, 즉 세틀 형식으로 되어 있다.
그러니 노랫말은 이씨 왕조의 유교문화를 찬양하고 왕실을 찬양하는
내용으로 되어 있지만, 기실 가창의 곡조는 고려 〈처용가〉의 그것이
지속되고 있었던 것이다. 말하자면 고려의 노래를 바탕으로 일부만 조
선의 것으로 바꾸어 나가는 가운데 구체화되기 시작한 것이 악장이었
다. 그 점을 북한의 초기 문학사가들은 인지하고 있었던 것이다.

『조선문학통사』는 이씨 왕조 송축가 중 가장 특색을 지닌 것으로 정도
전의 작품들과 〈용비어천가〉를 들었다. 정도전의 〈납씨가(納氏歌)〉·〈정동
방곡(靖東方曲)〉·〈문덕곡(文德曲)〉·〈신도가(新都歌)〉 등을 들었으며, 폐
도(廢都) 송도(松都)를 노래한 시조까지 전한다고 했으나, 현재 그 문헌적
전거를 확인할 수 없다. 그런데 이러한 작품들에서 노래된 사실(史實)에
대한 『조선문학통사』의 해석은 흥미로운 일면을 보여준다.

　리성계의 조국 방위에서 세운 무훈은 그가 왕권을 장악함에 있어서 주
　요한 요인으로 되었던 것이다. 엄격히 말하여 고려 말의 남북으로부터의
　외적 침공을 격퇴하여 실지(失地)를 회복하고 국토를 보위한 리성계의 공
　훈은 그의 왕권 장악과는 별개로 거대한 력사적 의의를 갖는다. 그렇기

---

15) 황순구 편, 『청구영언』, 한국시조학회, 1987. '육당본 청구영언' 가번 48.

때문에 리성계가 왜적 침공을 격퇴하고 누르하찌 군대를 섬멸시킨 력사적 전적들은 인민들 사이에 많은 애국적 전설로 간직되어 왔던 것이며 따라서 정도전의 〈납씨가〉도 바로 이와 같은 긍정적인 면을 보여주고 있는 것이다. 그러나 정도전의 일련의 송축시가들은 그 대부분이 한문구에 토를 단 것으로 되어 국문시가의 면모를 찾아볼 수 없으며, 다만 새로운 수도−한양(漢陽)을 노래한 〈신도가〉만이 국어를 줄거리로 하여 리조 건국 송축시가들 가운데서 이채를 띠고 있다.16)

이성계의 조선조 건국을 '정권탈취'로,17) 수도 한양을 '인민들의 고귀한 로동과 생명을 대가로 하여 건설된 도시는 그들 자신의 보금자리가 아니라 인민을 억압 착취하기 위한 봉건 통치계급의 아성'18)으로 각각 비판한 것을 감안하면 이 부분의 긍정적인 설명은 이채로운 일면을 보여주는 셈이다. 말하자면 이성계의 '왕권 장악'과 '조선 건국'은 비판하되 나라를 지킨 애국적 공훈만은 인정하겠다는 것이 북한의 입장인 셈이다. 이것은 주체사상의 큰 부분을 차지하는 '외세 배격'의 구체적 단초를 보여주는 내용이라 할 수 있다. 이 점은 대부분 한문으로 된 본문에 기껏 국문의 토를 다는 정도가 대부분인 정도전의 작품들 가운데 국어를 주로 사용한 〈신도가〉만은 '이채롭다'고 본 사실과 직결된다. 특히 〈신도가〉에 '토풍(土風)'이 있다19)는 중종 대 남곤(南袞)의 지적 가운데 '토풍' 즉 전래의 민요임을 들어 긍정적으로 보고 있는 점도 악장에 대한 북한의 관점을 잘 보여준다.20)

---

16) 『조선문학통사(상)』, 185쪽.
17) 『조선전사 8−중세편(리조사 1)』, 과학백과사전출판사, 1979, 9쪽.
18) 『조선전사 8−중세편(리조사 1)』, 15쪽.
19) 중종 13년 4월 1일(기사) 005.
20) 이 점은 '유교 정치를 송축한 시가'로 『악장가사』의 〈유림가(儒林歌)〉 후렴구["아궁차락

'건국을 송축한 시가로서 일종의 장편 서사시 형식'[21]이라는, 〈용비어천가〉에 대한 인식 또한 비교적 긍정적이다. 조선조의 건국을 고려왕조에 대한 찬탈(簒奪)이 아니라 천명에 의한 것으로 합리화 시킨 점, 조선조의 건국과 통치를 유교적 이상정치의 실현으로 찬양한 점 등[22] 〈용비어천가〉의 핵심 외에 그 가치를 다음과 같이 들었다.

> 〈룡비어천가〉는 다른 송축 시가들과 같이 리조 건국을 왕도정치(王道政治)와 결부시켜 노래하고 있으나 그것은 획기적인 장편 서사시 형식을 취하여 외적의 침해로부터 벗어나 새로이 발흥하는 리조 봉건국가의 기상을 반영한 점에서 특출하며 또한 조선 어사와 조선 력사 연구에 있어서도 귀중한 문헌으로 되고 있다.[23]

이 글에서 찾을 수 있는 〈용비어천가〉에 대한 관점은 매우 긍정적이다. 특히 획기적인 장편 서사시라는 점, 외적의 침해로부터 벗어나 봉건국가의 기상을 반영했다는 점, 조선의 어사(語辭)와 역사를 연구하기 위한 귀중한 문헌이란 점 등은 비슷한 시기 남한의 문학사들에서도 찾아보기 힘들 정도로 긍정적이다.

적어도 이 시기까지는 우리의 고전에 대한 그들 나름의 독자적인 해석이 아직 고착되지 않았음을 『조선문학통사』의 해당 부분은 보여주고 있는 것으로 생각된다. 맑스-레닌주의의 교조적 수용이나 주체

(我窮且樂)아 궁차궁차락(窮且窮且樂)아] 역시 '인민 창작에 그 원칙을 둔 것'임을 강조하고 있는 데서도 분명해진다.[『조선문학통사(상)』, 186쪽.]
21) 『조선문학통사(상)』, 186쪽.
22) 『조선문학통사(상)』, 같은 곳.
23) 『조선문학통사(상)』, 187쪽.

사상의 구체화가 이루어지기 전 단계에서 우리의 고전문학에 대한 관점만은 얼마간 보편성을 갖추고 있었음을 보여주는 사례다. 『조선문학통사』의 특징은 바로 이런 점에 있다.

2) 『조선문학사』(1977)의 경우

악장문학에 대한 『조선문학통사』의 호의적인 관점은 『조선문학사』에 와서 부정적인 방향으로 선회한다. 조선의 건국 당시 여러 가지 문학 조류들이 출현·발전했다고 하는데, 그 원인을 조선의 건국과 함께 '사회경제 관계와 계급적 모순' 때문으로 진단했다. 특히 내용과 형식에서 복잡하고 다양한 양상을 띤 당시 문학의 발전과 관련되는 경향은 인민적이며 진보적인 문학과 반동적이며 보수적인 문학의 대립으로 나타난다고 보았다. 조선 초기의 악장에 관한 다음의 견해는 『조선문학통사』의 그것과 분명히 구별된다.

> 리조 봉건 통치배들은 정권을 잡은 첫 시기부터 중앙집권적인 봉건 체제를 강화하고 저들의 지배권을 공고히 하기 위한 수단으로 문학을 리용하는 데 깊은 관심을 돌리었다.
> 리조 봉건 통치배들은 우선 저들의 왕권탈취를 합리화하고 리왕조의 성립을 송축하는 시가들을 많이 지어내게 하였다. 이것이 이른바 〈건국송가〉로 불리워지는 반동적인 시가문학이다.
> 정도전(?~1398), 권근(1352~1409), 변계량(1369~1430) 등 소위 건국공신들은 〈신도가〉, 〈상대별곡〉, 〈화산별곡〉 등에서 온갖 수사학적 수법들을 동원하여 리조 봉건국가의 수립을 극구 찬양하고 칭송하였다. 이들은 이 시가들에서 리왕조 성립 이후의 현실을 '태평성대'로 묘사하고 마치 임금의 은덕으로 만백성이 행복을 누리는 것처럼 사태를 외곡묘사

하면서 봉건 유교적인 충군사상을 설교하였다.

〈건국송가〉는 그 내용에서 봉건적인 왕도주의 사상으로 충만된 반동문학이며 창작방법에서 현실에 대한 외곡으로 일관된 반사실주의문학이며 시적 언어 표현에서 람용으로 가득 찬 형식주의문학이다.

반동적인 〈건국송가〉의 계보는 그 후 세종의 명을 받아 권제, 정인지, 안지 등에 의하여 창작된 〈룡비어천가〉에서 계승되었다. 〈룡비어천가〉는 리왕조의 성립이 마치 천명에 의하여 이루어진 필연적인 현상인 듯이 합리화하면서 리조 봉건국가를 리상화하고 당대 현실을 미화 분식하면서 그 영세무궁을 송축하였다.

세종과 그의 아들 수양대군에 의하여 창작 편찬된 〈월인천강지곡〉과 〈석보상절〉의 합본으로 이루어진 〈월인석보〉는 불교의 시조인 석가무니의 생애와 공덕을 칭송하는 내용을 담은 것으로서 〈건국송가〉, 〈룡비어천가〉 등과 한 계렬에 속하는 반동작품이다.

〈건국송가〉들과 이 부류의 작품들의 창작은 봉건지배계급이 문학을 리조 봉건통치를 유지하고 공고화하며 사람들의 사상의식을 마비시키기 위한 수단으로 리용하기 위하여 얼마나 급급하였는가 하는 것을 보여주고 있다.[24]

북한사회가 주체사상으로 무장되기 시작한 시기가 1960년대 중반이라면, 『조선문학사』(1977)는 주체사상이 정착된 이후의 첫 문학사라 할 만하다. 따라서 『조선문학사』(1977)가 『조선문학통사』(1959)에 비해 관점의 차이를 보여주는 이유를 주체사상의 대두에서 찾을 수 있을 것이다. 악장에 관한 『조선문학통사』(1959)의 관점이 긍정적인 데 반해, 『조선문학사』(1977)의 관점은 부정적이다. 악장이 왕권의 탈취를 합리화하고 이씨 왕조의 성립을 송축하기 위해 만들었다고 보는 점은 공통된다.

---

24) 『조선문학사(고대중세편)』, 과학백과사전출판사, 1977, 218~219쪽.

『조선문학사』(1977)에서는 악장을 통시적 관점에서 〈건국송가〉·〈용비어천가〉·〈월인천강지곡〉 등으로 나누고, 그것들을 '반동적인 시가문학'이라 했다. '반동'이란 무엇인가. 정치적 입장에서 진보나 발전에 대한 반작용 혹은 반대파, 더 나아가 극심한 보수를 일컫는 말이다. 주체사상으로 무장한 북한사회가 이상향으로 나아가는 진보의 입장이라면 그런 입장을 반대하고 다시 옛날의 '어두운 시절'로 돌아가려는 움직임이나 세력은 반동일 수밖에 없다. 북한식으로 말하면 조선은 봉건왕조이고, 조선을 건국했거나 주도하는 세력은 바로 '반동적인 봉건통치배들'인 것이다. 그런 만큼 그들이 체제를 찬양하기 위해 만들어낸 악장을 긍정적으로 볼 수만은 없었을 것이다.

『조선문학사』(1977)는 〈건국송가〉[즉 〈신도가〉·〈상대별곡〉·〈화산별곡〉 등]의 부정적인 점들을 몇 가지로 들었다. 온갖 수사를 동원하여 '이조 봉건국가'의 창건을 찬양·칭송했다는 점, 이조 성립 이후의 현실을 '태평성대'로 묘사하고 마치 임금의 은덕으로 만백성이 행복을 누리는 것처럼 그려내면서 유교적인 충군사상을 설교하고 있다는 점 등이 그것들이다. 특히 봉건적 왕도주의 사상으로 충만한 반동문학인 〈건국송가〉는 현실에 대한 왜곡으로 일관하는 반사실주의 문학이며, 시적 언어 표현이 남용된 형식주의 문학이라 했다. 말하자면 '거짓 꾸밈'이나 '말의 성찬'에 불과하다는 것이다.

사실 『조선문학사』(1977)의 단계에 이를 경우 북한의 사실주의는 '주체적 사실주의'로 전환되어 있었다고 보아야 한다. 실재하는 사실에 기초하여 그것을 생활 자체의 형식으로 객관적으로 묘사하여 현실생활의 본질과 합법칙성을 정확하게 반영하는 사조가 바로 사실주의이고, 구체적이며 개별적인 것을 통하여 이루어지는 '일반화'가 사실주

의 창작방법에서 말하는 '전형화'다.25)

맑스-레닌주의에 기초한 혁명적 낭만주의, 비판적 사실주의 등 종래의 진보적인 창작방법을 비판적으로 수용하여 한 계단 발전시킨 것이 북한 사람들이 말하는 자신들의 '사회주의적 사실주의'이며, 『조선문학사』(1977)의 단계에 이르면 그것은 이른바 '주체 사실주의'로 발전되어 있었다고 보는 것이다.26) 사회주의적 사실주의로부터 상승된 주체 사실주의의 관점에서 악장을 바라보며, 그것을 '반사실주의 문학'으로 비판한 것은 당연하다.

그들은 더 나아가 그것을 '형식주의 문학'이라 했다. 형식주의란 반영론을 중심으로 하는 역사적 방법의 반명제로서 문학성을 철저하게 그 언어적 조직과 일체화시켜 분석하고 기술하는 입장이자 방법론이다. 북한에서는 심지어 '문학예술의 사상적 내용을 무시하고 형식만을 추구하는 반동적 부르조아 문학예술조류'27)라고까지 비판한다. 현실을 전혀 반영하지 못하고, 허황된 말만으로 꾸며내는 문학이 바로 〈건국송가〉류의 악장이란 것이다. 그들의 관점에서 악장이 반동적인 것은 그것을 '허황된 언어적 구조물'로 보았기 때문이다.

〈건국송가〉의 반동성은 〈용비어천가〉로 계승되었다고 했다. 이씨 왕조의 성립을 천명에 의한 필연적 결과로 합리화하고 이조 봉건국가를 이상적인 것으로 분식하며 그 영속성을 송축하는 〈용비어천가〉의 반동성은 〈월인천강지곡〉 등 불교 악장 계열의 작품들도 마찬가지였으며, 그것들은 〈건국송가〉들과 함께 봉건 지배계급이 이씨 왕조의

25) 『문예상식』, 문학예술종합출판사, 1994, 687쪽.
26) 『문예상식』, 같은 곳.
27) 『문예상식』, 708쪽.

봉건 통치를 유지하고 공고화하며 사람들의 사상의식을 마비시키기 위한 수단으로 이용되었기 때문에 부정적이라는 것이다.

악장에 관한 『조선문학통사』(1959)와 『조선문학사』(1979)의 견해가 정반대라고 할 수는 없지만, 부정적 관점의 강도가 후자에서 더욱 강화된 것은 보편성을 강조하는 사회주의적 사실주의에서 특수성을 강조하는 주체 사실주의로 바뀐 점으로 설명될 수 있을 것이다.

3) 『조선문학사』(1991)의 경우

악장에 관한 견해가 이 단계에 이르면 바로 앞의 『조선문학사』(1979)와 동일한 바탕 위에서 약간의 조정을 거치는 인상을 주게 된다. 악장에 대하여 얼마간의 융통성을 보여준 것이 『조선문학통사』(1959)의 관점이라면 『조선문학사』(1979)는 경직된 모습을 보여주었고, 『조선문학사』(1991)에 이르면 양자의 견해가 약간씩 조정되는 양상을 보여주었다고 할 수 있다.

1392년 리왕조가 건립된 후 15세기 전반기에 이르는 기간은 새로 집권한 중소 지주계급의 리해관계를 대변하는 이른바 '개혁파' 량반들의 기분을 반영하여 시가분야에서는 현실 미화의 작품 창작이 주요한 조류를 이루었다. 리조 봉건국가의 사상 문화정책에 따라 무엇보다 먼저 리조 건립을 합리화하고 송축하는 노래들이 많이 창작되어 궁중악가로서 불리워졌다. 이러한 현실미화의 송가체시가의 창작에는 리조 건립에 공로가 있다는 이른바 개국공신들이 주로 참여하였다. 당대의 이름있는 학자이기도 한 정도전, 권근, 변계량 등이 그 창작의 대표자들이다. 이들은 고려조에서 벼슬을 할 때에는 혁신파 량반들의 립장에서 고려 말엽의 부패한 정치로 말미암아 혼란된 사회상을 개탄한 〈원유가〉(정도전), 〈익위군의 말을 적노라〉(권근), 〈큰 좀벌레〉(변계량)와 같은 작품들을 적지 않게 남겼으나 리조 건립 이후에는 변화된 사회 계급적 처지로 하여 현실 미화의 송가체 시가의 창작에로 나아갔다.

정도전은 리성계의 집권이 마치 그 어떤 '하늘의 뜻'에 의하여 이루어진 것처럼 꾸며낸 허위적인 내용의 〈몽금척〉, 〈수보록〉 등과 그의 이른바 공덕을 찬양한 〈문덕곡〉과 〈무공곡〉, 〈납씨가〉, 〈궁수분곡〉 등을 지었다. 이 악가의 가사들은 마치도 리성계가 고려 시기의 사회 정치적 혼란을 수습하고 민의에 의하여 나라의 터전을 굳건히 다진 것으로, 외적 격퇴에서 무훈을 세운 것으로 노래하였다. 그는 이밖에 〈정동방곡〉, 〈신도가〉를 창작하였는데, 그 사상적 내용에서 전자의 노래들과 별로 다른 것이 없다. 다만 〈신도가〉는 그의 다른 송가작품들에 비하여 훨씬 입말화되어있으며 '아으 다롱디리'와 같은 백제가요 〈정읍사〉의 조흥구를 그대로 쓴 것으로 하여 시 형식에서의 일정한 특색을 보여주고 있을 뿐이다.

이밖에 권근의 〈상대별곡〉, 변계량의 〈화산별곡〉, 윤회의 〈봉황음〉, 하륜의 〈조선성덕가〉 등도 모두 리조의 건립을 칭송하고 있다. 이 중에서 권근의 〈상대별곡〉과 변계량의 〈화산별곡〉은 고려 때에 많이 씌여진 경기체가 형식의 작품들이다. 그리고 〈유림가〉도 기본적으로 경기체가 형식을 취하였으나 '경기하여', '경 긔 어떠하니이꼬'와 같은 종말구가 사라져 없어지고 '아 궁차락아 궁차궁차락아'라는 조흥구가 붙어있다.

이러한 송가체시가들은 태조대로부터 세종대까지 창작되고 그 후 사회적 모순이 격화됨에 따라 자취를 감추었다. 이 시가군의 형식이 경기체가 형식을 취한 것은 말할 것도 없고 〈신도가〉나 〈유림가〉에서와 같이 일정하게 인민가요의 률조를 따른 흔적이 있는 작품에서조차 한시에 토를 단 정도에서 벗어나지 못하였다. 이 시가군이 보여주는 바와 같이 이 시기에 와서 고려시기 량반문인들에 의하여 많이 불리워진 경기체시가는 지배적 지위에서 밀려나고 그 형식을 쓰고 있는 노래에서조차 점차 본래의 정형이 흩어지고 있다. 이 노래들의 문체상 특성은 그 주제 사상적 과제로부

터 일반적으로 허다한 찬사와 수사학적 미사려구를 람용하고 있는 것이
다. 이것은 노래에다 그 어떤 장엄성을 부여하려고 한 어용시인들의 지향
과 관련되어 있다.[28]

이 설명 속에는 북한문학사들이 보여 온 그간의 설명 패턴들에 비해
약간 구체적이고 세밀한 관점들이 들어 있다. 우선 글의 앞부분은 담
당층에 대한 설명으로 채워져 있다. 조선 건국의 핵심 개혁세력으로
부상한 고려 때의 중소 지주계급이 악장 제작의 담당계층으로 활약하
게 된 현실을 제시했다. 개혁파 양반은 새 왕조의 중심이었고, 그들은
자신들이 세운 왕조의 체제를 미화하는 데 주력했다. 건국을 합리화하
고 송축한 것도 따지고 보면 그들의 이념인 성리학의 문화정책을 구현
하기 위한 방편이었다. 그런데 그 노래들이 궁중의 악가로 불려졌다고
했다. 악가란 가무악이 하나로 합쳐진 종합 무대예술, 즉 정재(呈才)를
말한다. 그 정재에서 불려진 창사(唱詞)가 악장이다. 이런 악장을 담당
한 계층은 개혁파 인사들이었고, 정도전 등 개국공신들이 바로 그들이
었다. 고려조에서 중소지주계급이었던 그들이 당시 개혁파로 등장했
고, 조선조 개국 이후에는 공신의 반열에 참여하여 현실미화의 송가체
시가의 창작에 나섰음을 지적하고 있다. 담당층의 사회적 지위의 변화
를 언급한 말 속에는 악장을 부정적인 대상으로 보아야 하는 당위성이
암시되고 있다.

〈몽금척〉·〈수보록〉·〈문덕곡〉·〈무공곡〉·〈납씨가〉·〈궁수분곡〉
등 정도전의 악장에 표현된 천명이나 이성계의 공덕 등을 '허위'라고
했다. 뿐만 아니라 이성계가 고려의 사회·정치적 혼란을 해결하고 민

---

28) 김하명, 『조선문학사 3』, 사회과학출판사, 1991, 51~52쪽.

의를 얻어 나라의 터전을 닦았다거나 외적을 격퇴한 무훈을 노래한 것도 모두 거짓이거나 과장이라 했다. 〈정동방곡〉·〈신도가〉 등도 이런 노래들과 같은 범주의 것들이나, 다만 〈정읍사〉의 조흥구를 그대로 썼고 구어(口語)를 사용한 비중이 다른 작품들에 비해 훨씬 커졌다는 점에서 〈신도가〉를 약간 긍정적으로 본 것도 사실이다.

권근, 변계량, 윤회, 하륜 등의 악장을 들고, 그것들 역시 '이조'의 건국을 칭송하는 노래들이라고 했다. 권근의 〈상대별곡〉이나 변계량의 〈화산별곡〉이 경기체가 형식임을 밝혔고, 〈유림가〉도 기본적으로는 경기체가 형식을 취했다고 보았다. 이 점은 '한림별곡체'로 부른 『조선문학통사』(1959)보다 약간 달라진 면모일 수 있다.

이러한 송가체 시가들이 태조 대에서 세종 대까지 지어지다가 그 후 사회적 모순이 격화되어감에 따라 자취를 감추었다고 했다. 사실 세종 대 이후라고 악장이 지어지지 않은 것은 아니다. 다만 〈용비어천가〉나 〈월인천강지곡〉 같은 대작들이 더 이상 지어지지 않았을 뿐이다. 궁중의 전례(典禮)가 정착된 관계로 예악제도의 신설이나 개편이 더 이상 필요치 않았기 때문이지 '사회적 모순'이 격화되었기 때문은 아니다. 그들이 '사회적 모순'을 언급한 것은 이른바 봉건왕조인 조선조의 부정적인 측면을 강조하기 위해서였을 뿐 악장의 쇠퇴를 설명하기 위한 근거로는 부적절하다. 악장의 창작과 개편은 당시에도 많이 이루어지고 있었기 때문이다. 실제로 이 책의 저자가 강조하고 싶은 점은 마지막 부분에 있다. 악장은 일반적으로 허다한 찬사와 수사학적 미사여구를 남용하고 있다는 것, 그것은 노래에 일종의 장엄성을 부여하려는 어용시인들의 지향성과 관련되어 있다는 것 등이 그 핵심이다. 어용시인들에 의해 만들어진 허위와 가식의 언어적 결구(結構)가 악장이라는 것이 이 주장의 골자다. 그러나 이런 해석이나 주장이 악장의 외연만을 대상으로 한 데서 나왔다는 것은 다음에 제시할 〈용비어천가〉나 〈월인천강지곡〉에 대한 견해까지 고려할 때 더욱 분명해진다.

> 〈룡비어천가〉는 앞에다 원시를 놓고 그 뒤에다 그것을 번역한 한자시를 실었으며 매장 2행의 전 125장의 장편시를 이루고 있다. 작자들은 이 노래의 창작으로써 새로 만든 민족문자인 훈민정음의 실용적 가치를 실험한 것도 주요한 목적의 하나로 삼았던 만큼 그 문체에서 되도록 조선말의 고유한 어휘를 많이 쓰려는 경향을 보여주고 있다.
> 이 노래는 력사적 사실을 외곡하고 터무니없이 현실을 미화한 것으로 하여 사상적 내용에서 반동적이며 별로 가치가 없지만 국문으로 된 첫 서사시 형식의 작품이라는 점에서 그리고 당시의 력사 및 조선어 연구의 자료로 된다는 점에서 문화사적 의의를 가진다.
> 〈룡비어천가〉까지도 포함하여 이러한 송가체 시가들 이른바 〈건국송가〉들은 주로 개국공신을 비롯한 봉건 통치자들에 의하여 창작되어 당시의 봉건사회 현실을 일면적으로 미화 분식하고 궁중악가로서만 불리웠으므로 인민들의 문화생활과는 멀리 떨어져 있었다. 다시 말하여 이 송가체 시가들은 창작가들의 계급적 토대와 창작동기, 불리워진 범위에 있어서 인민들과는 전혀 인연이 없었다. (…) 〈월인천강지곡〉은 그 창작동기나 문체상 특성이 〈룡비어천가〉와 비슷하며 그 계급적 토대의 협소성으로 하여 국문시가임에도 불구하고 인민들과는 멀리 떨어져 있었다. 다만 그것은 〈룡비어천가〉와 함께 훈민정음 창제 이후 첫 시기의 국문 서사시 작품으로서 시가형식의 변화 발전과 조선어 력사 연구의 자료로서 의의를 가진다.[29]

 인용문의 앞단에서 〈용비어천가〉에 대하여 표명한 김하명의 견해는

---

29) 김하명, 『조선문학사 3』, 53~54쪽.

세 가지다. 첫째는 노래 자체가 조선말의 고유한 어휘를 많이 쓰려는
경향을 보여준다는 점, 둘째는 역사적 사실을 왜곡하고 터무니없이 현
실을 미화하여 사상적 내용에서 반동적이며 무가치하다는 점, 셋째는
그럼에도 불구하고 국문으로 된 첫 서사시 형식의 작품이며 당시 역사
및 조선어 연구의 자료로 쓰일만한 효용가치를 지닌다는 점 등이 그것
들이다. 첫째와 셋째가 내용적으로 상통하며, 〈용비어천가〉의 경우 가
치가 있기도 하고 없기도 하다는, 매우 애매모호한 견해를 표명하고
있다. 그런 현상은 작품의 해석에 정치적 이념을 결부시킬 수밖에 없
는, 북한 체제상의 특수성 때문에 빚어졌다. 세 가지 견해들 가운데
두 번째 것은 체제의 요구에 의한 상투적 비판이고, 나머지 둘 만을
김하명 자신의 견해로 보는 것이 타당하다. 〈용비어천가〉의 사건들이
대부분 과장되어 있는 점은 분명하나 과연 그 대부분에서 사실(史實)이
왜곡되었다고 볼 수는 없다. 더구나 그 때문에 반동적이며 무가치하다
는 것 역시 객관 타당성을 결(缺)한 견해다. '현실을 터무니없이 미화했
기 때문에 사상적 내용에서 반동적이며 무가치하다'는 것은 〈용비어천
가〉의 표현정신이 사회주의적 사실주의 혹은 주체 사실주의와 멀다는
점을 지적한 내용이다. 말하자면 현실 생활의 정확한 반영 이외에 문
학이 가질 수 있는 내포적 의미나 미학을 인정하지 않겠다는 저들의
확고한 생각이 오히려 〈용비어천가〉를 비롯한 악장의 문학적 본질이
나 현실적 의미를 왜곡하고 있음을 확인하게 되는 것이다.
　'봉건 통치자들에 의해 창작된 악장은 봉건사회의 현실을 일방적으
로 미화·분식하고 궁중의 악가로만 사용되어 백성들의 문화생활과는
거리가 멀기 때문에 무가치하다'고 보는 것이 인용문 후단의 내용이
다. 〈월인천강지곡〉 역시 〈용비어천가〉와 마찬가지로 계급적 토대가

협소하여 백성들의 삶과 유리되어 있는 점이 문제이긴 하나 시가형식
의 변화 발전과 조선어 역사 연구 자료로서의 의의는 지닌다고 보았
다. 따라서 악장이라고 무조건 무가치한 존재로 몰아붙이던 종래의 관
점에서 얼마간 긍정적인 측면을 인정하는 방향으로 선회한 것도 주목
되는 점이라고 할 수 있다.

사실 초창기부터 정착기에 이르는 동안 악장의 내용적 성향이나 주
제의식이 '왕이나 왕조에 대한 무조건적 찬양 → 왕이나 왕조에 대한
잠경(箴警)'으로 바뀌어간 사실은 악장의 이면에 상정되어 있던 창작계
층의 현실인식을 분명히 보여준다. 즉 작품에 어떤 내용이 담기던 그
이면에는 '조선조의 건국에 참여한 자신들의 판단을 합리화'하려는 욕
망이 잠재되어 있었다고 보아야 한다. 기존의 악장이나 아송(雅頌)과
달리 자신이 지어 올리는 노래가 단순한 '첨유(諂諛)'가 아님을 강조
한[30] 권근의 경우도 그의 내면으로부터 강한 콤플렉스를 읽어낼 수
있으며, 그것은 대의명분과 현실 사이에서 후자를 택할 수밖에 없었던
조선조 참여적 지식인들의 내면적 갈등을 극명하게 드러낸 증거라고
할 수 있다. 시간이 흐를수록 악장 제작의 주체가 집단화하거나 익명
화 되는 현상도 이런 관점에서 자연스럽다. 일견 떳떳해 보이지 않는
자신들의 선택을 합리화하는 데 개인보다 집단이 심리적 부담을 한결
줄일 수 있는 것은 당연하다. 일종의 공범의식이었을 것이다.[31]

말하자면 두드러진 송축이나 미화·분식 등은 이러한 담당계층의 현
실인식이나 현실적 위치로부터 악장에 표면화될 수밖에 없었던 요인
으로 보아야 한다는 것이다. 그런 외면적 요소만으로 악장을 무가치하

---

30) 『한국문집총간 7』, 민족문화추진회, 1990, 19~20쪽.
31) 조규익, 『조선조 악장의 문예미학』, 354쪽.

다거나 반동적인 예술형태로 몰아대는 것은 제대로 된 분석이라 할
수 없을 것이다. 가장 최근의 문학사인 김하명의『조선문학사』(1991)가
비교적 온건한 논리를 펴고 있음에도 불구하고 근본적인 문제를 해결
할 수 없는 것은 이처럼 악장의 내포를 간과하고 있기 때문이다.

3. 마무리: 악장에 대한 비판적 해석, 그 이념성과 합목적성

이상에서 조선조 악장에 대한 북한문학사들의 기술 태도를 살펴보
았다. 사실 악장은 남한과 북한 어느 쪽에서도 환영받지 못하는 고전
시가의 한 장르였고, 지금도 사정은 별반 나아지지 않았다. 악장의 창
작 계층은 북한의 입장에서는 곱지 않은 시선으로 바라보던 '봉건 왕
조' 조선의 건국 주체세력이었다. 이른바 '봉건 통치배들'이 조선왕조
의 건국을 합리화 시키고 유교 정치를 미화했으며 최고 통치자인 임금
을 송축하는 내용을 노래하고 있었으니, 그들이 보기에 모두 반동적이
며 기만적인 문학일 뿐이었다.

『조선문학통사』(1959)는 이른 시기의 문학사인 만큼 비교적 객관타
당한 악장관을 보여주고 있다. 이 시기는 맑스–레닌주의의 교조적 수
용이나 주체사상의 구체화가 이루어지기 전 단계라고 할 수 있으며
그에 따라 우리 고전문학에 대해서도 얼마간 객관적 입장을 견지할
수 있었다고 보아야 할 것이다. 악장을 이해하기 위해 정치적 이념을
비교적 덜 개입시킨 것으로 생각되기 때문이다. 물론 왕권의 탈취를
합리화하고 이씨 왕조의 성립을 송축하기 위해 만든 것이 악장이라는
생각은 뚜렷이 드러나 있지만, 그 정도의 관점이야 남한의 학계에서도
이미 상식화 되어있음을 감안한다면 더욱 그렇다.

1960년대 중반으로 접어들어 북한사회는 주체사상으로 무장하기 시작했고, 그 한복판에서 만들어진『조선문학사』(1977)는 부정적인 악장관을 보여준다. 〈건국송가〉나 〈용비어천가〉, 〈월인천강지곡〉 등 악장을 반동적 시가문학이라 낙인찍은 것도 이 책에서의 일이다. 북한의 관점에서 조선은 봉건왕조, 조선 건국의 주도세력은 바로 '반동적인 봉건 통치배들'인 것이다. 그런 만큼 그들이 체제찬양을 위해 만들어 낸 악장을 긍정적으로 볼 수만은 없었을 것이다.

악장에 대하여 경직된 관점을 보여주던『조선문학사』(1979)와 달리『조선문학사』(1991)는 약간의 융통성을 보여준다. 이 책의 저자 김하명이 말한 요점은 세 가지다. 노래 자체가 조선말의 고유한 어휘를 많이 쓰려는 경향을 보여준다는 점, 역사적 사실을 왜곡하고 터무니없이 현실을 미화하여 사상적 내용에서 반동적이며 무가치하다는 점, 그럼에도 불구하고 국문으로 된 첫 서사시 형식의 작품이며 당시의 역사 및 조선어 연구의 자료로 쓰일만한 효용가치를 지닌다는 점 등이 그것들이다.

'봉건 통치자들에 의해 창작된 악장은 봉건사회의 현실을 일방적으로 미화·분식하고 궁중의 악가로만 사용되어 백성들의 문화생활과는 거리가 멀기 때문에 무가치하다'고 보는 것이『조선문학사』(1991)가 밝히고 있는 또 하나의 관점이다.

〈월인천강지곡〉 또한 〈용비어천가〉와 마찬가지로 계급적 토대가 협소하여 백성들의 삶과 유리되어 있긴 하나 시가형식의 변화 발전과 조선어 역사 연구 자료로서의 의의는 지닌다고 본 점도 무조건 무가치한 존재로 몰아붙이던 종래의 관점에서 얼마간 긍정적인 방향으로 선회했다고 할 만하다.

　악장에 대한 북한문학사의 관점도 그들의 이념적 변화에 따라 약간씩 달라졌음을 알 수 있다. 그러나 그들의 체제나 이념을 벗어나지 못하는 한 악장에 대한 관점 또한 근본적으로 바뀔 수는 없을 것이다. 이 사실은 악장에 대하여 '아부문학'이나 '무조건적인 송축문학'으로 몰아붙이며 작품의 내포적 의미를 애써 외면하는 남한 학자들과 흡사한 모습을 보여주기도 한다. 따라서 경직된 이념을 버리고 정치체제의 속박으로부터 자유로울 때 비로소 그들의 눈에도 악장의 가치가 새롭게 인식될 수 있을 것이다.

◆ 제5장 ◆
북한문학사와 시조

1. 시조와 문제의식

우리 문학에 대한 남북의 관점은 아주 다르다. 지금 창작되는 문학의 장르적 관습 뿐 아니라 과거 문학 유산에 대한 평가에서도 양자는 현저히 다른 모습을 보여준다. 당연히 남·북한의 문학사 또한 대상은 동일하되 서술체계나 관점은 상이하다. 이질적인 체제와 이념이 지속되는 한 앞으로도 남북한의 문학사는 평행선을 그어갈 것이다. 학자들은 언필칭 '통합문학사' 혹은 '통일문학사'를 말하지만, 체제와 이념을 그대로 놓아둔 채 문학사만 통합시키는 일은 가능하지도 바람직하지도 않다. 남한의 문학사가 그간 성취했다고 자부하는 다양성이나 유연성은 사실상 편견과 아집에 의한 모순으로 점철되어 있고, 북한의 문학사 또한 김일성의 교시, 김정일의 지적, 주체문학론 등에 의해 철저히 통제되는 '혁명의 수단' 그 자체이기 때문이다.[1] 그러니 어떤 장르를 대상으로 하든 문학작품에 대한 내용적·문학사적 해석의 경우 남·북한 사이의 접점을 찾기란 어렵다.

---

1) 조규익, 「통일시대 한국고전문학사 서술의 전망」, 『온지논총』 11, 사단법인 온지학회, 2004, 118~119쪽.

　서사문학보다는 덜하겠지만, 근대문학 이전의 핵심 서정 장르들 가운데 하나였던 시조는 남북 간 관점의 충돌 가능성이 농후한 분야다. 문헌에 나타난 초창기 담당 계층이 주로 양반 사대부였다는 점, 그들 대부분이 유교이념을 주제의식으로 삼았다는 점, 자연스럽게 서민들의 삶보다는 자연 속에서 음풍영월이 주가 되었다는 점 등은 '핍박받던 노동자, 근로대중의 사실적 삶'을 형상화 하는데 관심을 두어온 북한 문학사가들로부터 비판을 면하기 어려운 내용이었다. 지배층의 문학이었다는 점에서 무조건적인 비판과 폄하를 피할 수밖에 없었던 것이다. 다만 그들은 양반 사대부들의 작품이라 하더라도 외세에 대항하는 우국충정을 토로했거나 서민들의 삶을 동정한 경우들을 주목했으며, 서민들이 담당계층으로 참여하여 생산한 노래들에 대해서만큼은 큰 찬사와 신뢰를 보내는 것이 일반적이었다.

　지금까지 단편적이긴 하나 북한문학사에 나타난 시조관(時調觀)에 대해서 여러 연구자들이 언급을 했다. 그러나 말 그대로 고전문학이나 고전시가의 전체 가운데 한 부분을 언급했을 뿐, 시조 전반에 관한 북한식 관점을 종합적으로 다룬 경우는 없었다. 이 글에서는 북한의 대표적인 문학사들의 시조 관련 언급들을 중심으로 시조에 대한 그들의 관점을 살펴보고자 한다.

2. 북한의 시조관, 그 특수성과 보편성

　북한 정권의 바탕이 맑스-레닌주의였던 만큼, 원래 그들이 추구한 문예미학은 사회주의적 사실주의를 벗어나지 않는다. 그러나 북한 사회에 '자민족 중심주의' 혹은 변형된 민족주의[2]가 강화되면서 사회주의적 사실주의는 외면적으로 약간의 변화를 겪게 된다. 즉 '주체적인 민족문화예술은 민족적인 형식에 사회주의적 내용을 담아야 하며 인민대중의 정치문화생활에 훌륭히 이바지하는 것으로 되어야 한다'거나 '훌륭한 문학 예술작품의 특징은 시대의 요구와 인민의 지향에 맞는 높은 사상 예술성에 있다'는 김일성의 교시3)는 사실 표면적으로는 사회주의적 사실주의의 본령과 약간의 거리가 있는 듯하다. 그러나 이면적으로는 큰 차이가 없다고 할 수 있다. 1930년대 소련 작가동맹의 슬로건으로 채택된 이래 공산권 국가들에 보편화된 문예창작의 기본원리인 사회주의적 사실주의야말로 '사회주의적 내용과 민족적 형식을 가진 예술로서 인민대중이 선호하고 각 민족의 구미와 정서에 맞는 고유한 형식에 혁명적이고 계급적인 사회주의 이념 내용을 담는 것4)을 말하기 때문이다. 주체사상이 등장하기 이전의 개념들은 이론의 보편성을 추구하는 경향이 짙었던 반면 주체사상화 이후의 경우 이론적 특수성을 추구하고 있는 점이 차이라면 차이라고 할 수 있는데, 그 차이도 따지고 보면 전 세계 사회주의의 보편적 측면에 초점을 맞춘 맑스–레닌주의로부터 이끌어낸 특수성이나 개별성으로부터 나온 것이기 때문에 엄밀한 의미에서 양자를 다르다고 할 수는 없다.5)

본서에서 대상으로 삼으려는 『조선문학사』6)와 『조선문학통사』(상·

---

2) '자민족 중심주의'는 자기 민족의 배타적 우월성을 강하게 내세운다거나 '우리 식대로!'의 경직된 주체성을 바탕으로 한다는 점에서 보편적인 민족주의와는 색채를 달리한다. 당시 남한이나 북한이나 모두 민족주의를 신봉하고 있었으나 남한은 외국의 사조를 꾸준히 수용해온 반면, 오늘날까지 북한은 '외세'를 적극 배제해온 사실만 보아도 그런 점을 알 수 있다.

3) 『문학예술사전 (중)』, 과학백과사전종합출판사, 1991, 195쪽.

4) 홍기삼, 『북한의 문예이론』, 평민사, 1981, 31쪽.

5) 조규익, 「통일시대 한국고전문학사 서술방법」, 147쪽.

하)[7]는 주체사상 등장 이전의 저작들이고, 『조선문학사』(1~5)[8]와 또
다른 『조선문학사』(1~15)[9]는 이후의 저작들이다. 이들 문학사를 중심
으로 시조에 관한 북한식 관점과 그 내용을 살펴보기로 한다.

1) 주체사상 이전의 시조관: 관습적 해석과 구심력

리응수는 그의 『조선문학사』(1956)에서 비교적 객관적인 시각으로
시조를 바라보았다. 발생 시기를 고려 25대 충렬왕 전후로 잡았고, 중
국 시·불교 시·무당노래·〈정읍사〉·〈도이장가〉 등 종래 학계에서
시조의 연원으로 꼽아 온 장르나 작품들을 제시한 다음 10구체 사뇌가
형식이 한림별곡체를 거쳐 시조로 발생되었다고 결론을 맺은 그 논리
가 아직 이념에 오염되지 않아, 남한 쪽의 그것과 크게 다르지 않음을
알 수 있다. 이존오·이색·이방원·정몽주·최영·원천석·길재·정
도전·성여완·서견 등 여말선초의 시조들에 대해서도 주자의 윤리사
상을 반영했다거나 망한 왕조에 대한 회고의 감정이 절절하게 드러났
다는 등 비교적 객관적인 논리로 일관하고 있는 점도 이채롭다. 예컨
대 정몽주의 〈단심가〉에 대해서 "지배계급들 상호 간의 계급적 모순과

---

6) 리응수, 교육도서출판사, 1956.

7) 과학원 언어문학연구소 문학연구실, 과학원출판사, 1959.

8) 사회과학원 문학연구소, 과학백과사전출판사, 1977.

9) 1권(원시~9세기/정홍교, 사회과학출판사, 1991), 2권(10~14세기/정홍교, 과학백과사
전종합출판사, 1994), 3권(15~16세기/김하명, 사회과학출판사), 4권(17세기/김하명, 사
회과학출판사), 5권(18세기/김하명, 과학백과사전종합출판사, 1994), 6권(19세기/김하
명, 사회과학출판사, 1991), 7권(19세기 말~1925/김하명, 사회과학출판사, 1991), 8권
(항일혁명문학/류 만, 사회과학출판사, 1992), 9권(1920년대 후반~1940년대 전반기/류
만, 과학백과사전종합출판사, 1995), 10권(평화적 민주건설 시기/오정애·리용서, 사회
과학출판사, 1994), 11권(조국해방전쟁시기/김선려·리근실, 사회과학출판사, 1994)

정치적 분쟁을 반영한 작품이나 한편 정몽주의 굳은 지조가 표시되어
있으며 또 여기 나오는 '님'이란 말이 남녀 상호 간의 임에도 통하여
수많은 사람들에게 회자되었다."[10]고 설명함으로써 그 때까지는 화석
화된 이념의 울타리에 갇히지 않았음을 보여주고 있다.

　뿐만 아니라 "고려 말 주자학에 의하여 교양 받은 많은 문신들의 시
조 속에서는 비록 그들이 지배 계급 호상간의 계급적 모순을 반영하고
있다 하더라도 그 작자들이 정치적 권세와 물질적 부로서 꾀이는 반대
파들의 각종 유혹과 위협에도 끝까지 굴치 않고 생명의 위험과 빈궁과
불우 속에서 최후까지 의리와 절조를 고수한 고결한 도덕적 풍모가
표시되어 있다"[11]는 논리에서 보듯이 '지배계급의 계급적 모순'을 운
위하면서도 '최후까지 의리와 절조를 고수한 고결한 도덕적 풍모'라는
긍정적인 면모를 강조하고 있다. 따라서 주체사상이 확립되기 이전 시
기에는 저자를 비롯한 이 시기 북한 학계의 시조관 또한 크게 이념화
되어 있지 않았음을 알 수 있다.

　이 점은 3년 후에 등장하는 『조선문학통사(상)』에서도 마찬가지다.
물론 『조선문학통사(상)』의 서술이 훨씬 입체적이고 체계적이라는 점
에서 당시 북한의 학계에서 통용되던 시조관을 좀 더 정확하게 찾아볼
수 있는 것은 사실이다. 전형적인 향가 형식의 3장적 구성과 그 낙구의
감탄사를 계승했다거나 고려 시대 '인민 가요들'의 절들이 독립할 수
있는 가능성을 갖게 됨으로써 시조가 발생했다고 본 것은 사뇌가 형식
과 한림별곡체의 연결을 시조 발생의 통시적 선상으로 끌어온 『조선문
학사』(1956)와 약간 다른 면을 보여준다. 다시 말하여 "시조는 고려시

---

10) 리응수, 『조선문학사』, 355쪽.
11) 리응수, 『조선문학사』, 357쪽.

대의 인민가요들의 쓔제트적 요소들의 소멸의 추세, 그 매개 절의 독
립의 가능성 속에서 향가의 형식을 계승하여 형성된 것"[12]이라 봄으로
써 오히려 당시 남한의 시조 발생론들보다 훨씬 합리적이었음을 발견
할 수 있다는 것이다. 여기서 쓔제트란 고려 속가들에 내포되어 있던
사건들, 또는 그 사건들을 통해 제시된 인간들의 상호작용 및 성격 등
으로 조직되는 체계를 말한다. 말하자면 서사 위주의 내용적 성향이
서정으로 전환되면서 시조장르가 표면화 되었다고 본 견해로서 발생
론의 측면에서만 본다면 동시대 남한 학계보다 훨씬 심도 있는 논리적
근거를 갖추고 있던 것으로 판단된다.

　시조 작가론이나 주제론의 경우도 남한 학계의 논리와 크게 다를
것이 없었다. 우탁(禹倬)·이조년(李兆年)·이존오(李存吾)·정몽주·이색·
최영 등 고려 말 인사들의 작품이 회구(懷舊)와 유한(遺恨)을 노래한 것으
로 왕조 말기의 현실을 반영했고, 특히 정몽주의 〈단심가〉를 비롯한
'충의'의 시정신은 조선 초기 사륙신의 작품에 그대로 계승되었으며,
최영 작품의 애국적 주제의식은 김종서(金宗瑞)·남이(南怡) 등 15세기
이후 이민족의 침략에 대항하는 과정에서 나온 작품들로 이어졌다고
했다.[13]

　특히 사륙신의 작품들에서 구현된 '비장한 최후와 충의 사상'은 봉건
적 주종 관계의 도덕적 유대로서 군주와 귀족과의 관계가 절대적인
'충의'의 유대 위에 유지되었다는 것은 동서가 일반이라고 보았다. 다
시 말하여 "절대주의적 군주 체제인 이씨왕조 아래에서 군주에 대한
충절이 최상의 미덕으로 선전되어 왔던 것이나 충의 사상의 순교자들

---

12) 『조선문학통사(상)』, 158쪽.
13) 『조선문학통사(상)』, 159쪽, 187쪽 등 참조.

인 이들을 뒷날 충렬로 표창하고 적극 선전하게 된 것은 우연한 일이
아니었다"는 것이다.[14] 이러한 생각은 조선 왕조의 지배체제가 갖고
있던 속성이나 통치방법과 예술의 상관적 의미를 상당히 객관적으로
해석하여 보여준 내용일 뿐 주체사상 확립 이후 보여주는 '무조건의
이념 지향적 해석'과는 거리가 있는 것이다.

맹사성(孟思誠)의 시조를 단서로 제시한 전원생활의 정취나 은일적
경향이 훗날 조선조[15] 시가의 주된 경향의 하나로 발전되어 갔음을
지적한 점[16]도 같은 맥락에서 볼 수 있다. 사실 전원생활의 흥취나
은일적 경향은 지식인들이 전원으로 숨어들어간 데서 비롯되었다고
할 수 있는데, 그러한 상황은 정치적 변화의 와중에서 생성된 것이다.
다시 말하여 왕조 교체를 통한 건국의 과정이나 건국 이후 도래한 지배
층 내부의 갈등에 의해 많은 수의 지식인들은 정계로부터 은퇴하여
전원생활을 영위했던 것이다. 실제로 그렇게 느꼈든 자기 합리화였든
강호에 대한 찬양이나 호감의 표현은 하나의 시대적 흐름으로 구체화
되었다. 이 점에 대한 『조선문학통사(상)』의 지적이나 설명은 남한의
학자들도 공감할만한 객관성과 타당성을 확보했다고 할 수 있다.

비슷한 시기 전원생활의 정취를 노래한 정극인의 〈불우헌가〉 역시
'태평한민(太平閒民)'으로서의 자족적 생활을 노래했다고 봄으로써 '강
호의식'은 이 시기 시조의 담당계층이나 주제의식의 경향을 나타내주
는 표지(標識)로 기능했다고 본 것 같다. 이러한 시조의 장르적·주제

---

14) 『조선문학통사(상)』, 189쪽.
15) 북한의 모든 저작들에는 조선(왕)조가 '리왕조' 혹은 '리씨 왕조'로 격하되어 있다. 인용
    문 외의 본문에서는 이것들을 '조선(왕)조'로 바꾸어 부르고자 한다.
16) 『조선문학통사(상)』, 190쪽.

적·구조적 성향이 가사 형식을 출현시킨 동인이 되었으며, 서사민요
와도 관련을 맺는다는 인식을 갖고 있었다.

사실 강호시가나 은일시가 등의 담당계층은 유학이나 도학에 심취
해 있던 당대의 지식인들이었다. 지식인들 스스로 창작·음영하던 노
래였으므로 심성 수양의 각오나 교훈 및 이념 설파의 의욕 등이 내용적
핵심을 형성하게 되었다. 그러면서 이들과 대립적 경향이 병행하게 되
는데, 그런 성향을 보여주는 대표적인 담당계층이 바로 황진이를 포함
한 기녀(妓女)들이었다는 것이 이 책의 설명이다. 다음과 같은 설명이
그것이다.

> 은일적이며 도학적인 시가들이 불려지고 있을 때, 황진이, 정철과 같은
> 사람들은 은일적, 도학적 경향들과는 달리 생활에 발을 붙이고 조국 산천
> 의 아름다움을 노래하고, 남녀 간의 애정과 인정세태를 사실적으로 노래
> 하는 우수한 예술작품을 내놓아 16세기 국문시가를 빛나게 하였는바, 녀
> 류 시인 황진이의 경우에서와 같이 시정인들의 시가가 새로운 서정적인
> 세계를 열어주어 인민들의 열렬한 사랑을 받게 된 것은 주목할 사실이다.
> 즉 황진이의 시가는 시조가 기생 기타 시정인들 사이에까지 널리 보급되
> 어갔다는 사실을 말하여 주며, 이때부터 량반 통치계급의 시가에 대치하
> 여 시정인들의 시가가 진출하기 시작한 것으로 주목을 끌게 된다. 그리하
> 여 황진이 이외에도 백호 림제(白湖 林悌)와 주고 받는 기생 한우(寒雨)의
> 시조가 전하고 있는바, 기생 기타 시정인들의 작품으로 간주되는 무명씨
> (無名氏)의 작품들은 17세기 이후 더욱 많이 쏟아져 나오게 되었다.[17]

북한문학사들의 입장에서 조선조 양반 사대부 혹은 그들의 문학에

---

17) 『조선문학통사(상)』, 217쪽.

대하여 비판적이었던 것은 당연하나 이 시기까지 그런 성향은 아직
구체화되지 않고 있었다. 그러나 그들은 기녀계층이나 진취적인 양반
들의 노래가 등장하면서 구체화된 미학의 전환을 긍정적으로 보고 있었
다. 생활에 즉한 노래, 조국 산천의 아름다움을 구가한 노래, 남녀 간의
애정이나 인정세태 등을 '사실적으로' 그려낸 노래 등을 추장한 것이
그 증거다. 여기서 그들이 강조한 것은 '사실적'이란 점이다. 그들이
중시하는 사회주의적 사실주의의 논리적 맹아가 비로소 보이기 시작했
다는 점을 꼽을 수 있다. 이 단계에서는 아직 조선조 사회나 지배계층을
피지배계층 혹은 노동계급에 대한 착취사회로 간주한다거나 그들의
모순을 발견·폭로·비판했다고 볼 수는 없지만, 이 시기 북한의 문학사
가들이 비판적 사실주의의 단초를 얼마간 보여준 것은 사실이다.

　이 시기 북한의 문학사가들은 기생들의 시조나 진취적 양반들의 작
품들에서 사실성을 발견할 수 있다고 보았으며, '유교적 멍에 밑에 거의
질식 상태에 놓여있던 인민들에게 신선한 공기를 주입시킬 수 있다'[18]
는 현실인식을 그 사실성 발현의 발판으로 삼고 있었다. 유교적 멍에의
압박으로부터 인민들의 내면에 신선한 공기를 주입시킨 주체야말로
연애시나 생활시의 풍부한 서정이었음은 물론이다. 이와 같이 자유롭
고 풍부한 서정의 발현은 실생활이나 조국애 등 현실적인 측면과 유리
되지 않은 시세계로 연결·확장되었으며, 이후 시조문학의 주된 사조로
정착되었다고 보았다. 임진왜란, 병자호란 이후 대청(對淸)·대왜(對倭)
투쟁의지를 통해 조국에 대한 충성심과 함께 불굴의 절의(節義)를 고취
시키는 작품들, 어지러운 시국을 맞아 왕조의 앞날을 걱정하는 노래들

---

18) 『조선문학통사(상)』, 218쪽.

이 분열된 지배계층 내부에서 산출되었다. 자연스럽게 사회적 모순과
함께 서민계층의 노래들이 전면에 떠오름으로써 전반적인 시조미학의
자리바꿈이 일어나게 된 것으로 설명하고 있다. 즉,

> 량반들의 시조는 그들의 생활적 질곡과 함께 만네리즘에 빠져 후면에
> 로 밀려나고 새로이 진출하게 된 서민계층의 시조는 자기들의 생활감정
> 을 다양하게 표현하여 한층 사실적인 새로운 경지를 개척하면서 전면에
> 나선 것으로 특징적이다.[19]

　저자의 관점에서 양반들이 몰입해 있다고 본 것은 유교 이념의 표출
이나 강호 지향의 낭만주의 미학이었을 것이다. 임·병 양란 이후 사회
전반에 불어 닥친 실사구시적 기풍이나 느슨해진 계층의식 등은 대중
들의 가치관을 실용적으로 바꾸어 놓았을 것이고, 자연스럽게 그것은
사실주의 미학의 개화로 연결되었다는 점에서 그들의 체제나 이념에
부합되는 방향으로 발전되었을 것이다. 사실주의 미학을 '새로운 경지'
라고 내세운 것도, 사회주의 미학이나 주체미학의 정립 시기와 결부시
켜 생각하면 이 시기에 가능했던 입장의 표명이라 할만하다.
　저자는 서민시조의 개화가 그러한 미학의 변화를 반영한 사례라고
보았다. 내용적 측면에서 시조는 즉흥적이며 현실적인 경향을 띠고 제
재도 인정세태에 대한 해학과 풍자, 남녀 간의 연정 등을 대담하게 노
래하여 사실주의적 지향성을 개척했을 뿐 아니라 형식적 측면에서도
종래의 시조가 지닌 정형성을 파괴하여 18세기에 들어서면 이른바 '사
설시조' 같은 새로운 형식을 창조·유행시켰다고 본 것이다.[20]

---

19) 『조선문학통사(상)』, 246쪽.

그 와중에 등장한 박인로나 윤선도 등은 현실을 반영하고 애국주의 사상을 고취했다거나 '인민성'을 발휘한 점에서 매우 중요한 인물들인데, 특히 윤선도 같은 이는 '부르죠아 문학사가들에 의해 부당하게 그의 봉건성만 확대되었고 인민성이 무시된' 예라고 했다. 말하자면 기존의 시각에 의해 윤선도의 작품들은 '강호시조'의 범주에서 벗어나지 않아 벼슬을 잃은 자, 당쟁에 빠진 자의 울분을 표현한 데 불과하다고 폄하되었다는 것이다.[21] 인민에게 접근할 수 있는 통속적인 언어를 많이 구사했다는 점, 우리말을 자유롭게 구사했고 기교적 측면에서 다른 사람들이 따르지 못할 예술적 성과를 올렸다는 점, 시상에서 표현까지 참신한 새 경지를 개척했다는 점 등을 저자는 윤선도의 작품들에 구현된 '인민성'의 근거로 들었다. 자연과 투쟁하는 노력 인민으로서의 어부들의 생활감정을 노래한 것이기 보다는 추악하고 부패한 양반 관료 통치를 벗어난 윤선도 자신의 초탈한 경지를 춘하추동 각 계절의 정경에 의탁하여 노래한 〈어부사시사〉가 단순한 음풍영월과 구별되는 것은 거기에 당시의 추악한 관료사회를 증오하는 사상이 안받침되어 있으며 청나라의 침공에 의한 치욕을 설원코자 하는 사상으로 일관되고 있기 때문이라는 것이다.[22]

윤선도의 작품에서 현실세계와 자연은 대립적 의미구조의 양자로 드러나므로 어떤 자연물이든 인간사에 비추어 재해석되거나 불변의 이미지를 지니게 된다. 말하자면 그의 작품 속에 액면 그대로의 자연물이 등장하는 경우는 거의 없어서, 대부분 윤선도의 인식과정을 거쳐

---

20) 『조선문학통사(상)』, 247쪽.
21) 『조선문학통사(상)』, 253~255쪽.
22) 『조선문학통사(상)』, 258쪽.

새로운 의미를 획득하게 된 것들이라고 할 수 있다.[23] 말하자면 그의 작품들에 대하여 '단순한 음풍영월과 구별되는 것으로 당시 추악한 관료사회에 대한 증오가 안받침되어 있다'든가 '청나라의 침공에 대한 치욕을 설원코자 하는 사상으로 일관되어 있다'는 등의 해석이 작품 속의 자연에 대한 재해석이나 구조의 치밀한 분석을 통해 나왔다고 볼 수는 없다는 것이다. 오히려 봉건왕조의 지배계층에 대한 적개심, 조국을 침탈한 외세에 대한 적개심 등을 작품으로 합리화 시키려는 필요성 때문에 무리한 해석을 시도한 것으로 보인다. 작품의 해석에는 객관적 근거가 있어야 하나, 그런 것들을 생략한 이면에는 이념을 앞세워야 하는 다급한 현실이 도사리고 있었던 것이다.

17세기 후반부터 18세기에 들어와서 구체화된 변화로 서민층이 시조의 전문적 담당계층으로 등장한 점, 묘사의 사실주의적 경향, 시조 장르의 대중화 등을 들었다. 김천택, 김수장 등 전문 가객을 중심으로 형성된 가단의 기능이나 그에 따른 작품 내용과 미학의 다양화, 세련화 등을 시조사의 발전으로 보려는 의도를 드러냈다. '통치자들에 대한 인민적 분노의 감정이 서려있다',[24] '시정인들의 사랑을 노래했고, 수많은 풍속화적 모티브를 도입하여 신흥 도시 주민들의 낙관주의를 반영하면서 해학적인 표현을 폈다'[25]는 식의 해석에는 이념 중시의 해석 틀과 함께 해석의 객관성을 나름대로 유지하려는 노력이 뒷받침되고 있는 것으로 판단된다. 특히 조선조 후기에 등장한 가집들을 가곡본으로 보고 있다는 점, 서민계층의 구전민요로부터 받은 영향이 전

---

23) 조규익, 『가곡창사의 국문학적 본질』, 집문당, 1994, 249~250쪽.
24) 『조선문학통사(상)』, 286쪽.
25) 『조선문학통사(상)』, 289쪽.

면에 드러나 있다는 점, 『남훈태평가』와 같은 가집의 작품들에 종장 말귀가 생략되어 있다는 점을 지적하면서 시조 창법을 거론하고 있는 점, 가곡의 체제와 풍도·형용 등을 들면서 당시의 가집들이 가보(歌譜)에 중점을 둔 편찬임을 지적한 점, 이 시기 시조들의 시어에서 구어화(口語化)의 경향을 지적했다는 점 등을 감안하면 『조선문학통사(상)』의 견해는 남쪽 학자들의 견해와 크게 다르다 할 수 없고, 오히려 폭과 깊이에 있어서는 얼마간 그들보다 앞서는 양상을 보여주었다고도 할 수 있다.

이처럼 주체사상 등장 이전의 저작들인 『조선문학사』(리응수)와 『조선문학통사(상)』에 나타난 시조관은 아직 이념의 통제를 받지 않았음을 알 수 있다. 문헌 자료에 입각, 비교적 객관적인 분석을 가함으로써 남한 학자들의 논리와 크게 다르지 않은 모습을 보여주고 있기 때문이다.

2) 주체사상 이후의 시조관: 이념지향의 원심력

계급성과 인민성이 강조된 맑스-레닌주의의 사회주의적 사실주의는 주체문예론의 단계에서는 주체적 사실주의로 바뀐다. 정권 수립 초기의 북한은 일반 사회주의적 요소를 강조하여 '계급성·당성·인민성'을 강조하는 사회주의적 사실주의가 문예이론의 핵심이었으나, 체제의 이념이 주체사상으로 바뀌면서 주체적 사실주의를 표방하게 된 것이다.[26] 그런 주체적 사실주의를 바탕으로 고전문예에 대하여 밝힌 김정일의 생각은 다음과 같다.

---

26) 김용범 외, 『김정일 문예관 연구』, 문화체육부, 1996, 40쪽.

지난날 문학예술부문의 일부 사람들은 복고주의를 반대한다고 하면서 실학파나《카프》문학을 비롯하여 우리 인민의 우수한 민족고전문학예술 유산을 보잘 것 없는 것으로 여기면서 고전문학예술작품에 대한 연구와 출판보급 사업까지 가로막으려고 하였다. 이런 영향으로 하여 한 때 일부 문예학자들은 봉건유교사상을 반대한다고 하면서 우리나라의 민족고전문학예술을 제대로 취급하지 않았으며 문학사와 예술사나 출판 보도물에서 고전문학예술작품을 취급하는 경우에도 그의 긍정적 측면은 간단히 언급하고 부정적 측면에 대하여서는 지나치게 많이 언급하였다. 고전문학예술에 대한 평가를 이렇게 할 바에야 구태여 문학사와 예술사나 출판보도물에서 민족문학예술을 취급할 필요가 없을 것이다. 봉건유교사상과 부르죠아 사상을 반대한다고 하여 근로자들과 청소년들에게 우리나라의 문화예술 력사와 민족고전작품을 가르쳐주지 않으면 그들이 우리나라 력사에 어떤 고전작품이 있었는지 또 어떤 유명한 작가가 있었는지 잘 모르게 된다. 우리는 민족 허무주의적 경향에 대하여 제때에 타격을 주고 민족고전문학예술을 주체적 립장에서 공정하게 평가하고 처리하도록 하였다.[27]

김정일 스스로 주체사상이 확립되기까지 카프나 신경향파의 문학예술을 부정적으로 보고 있었음[28]을 감안할 경우, 인용문에서 보는 바와 같은 변화는 획기적이라고 할 수 있다. 김정일이 카프 등을 부정적으로 본 것은 당시 자신들이 '항일혁명 투쟁시기'의 문학예술작품들만을 중시했기 때문으로 보인다. 그러나 이 글에서 보는 바와 같이 카프를 비롯 고전문학 전반을 긍정적으로 평가한 것은 그들이 비로소 민족에 중점을 둔 주체적 사실주의의 관점에 서게 되었음을 보여준다. 비록 '봉건 유교사상'이나 '부르죠아 사상'을 반대는 하지만, 그게 무서워

---

27) 김정일, 『주체문학론』, 조선로동당출판사, 1991, 59~60쪽.
28) 조규익, 『통일시대 한국고전문학사 서술방법』, 99쪽.

〈그림 7〉 김정일이 지은 것으로 되어 있는 저서 『주체사상에 대하여』

우리 민족의 고전작품을 가르치지 않을 수 없다는, 현실적 필요성을 인정한 것이다. 그것은 주체사상의 불가피성과 함께 민족문학의 유산에 대한 일말의 자신감을 표명한 언급이라 할 수 있다. 말하자면 '민족 허무주의'를 배격하고 '주체적' 입장을 중시하는 방향으로 선회하면서 주체적 사실주의는 정립될 수 있다고 본 것이다.

고전문학에서 주체적 사실주의의 측면을 찾아내어 '그들 식으로' 해석해내려는 노력은 '우리 것'을 무조건 배척함으로써 그것들을 잃어버리지 않도록 하는 것이 현명하다는 현실인식으로부터 나왔다고 보아야 한다. 그런 점에서 주체사상 이전이나 이후의 문학사들이 고전문학에 대한 해석에서 근본적인 차이를 보이는 것은 아니다. 다만 주체적 사실주의를 좀 더 내면화 시키고자 한 것은 오히려 장점이라 할 수 있을 것이다. 김정일의 언급을 통해 주체사상 이후에도 시조에 대한 평가는 다른 장르들에 비해 비교적 관대하거나 객관적일 수 있을 것으로 예측하는 것도 그 때문이다.

주체사상 확립 이후 등장한 『조선문학사』(1~5)와 또 다른 『조선문학사』(1~15)는 주체적 사실주의의 관점을 반영한 저작들인데, 이들에 나타난 시조의 해석을 들어보기로 한다. 『조선문학사』(1~5)는 시조에 대한 논의를 다음과 같은 김일성의 교시로부터 시작한다.

〈오늘의 우리 현실에는 옛날 선비들이 사랑방에 앉아서 시조를 읊던 식의 노래는 맞지 않습니다.〉[29]

시조는 곡조와 련결되어 노래로 불리웠는데 그 곡조는 봉건 량반들의 생활감정을 반영한 것으로서 매우 느리고 저조한 것이었다. 3장 6구의 짧은 시가형식인 시조는 용적이 매우 작은 데다가 가사와 련결된 곡조의 이러한 제한성으로 하여 인간생활을 폭 넓게 반영할 수 없었다. 발생 초기의 시조들은 그 작자의 대부분이 량반 지배계급의 문인들이었던 만큼 그 주제사상에서 거의 고려말기 봉건 정계의 알륵을 반영한 것들이였으나 부분적으로는 반침략조국방위에 대하여 노래한 것도 있었다. 홍두군의 침입을 물리치기 위한 투쟁을 지휘하였고 림견미, 렴흥방 등 악질관료들을 반대하여 싸운 고려말기 사람이었던 최영의 시조는 그러한 례의 하나로 된다.[30]

당시 건설의 현장에서 중시되던 속도감에 비해 시조의 노래방식은 결코 맞지 않는 형식이라는 점이 김일성 교시의 핵심이다. 시조의 노래가 느리고 저조하여 사람들의 현실생활을 제대로 반영할 수 없다는 것, 봉건적 양반 지배계층의 생각을 반영한 것들이 대부분이나 부분적으로는 조국방위의 기개를 노래한 것들도 있다는 것 등이 김일성의 교시에 바탕을 두고 펼친 문학사가의 논리다. 말하자면 이들은 옛 시조들 가운데 인민들의 현실생활을 '사실적으로' 반영한 노래들이나 외세에 대항하여 조국을 방위하려는 기개를 표출한 노래들이 바람직하다는 점을 강하게 암시한 셈이다. 말하자면 시조문학사를 서술하기 위해 선택되는 작품들의 성향을 이 부분에서 제시했다고 보는 것이 옳다.[31]

29) 김일성, 『김일성저작선집 4』, 155쪽.
30) 사회과학원 문학연구소, 『조선문학사(고대중세편)』, 과학백과사전출판사, 1977, 201쪽.

　저자들은 봉건왕조가 도덕관념을 유포시켜 사람들의 사상의식을 마비시키려고 책동한 점을 증오했다.[32] 조선왕조 건국 초기 봉건 양반들이 창작한 시조에는 '이조' 봉건 통치를 미화하고 '충군' 사상을 표현한 작품들과 멸망한 고려왕조에 대한 미련과 동경을 노래한 작품들이 적지 않았다고 함으로써 초기 시조 담당계층들에 대한 반감을 드러냈다. 특히 변계량의 〈치천하 오십년에〉나 맹사성의 〈강호사시가〉 등은 조선 봉건사회의 불합리한 현실을 '태평성세'로 이상화 하고 왕의 은덕을 극구 찬양한 반사실주의적이며 반동적인 작품들로 매도했다. 조선 초에 득세한 봉건 양반들과 고려의 유신(遺臣)들이 현실 대응 태도에서는 상반되지만 '왕도' 사상을 표현하고 있는 반동적 본질에서는 일치한다고 보았다.[33] 이 점은 15세기~16세기의 시조들도 마찬가지여서 주로 '도학시가'나 '교훈시' 등이 상당한 비중을 차지한다고 보았다. 저자들이 이 시기 시조들의 부정적인 측면으로 거론한 것은 이 시기의 작품들이 실생활과 유리된 자연풍경을 노래했거나 현실도피 사상을 표현한 강호시가 혹은 은일시가라는 점이었다. 뿐만 아니라 양반 사대부들이 봉건 유교 교리를 설교했거나 당대의 불합리한 현실을 미화·분식했다는 비판을 가하기도 했다. 이처럼 이른바 봉건 양반들의 시조를 강하게 비판하고 있으나, 같은 시기에 긍정적으로 바라보는 대상도 있었다. 김종서나 남이와 같은 장수들의 '조국방위의 애국주의적 사상 감정을 노래한 작품들'[34]이 그 대상이었다. 예컨대 김종서의 〈장백산

---

31) 이 책에서 전개되는 논리들 가운데 부정적인 언술이 크게 눈에 띄지 않는 이유도 그들이 애당초 자신들의 이념적 성향에 맞는 작품들만을 선택했기 때문이다.

32) 『조선문학사(고대중세편)』, 280~281쪽.

33) 『조선문학사(고대중세편)』, 280쪽.

34) 『조선문학사(고대중세편)』, 281~282쪽.

에>35)에 대하여 그들은 다음과 같이 평하고 있다.

> 장백산에 기를 꽂고 두만강에 말을 씻긴다는 시적 언어표현은 국경 방비
> 에 나선 서정적 주인공의 무훈과 용맹을 뚜렷이 부각시키고 시의 애국주의
> 적 기백을 돋구는 데서 중요한 형상적 기능을 수행하고 있다. 이 시조에서
> 는 첫 장부터 마지막 장에 이르기까지 전편에 걸쳐 나라의 안전을 지키는
> 일에 나선 것을 떳떳하게 여기는 사나이-서정적 주인공의 긍지와 기개가
> 힘 있게 울리고 있다. 이 시조에서 특징적인 것은 조국방위에 나선 무인의
> 애국적 감정의 표현을 말공부만 일삼으면서 허송세월하는 썩어빠진 량반
> 통치배들에 대한 규탄과 밀접히 결합시키고 있는 것이다. 당시 봉건 유교
> 사상에 깊이 물젖어 있었던 문인량반들은 술상이나 벌려놓고 고리타분한
> 글귀나 지으면서 국방에 종사하는 무인들을 멸시하고 나라의 방비를 강화
> 하는데 아무런 관심도 돌리지 않았다. 시조에서는 바로 이러한 무능하고
> 무위도식하는 량반문인들을 '썩은 선비'로 규탄한 것이다.36)

이 글에서는 문인들에 대한 일부 무인의 반감을 일종의 사회 계층적
갈등이나 분열로 몰아가 왕조의 모순과 연결시키려는 듯한 해석적 의
도의 일면을 발견할 수 있다. 분명 김종서가 당시의 문신들을 못마땅
하게 여긴 것은 사실이나, 그런 생각을 무인과 문인들을 변별하던 당
대의 집단의식으로 일반화시킬 수는 없는 일이다. 그럼에도 김종서의
작품을 통해 생산을 담당하던 피지배 계층을 억압하던 이른바 '양반
통치배'들을 '썩은 선비'라 비난하고 애국주의를 고취하려는 것은 북한
의 주체적 사실주의를 작품 해석의 도구로 사용한 데서 불가피하게

---

35) "장백산에 기를 꽂고 두만강에 말 씻기니/석근 저 션븩야 우리 아니 사나이냐/엇더타
　　룡연각상에 뉘 얼굴을 그릴고"
36) 『조선문학사(고대중세편)』, 282~283쪽.

생겨난 결과라고 할 수 있다. 이들이 강조하는 반침략 애국주의 사상
은 '반봉건·반외세'로 구체화 되는 이른바 주체문학의 주제라 할 수
있는데, 반봉건의 주제의식은 지배계층에 대한 계급투쟁으로 반외세
의 주제의식은 '반침략 애국투쟁'으로 각각 귀결되는 것이다. 이러한
애국 주제의 작품들은 시조형식이 갖고 있는 문학 형태상의 제한성으
로 인해 반침략 애국주의 사상을 폭 넓게 반영하지는 못했으나, 자연
풍경을 노래한 '반동적' 시조작품들과 달리 이 시기 진보적 시가문학에
서 자기의 고유한 위치를 차지하며 봉건시기 반침략 애국주의 시가문
학 유산의 하나로 되었다고 했다.[37]

그들은 양반 사대부들을 '봉건 통치배'로 비난하고 있음에도 불구하
고 양사언이나 정철 등의 시조에 대해서는 '삼강오륜의 유교교리를 직
접적으로 설교한 반동적인 교훈시들과는 구별된다'고 긍정적으로 보
았으며, 황진이를 비롯한 기생 중심 여류시인들의 작품은 기존의 양반
계층의 작풍에서 벗어나 서민들의 생활세계로 점차 침투하기 시작한
단초로 보기도 했다.[38]

17세기에 들어와서 윤선도의 등장과 사설시조의 출현을 시조사의
긍정적인 변화로 보고 있는 저자들의 해석 역시 주체적 사실주의를
바탕에 깔고 있는, 이념 지향적 해석임에 분명하다. 다음과 같은 〈오우
가〉에 대한 해석과 〈어부사시사〉에 대한 해석을 보면 이 점은 분명해
진다.

　　자연의 사물과 현상에 대한 시적 묘사를 통하여 어지러운 정계에서 자기 몸을 더럽히지 않고 살아가려는 서정적 주인공의 '청렴성'과 '강직성'을 보여주고 있는 련시조의 밑바닥에는 나라의 운명과 인민의 생활에 대해서는 아랑곳하지 않고 부귀영화와 권력쟁탈을 위한 당파싸움에 미쳐 날뛰는 반동적 봉건 관료배들에 대한 불만과 반감이 깔려 있다.[39]

　　시는 썩어빠진 량반 사대부들이 사대주의에 사로잡혀 우리글을 천시하고 배척하던 당시에 있어서 조선말의 풍부한 표현적 가능성을 살려 우리나라 자연의 아름다운 경치를 생동하게 노래한 점에서 문화사적 의의를 가진다.[40]

〈오우가〉가 '가변적인 것 : 불변적인 것'의 대립구조를 통한 의미의 상승을 꾀하는 구조로 이루어졌음은 분명하지만, 그것은 '변함없는 것'에 자신을 동일시함으로써 세상의 변화에 휩쓸리는 인간들의 나약하고 부정적인 모습을 그려낸 것일 뿐,[41] 북한문학사 식의 계급적 해석으로까지 확산시킬 사안은 아니다. 당시 아웃사이더로 지내긴 했으나 윤선도 자신도 집권세력의 한 축을 형성하고 있었고, 사회적 계층이나 이념 역시 지배세력의 그것을 견지하고 있었기 때문에, 위와 같은 북한문학사의 해석은 이념적 편향성의 흠을 면하기 어렵다고 본다. 부정적 공간으로 그려진 '인간세상'과 상대적으로 청렴한 서정적 자아의 대립구조로 이루어져 있는 〈어부사시사〉[42] 역시 의미적 보편성을 확보하는 대립구조로 이루어져 있다. '썩어빠진 량반 사대부' 식의 특정

---

39) 『조선문학사(고대중세편)』, 370쪽.
40) 『조선문학사(고대중세편)』, 371쪽.
41) 조규익, 『가곡창사의 국문학적 본질』, 244~245쪽.
42) 조규익, 『가곡창사의 국문학적 본질』, 246쪽.

계급에 대한 적개심을 전제할 경우 그 시적 의미는 객관 타당하게 추출될 수 없는 것이다.

시조작품이나 작가에 대한 이념 중시적 해석이 객관성을 결할 가능성은 늘 지니고 있지만, 조선조 후기의 사회적 변화나 그에 따른 시조 담당계층 및 미학의 변화에 대한 설명은 비교적 타당한 모습을 보여준다. 즉 사설시조나 잡가의 출현은 17세기 국어시가 발전에서 나타난 새로운 경향이었다는 점, 17세기 후반 상품 화폐경제의 발전은 서리 · 가객 · 광대 · 기생 등 도시의 중 · 하층민들이 시조 및 가사 창작에의 진출과 밀접히 관련되어 있다는 점, 사설시조의 경우 18세기 이후 자본주의가 발생하면서 중 · 하층 도시 주민들이 창작에 적극 참여하면서 더욱 발전되었다는 점 등43)은 북한문학사의 견해가 남한 문학사들의 견해와 크게 다르지 않음을 보여준다.

여기서 한 발 더 나아가 '시조 · 잡가 · 가사 등 국문시가 작품들에서 가장 두드러지게 나타난 시문학의 근대적 요소는 국문시가 창작에 서민계층이 많이 참여한 것과 주된 관계를 맺는다'44)고 봄으로써 조선조 후반기 시조 담당층의 변화에서 근대성의 단서를 읽어내기까지 한다. 서민들의 사실적인 생활감정, 연애감정, 반외세의 애국적 감정45) 등을 높이 사고 있는 것도 주체적 사실주의를 구현한 것으로서 시조사의 발전적 경향으로 파악한 듯하다. 지배계층의 탐학과 수탈로 서민들이

---

43) 『조선문학사(고대중세편)』, 372~373쪽.

44) 『조선문학사(고대중세편)』, 476쪽.

45) 김진태의 작품["벽상에 걸린 칼이 보비가 나단 말가/공 없이 늙어가니 속절없이 앉았노라/어즈버 병자국치를 씻어볼가 하노라"]에 대하여 "이 시조에는 외래 침략자들에 대한 증오와 원쑤들을 복수하고야 말리라는 애국적 감정이 힘있게 반영되어 있다"[『조선문학사(고대중세편)』, 479쪽]고 했다.

고통 받는 모습을 그려낸 작품들도 같은 맥락의 소산으로 보고자 한
것이 이들의 관점이다. 사회계급의 분화와 함께 인간의 존엄성에 대한
유린은 반사회적·반인륜적 행위로서 지배계층의 착취에서 비롯된다
고 보았으며, 그 근원이 자본주의의 발생이나 발전에 있다고 봄으로써
자본주의에 대한 적개심을 극명하게 노출시키고 있다.[46]

이상과 같이 사회과학원 문학연구소의 『조선문학사(고대중세편)』에
서는 작품 해석을 위해 주체적 사실주의를 잣대로 삼았으며, 시조작품
을 미적 소산보다는 계급투쟁의 산물로 보았기 때문에 '양반 사대부'로
통칭되는 지배계층에 대한 적개심을 적지 않게 노출시킨 것으로 보인
다. 그러나 후기 작품들에 대한 해석의 경우 남한의 문학사가들과 일
치되는 면을 많이 보여주고 있는데, 그 점은 사회적 모순이 크게 노출
되어 남한이나 북한 어떤 관점으로 보아도 왕조 지배질서의 이완이나
해체로 볼 수밖에 없기 때문일 것이다.

사회과학원 조선문학연구소의 『조선문학사(고대중세편)』보다 20년
가까이 지나서 나온 『조선문학사』[47]도 주체적 사실주의를 해석 틀로
사용했기 때문에 논리적으로 큰 차이를 보여주지는 않는다. 양자의 상

---

46) 작자미상의 시조작품["환자에 볼기 서른 맞고 장리값에 동솥을 뚝 떼어낸다/사랑하던
녀기첩은 월리차사가 등 밀어간다/아희야 죽탕관에 개보아라 호홍겨워 하노라"]에 대한
해석["자본주의적 관계의 발생 발전은 고리대적 착취를 로골화 시키고 계급분화를 촉진시
켰으며 돈이나 재물에 의하여 인간의 존엄을 유린하는 현상을 더욱 조장시켰다. 환자를
물지 못한 탓으로 볼기를 맞았다거나 장리값 때문에 동솥을 빼앗기고 나아가서는 사랑하
는 녀기첩마저 빼앗겼다는 이 작품의 형상은 바로 당시 자본주의적 관계의 발전에 의한
고리대적 착취가 얼마나 사람들의 인권을 유린하고 인민에 대한 략탈을 심하게 했는가를
잘 보여주고 있다": 사회과학원 문학연구소, 『조선문학사(고대중세편)』, 480쪽]을 보면
이런 사실을 알 수 있다.
47) 본서의 분석대상에서 시조 분야가 포함된 책들은 주로 김하명이 집필한 것이다.

동성은 고려조에 대한 회고조의 작품과 외세의 침략에 대항하는 애국
적 작품, 절의를 노래한 사육신의 작품들로 나눈 초창기 시조에 대한
관점으로부터 구체화된다. 물론 저자 김하명은 그러한 회고조의 시조
들에 대하여 "특히 일제 통치시기에 식민지적 억압과 착취에 시달리던
인민들은 잃어진 조국에 대한 그리움으로 하여 이 시들을 일정하게
미학적 공감을 가지고 대하였다. 그러나 이 노래들은 작자들의 세계관
상 제약성을 반영하여 미래에 대한 전망과 결부되지 못하고 있는 데로
부터 오늘에는 별로 교양적 가치를 가지지 못한다"고 했는데,[48] 저자
의 해석적 관점일 뿐 실제로 일제 식민시기 이 땅의 민중들이 여말선초
에 불리던 회고조의 시조들을 통해 고려의 유민들과 함께 망국민의
설움을 공감했다고 볼 수는 없다. 저자는 또한 오늘날에는 '교양적 가
치를 갖지 못한다'고 했는데, 이 말은 이 작품들이 자신들의 이념과
들어맞지 않는다는 말의 우회적 표현으로 보아야 할 것이다. 이러한
15세기의 시조에 대하여 저자는 다음과 같이 종합한다.

> 15세기 전반기의 시조들은 주로 리조 초기 봉건국가의 강화를 위한 정
> 치적 사변들과 관련되어 있으며 이에 참여한 사람들의 생활, 그들의 각이
> 한 처지에 의하여 환기된 여러 가지 체험세계를 펼쳐 보여준다. 15세기
> 50년대에 '사륙신'이 지은 노래들은 봉건 통치계층의 내부모순이 더욱 격
> 화되고 봉건제도 자체가 가지고 있는 정의로운 것에 대한 적대성을 보여
> 주며 김종서, 남이 등의 억울한 희생까지도 포함하여 봉건 지배계급의 최
> 고위층에 속하는 월성대군이나 성종 등의 시조에 이르기까지 애수를 띠
> 게 하였다고 말할 수 있다.[49]

---

48) 김하명, 『조선문학사 3』, 사회과학출판사, 1991, 56쪽.

  15세기 시조에 정치적 격변기의 다양한 체험들이 표현되어 있다는
것은 타당한 관점이다. 그러나 사육신의 사건이나 그로부터 산출된 노
래들이 봉건 통치계층의 내부모순이 격화된 모습을 보여준다고 본 것은
무엇보다도 왕조 체제에 대한 불신이나 부정에 중점을 둔 결론일 뿐이
다. 보기에 따라 사육신 사건은 봉건체제의 강화를 다지기 위해 거칠
수밖에 없었던 과정이라고 한다면, 이와 반대의 해석도 가능한 것이다.
조선조 후기에 들어와서야 봉건 통치계층의 내부모순을 언급할 수 있다
고 본다면, 저자의 이러한 논리는 시조작품을 빌어 주체적 질서의 우월
성을 드러내려는 의도가 강한 데서 나온 것이라고 할 수 있다.

  이어서 저자는 이황, 이이, 맹사성, 이현보, 권호문, 조식, 송순, 신
흠, 정철 등 양반 사대부들의 시조와 황진이, 홍장, 소춘풍, 소백주,
한우, 구지, 송이, 매화 등 여류들의 시조를 논하면서 자신들의 이념과
사상미학을 논술하고 있다. 전자는 대부분 주자학자들로서 이들의 작
품 대부분에는 은일사조가 배합되어 있고, '당대 봉건사회 현실의 모
순에는 눈을 감은 채 태평세대로 구가했다'고 비판했다. 물론 그 가운
데 〈도산십이곡〉이나 〈고산구곡가〉는 당대 양반 유학자들의 미학 생
활의 진수를 보여주는 자료로서 '조국의 아름다운 산수 자연을 노래하
려는 지향 속에 시대와 함께 점차 높아가는 민족적 자각이 일정하게
반영되어 있다'[50]고 긍정적으로 평가한 부분도 있다. 말하자면 주체
적 사실주의와는 거리가 멀지만, 그런대로 '민족적 자각'의 단서는 마
련되고 있음을 인정할 수 있다는 것이다. 이와 함께 '고깃배에 누워서
도 서울 장안의 벼슬살이를 잊은 적이 없다는 것'이야말로 양반 관료들

---

49) 김하명, 『조선문학사 3』, 62쪽.
50) 김하명, 『조선문학사 3』, 74쪽.

의 솔직한 심정이며, 이것이 '은일시조'나 '강호시가'의 사상적 본질[51]이라 함으로써 '현실과 손을 끊고 홀로의 세계에 잠김을 여하히 표방한다 하더라도, 실제는 그렇지 못하고 강호와 현실의 두 세계에 다리를 걸친'[52] 모습이 조선조 강호가도의 본질이라는 남한 학자들의 생각과 상통하는 일면을 발견할 수 있다.

　이들과 궤를 달리하는 은일 시인들, 예컨대 권호문·조식·강익·김구 등을 정치적 쟁투의 현장에 매몰되어 있던 양반 벼슬아치들과 구분되는 '량심적인 선비들'로 보았으며, 이들이 산출한 시조 또한 그들의 생활과 사상 감정을 반영하고 있다는 점에서 의의를 갖는다고 했다.[53] 봉건 체제의 유지에 참여했던 선비들이나 그들의 작품을 부정적으로 바라본 것은 기층 민중이 역사 발전의 주역이라고 생각하던 북한 사회의 입장을 생각할 때 당연한 관점이었다. 자연스럽게 그들이 견지하던 유교나 성리학적 이치의 표현 또한 배척해야 할 대상이었다. 거칠긴 하지만 그런 이념으로부터 벗어나 실생활을 노래하거나 꾸밈없는 감정을 토로하고 외세 배격의 애국정신을 고취한 노래들에 한하여 자신들이 추장할 대상으로 삼았다. 기녀들을 중심으로 한 여류시인들의 애정노래, 생산의 현장을 노래한 일부 양반들의 노래, 반침략애국투쟁의 노래 등은 바로 그 범주에 속하는 것들이었다.

　서민들이 표면으로 부상하면서 사설시조 등 시정인의 생활을 그린 작품들도 주도적인 장르로 등장했으며, 그들 가운데 다수 보이는 '사랑노래들'은 17세기 후반기에 '반봉건적 지향'을 보여준 작품들이 많이

---

51) 김하명, 『조선문학사 3』, 78쪽.
52) 최진원, 『國文學과 自然』, 성균관대학교 출판부, 1981, 25쪽.
53) 김하명, 『조선문학사 3』, 79쪽.

창작·가창되었을 개연성의 지표로 보았다.54)

　양반 작자들 가운데 박인로와 윤선도는 저자가 추장하는 인물들이다. 그러나 박인로의 경우 '열렬한 애국주의와 정신문화'는 찬양할 만하나 안빈낙도의 유교적 인생관은 그의 사회·정치적 시야와 활동 범위를 제한하고 진부한 설교를 덧붙이게 함으로써 예술적 향취를 짓눌렀다고 했으며,55) 윤선도의 경우는 단순히 음풍영월에 그치지 않고 직접 체험한 생활을 심장으로부터 토로한 시인이라고 했다.56) 특히 윤선도의 〈견회요〉를 사례로 들면서, '자기의 생활체험에 기초하여 서정이 아주 진실하다는 점, 되도록 고유 조선어를 쓰고 있으며 그 말들이 세련되어 있다'는 등57) 이 작품이 갖고 있는 장점을 짚어냈다. 특히 윤선도가 '조국의 자연을 섬세하고 아름답게 그려냈으며 시에 철학적 사색의 깊이를 주었다'는 점뿐 아니라 '정철처럼 인민의 구어를 시어의 기본으로 하여 독특한 율조를 창조했다'는 사실 또한 지적함으로써 그가 차지한 시조사의 위치를 강조했다. 그러나 다음과 같이 그에 대하여 비판을 가하기도 했는데, 주로 이념적 잣대를 기준으로 한 것이었다.

　　그는 시조시인으로서 누구보다도 조국의 자연을 섬세하고 아름답게 그려내었으며 시에 철학적 사색의 깊이를 주었다. 그는 정철처럼 인민의 입말을 시어의 기본으로 하였으나 그와는 다른 고유한 율조를 창조하였다. 그러나 윤선도는 그의 마지막 시조작품들인 〈몽천요〉 3수가 말해주는 바와 같이 만년에도 여전히 사상적으로 봉건적 유교교리의 충실한 신봉자

54) 김하명, 『조선문학사 4』, 48쪽.
55) 김하명, 『조선문학사 4』, 102쪽.
56) 김하명, 『조선문학사 4』, 143쪽.
57) 김하명, 『조선문학사 4』, 143~144쪽.

로 남아 있었다. 이러한 그의 생활처지와 사회 정치적 견해는 그의 시의
세계를 아주 협소하게 제약하였으며 그의 시로 하여금 인민의 노래로 될
수 없게 하였다. 바로 그의 제약된 사상적 립장으로 하여 그는 비교적 풍
부한 생활체험을 가졌음에도 불구하고 인민의 생활과 그들의 반봉건적
지향을 진실하게 반영할 수 없었다.[58]

윤선도가 정철과 마찬가지로 시어의 아름다움이나 의미적 깊이에서
탁월한 모습을 보여 준 것은 사실이나 '봉건적 유교교리의 충실한 신봉
자'로 시종한 점은 넘을 수 없는 한계라고 보았다. 말하자면 시어의 구사
와 같이 형태적 측면에서의 인민성을 인정한다 해도 제약된 사상적 입장
은 이러한 내용들을 미적으로 충실히 구현해낼 수 없다고 본 것이다.

〈몽천요〉에서 옥황은 임금을, 백옥경은 임금이 사는 한양을, 군선
(群仙)은 뭇 신하들을 각각 은유한 표현들로서, 임금과 자신의 가까운
사이를 시샘하는 뭇 신하들을 비판하거나 정치를 바로잡고자 하는 뜻
을 절묘하게 표현한 작품들일지언정 저자의 지적과 같이 '봉건적 유교
교리의 충실한 신봉자'라는 점을 드러낸다고 할 수는 없다. 그런 점에
서 본다면 윤선도를 비롯한 지식계층의 시조에 대한 해석이나 비평은
역으로 오히려 그들 스스로가 '제약된 사상적 립장'에 서 있었음을 분
명하게 보여준다고 할 수 있다.

조선조 후기 평민시인들이 표면에 부상하면서 나타난 시조미학은
북한 지배층의 구미에 맞는 것이었다. 자연스럽게 상품 화폐경제의 발
달과 신분관계의 변화에 따라 직업적 예술인들의 활동이 활발해졌다
는 것, 계층 간·도농(都農) 간의 상호 교류가 긴밀해지고 민요·판소

---

58) 김하명, 『조선문학사 4』, 157쪽.

리·시조·가사·잡가 등 다양한 예술형태
들이 서로 영향을 주고받으며 교류관계가
강화되었다는 점 등[59]은 이 시기 시조의
변인(變因)을 적절히 짚어낸 내용이라 할
수 있다.

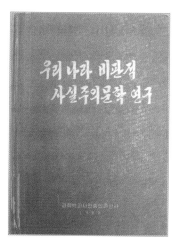

〈그림 8〉 1988년에 발간된 『우리나라 비판적 사실주의 문학 연구』

그 시기의 대표적 가인으로 김천택과 김
수장을 꼽았는데, 특히 김천택에 대해서는
비판적 시각을 갖고 있었다. 즉 지배계급의
유교사상에 매여 있었다는 점, 자연스럽게
전통적인 유교적 교훈시와 은일시가를 많
이 남겼다는 점, 서울의 한가한 소시민적
생활에 묻혀 당대 현실의 거센 흐름을 보지 못하고 자기의 지식을 현학
적으로 과시하려는 욕망에 사로잡혔다는 점, 그러면서도 자신의 사회적
처지로 인해 부귀 영달할 수 없다는 현실인식 위에 양반 사대부들을 비
난하는 작품도 남겼다는 점 등인데,[60] 그만큼 김천택 스스로 계층적
정체성의 혼란을 드러낼 수밖에 없었던 것이다. 이에 비해 김수장은 '도
시 평민들의 인정세태를 제재로 한 작품들을 주로 지어 불렀으며, 여타
평민 가객들처럼 보통사람들의 일상적 신변사를 소재로 삼았다'[61]는 사
실을 장점으로 지적했다.

이 외에 이름을 알 수 없는 평민 시조의 경우 '폐쇄적이며 인간 개성의
자유로운 발전을 억제하는 봉건적 유교 도덕을 반대하고 개성해방의

---

59) 김하명, 『조선문학사 5』, 28~29쪽.
60) 김하명, 『조선문학사 5』, 33쪽.
61) 김하명, 『조선문학사 5』, 35쪽.

지향을 구현했으며 과거 양반시인들이 추상의 세계로 끌고 갔던 시를
해방시켜 지상세계 즉 현실생활로 환원시켰다'62)는 데서 그 가치를 발
견할 수 있다고 보았다. 이 시기에는 도시의 시정생활을 노래하는 시조
들뿐만 아니라 농촌생활의 일면을 사실적으로 그려낸 시조들도 상당하
며, 되도록 농민의 말을 살려 쓴 시어의 구사는 그 인민성을 강화하는
데 크게 기여했다고 보는 것63)이 북한 학자들의 한결같은 시각이었다.

3. 마무리: 계급의식의 관여와 시조해석의 이질화

북한의 이념이나 미학은 주체사상의 등장을 분수령으로 그 앞 시기
와 뒷 시기가 구분된다. 맑스−레닌주의에 입각한 사회주의적 사실주의
를 추구하는 경향이 전자에 주로 나타났다면 여기서 약간 변이된 주체
적 사실주의를 추구하는 경향이 후자에 주로 나타났다고 할 수 있다.

북한의 학자들이 조선조 양반 사대부 혹은 그들의 문학에 대하여
비판적이긴 하였으나, 주체사상이 등장하기까지 그런 성향이 구체화
된 건 아니었다. 그 반면 피지배 계층이나 진취적인 양반들이 성취한
미학의 전환만큼은 긍정적으로 보고 있었다. 생활에 밀착된 노래, 조
국 산천의 아름다움을 구가한 노래, 남녀 간의 애정이나 인정세태 등
을 사실적으로 그려낸 노래들은 어느 시기에나 추장되는 모습을 발견
할 수 있다. 이 시기의 성향은 이념 중시의 해석 틀과 함께 문학사적
사실의 확인과 해석의 객관성을 얼마간 유지하려는 노력을 보여준 것

---

62) 김하명, 『조선문학사 5』, 39쪽.
63) 김하명, 『조선문학사 5』, 42~43쪽.

으로 판단된다. 특히 조선조 후기에 등장한 가집이 가곡본임을 전제로
의미를 추출하고자 한 점, 서민계층의 구전민요로부터 받은 영향이 전
면에 드러나 있는 점, 『남훈태평가』와 같은 가집의 작품들에 종장 끝
귀가 생략되어있는 사실을 근거로 시조창법을 거론한 점, 가곡의 체제
와 풍도·형용 등을 들면서 당시의 가집들이 가보에 중점을 둔 편찬임
을 지적한 점, 이 시기 시조들의 시어에서 구어화의 경향을 지적했다
는 점 등은 시조에 대한 남한 학자들의 관점과 크게 다르지 않고, 오히
려 어떤 점에서는 훨씬 객관 타당한 측면이 발견되기도 한다.

　주체적 사실주의로 전환된 주체사상 등장 이후 시기의 관점은 이전
의 사회주의적 사실주의와 약간의 차이를 보여준다는 것이 부정할 수
없는 사실이다. 이 시기의 저작에서는 시조작품을 미적 소산 아닌 계
급투쟁의 산물로 보았기 때문에 지배계층에 대한 적개심을 적지 않게
노출시켰다. 다시 말하여 시조문학사 초·중기의 작품들에 대한 해석
은 남한 학자들의 관점과 크게 다른 모습을 보여준다는 것이다. 그러
나 후기 작품들로 갈수록 남·북한의 시각차가 좁혀지는 모습을 발견
할 수 있는데, 그것은 조선조 후기의 체제나 사회의 모순이 확대되어
남·북한 어느 관점에서 보더라도 일치되는 해석을 도출할 수밖에 없
었기 때문일 것이다.

　사실 중세적 질서의 해체기인 조선조 후기 평민시인들의 미의식은
북한 지배층이나 학자들의 구미에 맞는 것이었다. 그 결과 상품 화폐
경제의 발달과 신분관계의 변화에 따라 직업적 예술인들의 활동이 활
발해졌다는 것, 계층 간·도농(都農) 간의 상호교류가 긴밀해지고 민
요·판소리·시조·가사·잡가 등 다양한 예술형태들이 서로 영향을
주고받으며 교류관계가 강화되었다는 등의 해석을 보여주었다.

시조가 조선조 서정문학의 대표 장르였던 만큼 서사문학이나 목적문학인 악장 등에 비해 이념적으로 해석될 수 있는 여지는 상대적으로 적었다고 할 수 있다. 주체사상 이후 시조에 대한 해석에서 계급의식이 강하게 드러나긴 하지만, 그 해석의 결과 자체에 공감할만한 부분이 많은 것도 시조가 갖고 있는 서정적 본질 덕분이다. 앞으로 남·북한 간의 시각차를 좁힐 수 있는 단서가 시조에서 마련될 수 있으리라고 보는 것도 바로 그런 이유에서다.

제6장

북한문학사와 가사

1. 가사와 문제의식

향찰로 표기된 나옹화상의 〈승원가(僧元歌)〉가 발견됨으로써 가사의 장르적 출발은 고려 후기로 당겨졌으나, 가사가 오랫동안 말로 창작·전승되었으므로 〈승원가〉를 첫 작품이라고 하기는 어렵다고 보는 견해가 일반적이다.[1] '말 문학'으로 출발한 가사가 국문으로 기록되기 이전에는 한역(漢譯)·향찰 등의 단계를 거쳤다고 보기 때문에 다른 어느 장르보다 긴 역사를 갖고 있으며, 담당 계층 역시 지배층과 피지배층을 망라했을 것으로 보인다. 말하자면 담당계층이나 시대에 따라 내용·세계관·주제의식 등에서 편차는 있었겠지만, 분량과 표현의 면에서 다른 어느 장르보다 현실생활을 구체적으로 반영할 수 있는 장점을 갖고 있었다. 작자의 의도를 효과적으로 구현할 수 있다는 점에서도, 단순한 정서의 표출에 그치지 않고 현실적인 메시지를 전할 수 있었다는 점에서도 가사는 실용적 장르였다. 이런 점에서 남북한의 문학 연구자 혹은 문학사가들이 중시하는 장르가 가사다.

남한 학계에서는 조윤제가 '시가 문필의 두 가지 성격을 동시에 구유

---

1) 조동일, 『제2판 한국문학통사 2』, 지식산업사, 1989, 199쪽 참조.

(俱有)한 특수한 문학형태로서 양 성격을 동시에 포섭한 문학[2]을 가사의 특질로 언명한 이후 학자들마다 가사의 장르적 성격을 다양하게 규정해 왔다. 즉 '있었던 일을 확장적 문체로 일회적으로 평면적으로 서술해 알려주어서 주장'[3]하기 때문에 교술이라는 견해나 모든 가사작품이 교술적 서정[〈서왕가〉 등]·서정적 서정[〈상춘곡〉 등]·서사적 서정[〈면앙정가〉 등] 가운데 한 유형의 장르적 성격을 갖는다[4]는 견해 등을 거쳐 '양식적 단일성의 입증을 중심으로 한 귀속의 논리'라는 점에서 한계를 지닌 기존의 장르론을 비판하고 가사장르가 '서정적 양식과 주제적 양식의 복합장르'[5]라는 견해까지 학계에 제기되어 있다. 이미 '우리말로 구성지게 씌어진 문학적 작품들이면 몰아쳐 붙여졌던 당시의 한 관례적인' 명칭일 수 있고, '우리말의 진술방식의 가능한 모든 유형들을 실험할 수 있었던, 우리 국문 문학의 가장 전략적인 항목'일 수도 있었을 것[6]이라는 열린 견해까지 감안하면, 가사에 관한 장르적 해석의 편폭이 크고 넓었음을 알 수 있다.

가사의 이러한 '열린' 성향은 어느 이념과도 결부될 여지를 갖게 한다. '당성·노동계급성·인민성'을 전제로 하는 주체미학[7]을 바탕으로 '반봉건·반외세'의 주체노선을 중시하고 있는 북한의 문학사가들에게도 가사만큼 유용한 장르는 없었다. 북한문학사에서 긍정적인 측면으

---

2) 조윤제, 『朝鮮詩歌의 研究』, 을유문화사, 1948, 127쪽.

3) 조동일, 「歌辭의 장르規定」, 『語文學』 21, 한국어문학회, 1969, 72~73쪽.

4) 김학성, 「가사의 장르성격 재론」, 『국문학의 탐구』, 성균관대학교 출판부, 1987, 157쪽.

5) 성기옥, 「국문학 연구의 과제와 전망─국문학의 범위와 장르문제를 중심으로」, 『이화어문논집』 12, 이화여자대학교 이화어문학회, 1992, 526쪽 참조.

6) 김병국, 「장르論的 관심과 歌辭의 文學性」, 김학성·권두환, 『古典詩歌論』, 새문사, 1984, 475쪽 참조.

7) 김정일, 『주체문학론』, 조선로동당출판사, 1992, 31쪽.

로 꼽히고 있는 반봉건이나 반외세의 자주노선, 민중들의 현실생활 등을 가사에서 쉽게 찾아낼 수 있는 것도 가사 장르가 지닌 현실적 성향으로부터 기인되는 점이라는 사실을 인정할 필요가 있다.

이 글에서는 북한의 문학사에 언급된 가사장르를 중심으로 가사에 대한 북한식 해석을 살펴보고, 그것이 갖는 의미가 과연 무엇인지를 밝혀보고자 한다.

2. 가사에 대한 북한문학사의 관점

김정일은 고전문학 가운데 '진보적이며 인민적인 것을 현대적 미감에 맞게 비판적으로 계승 발전시킬 것'[8]을 강조했다. 그 점은 과거의 사실들 가운데 선택, 현재의 관점에서 해석해야 한다는 역사철학적 견해와 일견 상통하는 면일 수 있다.[9] 그러나 모든 역사가 '현대의 역사'라는 크로체의 말은, 그 현재의 눈이나 관점이 합리와 합목적성을 전제로 해야 하고, 합리적인 눈으로 과거의 사실들을 해석할 때 비로소 정확한 역사가 쓰일 수 있음을 의미한다. 그런 전제 하에 '역사란 역사가와 사실 사이의 상호작용의 부단한 과정이며, 현재와 과거 사이의 끊임없는 대화'일 수 있는 것이다.[10]

고전문학 가운데 김정일이 지적한 '진보적이며 인민적인 것'이란 과연 논리적인 정합성을 갖는 개념이며, 인류의 보편적 가치기준에 맞추어 합목적적일 수 있는가. 그러나 결코 그렇지 못한 것은 그들이 정치

---

8) 김정일, 『주체문학론』, 73쪽.
9) E. H. Carr 저, 길현모 역, 『역사란 무엇인가』, 탐구당, 1976, 25쪽.
10) E. H. Carr 저, 길현모 역, 『역사란 무엇인가』, 38쪽.

적 목적의 달성을 위해 불순한 사상미학 체계에 기여할 수 있는 것들만
을 선별해놓고, 그것들에 '진보적이며 인민적인 것'이란 딱지를 붙여
놓은 데 불과하기 때문이다. 그들 스스로 자초한 논리적 모순이나 허
위를 피해갈 수 없었던 것도 이런 점에서 자명하다. '가사는 우리 글자
가 창제되어 민족의 언어문자생활에서 획기적인 변화가 이룩된 새로
운 현실발전의 요구와 당대 인민들의 사상미학적 요구를 반영하여 창
작되기 시작했다'거나 '가사는 생활을 비교적 자유롭고 폭 넓게 반영할
수 있는 가능성을 가진다'는 등11) 외면상으로는 제법 그럴 듯한 견해를
보여주고 있음에도, 자신들의 지배이데올로기에 종속시킨 해석상의
경직성을 해소하지 못함으로써 결과적으로 논리적 모순이나 편협성의
부정적 현상에 귀착된 것은 가사를 비롯한 문학을 단순히 자신들의
현실적인 이념을 뒷받침하는 수단으로 사용하고자 했기 때문이다.

가사작가들 가운데 북한에서 가장 각광을 받아온 인물은 노계 박인
로다. 남한의 학자들이 작품의 완성도가 미흡하다는 이유로 박인로의
작품을 평가절하 해온 것과 달리 북한의 학자들은 변함없는 애정을
보여주는데, 그들은 자신들의 이념과 노계의 삶이 보여주는 지향성의
일치를 작품 자체의 결점을 덮을 수 있는 장점으로 파악하고 있기 때문
이다. 따라서 문제의 핵심은 이념에 있다.

1) 주체미학 이전의 관점과 해석의 양상

북한 정권의 수립 이후 중국이나 소련과의 역학관계에 따라 이념적
편차가 생겨났으며, 현재 북한을 움직이는 주체사상이나 예술에서의

---

11) 사회과학원 주체문학연구소, 『문학예술사전(상)』, 과학백과사전종합출판사, 1988, 128쪽.

주체미학 또한 그 결과라 할 수 있다. 관점에 따라 다르긴 하지만, 1960년대 중반 이전에는 사회주의 이념의 문화·예술적 실천이 중심을 이루고 있었다면, 1960년대 중반을 넘어서면서부터는 주체의 문예운동이 폭넓게 전개되어 왔다는 것이 대체적인 견해다.12) 말하자면 용어로서의 '주체'는 그 이전에 등장했을 가능성이 크고 60년대에 사상으로 체계화되었으며, 그 이후 지금까지 북한사회를 지탱해온 이념으로 정착되었다고 보는 것이 일반적이다. '조선민주주의인민공화국은 맑스–레닌주의를 우리나라의 현실에 창조적으로 적용한 조선로동당의 주체사상을 자기활동의 지도적 지침으로 삼는다'는 북한 사회주의 헌법 제4조[1972년 채택]13)에 명시된 바와 같이 주체사상은 70년대 초에 이미 북한의 이념으로 자리 잡은 바 있다. 문학이나 예술에 적용되는 주체미학 또한 당연히 그 시기에 시작되었다고 할 수 있다. 주체미학에 대한 김정일의 저작[『주체문학론』, 1992]이 주체사상에 대한 김정일의 정리[『주체사상에 대하여』, 1991]를 바짝 뒤따라 나온 것만을 보아도 알 수 있다. 따라서 북한의 문학사가들이 그 이전 시기인 1950년대 후반에 주체미학을 떠올렸을 가능성은 없다. 기껏 사회주의 리얼리즘의 요건들[당성·노동계급성·인민성]을 문학 창작이나 분석의 원칙으로 적용했을 뿐이다. 이 시기에도 고전문학 장르들 중 가사는 주요한 위치를 차지하고 있었으며, 그 가운데 박인로의 작품들은 두드러졌다.

1959년에 발간된 『조선문학통사(상)』에는 박인로의 가사가 지닌 의미를 다음과 같이 설명하고 있다.

---

12) 권영민, 「북한의 주체사상과 문학」, 『북한의 정치이념: 주체사상』, 경남대학교 극동문제연구소, 1990, 217쪽.
13) 「原資料로 본 北韓」, 『新東亞』 별책부록(1989년 1월호), 276쪽.

박인로는 시가에 대하여 '시는 뜻을 말한 것이며 가(歌)는 말을 길게
한 것인바 모두 사람의 착한 마음을 느껴 발원시킨다.'라고 하였는바 시
가가 사람들의 '착한 마음'[善心]을 감동시키고 발양시켜야 한다고 주장
하고 시가의 교양적 의의를 강조하였다. 여기에서 그가 말한 '착한 마음'
이란 무엇보다도 조국에 대한 사랑이며, 인민에 대한 충실성이며, 부모에
대한 존경과 사람들에 대한 겸손, 물질에 대한 결백성 등을 가리킨다는
것은 그의 생애와 함께 시가가 여실히 말하여 주고 있다. 따라서 박인로
의 많은 시가들은 그의 일관한 애국적 빠포스로 관통되고 있는바 특히
〈선상탄〉, 〈태평사〉 등은 외적에 대한 적개심과 불타는 조국애로 넘쳐흐
르고 있다.[14]

정규양(鄭葵陽)이 행장(行狀) 가운데 인용한 박인로의 말["일찍이 말하
되 '시는 뜻을 말한 것이고 노래는 말을 길게 한 것으로 사람의 착한 마음을 느껴
펴도록 하는 데는 노래가 으뜸이니 이남도 노래다.' 하고 마침내 군신 부자 부부
형제 붕우의 다섯 조목 모두 백여 편의 노래를 지어 주나라 시를 모방하여 이름
짓기를 정풍이라 했다. 세상 사람들 모두 보배롭게 여겨 외우고 왕왕 관현에 올리
기도 했다. 시 또한 소창하여 한 점 누추한 데가 없었고, 문 또한 그러했다."][15] 은
박인로가 언급한 『상서(尚書)』 「순전(舜典)」의 말을 바탕으로 그가 지은
노래와 시들을 비평한 내용이다. 그런데 행장의 필자는 박인로가 말한
'착한 마음'을 조국에 대한 사랑, 인민에 대한 충실성, 부모에 대한 존

---

14) 조선민주주의 인민공화국 언어문화연구소 문학연구실, 『조선문학통사(상)』, 과학원출
    판사, 1959, 248~249쪽.

15) 鄭葵陽, 「行狀」, 김창규, 『蘆溪詩文學原典資料集成』, 박이정, 2006, 231~232쪽의 "嘗
    日 詩言志 歌永言 而感發人之善心 歌爲最 二南亦歌也 遂敍君臣父子夫婦兄弟朋友五目
    凡百餘篇 以倣周詩 名日正風 世皆寶誦 往往被諸管絃 詩亦疎暢 無一點腥葷 其文亦然"
    참조.

경과 사람들에 대한 겸손, 물질에 대한 결백성 등으로 풀었다. '착한 마음'은 인간 사이에서 긍정적인 관계를 형성하는 기본 조건일 뿐 '조국·인민' 등 집단성을 전제로 하는 개념은 아니다. 말하자면 조국이나 인민은 그들의 필요에 의해 끌어다 붙인 대상으로서 그들의 이념적 비중이 어느 쪽에 기울고 있었는가를 명쾌하게 보여주는 사례다. 이런 이유로 가사를 필두로 하는 그의 시가들이 '애국적 빠포스'로 관통되고 있다 한 점은 빠포스(pafos) 즉 문학작품 전반에 일관되어 있는 열정을 자신들의 체제옹호에 기여하는 수단으로 합리화시킬 수 있음을 암시하는 내용이라고 볼 수 있다.

〈선상탄〉과 〈태평사〉의 주제를 '외적에 대한 적개심과 불타는 조국애'로 본 것은 타당하지만, 자신들의 체제를 옹위하고자 하는 욕망이 그들의 내면에 잠재된 선입견의 단서로 인식되는 한 문학작품들의 해석에서 이런 언술들의 합리성은 상당 부분 감쇄될 수밖에 없는 것이다. 그렇다 해도 이 시기가 북한 사회에 주체미학이 등장하기 이전임을 감안하면 작품 해석의 틀 역시 사회주의 리얼리즘의 본령을 크게 벗어나지 않는 한도 안에서 약간은 융통성이 있었음을 확인하게 된다.

그가 〈선상탄〉, 〈태평사〉 등 전쟁가사를 통해 보여준 '우국단심과 멸적(滅敵)의 기개',[16] 〈영남가(嶺南歌)〉에서 보여준 '피폐한 도민들의 생활과 선정(善政)에 대한 칭송',[17] 〈누항사(陋巷詞)〉에서 보여준 '생활의 곤궁함'[18] 등은 '현실의 사실적 반영과 애국주의 사상의 고취'[19]로

---

16) 『조선문학통사(상)』, 250~251쪽 참조.

17) 『조선문학통사(상)』, 252쪽.

18) 『조선문학통사(상)』, 252쪽.

19) 『조선문학통사(상)』, 253쪽.

요약될 수 있으며, 이 점은 그 당시까지 북한의 문학사가들이 이념적
으로 크게 경직되어 있지는 않았음을 보여주는 사례라고 할 수 있다.
특히 '〈루항사〉에서 자기의 안빈락도(安貧樂道)의 경지를 보여주고 〈로
계가〉 기타에서도 전원생활의 취미를 노래하고 있는바, 이는 역시 당
시의 현실을 증오한 나머지의 은거생활이 빚어낸 것'[20]이라는 해석을
내리고 있는데, 유교이념에서 중시하던 '안빈낙도'와 유자(儒者)들이
선망하던 '전원생활' 등에 대하여 비판적 입장을 보이고 있지 않는 점
을 감안하면, 아직은 이 시기에 이념적 해석의 틀이 그다지 경직성을
보여주고 있지 않았음을 확인하게 된다.

2) 주체미학 이후의 관점과 해석의 양상

(1) 1970~1980년대의 경우

사회과학원 문학연구소에서 펴낸 『조선문학사(고대중세편)』(1977)는
앞 시기의 문학사적 관점을 바탕으로 새롭게 표면화된, 주체미학의 지
향성을 보여준다. 15~16세기 국문시가의 발전에서 특기할 사실로 가
사의 출현을 꼽고, 그것이 3·4조 또는 4·4조를 기본적인 자수율로
하는 긴 형식의 시가라는 점, 가사가 15세기에 민족시가 형식으로 출
현한 것은 변화·발전하는 사회생활의 요구를 반영한 것이라는 점, 봉
건국가인 '이조'가 개국한 다음 경제영역에서 새로운 변화가 생겼고
사회계급적 관계가 복잡해졌으며 사람들의 사상미학적 요구가 커지게
된 사정은 산문 뿐 아니라 시문학 분야에서도 현실을 더욱 폭 넓고
깊이 있게 반영할 만한 시가형식의 출현을 요구하게 되었다는 점, 훈

---

20) 『조선문학통사(상)』, 253쪽.

민정음의 창제로 사회생활과 자연현상을 자유롭게 묘사할 수 있게 된 것은 장편 국어시가형식인 가사 출현의 중요 조건이었다는 점 등을 들었는데,[21] 비록 가사 출현과 관련한 사실들을 충분히 설명했다고 할 수는 없으나 그 맥락을 비교적 온당하게 설명한 점은 특기할만하다. 이 단계의 초기 저작들에서는 아직도 가사 출현의 과정이나 토양을 객관적으로 설명하는 보편적 관점을 유지하고 있음을 확인하게 된다. 저자들은 이런 사실들을 바탕으로 '이 시기에 이르러 가사형식이 출현하게 된 것은 우리나라 시가문학 자체 발전의 합법칙적 결과'[22]라고 했다. 즉 사회생활의 변동과 미학적 필요의 증대에 따라 시가문학의 기능을 높이기 위해 용량이 큰 형식의 출현을 필요로 한 점은 객관적 요청이었다고 할 수 있는데, 여기에 '문학예술 자체 발전의 필연적 요구'를 반영하여 출현하게 되었다는 것이다.

　그러나 지배이념의 추이(推移)는 가사작품의 분석이나 설명에도 일정한 변화를 보여주고 있는데, 송강 정철의 〈관동별곡〉에 대한 해석[23]의 경우가 이에 해당한다고 본다. 이 해석의 내용은 크게 보아 〈관동별곡〉의 '긍정적 측면(1)－부정적 측면－긍정적 측면(2)'의 세 부분으로 구성되어 있다. 남·북한 간 이념의 차이에도 불구하고 탁월한 작품으로 꼽을 수밖에 없는 정철의 작품을 비평하는 자리에서 긍정적인 측면과 부정적인 측면을 교차시킨 것은 일견 관점의 객관성을 보여주는 일이기도 하다. '우리나라의 산천이 중국의 그것보다 못하지 않다'는 것을 표현함으로써 '애국적 감정과 민족적 긍지'를 부각시킨 '긍정적

21) 사회과학원 문학연구소, 『조선문학사(고대중세편)』, 과학백과사전출판사, 1977, 285쪽.
22) 『조선문학사(고대중세편)』, 285쪽.
23) 『조선문학사(고대중세편)』, 289~290쪽.

측면(1)'은 이 시기 북한의 문학사가들이 어떤 관점을 갖고 있었는지를
분명히 보여준다. '긍정적 측면(1)'은 두 가지 사실[비로봉 등정에서 느낀
감정/십이폭포를 보고 느낀 감정]로부터 비롯된다. 그러나 '동산 태산이 어
나야 높돗던고~넙거나 넙은 천하 어찌하여 적단 말고'가 과연 '비로봉
이 결코 동산이나 태산보다 못하지 않다는 것'을 강조한 내용인지는
따져볼 필요가 있다. 비로봉 꼭대기에 오른 화자가 눈 아래 세계를 내
려다보며 '공자가 동산(東山)과 태산(泰山)에 올라 노나라와 천하를 작
게 여겼다'는 맹자의 설명[24]을 떠올리면서 자신의 감동을 술회한 것이
바로 이 부분이다. 그 부분의 내용은 다음과 같다.

> 毘盧峰 上上頭의   올라보니 긔 뉘신고
> 東山 泰山이   어느야 놉돗던고
> 魯國 조븐 줄도   우리는 모르거든
> 넙거나 넙은 天下   엇찌ᄒᆞ야 젹닷말고

'비로봉 상상두에 올라 본 사람이 그 누구인가/동산 태산과 비로봉,
그 어느 것이 높은가/노국 좁은 줄도 우리는 모르는데/넓디넓은 천하
를 어찌하여 작다고 하셨는가'라는 탄식이 이 부분의 내용이다. 사실
화자의 주안점이 비로봉과 '동산·태산'의 높이를 비교하여 우리나라
가 중국에 비해 못하지 않음을 강조함으로써 '애국적 감정과 민족적
긍지'를 표출하는 데 있었던 것은 아니다. 누구도 오르기 힘든 비로봉
상상두에 올랐다는 점, 그곳에 오르니 사방 천지가 모두 내려다보인다

---

[24] 『孟子』「盡心章句(上)」, 朱熹 集註·林東錫 譯註, 『四書集註諺解 孟子』, 학고방, 2004,
623쪽의 "孟子曰 孔子登東山而小魯 登太山而小天下 故觀於海者難爲水 遊於聖人之門
者難爲言" 참조.

는 점 등에 대한 벅찬 감동을 노래하고 있을 뿐이다. 그 옛날 동산과 태산에 올라 노국과 천하를 작다고 여긴 공자의 경지를 새삼 탄복하게 되었다는 점도 아울러 말함으로써 비로봉 상상두에 올라 느끼는 감동을 극대화 시키고 있는 것이다. 높은 곳에 올라 아름다운 천하를 내려다보고 서 있는 화자로서는 '그 자체'가 의미 있었던 것이고, 동산과 태산에 올랐던 공자의 선례에 비견되는 자신의 모습에 벅찬 감동을 느낀 것이었을 뿐 당시로서는 가지고 있지도 않았을 '국가나 민족 감정'을 토로했을 리 만무하다.

그런 점은 십이폭포를 노래한 그 다음의 내용[25]도 마찬가지다. 이 부분이 앞부분에 비해 비교의 의미가 더 구체적이긴 하지만, 조선과 중국을 대비개념으로 설정한 내용이 아님은 분명하다. 단순히 자신이 목격하고 있는 십이폭포의 아름다움을 드러내기 위해 이백의 시가 속에 등장하는 여산을 끌어온 것일 뿐 양자는 대비항들이 아닌 것이다. 무엇보다 적어도 '여산은 중국민족의 것/십이폭포는 우리의 것'이라는 민족이나 국가적 범주의 소속관념을 상정한 것이 아니라는 점은 명백하다.[26] 그런 점에서 본다면 '긍정적 측면(1)'은 북한의 문학사가들이 자신들의 이념을 내세워 〈관동별곡〉의 의미를 과도하게 해석한 결과라고 할 수 있다.

그 다음에 이어지는 '부정적인 측면'은 자신들의 이념을 선입견으로 노골화시킨 사례라 할 수 있다. 논자는 '시인의 계급적 · 세계관적 제한

---

25) "摩訶衍 妙吉祥 雁門재 너머디여/외나모 써근 드리 佛頂臺 올라ᄒᆞ니/千尋絶壁을 半空에 셰여두고/銀河水 플텨이셔 뵈ᄀᆞ티 거러시니/圖經 열두구빈 내 보매ᄂᆞ 여러히라/李謫仙 이제이셔 고텨 議論ᄒᆞ게 되면/廬山이 여긔도곤 낫단 말 못ᄒᆞ려니"

26) 근대 이전의 우리나라 지식인들은 화이관에 의해 중화(中華)와 이적(夷狄)을 분별하고 있었을 뿐, 뚜렷한 민족 관념을 바탕으로 자아를 인식하고 있었다고 볼 수는 없다.

성'을 '심중(深重)한 약점'으로 들었는데, 양반 관료의 입장에서 자연풍경을 노래하고 있다는 점, 봉건적인 '충군' 사상을 강조하고 있는 점 등으로 그 약점을 구체화 했다. 모순과 불합리의 사회현실 속에서 굶주림과 헐벗음으로 신음하는 인민들의 참상은 도외시하고 고위직에 오른 양반관료로서의 의기양양한 자세나 신선처럼 살아가는 한적한 생활감정과 유흥적 기분으로 금강산의 풍광을 감상하면서 왕의 성은(聖恩)에 감지덕지하고 있는 작자를 매우 부정적인 입장에서 설명하고 있는 것이다. 비참한 인민들의 삶이 이른바 '봉건왕조'와 그에 참여한 관료들의 탓임을 강조해왔고, 그런 관점을 바탕으로 고전작품들을 분석하는 것이 그들의 수법임을 보여주는 사례다.

이렇게 〈관동별곡〉과 그 작자인 정송강으로부터 부정적인 면을 찾아낸 그들도 앞에서 제시한 '긍정적 측면'의 의미를 마냥 가볍게 볼 수만은 없었다. 그래서 '애국적 감정과 민족적 긍지를 표현한 점에서' 이 시기 가사문학의 대표작인 〈관동별곡〉이 봉건시기 시가문학 발전에서 중요한 역할을 했다는 평가[긍정적 측면(2)]를 내리고 있는 것이다. 말하자면 아직 본 궤도에 오르지 못한 주체미학의 단서를 '애국적 감정과 민족적 긍지', '기층 민중에 대한 관심' 등에서 찾아볼 수 있는 정도라고 할 수 있다.

같은 시기에 살았으면서도 성향 면에서 차이를 보여주는 박인로의 경우는 작품내용이나 주제의식이 그들의 이념체계와 부합한다는 이유로 각광을 받았다. 즉 빈궁으로 고통을 받으면서도 전쟁에 참여하여 외적을 물리치는 데 기여했다는 점은 북한의 이념체계가 지향하는 인물의 전형적 속성들 가운데 하나다. 그가 겪은 빈궁이 신분계층과 부의 이동이라는 사회 변화 속의 불가피한 단면이며, 그 이면에 다양하면서

도 복잡한 사정들이 개재해 있음에도 불구하고 '지배계층에 의한 수탈'
이라는 왕조 사회의 계급적 모순으로 단순화시킴으로써 자신들의 이념
적 해석에 견고한 합리성을 부여하고자 하는 의도를 보여주었다고 할
수 있다. 그와 함께 참전하여 외적을 물리친 일에 기여한 일을 '외세의
배격'과 '자주성의 확립'이라는 그들의 현실적 구호를 뒷받침해주는 구
체적 사례로 해석하려는 의도 또한 노출시켰다. 그의 작품들[〈태평사〉·
〈선상탄〉·〈누항사〉]에 대한 해석27)을 통해 그들의 이념적 지향성을 구
체적으로 확인할 수 있다. 해당 내용의 핵심은 '반침략 애국주의 문학'
과 '어려운 생활형편의 예술적 재현' 등에 있다.

임진왜란 참전의 경험을 그려낸 문학을 반침략 애국주의 문학이라
규정한 것은 화자의 입장을 '반외세, 민족자주'라는 자신들의 이념적
지향에 맞추고자 한 관점을 부각시키려는 의도에서 나온 것이다. 왕실
과 왕실을 지탱하던 지배이데올로기 혹은 중화문화의 보전이라는 측면
에서 '섬오랑캐'로 비하하던 왜군을 치는 전쟁에 참여했다는 사실28)을
잠시 외면한 채 박인로를 근대적 민족주의자로 분석해낸 문학사적 왜
곡 혹은 조작의 결과가 바로 이 해석에는 나타나 있다.

박인로는 시종일관 충·효·예·양 등 실천덕목에 충실한 유교주의
자의 범주를 벗어난 적이 없는 인물이었다. 그 원칙 위에서 당대 지식
인들의 보편적 세계관이었던 화이관을 고수하고자 했으며, 전쟁에 참

---

27) 『조선문학사(고대중세편)』, 323쪽.

28) 〈太平詞〉, 『原本影印 韓國古典叢書(復元版) Ⅱ〈詩歌類〉 孤山外五人集』, 대제각, 1973,
46쪽의 "나라히 偏小ᄒᆞ야 海東애 ᄇ려셔도/箕子遺風이 古今업시 淳厚ᄒᆞ야/二百年來예
禮義을 崇尙ᄒᆞ니/衣冠文物이 漢唐宋이 되야쩌니/島夷百萬이 一朝애 衝突ᄒᆞ야/億兆驚
魂이 칼빗출 조차나니/(…) 聖天子 神武ᄒᆞ샤 一怒를 크게내야/平壤群兇을 一劍下의 다
버히고/風驅南下ᄒᆞ야 海口에 더져두고/窮寇을 勿迫ᄒᆞ야 몃몃히를 디내연고" 참조.

여한 목적도 '한당송의 의관문물'을 침탈해온 '섬 오랑캐'를 징치하는
데 있었다. 그처럼 왕조시대의 지배이념에 투철하게 복종했던 원칙주
의자에게 주체적 인간상의 허울을 씌워주려는 의도는 역사적 사실에
대한 왜곡일 수밖에 없다.

주체사상의 체내에서 인간은 '자주성·창조성·의식성'을 지닌 사회
적 존재다.[29] 이 경우 자주성은 대인 관계에서의 개인적 주체성 뿐
아니라 민족이나 국가라는 집단적 주체성까지 포함하는 개념이다. 외
세의 침탈로부터 내 민족이나 국가를 지켜내겠다는 마음가짐이야말로
'반외세, 민족자주'로 직결되는 근본요인이기 때문이다. 두 번째 내용
의 핵심인 '어려운 생활형편의 예술적 재현'은 또 다른 차원에서 '무산
자(無産者) 근로 계급의 생산 활동에 대한 사실적 묘사'라는 점에서 주
체 미학의 중요한 언급일 수 있는데, 이 경우 '예술적 재현'은 사회주의
적 리얼리즘을 의미한다. '근로인민대중'과 혁명이론의 관계에 관한
김정일의 언급[30]은 이 시기 북한문학사가들이 준수해야 할 최고의 지
침이었다. 그들이 박인로의 작품을 설명하면서 거론한 '가난한 인민들'
은 김정일이 말한 '근로인민대중'으로서 주체사상의 실천적 주체이자
주체미학 구현의 주체들이다. 말하자면 주체미학의 중심은 근로인민
대중인데, 그들은 권력과 부를 독점한 통치그룹에 비해 말할 수 없을
정도로 가난하다. 가난에도 불구하고 자주성을 지키기 위해 노력하는
모습을 그려내는 예술이야말로 진정한 주체미학의 소산이라고 그들은
생각하고 있는 것이다.

박인로가 가사를 통해 기층민중의 생산활동이나 빈궁한 현실을 사

---

29) 김정일, 『주체사상에 대하여』, 83쪽.
30) 김정일, 『주체사상에 대하여』, 87쪽.

실적으로 묘사했다는 것은 민족적 문예형식으로 사회주의라는 보편이
념을 담아냈다는 점에서 주체미학적 사건일 수 있다. 권영민은 '사회
주의적 사실주의의 개념도 인민대중이 선호하며 향수하고 있는 민족
적인 문예의 형식을 통해 사회주의의 이념과 노동계급의 혁명적 의식
을 구현하고 형상화하는 방법으로 인식된다'[31]고 했다. 그런데 북한의
문학사가들은 박인로의 작품에서 한계를 발견해낸다. 즉 그가 당시 인
민들의 가난한 생활형편을 비교적 진실하게 그려내면서도 그것을 타
개할 방책을 제시하지 못했을 뿐 아니라 오히려 한 술 밥과 한 모금
물이면 족하다고 하면서 당대 현실을 '태평천하'로 묘사하며 유교적인
삼강오륜을 설교하는 것으로 끝맺고 있다는 것이다. 당대의 현실이 태
평천하라는 것은 통치계급의 선정을 강조하는 말이고, 유교의 생활원
리인 삼강오륜을 강조했다면, 박인로 역시 통치 질서의 강화에 기여했
으므로 그 작품을 '반동 작품'[32]의 범주에 가깝다고 보았을 법하다.
가난한 인민들에게 동정을 표시한 점은 인정하지만, 어지러운 사회현
실에서 물러나 봉건적 유교교리를 철저히 지키는 것을 이런 세상에서
'옳게' 사는 길이라고 여긴 점은 잘못 되었다고 비판하고 있는 것이다.
말하자면 그들이 드물게 긍정적으로 여기고 있는 박인로마저 그들이
만들어 제시한 주체사상으로부터 상당한 거리를 보여주고 있음을 강
조한 셈이다. 사실 문학자가 작품 속에서 빈곤의 해결책까지 제시할
수는 없다. 빈곤에 무너지는 인간상이나 관념적으로든 실질적으로든

---

31) 권영민, 「북한의 주체사상과 문학」, 221쪽.
32) 『조선문학사(고대중세편)』의 219쪽에서는 〈월인석보〉, 〈용비어천가〉 등을 '반동작품'
　　이라 했는데, 그런 비판의 이유로 '리왕조의 성립'이 마치 천명에 의하여 이루어진 필연
　　적인 현상인 듯이 합리화하면서 '리조봉건국가를 리상화'하고 당대 현실을 미화분식하
　　면서 그 '영세무궁을 송축'한 점을 들고 있다.

빈곤을 극복하는 인간상을 그려냄으로써 독자들의 탄식과 감동을 자아내기만 하면 작가의 책임은 다 하는 것이다. 그러나 북한의 문학사가들은 빈곤의 실상을 '제대로' 그려내고, 부와 권력을 독점한 지배계층에게 그 책임을 묻는 것이 작가의 책무임을 강조한다. 책임을 묻는 유일한 방법은 그런 계층을 타도하는 일이다. 그런데 그들을 타도하는 대신 그들의 이념에 동조함으로써 결국 그들 중심의 지배체제를 공고하게 만든 박인로를 끝까지 긍정적으로 볼 수는 없었을 것이다. 북한의 문학사가들이 앞에서는 박인로를 추어올리다가 뒤에 가서 내려깎는 이유도 바로 이 점에 있다.

〈그림 9〉 김정일의 업적으로 선전되고 있는 주체예술 이론서들

(2) 1990년대의 경우

90년대에 들어와 김정일의 『주체사상에 대하여』나 『주체문학론』같

은 책들이 나오면서 주체미학은 이론적으로 정리되는 모습을 보여주고, 문학 창작이나 비평적 기준으로서의 힘을 갖게 된다. '문학에서 당성, 노동계급성, 인민성은 주체성을 전제로 하는데, 주체성을 떠난 문학의 당성·노동계급성·인민성이란 있을 수 없다'[33]는 주체미학의 핵심은 향후 문학 창작이나 비평이 어느 방향으로 나갈 것인지를 암시하는 단서로 작용한다. 문학작품에서 '높은 민족적 자존심과 긍지'[34]로 나타나는 것이 바로 민족의 자주정신이며, 그것은 주체미학의 지향점이기도 하다. 이런 점을 전제로 이 시기의 문학사에 나타난 가사작품들의 해석적 의미들을 살펴보면 이전 시기들과의 차이는 자명해진다. 『조선문학사 3』에서 보여준 김하명의 〈상춘곡〉 해석[35]을 그 예로 들 수 있을 것이다.

  90년대 북한의 고전문학계를 대표하던 김하명은 당시 대부분의 주류학자들처럼 주체사상으로 무장하고 있었으나, 고전에 대한 분석에서 비교적 객관적이고 합리적인 입장을 취하고자 한 것 또한 사실이다. 그는 〈상춘곡〉의 단점과 장점을 함께 들고 있는데, 북한사회의 이념에 비추었을 경우 나타나는 문제점을 단점으로, 문학사 전개의 과정에서 〈상춘곡〉이 보여주는 새로운 모습을 장점으로 각각 들었다. '당대 봉건사회를 일방적으로 미화 분식하고 노동에서 떨어져 산수풍경이나 즐기는 양반관료의 한가스러운 유흥 기분'을 〈상춘곡〉이 지닌 문제점이라고 했다. 그렇다면 그 원인으로 지적한 '작자의 사상적 제한'이란 무엇일까. 조선왕조를 지탱하던 유교의 교조적 이데올로기를 말

---

33) 김정일, 『주체문학론』, 31쪽.
34) 김정일, 『주체문학론』, 32~34쪽.
35) 사회과학출판사, 1991, 64~65쪽.

한 것이며, 정극인 또한 그런 제약으로부터 한 발도 벗어나지 못했음을 비판한 내용일 것이다. 문제의식을 갖고 현실을 바꾸려하기보다는 왕을 정점으로 조직된 봉건사회의 일원으로서 충실하고자 한 점을 그들은 부정적 측면으로 받아들였다고 보아야 한다.

이에 반해 〈상춘곡〉은 '국문시가형식의 발전 역사에서 볼 때 새로운 경지의 개척'이라 했고, 그 앞 시기의 시조, 경기체가나 악장 등과는 다른 '새로운 작시원칙'에 의해 쓰였다는 점을 그 이유로 들었다. 그 작시원칙은 '15세기의 사회적 요인과 미학적 요구를 반영하는 우리나라 시가발전의 합법칙적 결과로 출현'했다고 했다. 그가 내세운 '합법칙'의 개념은 우리 민족 고유의 시가에 대한 필요에 따라 생활을 구체적이고 폭 넓게 반영할 수 있는 장가형식의 출현을 요구했다는 점, 바로 그 시기에 민족문자인 훈민정음이 창제되어 국문시가의 창작·기록·전파의 현실적 조건이 마련되었다는 점 등이다. 이념적 입장에서 〈상춘곡〉을 비판한 앞부분과 달리 뒷부분만 본다면 남한 학자들의 견해와 별반 다를 것이 없다. 이 점이 이 시기 북한문학사가들의 견해에서 읽어낼 수 있는 부분적 합리성 혹은 객관성이라 할만하다.

부분적으로나마 객관성을 띠고 있던 그의 견해도 박인로와 같은 사실주의적 작가의 작품을 분석하는 데서는 좀 더 교조적인 이념의 색깔을 보여준다. 그는 박인로를 설명하면서 김일성의 교시[36]를 전제로

---

36) 김일성, 『김일성저작집 01』, 조선로동당출판사, 1979, 229~230쪽의 "봉건통치배들은 나라의 방비를 강화하고 군사를 훈련하여 외적의 침략에 대처할 대신에 태평성세만 부르고 안일한 생활에 파묻혀 있었습니다. 이 기회에 간악한 왜놈사무라이들이 임진년 (1592년)에 대군을 일으켜가지고 쳐들어왔습니다. 이 때 일상적인 방비를 갖추지 않고 해이되어 있던 봉건통치배들은 왜적의 침공을 막아낼 힘이 없게 되자 왕을 데리고 의주로 도망치고 나라와 인민을 원쑤들의 유린 밑에 내맡겼습니다." 참조.

내걸었다. 외적의 침입을 막지 못한 '봉건 통치배들'의 무능과 무책임
에 대한 질타, 침략자들에 영웅적으로 맞서 싸운 인민들에 대한 찬양
등 두 가지가 김일성 교시 내용의 골자다. 김하명이 박인로 가사작품
의 문학사적 의미를 설명하기 위한 전제로 김일성의 교시를 끌어온
목적은 분명하다. 박인로 가사 작품의 내용 가운데 찬양해야 할 부분
과 비판해야 할 부분을 통치이념에 기대어 가르고 싶었을 것이다. 문
학 연구가의 입장에 설 경우 박인로의 가사가 지닌 문학 본질적 차원의
문제점과 의미를 지적해야 할 일이었을 것이나,[37] 시종일관 김하명을
비롯한 북한의 문학사가들은 통치이념의 수호자나 전파자일 수밖에
없었던 한계를 보여주고 말았다. 그들이 김일성의 교시를 모두에 관치
하는 이유도 바로 여기에 있다.

박인로의 가사, 예컨대 〈태평사〉에 대한 해석[38]은 가사장르를 포함
한 고전문학에 대하여 갖고 있던 북한 학계의 기대지평을 구체적으로
보여준다. 그들이 박인로의 작품에서 강조하고자 한 점은 사상의 반영
및 주제의식의 구현, 역사적 진실의 표현이나 전달 등이었다. 박인로
의 가사에는 조선 인민들의 '애국주의 사상'과 '원쑤들에 대한 증오와
필승의 신념', '고상한 평화애호사상' 등이 잘 반영되어 있다고 했다.
또한 전쟁의 진행과정에 대한 순차적 회상과 승리의 환희가 '시적 화폭

---

37) 박인로에 대한 조동일의 평가["문자 쓰는 버릇에서 유래한 한자어가 이따금씩 보이기는
하지만, (…) 정철에 이르러서 절정을 이룩한 미화된 표현을 버리는 대신에 실감을 확보
하는 길을 열어 사대부 가사의 한계를 탈피할 수 있었으며, 가사는 시조보다 더욱 개방적
일 수 있음을 다시 입증했다. 그래서 스스로 바랐던 바와는 어긋나게 조선 후기 가사의
새로운 방향을 제시하는 선구자가 되었다":『한국문학통사 3』, 지식산업사, 1984, 314~
316쪽]는 북한에서 말하는 박인로의 장점[특히 애국]을 포함하여 그의 가사가 지닌 문학
사적 의미를 구체적으로 보여준다.
38)『조선문학사 4』, 사회과학출판사, 1992, 90~93쪽.

으로 재현'되어 있다는 점에서 이 작품이 '서정 서사시적 성격'을 띠고 있다 했다. 작품에 표상된 두 부분 즉 전쟁의 진행과정에 대한 술회는 서사적인 부분으로, 승리의 환희는 서정적인 부분으로 각각 본 것이다. 시적 화폭으로 재현했다는 것은 앞부분의 '반영'과 함께 사실주의적 기법을 말한다. 사실주의란 '실재하는 사실에 기초하여 그것을 생활자체의 형식으로서 객관적으로 묘사하며 현실생활의 본질과 합법칙성을 정확하게 반영하는'39) 표현기법이자 미학이다.

　문학사적 측면에서 박인로의 장점으로 거론한 것은 '노래의 사상적 내용에 알맞게 시어를 골라 쓰고 율조를 고르게 하면서 개성적인 문체를 이룩했다'는 점이다. 물론 이 말은 '정철이나 윤선도에 비해 어려운 한자말을 많이 쓰고 있어서 예술성을 손상시켰다'는 비판을 전제로 한 찬사다. 또한 작품 내용의 중심으로 부각된 민중 전사들의 감정을 꾸밈없이 '진실하게 전달한' 장점을 갖고 있는 반면, '왕도사상과 그릇된 관점' 즉 봉건왕조의 유지와 지속을 최선의 목표로 갖고 있었던 점은 '역사적 진실의 전면적인 해명'을 저해했다고 비판했다. 말하자면 박인로 스스로 전쟁에 참여하여 외세의 침탈을 막아 낸 것이 결과적으로 민중들에 대한 착취를 바탕으로 왕조를 지탱해나가던 봉건왕조의 유지와 발전에 기여한 일이며, 그런 생각을 작품으로 형상화시켰다는 점은 그들의 관점에서 볼 때 '역사적 진실'과는 역행하는 일로 보였을 것이다. 이런 생각을 바탕으로 '〈선상탄〉은 서정적 주인공의 자기 조국에 대한 무한한 사랑과 자부심으로 하여, 침략자들에 대한 치솟는 분노와 증오로 하여 힘차고 억센 률조를 이루고 있다'거나 '〈선상탄〉은

---

39) 『문예상식』, 문학예술종합출판사, 1994, 687쪽.

〈태평사〉와 더불어 왜적을 물리치는 성스러운 싸움에서 더욱 각성되고 앙양된 조선 인민의 민족적 긍지와 열렬한 애국심을 옳게 반영한 가사의 하나로서 우리 시가사의 귀중한 유산'이라는 등의 결론을 내릴 수 있었던 것이다.40) 이처럼 그들은 외세의 침탈을 막아내고자 하는 의지와 행동만이 주체적 자아를 지킬 수 있다고 보았다. 박인로가 자진해서 왜군과의 싸움에 나서고, 그 과정에서의 어려움을 가사 작품에 사실적으로 그려낸 행동도 주체사상의 지도원칙들 가운데 하나로 제시한 '국방에서 자위의 원칙'41)과 부합하는 일일 수 있다.

박인로 당시에 보기 드물었던 '사실주의의 문학적 형상화'라는 측면에서 〈누항사〉에 대한 해석42)은 앞의 것들과 겹치면서도 다른 측면을 보여주는 사례다. 〈누항사〉는 남에서도 북에서도 사실주의 미학을 비교적 잘 구현한 가사작품의 사례로 평가되고 있다. 그 해석은 〈누항사〉에 대한 주체미학적 관점의 좋은 예라고 할 수 있다. 즉 '민족적 문예의 형식을 통해 노동계급의 혁명사상을 철저하게 구현하고 사회주의 이념을 제시하는 것'43)이 주체미학의 핵심이라면, 비록 사상미학적 측면에서 제한을 보여주긴 했으나 박인로의 가사작품들은 동시대 다른 사람들의 작품에 비해 북한문학사가들의 관심을 끌기에 충분했다고 본다. 인용문의 핵심은 '궁핍한 농민들의 일반적 처지를 반영한 점', '외부적 묘사와 내면세계의 재현을 배합하면서 선명한 사실적 화폭을 그려낸 점', '싸우는 주인공의 형상 창조', '농민들의 반봉건 의

---

40) 『조선문학사 4』, 사회과학출판사, 1992, 95쪽.
41) 하수도 지음, 한백린 옮김, 『김일성사상비판: 유물론과 주체사상』, 도서출판 백두, 1988, 309쪽.
42) 『조선문학사 4』, 95~97쪽.
43) 권영민, 『북한의 주체사상과 문학』, 229쪽.

식과 투쟁', '압박 받는 농민들의 생활정형에 대한 진실한 시적 형상화' 등에 담겨 있다. '궁핍한 농민들이나 압박 받는 농민들'은 계급적 각성의 단계로 나아가기 위한 '인민대중'의 핵심적 존재들이다.

이처럼 북한의 문학사가들이 중시하는 주체는 '인민·평민'이고, 그들의 자각과 주체적 태도이며, 또한 그들의 실제적인 삶이기도 하다. 말하자면 '인민들이 자신들의 삶을 주체적 사실주의 미학으로 그려내는 것'이 주체문학론에서 이상으로 여기는 문학인 것이다. 그렇다면 자연스럽게 묘사대상은 '부조리와 모순의 현실'이 된다. 부조리와 모순은 계급 대립에서 생겨나는 '착취-피착취', '빈-부' 등의 사회적 차별요소들로부터 생겨난다. 뿐만 아니라 주체문학론에서 중시하는 '자민족 제일주의'는 민족의 문화적 우수성 뿐 아니라 민족적 자존심을 짓밟는 외세로부터의 침탈을 극복하는 데서 생겨난다고 본다. 따라서 부조리와 모순적 현실이란 '봉건제도 하의 피착취, 외세의 침탈' 등으로 가시화 된다. 자연히 주체문학의 '주체'는 '반봉건·반외세'로 구체화 되는데, 반봉건의 주제의식은 지배계층에 대한 계급투쟁으로, 반외세의 주제의식은 '반침략 애국투쟁'으로 각각 귀결된다.

그러나 서술자는 박인로가 '싸우는 주인공'의 형상을 창조하지 못한 점을 비판했다. 그 싸움의 대상은 바로 봉건체제와 외세다. 외세에 대한 투쟁은 이미 잘 그려져 있다고 보았기 때문에, 이들이 불만을 느낀 것은 주로 대내적 투쟁 상대로서의 지배계층을 제대로 형상화하지 못했다는 점이었다. 사회발전의 합법칙성을 반영하는 동시에 해당 시기의 일정한 계급과 계층들의 본질적 특성을 체현한 개성적인 인간성격이 전형인데, 문학예술작품에서 긍정적 전형은 사회발전의 본질과 합법칙성을 구현하고 있으며 시대의 선진사상과 인민대중의 진보적인

사회적 이상을 집중적으로 체현하고 있기 때문에 생활과 투쟁의 모범
적 존재다.44)

북한의 문학사들은 가사에서 발견할 수 있는 '혁명적 투쟁성'의 단서
들을 중시하고 강조하는 입장으로 일관했다. 미흡하나마 그 사상성의
전형적 사례를 박인로에게서 발견한 것이다. 비록 주체미학이란 고정
된 틀을 전제로 삼는 한계를 드러내긴 했으나, 자신들의 이념을 뒷받
침할만한 '형상화의 표준'을 이미 지나간 시대의 문학에서 발견했다는
것은 적어도 '문학사가 해석의 체계'임을 보여준 사례라고 할 수는 있
을 것이다.

〈그림 10〉 북한에서 발간된 고전문학 작품집들

---

44) 『문예상식』, 697쪽.

3. 마무리: 가사에서 읽어낸 혁명적 투쟁성과 이념적 기반

주체사상은 북한의 통치체제가 현상유지를 위해 고안해낸 삶의 원리였고, 문학이나 예술을 통해 그 원리를 구체화시킨 것이 주체미학이었다. 서정적이든 서사적이든 가사는 지난 시기 민족문학의 장르들 가운데 민중들이 살아가는 모습을 비교적 충실하게 반영한 것으로 대부분의 학자들은 인정해왔다. 북한의 문학사가들 역시 그 점 때문에 가사를 중시해온 것이다.

사실 미학이 시기에 따라 객관적으로 구분될 수 있는 것은 아니고, 작가나 작품들에 대한 사회적 관점이나 해석이 통치 이념의 변화에 즉각 응한다고 보는 것도 일종의 착각일 수 있다. 그런 점에서 보면 가사에 대한 그들의 생각을 시기적으로 나누어 제시하는 관점이야말로 지나치게 도식적이고 기계적이어서 대상의 본질을 파악하는 데 방해가 될 수도 있다. 그럼에도 불구하고 가사에 대한 그들의 해석 방법이나 체계를 살펴보고자 하는 것은 그들이 작품 분석의 잣대로 활용한 이념과 미학의 '합목적성·합법칙성'을 강변하고 있기 때문이다. 그들이 천명한 미학을 바탕으로 작가나 작품을 해석해낸 결과가 합목적적이거나 합법칙적인지의 여부를 판단하는 것은 비교적 수월한 일이며, 그런 판단을 통해 이념이나 미학의 공소(空疎)함을 확인할 수 있을 것이기 때문이다.

북한의 문학사가들은 가사 작가들 가운데 박인로에게서 주체미학 구현자로서의 가능성을 찾아냈다. 그러면서도 박인로가 결국 조선조의 봉건적 이념을 벗어나지 못하고 통치체제의 강화에 기여한 사실은 극복할 수 없는 약점으로 보았다. 얼핏 대상을 객관적으로 분석한 것처럼 보이지만, 당대 사회의 충실한 구성원으로 살아갔던 한 인물의 불가피한 선택을 자신들의 관점으로 재해석하여 비판함으로써 역으로 그들이 주장하는 합목적성이나 합법칙성의 기준이 얼마나 허구적인 것인가를 명백하게 보여주었다. 이런 한계에도 불구하고 가사에 대한 북한의 관점이 그다지 극단으로 치닫지 않은 것은 분석의 대상으로 삼은 가사가 지금 창작되는 문학들과 달리 이미 이루어져 있는 장르라는 점, 그 시대의 사상이나 사회적 배경이 자신들의 이념체계와 지극히 상반되며 작가 역시 그런 체계 속의 한 요소였다는 점 등을 인정할 수밖에 없기 때문일 것이다.

주체사상 성립 이전 문학사의 가사 해석에서 '안빈낙도'나 유자(儒者)들이 선망하던 '전원생활' 등 유교적 생활태도와 이념에 대하여 크게 비판적 입장을 보이고 있지 않은 점을 감안하면, 아직 이 시기에 이들의 이념적 해석의 틀이 아직은 경직되어 있지 않았음을 확인하게 된다. 그러나 주체사상 성립기에 들어가면 양상은 약간 달라진다. 빈곤에 무너지는 인간상이나 관념적으로든 실질적으로든 빈곤을 극복하는 인간상을 그려냄으로써 독자들의 탄식과 감동을 자아내는 데 그치지 말고 빈곤의 실상을 '제대로' 그려낼 것이며, 부와 권력을 독점한 지배계층에게 그 책임을 묻는 것이 작가의 책무임을 강조하는 방향으로 강화되는 모습을 확인할 수 있기 때문이다. 주체미학의 완숙기로 들어간 시기에도 미세한 변화는 감지된다. 외세의 침입에 대하여 '투쟁하는 주인공'의 형상을 창조할 것, 기층 민중을 억압하는 지배계층에 대한 투쟁을 구체화할 것 등 문학작품에서의 '혁명적 투쟁성'을 강조하는 방향이 문학이나 예술의 이상으로 천명되고 있는 것이다. 작품 해석상의 이념적 지향성이 앞으로 어떻게 전개되어 나갈지 확언할 수는 없으나, 통치그룹의 필요에 따라 미학 또한 진화해갈 것이고 작품 분석의 양상 또한 부단히 변해 갈 것이라는 점은 쉽게 추측할 수 있다. 이 점이 짧은 기간 동안 그들이 보여준 가사해석의 변모를 통해 유추할 수 있는 북한의 문학사가들 더 나아가 통치계급의 이념적 지향성이라고 할 수 있다.

제3부

보충논의

[고전시가사, 고전문학사, 통일한국 고전문학사]

◆제1장◆
고전시가사와 전환기

1. 고전시가와 문제의식

남한이든 북한이든 한국고전시가사의 서술을 위한 예비작업은 다양한 측면에서 이루어져야 한다. 그 방면의 선행 업적들이 있다면, 그것들을 면밀히 분석하여 논리의 출발점으로 삼아야 옳다. 행인지 불행인지 우리에겐 도남 조윤제의 『조선시가사강(朝鮮詩歌史綱)』만이 유일한 선행 업적이다. 물론 그간 이루어진 수많은 국문학사들에 시가 분야가 포함되어 온 것은 사실이다. 그러나 전체 문학사의 한 부분으로 조망된 시가와 독립된 시가사의 그것은 엄밀히 말하면 전혀 다르다. 같은 대상이라도 놓이는 위치와 관점에 따라 상대적인 관계와 의미를 가질 수 있기 때문이다. 일반 역사가 과거의 사실들을 토대로 하면서도 그것들 자체라기보다는 역사가의 판단에 의하여 새롭게 이루어진 체계로 볼 수 있듯이 문학사 또한 문학사가의 관점에 의해 종횡으로 여타의 사상(事象)들과 함께 견고한 관계망을 형성한다. 그러니 똑 같은 작품이라 해도 그것이 서술되는 상황이나 맥락에 따라 다른 모습으로 나타나게 되는 것은 당연하다. 그런 점에서 그간 국문학사가 많이 출현하였음에도 불구하고 시가분야에서 도남의 『조선시가사강』을 유일한 선행업적으로 추단하는 것도 바로 이런 이유 때문이다.

　필자는 이미 도남의 이 책이 지닌 특질과 장단점을 거론한 바 있는데,[1] 그 논의를 기반으로 이 글에서는 시대구분의 전제라고 할 수 있는 전환[혹은 전환점, 전환기]에 대하여 거론하고자 한다.

2. 전환의 존재와 당위

　시간의 흐름에서 볼 때 전환이란 무엇이며, 그것은 가능한 것인가. 우리의 감각은 순수한 시간의 지속을, 구체적으로 말하여 공간과 같은 다른 요소들이 개입되지 않은 시간의 지속을 인지할 수 있는가. 전환이란 이질적인 지속들 사이의 경계를 지칭한다고 볼 수 있는데, 시간을 질적으로 다르게 인식하는 요인은 무엇인가. 이처럼 시간의 흐름과 그 인식에 관하여 제기될 수 있는 문제들은 많다. 시간의 철학적 의미를 파고들면 들수록 문학사 혹은 시가사를 거론하려는 우리의 의도가 점점 미궁에 빠져들 수밖에 없는 것도 이런 점에서 당연하다.

　베르그송은 하나의 운동에서 경과된 공간과, 공간을 경과한 동작과, 계기적 위치와 위치의 종합을 발견할 수 있다고 했다. 즉 한편은 흘러간 시간이요, 다른 한편은 흐르고 있는 시간으로서 전자는 공간 바로 그것이며 운동궤도가 선으로 표시되는 것도 그것이 이미 공간화 되었기 때문일 뿐, 흐르는 시간은 아니라는 것이다. 베르그송은 동질적 시간을 구체적 지속으로부터 구별하였다. 즉, 시간의 경과에 따라 성숙하는 의식의 체험하는 시간[즉 지속]과 동시성의 집합으로서의 물리학

---

1) 조규익, 「趙潤濟의 『朝鮮詩歌史綱』論」, 『애산학보』 17집, 애산학회, 1996 참조.

적 시간 사이에는 본질적으로 다른 것을 인정하지 않을 수 없다고 한
다.[2] 이런 점에서 러셀이 단정한 바와 같이 지속이야말로 실재의 재료
로서 영원한 생성이며, 이미 만들어진 어떤 것이 결코 아니다.[3]

즈봐르트(J. P. Zwart)도 시간은 존재하지 않는 것이 아니라 다만 흐
르는 것으로, 엄밀하게 말하여 현재만이 실재하는 것이라고 한다. 왜
냐하면 실제로 일어나고 있는 사상만이 현실 속에서 '거기' 있기 때문
이다.[4] 이와 같이 질적 · 심리적 시간이나 양적 · 물리적 시간 등 어느
측면에서 접근해도 역사의 진행은 시간 그 자체이거나, 시간이란 척도
위에서 이루어지는 변화를 본질로 한다. 무엇이든 그것은 '객관/주관',
'심리적/물리적'이라는 상반되는 범주들을 포괄한다. 시간의 흐름이나
역사를 대상으로 하는 인식 작업이 일견 객관적인 듯하면서도 대부분
인식 주체의 주관적 판단에 좌우된다는 점을 생각한다면 이런 사실은
분명해지고, 그것은 그만큼 역사에 대한 천착이 쉽지 않다는 점을 드
러내는 요인이기도 하다. 이 글에서 시간이나 시간의 흐름 그 자체에
대한 정의를 내리고자 하는 것이 필자의 목표는 아니며, 그것이 또한
가능한 일도 아니다. 다만 흐름이라는 선상에서 나타나는 '현상들'을
중심으로 지속되는 성격들만을 살펴보는 데 만족할 따름이다.

이와 같이 역사상의 전환점이나 전환적 상황을 설명하는 일은 시대
구분을 전제로 하는 작업이다. 어쨌든 순수 시간이나 지속만으로 과거
시간대의 본질을 추정하기란 불가능하다. 결국 공간의 개입으로 이루
어지는 것이 시간개념이라는 점을 감안할 경우에라야 인간이 경험한

---

2) 베르그송 저, 정석해 역, 『時間과 自由意志』, 삼성출판사, 1978, 20~21쪽.

3) B. 러셀 저, 최민홍 역, 『西洋哲學史 下』, 집문당, 1991, 1100쪽.

4) P. J. Zwart 저, 權義武 역, 『時間論』, 계명대학교 출판부, 1983, 53~54쪽.

삶의 발자취로서의 구체적인 역사, 문학사, 시가사는 거론될 수 있는 것이다. 이 경우에 "위대한 역사란 분명히 과거에 대한 역사가의 비전이 현재의 제문제에 대한 통찰에 의하여 빛을 받을 때에만 씌어지는 것",5) "과거는 현재의 빛에 비쳐졌을 때에만 비로소 이해될 수 있는 것이며 또한 현재도 과거의 조명 속에서만 충분히 이해될 수 있는 것"6)이라는 E. H. 카의 언명들이 타당한 의미를 지니는 것이다. 즉 역사의 기술은 지난 시대의 사상(事象)들에 대한 인식 주체의 선택적 조사(照射)의 결과이며, 그러한 역사기술자들에 의한 개별적 행위들을 하나로 묶는 보편성이 있을 수는 있겠으나 근본적으로는 개별적 양상을 띠기 마련이라는 점을 카의 말은 극명히 보여준다는 것이다. "역사가는 과거[역사적 시간] 전체가 아니라 그 가운데서 '(그에게 역사적으로) 의미 있는' 부분만을 인식대상으로 삼는다"는 김경현의 말도 역사가들의 개별적 가치관에 따른 대상 선택의 가능성을 적절히 보여준다.7)

   그러나 무엇을 기준으로 역사의 전환점을 찾고, 시기 구분을 할 것인가에 관한 문제는 여전히 풀리지 않은 채로 남게 된다. 조동일은 왕조교체, 대표적인 작가, 문학사조 등을 내세우는 시대구분은 한 나라에서나 통용되고, 한 문명권 어느 시기 문학에서나 의의를 가질 따름이며, 세계문학사를 총괄해서 서술할 수 있게 하는 보편성은 없다8)고 하면서도 문학사의 시대구분과 역사 전반의 시대구분이 합치될 수 있게 해야 한다고 하였다.9) 지금까지의 역사가 주로 정치·경제·사회변

---

5) E. H. Carr 저, 길현모 역, 『역사란 무엇인가』, 탐구당, 1976, 47쪽.
6) E. H. Carr 저, 길현모 역, 『역사란 무엇인가』, 71쪽.
7) 김경현, 「歷史硏究와 時代區分」, 『한국학연구』 1, 단국대학교 한국학연구소, 1994, 30쪽.
8) 조동일, 「문학사 시대구분을 위한 고대서사시의 특성 검증」, 『韓國史의 時代區分에 관한 硏究』, 韓國精神文化硏究院, 1995, 143쪽.

화 등을 중심으로 기술되었고, 그 가운데서도 정치가 주류를 이루었다
는 점을 감안한다면 조동일이 말한 바 시대구분에 있어 문학사와 일치
되어야 한다고 본 역사 전반이란 지금까지 역사학계에서 이루어져 온
형태의 현실적 역사가 아닌, 이상적 형태의 그것임이 분명하다. 말하
자면 일반 역사 분야의 시대구분이 타당하게 이루어져야 하고, 그런
연후에 문학사의 그것 또한 그에 맞추어져야 한다는 언급일 것이다.
그러나 현실적으로 그것은 지극히 어려우며, 거의 불가능해보이기까
지 한다. 말하자면 어쩔 수 없이 '인간'이기 마련인 역사가의 비전이
과거 삶의 총체적인 것을 대상으로 하기가 벅찰 것이며, 그리고 이것
은 지금까지의 경험에 비춘다면 거의 운명적이기 때문이다.

따라서 "보편사(普遍史)와 그 하위의 특수사(特殊史)를 기술함에 있
어, 그 각각의 시대구분은 현실적으로 일치될 수 없다"고 잘라 말하고
"국어사란 국어의 역사로서 국어가 겪어온 음운체계, 어휘체계, 통사
(문법)체계, 의미체계 등의 변화를 말한다"고 본 이광호의 견해가 보다
현실적일 수 있다.[10] 그는 그러한 변화의 과정에 대한 가시적인 이해
를 국어사 시대구분의 목적으로 보았는데, 그러나 잘못 될 경우 그것
역시 '인위적인 자르기'에 지나지 못한다는 점에서는 다른 견해들과
마찬가지의 문제를 지닌다고 본다. 만약 그렇게 된다면 그것은 대상으
로서의 역사 자체를 오도하는 결과 이외의 아무것도 아니다. 이런 점
에서 커다란 변환기를 설정하고 그 전후의 역사를 발전적으로 파악하
며, 한 시대의 특징을 추출하여 그 시대의 성향을 설명함으로써 전체

---

9) 조동일, 「문학사 시대구분을 위한 고대서사시의 특성 검증」, 141쪽.
10) 이광호, 「國語史의 時代區分, 그 實相과 問題點」, 『韓國史의 時代區分에 관한 研究』,
    402쪽.

적인 분위기를 이해하고 변화와 지속의 요소 및 그와 관련한 시대의 변화 여부를 총체적으로 인식하려는 데 시대구분의 의미가 있다는 정구복의 견해[11]는 보편사이든 특수사이든 역사기술과 시대구분의 어려움을 어느 정도 모면케 하는 현실적 입장이라 할 수 있다.

궁극적으로 보편성과 객관성을 획득하는 것이 목표이긴 하지만, 어차피 모든 역사는 역사가의 주관적인 비전에 의해 이루어지기 마련이다. 특수사라 할 수 있는 정치·경제·문화·과학·문학·언어사 등은 더욱더 그렇다. 그 가운데서도 미의식과 감성을 존립기반의 주된 요인으로 하고 있는 문학사, 또 그것의 한 부분인 시가사는 말할 나위도 없이 기술자의 주관적 비전에 의해 결정될 가능성이 크다. 다만 보편성과 객관성의 잣대로 검증된 연후에야 그런 주관적인 작업들은 일정한 가치를 인정받게 될 것이다. 보편사에 대한 통찰을 갖추지 않은 상태에서 특수사인 시가사를 살펴볼 수 있다고 생각한 이유도 바로 여기에 있다.

시가사는 우리의 시가가 겪어온 변화를 내용으로 하는 기술의 체계다. 이 경우 변화란 이질적인 지속들의 계기로부터 나타나는 현상을 지칭한다. 즉 우리가 동질적이라고 생각하는 일정한 길이의 지속에 다른 지속이 이어지고, 그 다음에 또 다른 지속이 연달아 이어짐으로써 하나의 시가사는 완결된다. 그 경우의 '동질/이질' 여부는 실재 자체에 대한 지적일 수 없으며, 어디까지나 기술자의 주관과 의식에 따라 형성되는, 관념적인 차원의 문제들임은 물론이다.

시가사를 기술하려고 할 때 또 하나 분명히 해 두어야 할 범주가

---

11) 정구복, 「史學史에 있어서의 時代區分과 各時代의 特徵」, 『韓國史의 時代區分에 관한 研究』, 280쪽.

있다. 즉 시가사와 시사(詩史)의 관계에 대한 문제다. 시사와 가사(歌史)의 단순 합성어가 시가사는 아니며, 역으로 시가사를 나눈 것이 또한 시사와 가사는 아닌 것이다. 시는 언어예술이고, 가는 음성예술이다. 이와 같이 범주를 달리 하는 두 말, 즉 시와 가가 융합되어 이루어진 것이 바로 시가이므로 그것은 우리문학만의 독특한 현상이라고 할 수도 있다. 시와 가가 미분화된 상태로 존재한 기간은 고대로부터 중세까지, 다시 말하여 근대 이전까지로 본다. 영조조의 홍대용(1731~1783)과 김천택도 이미 그 점을 분명히 지적한 바 있다. 홍대용은 방언이 변하니 시와 노래가 그 체를 달리하게 되었다[12] 하였고, 김천택은 옛날에는 노래와 시가 한 가지였으나, 고시로부터 근체시가 나오고부터는 노래와 시가 나뉘어 둘로 되었다고 하였다.[13]

『시』[또는 『시경』]는 원래 실제로 불리던 노래를 문자로 적어 놓은 것들이므로 노래로 불리던 것을 문자로 적어놓으면 시가 되고 시를 관현에 올리면 노래가 된다는 요지의 '시가일도적(詩歌一道的) 관점'은 적어도 근대 이전까지는 얼마간 상식적인 생각이었다. 다시 말하여 시와 노래의 두 범주가 불가분의 관계로 융합된 실현체를 『시경』으로 보았다는 점에서 홍대용과 김천택 두 사람의 관점은 일치한다는 것이다. 방언이 변했다고 본 홍대용의 견해는 『시경』 시대 이후 서민들의 일상어에 많은 변화가 생겨 『시경』의 시를 누구나 노래로 부를 수 없는 상황에 이르렀음을 말한다. 즉 각 시기의 시와 노래가 원래의 그것들

---

12) 「大東風謠 序」, '한국고전종합 DB'[http://db.itkc.or.kr]의 "自周以後 華夷雜糅 方言日以益變 風俗澆薄 人僞日以益滋 方言變而詩與歌異其體" 참조.

13) 황순구 편, 『時調資料叢書 1: 靑丘永言』, 한국시조학회, 1987, 「靑丘永言 序」의 "古之歌者必用詩 歌而文之者爲詩 詩而被之管絃者爲歌 歌與詩固一道也 自三百篇變而爲古詩 古詩變而爲近體 歌與詩分而爲二" 참조.

로부터 많이 변했다는 말인데, 이 점을 감안한다면, 그가 시가사적 변화의 요인을 언어로 잡고 있었음이 분명해진다. 시가의 변화가 정치·경제·사회 등 인간의 삶이나 사회적인 상황의 변화에 의해 촉발된 것이 아니라 언어의 변화에 수반된 것으로 보았으니, 홍대용이야말로 본질적인 시가사의 변이를 가장 바람직하게 파악하고 있었던 셈이다.

김천택은 노래와 시가 융합된 형태를 원형으로 보았고, 이것들이 별개의 것으로 분화된 것을 변화로 보았다. 김천택은 『시경』에 실린 것들이 시이면서 노래였으나 근체시가 나오면서 양자는 완전히 분리되었다고 하였다. 노랫말을 짓는 것은 문장을 잘 해도 성률에 정통하지 않으면 할 수 없으므로 시에 능한 자가 반드시 노래를 잘 하는 것은 아니고 노래하는 자가 반드시 시를 짓는 것은 아니라고 보았기 때문이다. 노래와 시가 분화되었다고 본 김천택의 견해 속에는 단순히 말문학과 글문학으로의 분화뿐만 아니라 홍대용이 언급한 바 방언 즉 생활언어의 변화라는 현실적인 요인도 들어 있음을 알 수 있다.

김천택이 언급한 근체시는 당나라 때 송지문(宋之問)이나 심전기(沈佺期)에 이르러 모습을 갖추었다. 그리고 우리나라의 경우 만당을 배우고 돌아온 최치원(崔致遠)·최승우(崔承祐)·최광유(崔匡裕)·박인범(朴仁範) 등에서 비롯되었으니, 우리나라와 중국은 근체시의 출발이나 전개를 둘러싼 사정부터 다르다. 중국은 근본적으로 어문일치가 되어있는 상황이었으나 우리의 경우 당시에 아무리 근체시를 도입했다 해도 그것을 우리말로 받아들이기 위해서는 번역이라는 한 단계를 더 거칠 필요가 있었다. 더구나 노래는 우리말로 해야 했으니, 근체시의 도입은 우리말 노래의 창작과 가창에 아무런 영향도 미칠 수 없었던 것이다. 근체시가 홍대용이나 김천택 시대보다 엄청나게 오래전부터 이 땅에서 시작되긴 했으나 우리말로 짓고 부른 노래라는 측면에서 보면 시가일도의 상황은 그들 당대까지도 계속되었다고 보면 정확하다. 문제는 말과 노래의 불가분리성을 정확히 이해한 바탕 위에서 시가 혹은 시의 통시적 양상을 따질 수 있느냐의 여부에 있는 것이다. 즉 악곡의 변화에 따라 노랫말 또한 변했다고 보는 경우와, 표현하고자 하는 의식의 변모 때문에 노랫말이 새로운 모습으로 바뀌었고, 그에 따라 악곡 또한 변할 수 있다고 보는 것이 모두 가능하기 때문이다. 만약 악곡과 노랫말을 별개의 것으로 간주하고 접근할 경우 십중팔구는 각각의 통시적 변모 양상을 제대로 짚어낼 수 없을 것이다.

노래는 글[글자] 아닌 말과 불가분의 관계를 맺고 있다. 최행귀(崔行歸)·이황(李滉)·김만중(金萬重) 등의 생각으로부터 우리는 시가장르의 지속이나 변모에 대하여 큰 암시를 받게 된다. 최행귀는 우리말을 늘어놓아 3구와 6명으로 절차(切磋)한 것이 노래라고 본 반면 한자를 읽어 5언과 7자로 탁마(琢磨)한 것이 시라고 하였다. 3구 6명의 개념이 음악적 형식 개념이거나 가절(歌節)을 지칭한 것이라는 견해[14]는 이 방면의 많은 학설들 가운데 우리말 노래라는 관점에서 향가의 본질을 이해하도록 하는데 크게 기여했다고 본다. 향찰은 차자(借字)로서 우리의 말을 표기하기 위한 말문자다. 다시 말하면 향찰을 사용함으로써 문자의 공백기를 거쳐 드디어 대체문자 사용기로 들어선 셈이나, 구술이나 가창이라는 실질적 표현양태가 근본적으로 바뀌었다고 볼 수는 없다.

로트만에 따르면 '쓴다는 것'은 이차적으로 양식화된 체계로서 구술되는 말이라는 1차적인 체계에 의존한 것이라고 한다. 대부분의 경

---

14) 최정여[「鄕歌 分節攷」, 『國文學論文選 1: 鄕歌硏究』, 민중서관, 1977]와 성호경[「'三句六名'에 대한 고찰」, 『국어국문학』 86, 국어국문학회, 1981]의 견해 참조.

우 구술적 표현은 쓰기와 무관하게 이루어져 왔으며, 말에 의한 표현
의 근저에는 구술성이 잠재되어 있음에도 불구하고 텍스트로서의 '씌
어진 것'에 너무나 눈이 팔린 결과 구술의 성격에 입각하여 만들어진
작품을 쓰기에 의해 만들어진 작품의 한 변종으로 보기에 이르렀다는
것이다.15)

　텍스트로서 시각적으로 남겨진, 즉 기록된 문헌은 앞에서 언급한
로트만의 견해대로 현실의 말이 아니라 2차적으로 모형화된 체계에
불과하다. 필사문자와 활자문자에 익숙한 사람들에게 말은 본질적으로
는 음성이지만, 그들은 그것을 기호로 간주하는 것을 당연하다고 생각
한다.16) 향가를 비롯한 옛 노래들, 특히 대체문자로 기사(記寫)되어 있
는 그것들을 쓰기의 양식으로만 바라볼 경우 그 본질을 간과할 우려가
많다. 즉 대개 구술의 공식이나 악곡에 힘입어 전사(轉寫)되었을 그것들
을 씌어진 텍스트로 간주할 경우 자칫 오해에 다다를 가능성이 농후하
다는 말이다. 전술한 3구 6명을 가절(歌節)의 양식 개념으로 보려고 한
다거나[최정여·성호경], 그것이 범어(梵語)나 우리글자의 음성언어적 성
격에 토대를 둔 것으로서 특히 자(字)와 명(名)을 대구(對句)의 기반으로
설정한 점은 향가가 일정한 자수로 가행(歌行)을 산정할 수 없다는 사실
을 보여주는 것[양희철]17)이라는 주장 등에는 고시가에 대한 새로운 안
목이 필요함을 강조하는 의미가 들어있다. 말하자면 기록된 문자에 근
거하고 있는 사람의 발상으로 구술문화나 말문자에 익숙한 사람의 문학
적 발화를 분석하는 것이 불가능하거나 불합리하다는 근본적인 이유에

---

15) 월터 J. 옹, 이기우·임명진 옮김, 『구술문화와 문자문화』, 문예출판사, 1995, 18쪽.
16) 월터 J. 옹, 『구술문화와 문자문화』, 118~119쪽.
17) 楊熙喆, 『高麗鄕歌硏究』, 새문사, 1988, 77~113쪽.

서 그렇다고 보는 것이다. 옹이 말한 바와 같이 문자에 의한 쓰기는, 말하기를 '구술-청각'의 세계에서 새로운 감각의 세계, 즉 시각의 세계로 이동시킴으로써 말하기와 사고를 함께 변화시킨다.18) 그런데 우리의 옛 시가들은 거의 모두 노래로 전승된 것들이거나, 노래로 전승되다가 대체문자 혹은 본격문자로 기록된 것들이다. 시가의 구비 전승에 있어 노래가 역기능을 발휘한 경우도 있었지만, 시가로 하여금 축어적으로 전승될 수 있도록 한 것은 대체로 노래의 생산적 기능 때문이었을 것으로 본다. 얼마간 장애적 요인들도 없진 않았겠으나 음악은 텍스트의 완벽한 고정에 기여할 수 있었던 것이다.19)

이상의 논리를 전제로 할 경우 우리 시가의 전환은 대체로 그것의 존립 기반이었던 국어와 음악의 변화에 대응되는 현상이었으리라 추측된다. 물론 현 시점에서 국어와 음악의 변화와 그 시기를 정확히 짚어내는 일은 불가능하다. 그러나 몇몇 기록과 작품들을 연결시킬 경우 그런 추론 자체가 전혀 무의미하지는 않으리라 본다.

요컨대 정치사적 변화의 맥락에 의존할 수밖에 없었던, 문학사 서술의 기존 관습에서 벗어나기 위해서라도 시행착오의 위험쯤은 무릅쓸 필요가 있을 것이다. 더구나 그것이 본격 시대구분의 앞 단계 작업인 전환기의 모색임에랴. 필자는 근대 이전의 시가사에서 거론할 수 있는

18) 월터 J. 옹, 『구술문화와 문자문화』, 133쪽.
19) 구술물의 전승에서 음악은 필사본을 베낄 때 일어나는 잘못과 마찬가지의 잘못을 일으키기도 한다고 한다. 즉 같은 구절이 행의 끝부분에 반복적으로 사용되고 있을 때, 앞의 구절에서 뒤의 구절로 뛰어버리고 그 사이의 부분을 완전히 넘어가버리는 그런 일이 생긴다는 것이다.[월터 J. 옹, 『구술문화와 문자문화』, 101쪽] 그러나 기록으로 전승되지 못할 바에야 불완전한 상태로나마 음악의 힘을 빌어서라도 전승될 수 있는 것은 우리말 노래의 유지를 위해서는 크게 도움이 되었다고 생각한다.

전환점 넷을 들고자 한다. 물론 실제로 시대를 구분할 경우 이런 전환점을 그대로 원용할 수도, 각각의 전환점들 사이에 실재할 수 있는 다양한 전환적 계기들을 기준으로 삼을 수도 있으리라 본다.

3. 전환의 모델

1) 제1전환점: 상고시가 → 향가

현재 학계에서는 〈공무도하가〉, 〈구지가〉, 〈황조가〉 등을 상고시가[가요] 혹은 고대시가[가요]로 통칭한다. 상고나 고대는 역사적으로 시기를 구분하고 한정하는 용어들이다. 그러나 대부분의 연구자들이 상고시가 다음 시기의 것들로 삼국의 노래들을 언급하고 있는 점으로 미루어, 이 노래들이 학계에서 삼국 이전의 것들로 폭넓게 받아들여지고 있는 것이 사실이다. 그러나 〈공무도하가〉는 고조선, 〈구지가〉는 가야의 노래였음에 반하여 〈황조가〉는 고구려 유리왕대의 노래라는 사실이 기록에 남아 있는 점을 감안한다면, 우리가 이 노래들에 '고대'나 '상고'라는 시간적 범주를 일률적으로 관치시키는 것이 적절한 일은 아닌 듯하다. 다만 가요의 변화가 역사적 발전 단계와 정확하게 맞아떨어질 수 없다는 점, 정치체제의 변화 과정에는 늘 지나간 시대와 새로운 시대가 겹치는 부분이 있기 마련이라는 점 등을 고려한다면 고대국가 출범 이후 상당 기간의 문화에는 부족 중심의 원시적 요소가 잔존해왔으리라는 것도 인정될 필요는 있다. 따라서 '고대가요 또는 고대시가란 원시종합예술 시대로부터 향찰 표기의 향가가 발생하기 이전 시대까지 존재하였던 가요'를 지칭한다는 김승찬의 견해[20]가 약간 막연하긴 하지만 현 시점에서 가장 적절한 규정이라고 할 수 있다.

　세 노래들을 포함한 이 시기의 가요들은 종교나 농경생활과 깊은
관련이 있었고 집단무요의 형태를 지니고 있었으며 그것들을 만들어
즐긴 선민들의 창조적 능력이 탁월했다고 보는 것이 일반적이다.[21]
이런 점에서 원시종합예술 시대로부터 향가시대로 넘어간 것을 우리
시가사상 의미 있는 시대적 변환의 첫 사례로 파악해야 할 것이다. 그
리고 그 구체적인 물증으로 유리왕대의 〈두솔가〉를 들 수 있으리라
본다. 이 노래에 대한 언급은 『삼국사기』[22]와 『삼국유사』[23]에 나온
다. 두 문헌의 기록에 공통되는 내용은 '처음으로 〈두솔가〉를 지었다
는 점, 차사사뇌격이 있었다는 점' 등이다. 여기서 주목할만한 사항은
개별 노래의 제목과 차사사뇌격이라는 양식[혹은 장르]개념이 구체적으
로 등장했다는 사실이다. 그런데 그 유리왕대[24년~57년]에 회악(會樂)
과 신열악(辛熱樂)이 창작되었다. 신열악이란 바로 〈두솔가〉를 올려부
르던 음악이었다. 그 후 내해왕대[196~230]에 사내악(思內樂)[시뇌악(詩
惱樂)]이 창작되었으며, 그 후 정확한 연대는 알 수 없지만 사내기물악
(思內奇物樂)[원낭도(原郎徒) 지음]·석남사내(石南思內)[도동벌군악(道同伐郡
樂)]·덕사내(德思內)[하서군악(河西郡樂)] 등이 등장하였다.

　그 뿐 아니라 신문왕 9년(689년) 왕이 신촌에 행차하여 잔치를 베풀
고 음악을 연주하였는데, 이 자리에서 공연된 춤 가운데 상신열무(上辛
熱舞)·하신열무(下辛熱舞)·사내무(思內舞) 등은 사뇌악에 맞추어 연기

20) 한국문학개론편찬위원회, 『韓國文學槪論』, 혜진서관, 1991, 51쪽.
21) 정병욱, 『증보판 한국고전시가론』, 신구문화사, 1985, 46쪽.
22) 『校勘 三國史記』, 민족문화추진회, 1982, 11~12쪽.
23) 『校勘 三國遺事』, 민족문화추진회, 1982, 58쪽.

되던 것들로 보인다. 더구나 애장왕 8년(807년)에 사내금(思內琴)을 처음으로 연주했다는 사실을 감안하면 유리왕대부터 애장왕대에 걸쳐 사뇌격이 가·무·악을 지배하는 양식개념으로 자리잡게 되었음을 알 수 있다.24) 이미 언급한 하서군악과 도동벌군악 등이 사뇌였다는 사실은 이 시기에 이르러 중앙의 음악과 지방의 음악 대부분이 사뇌격으로 통일되어 있었음을 입증한다. 뿐만 아니라 경덕왕(742~765)은 충담(忠談)이 지은 찬기파랑(讚耆婆郎)의 노래를 사뇌가(詞腦歌)라고 지칭하였으며,25) 그로 미루어 보면 같은 자리에서 짓게 한 〈이안민가(理安民歌)〉 역시 사뇌가의 범주를 벗어나는 노래는 아니었을 것이다.

흥미로운 사실은 경덕왕대에 〈두솔가〉[월명], 〈제망매가〉[월명], 〈찬기파랑가〉[충담], 〈이안민가〉[충담], 〈도천수관음가〉[희명] 등 다른 왕대에 비해 많은 노래들이 창작된 점이다. 이 가운데 사뇌가의 명칭으로 언급된 것은 〈찬기파랑가〉 하나뿐이고, 〈두솔가〉와 〈제망매가〉 관련 배경산문에는 향가라는 명칭이 사용되고 있다. 특히 〈두솔가〉의 배경산문에는 당시 범패와 병행되던 대립적 장르로서의 향가가 언급되어 있음을 감안하면, 당대의 음악이나 가사, 대중적 선호 양상 등을 좀더 구체적으로 지칭한 것이 사뇌가이며 이것보다 좀 더 넓으면서도 소박한 개념의 명칭이 향가가 아니었나 생각한다. 경덕왕으로부터 20여년 후에 즉위한 원성왕(785~798)은 그 자신이 몸소 사뇌가를 지었던 듯하고26) 같은 왕대에 영재는 〈우적가〉를 지었다. 원성대왕이 궁달의

---

24) 사뇌(詞腦)·시뇌(詩惱)·사내(思內)·신열(辛熱) 등이 동일한 차자(借字)임은 양주동의 『增訂 古歌研究』, 일조각, 1981, 35~36쪽 참조.

25) 『校勘 三國遺事』, 123쪽의 "朕嘗聞師讚耆婆郎詞腦歌" 참조.

26) 『校勘 三國遺事』, 129쪽의 "大王誠知窮達之變 故有身空詞腦歌" 참조.

변화를 잘 알고 있었다는 것은 곧 그의 즉위와 관련된 사건에서 분명해
지는데, 물이 불어나 즉위식에 참석치 못한 김주원(金周元)을 대신하여
왕위에 추대되었다는 것은 곧 백성들의 신망이 그에게 있었음을 암시
하는 사건이다. 그리고 그가 당시 민중의 음악이었던 사뇌가를 능숙하
게 했고, 그 사뇌가를 통하여 민심의 동향을 파악하고 있었다는 사실
또한 이 기록에 암시되어있다. 말하자면 민심의 동향을 파악하여 행동
노선을 잡을 수 있었던 것도 그가 결국 궁달의 변화를 파악할 수 있었
다는 사실을 말하는 내용이라고 보아야 할 것이다. 원성왕대 '영재가
향가를 잘했다'는 기록을 통하여, '사뇌가와 향가'라는 두 개념이 혼용
된 것은 경덕왕대 '향가와 사뇌가'의 명칭이 혼용된 사실과 맥을 같이
한다.

그러나 무엇보다도 사뇌가의 존재양상을 가장 뚜렷이 보여주는 기
록과 작품은 균여(923~973)의 〈보현시원가(普賢十願歌)〉다. 혁련정(赫連
挺)은 사뇌가를 '민중들이 즐기던 도구'라 했다. 이 말 속에는 사뇌가의
대중성이 극명하게 설명되어 있다. 민중들이 즐겼다면, 그것은 가·
무·악의 세 요소가 한데 어우러진 복합적 예술형태이자 대중예술 형
태의 하나였음을 암시한다. 예술 일반의 사뇌격 시대가 정착되어 있었
음은 이런 단편적인 사실(史實)들을 통해서도 분명히 드러난다.

유리왕대의 〈두솔가〉와 〈신열악〉이 이러한 삼국시대 예술의 사뇌
격 시대를 개화시킨 서막이 되었던 것이다. 이 경우 가무악의 사뇌격
이 노랫말의 사뇌격을 포함하는 것은 당연하다. 차사사뇌격이란 차사
와 사뇌격으로 구분된다. 차사란 노랫말 가운데 예술적 장치로서의 탄
식 어구를, 사뇌격은 사뇌가의 음악적 형식을 각각 지칭한다. 그런데
이것을 가악(歌樂)의 시발이라 했다. 이 경우 가악이란 일정한 곡조와

악기의 연주를 수반하는 창작음악을 일컫는다. 말하자면 〈두솔가〉는 역사상 처음으로 등장한 본격 창작음악인 것이다. 앞의 인용문에서 신 열악과 병기되었던 회악은 회소곡(會蘇曲)이며[27] 유리왕 9년(32년)에 지어진 노래로서 5년에 지어진 〈두솔가〉보다 대략 4, 5년 이후에 지어진 작품이다.[28] 흥미로운 것은 '회소회소(會蘇會蘇)'라는 소리가 탄식하는 말[起舞嘆曰]이었다는 설명이다. 다시 말하여 여기서 언급된 탄사(嘆辭)는 〈두솔가〉의 설명에서 언급된 바 있는 '유차사사뇌격(有嗟辭詞腦格)'의 '차사(嗟辭)'와 동일한 의미를 지니고 있었으리라 추정된다. 그렇다면 '회소(會蘇)'는 '아소' 쯤으로 읽힐 수 있는 우리말의 차자 표기였을 가능성이 크고, 따라서 '아소'는 '아야(阿耶), 아아야(阿邪也)' 등 향가의 감탄어와 같은 말이었을 것이다. 후세 사람들이 그 소리[會蘇]로 인하여 노래를 지었다면 그 노래가 향가 이외의 다른 장르가 될 수는 없었으리라 본다. 다시 말하여 〈두솔가〉에서 시작된 사뇌격의 노래는 〈회소곡〉을 거쳐 그 후의 다양한 노래들로 확대되어 나갔음을 여기서 추정할 수 있다고 본다.

그렇다면 〈두솔가〉 이전의 노래들은 어떠했을까. 여기서 구별해야 하는 것이 창작음악과 자연발생적 음악이다. 전자는 특정한 의도와 예술미를 전제로 하여 개인이 만든 것이고 후자는 생활현장의 필요에 의해 즉흥적으로 만들어진 원시적 종합예술로서의 집단가무를 지칭한다. 즉 〈두솔가〉는 예술적 의도를 가지고 만든 최초의 노래로서 예술가

27) 양주동[『增訂 古歌研究』, 33쪽]과 송방송[『韓國音樂史研究』, 영남대학교 출판부, 1982, 271쪽의 각주 84)]의 견해 참조.
28) 『校勘 三國史記』, 12쪽의 "(…) 負者置酒食以謝勝者 於是歌舞百戱皆作 謂之嘉俳 是時 負家一女子 起舞嘆曰 會蘇會蘇 其音哀雅 後人因其聲而作歌 名會蘇曲" 참조.

요 장르인 향가의 출발점이었다는 것이다. 〈두솔가〉가 최초의 창작가
요였다면 그 이전의 노래들은 어떤 성격의 것들이었는지 살펴 볼 필요
가 있다. 중국 측의 옛 기록들29)에 등장하거나 언급되는 우리 노래들은
대부분 원시종합예술 차원의 것들이다. 그 가운데 한역으로나마 그 흔
적을 살펴 볼 수 있는 것이 현재 상고시가로 호칭되는 노래들이다. 말하
자면 원시부족국가시대의 시가로부터 〈공무도하가〉, 〈황조가〉, 〈구지
가〉30) 등에 이르는 기간을 하나의 시기로 끊을 수 있을 것이다.

　우선 〈공무도하가〉를 살펴보자. 다양한 해석들이 나왔으나 그 가운
데 백수광부 부부를 무격(巫覡)으로 본 김학성의 생각은 기발한 착상이
었다. 즉 그는 공후인 설화가 애초에는 백수광부의 비극적 사건을 다
룬 단순 설화에서 출발하여 진대(晉代)에 와서 〈공후인〉이라는 비가(悲
歌)의 창출을 알리는 설명 설화로 변이되었을 것으로 보고, 사건의 주
인공인 백수광부는 고대사회에서의 미숙련된 무부(巫夫)였을 것이고,
따라서 본 설화는 무부의 주능(呪能) 실패로 인한 비극적인 파멸담인
점으로 보아 샤먼의 능력이 현저히 약화된 것으로 인식되던 시기의
사회적 배경을 깔고 있는 것으로 추정했던 것이다.31) 필자 역시 그
견해에 흥미를 갖고 있으나, 설화 속에서 일어나고 있는 부부의 행위
를 실제로 연행된 굿 절차 속의 연기라고 보는 점에서 김학성과는 견해

29)『三國志』『魏書』「夫餘傳」,「高句麗傳」,「濊傳」,「韓傳」등의 기록 참조.『국역 中國正
　　史朝鮮傳』, 국사편찬위원회, 1986, 520~542쪽.
30) 이 노래가 실려 있는『삼국유사』의 해당기록에는 "후한(後漢) 광무제(光武帝) 18년[임
　　인(壬寅), 신라 유리왕 19년 서기 42년]"으로 되어 있다. 그러나 그 당시에 이 노래가
　　지어진 것은 아니다. 적어도 이 노래는 그보다 훨씬 전에 생겨난 것으로 보아야 한다.
　　주몽의 〈백록가(白鹿歌)〉와 연관시켜보더라도 그 점은 분명해지리라 본다.
31) 김학성,『한국고전시가의 연구』, 원광대학교 출판국, 1980, 297쪽.

를 달리한다. 즉 오구굿이나 수망(水亡)굿에서 볼 수 있는 초망자굿의
한 절차로 파악하는 것이 타당하리라는 말이다. 무당 부부는 물에 빠
져 죽은 백수광부와 그의 처로 분(扮)하여 지나간 상황을 재연하고 있
는 것이다.

설화 속에서 백수광부의 가면을 쓴 박수가 술병을 끼고 있는 것은
음주·가무로 엑스터시 상황을 유발시키는 샤먼의 전통적 수법이다.
한 남편이 술에 취하여 물에 빠져 죽었고, 남편의 죽음으로 인해 삶의
목표를 상실한 아내 역시 죽음을 선택하였으며 그녀는 죽기 직전 '넋두
리'를 한 바탕 벌인 실제 상황이 있을 수 있다. 당연히 그 사실은 동네
사람들을 감동시켰고, 그에 따라 그들은 합동으로 두 사람의 혼을 위
로하고 천도하는 굿을 해주게 되었는지도 모른다. 이 굿을 청탁받은
무당 부부는 두 사람의 행위를 연기하면서 그들의 불행을 위로하고
혼을 건져주는 굿을 치른 것이다. 지근(至近)에 있던 곽리자고가 단순
히 방관자적인 구경꾼으로 일관한 것도 이 상황이 실제가 아닌 연기였
음을 입증한다.

지노귀굿 절차 가운데 망인의 영혼을 청해서 '뒷영실'이라 하며 망인
의 영혼이 무(巫)에게 실려 푸념하는 '넋청배(請拜)'가 있다.[32] 이 설화
에 반영된 것은 바로 그 넋청배의 한 장면일 수 있다. 곽리자고는 그
무당의 애절한 넋두리를 아내 여옥에게 전달하였으며, 여옥 또한 노래
로 편곡하여 이웃 여인들에게 전하게 되었다. 물론 무대는 실제 상황
이 발생한 바로 그곳이다. 따라서 이 스토리는 무당부부에 의해 모방
된 원래의 부부가 모두 물에 빠져 죽음으로써 마무리된다. 곽리자고는

---

32) 고려대 민족문화연구소, 『韓國民俗大觀 3: 民間信仰·宗教』, 고려대 민족문화연구소
출판부, 1982, 259쪽.

관객 중의 한 사람이자 그 넋두리의 전달자였고, 여옥은 개작 및 편곡자였다.

이처럼 무당이 물에 빠지기 전 무대에서 재연한 것은 슬피 우는 장면이었다. 곡(哭)은 소리와 사설이 합쳐진 형태다. 그 가운데 사설이 바로 넋두리다. 〈공무도하가〉는 원초적 발화인 넋두리가 예술적으로 형상화된 형태다. 넋두리는 넋을 돌리는 발화 행위 즉 환혼(還魂) 혹은 초혼(招魂)이다. 외국인이었던 최표(崔豹)에게는 자연발생적인 넋두리가 일종의 예술로 다가왔을 가능성이 있다. 여옥에 의해 만들어진 악곡 '공후인'은 중국 쪽에 전해져 금조(琴操)로 정착되었고 우리 쪽 문헌들에도 많이 인용된 바 있다.33) 결국 〈공무도하가〉는 제의의 현장으로부터 나타난 자연발생적 가요였던 셈이다.

제의의 현장에서 쓰였거나 자연 발생적 성격을 지녔다는 점에서 〈구지가〉나 〈황조가〉도 마찬가지다. 〈구지가〉는 「가락국기」의 문맥 속에 삽입되어 있다. 「가락국기」는 가야의 역사이면서 건국신화다. 수로는 가락 최초의 군장이 아니라 가락이 소위 6가야의 맹주국으로 두각을 나타내기 시작했을 때의 군장[중시조(中始祖)]이며, 부족국가의 출발이 「가락국기」에는 '후한 건무 18년'이라고 되어 있으나 이것은 믿기 어려운 전설적 연대로서 수로와 6가야의 연맹 결성은 서기 200년대인 제3세기에 해당한다는 견해34)와 수로는 세습권이 인정된 최초의 왕이었다는 견해35) 등이 기존 사학계에서 제기된 바 있다. 그러나 「가락국기」 문맥

33) 『古今注』(崔豹), 『琴操』(蔡邕), 『琴操』(孔衍), 『樂府詩集』(郭茂倩) 등의 중국 문헌들과 『五山說林草藁』(車天輅), 『二十一都懷古詩』(柳得恭), 『芝峰類說』(李睟光), 『燕巖集』(朴趾源) 등의 조선조 문헌에 실려 있다.
34) 이병도, 『한국고대사연구』, 박영사, 1985, 309쪽.
35) 윤석효, 「伽倻의 文化 硏究」, 『민족사상』 1, 한성대학 민족사상연구소, 1983, 170~172쪽

의 이면을 살필 경우 가야 건국의 주체가 수로왕이고, 그가 유이민(流移民)의 신분으로 그곳에 들어왔다는 사실이 암시되어 있다.

천강(天降)한 알로부터 태어났다는 은유는 수로가 외래인이었다는 점을 분명히 드러낸다. 그 점은 실지(實地) 답사로 「가락국기」의 사실성을 입증한 이종기에 의해서도 밝혀진 바 있다.[36] 특히 그는 두 마리의 신어상(神魚像)과 활을 중심으로 허왕후의 출자(出自)를 추적, 기록대로 갠지스강 유역의 아요디아 왕국을 찾아냈다.[37] 수로왕이 허황옥의 도착을 기다리고 있었다는 「가락국기」의 기록은 그들이 모두 외래인이었을 가능성을 시사한다. 수로는 김해지방의 철산을 지배하던 단야왕(鍛冶王)[38]이자 복화술(腹話術)로 무리들을 최면의 상태로 유인하던 무격적 존재[39]였을 수도 있다는 점을 전제로 한다면, 그러한 조건들은 모두 그가 그 지방의 지배자로 공인될만한 최소한의 징표들이었음을 의미한다.

수로왕의 출신에 관하여 "소호금천씨(少昊金天氏)의 후예인데 동한(東漢) 광무제(光武帝) 건무(建武) 18년에 처음으로 나라를 세우고 호를 임금이라 하였다"는 허목의 설명[40], '황제헌원씨(黃帝軒轅氏) → 소호금천씨'

참조.

36) 『가락국탐사』, 일지사, 1977, 32~38쪽.
37) 최근 김병모도 같은 취지의 조사결과를 발표하였다. 그러나 김병모의 조사에 의하면 아요디아의 지배계급이 쿠샨세력에 밀려 운남지방 대리국(大理國)을 중심으로 한 중국의 서남 지방으로 옮겨 간 것으로 보았다. 즉 서기 32년에 태어난 허황옥의 6~7대 선조들이 서기전 165년쯤 아요디아를 떠나 그곳에 정착했다는 것이다. 그들은 쌍어신앙의 집단이었다고 한다.[『김수로왕비 허황옥─쌍어의 비밀』, 조선일보사 편집국, 1994 참조.]
38) 윤석효, 「伽倻의 文化 硏究」, 170~172쪽.
39) 이종기, 『가락국탐사』, 32~38쪽.
40) 「許氏先墓碑文石誌」, 『국역 미수기언 II』, 민족문화추진회, 1984, 112쪽.

를 수로의 선계로 잡고, 수로의 12대손인 서현(舒玄)과 만명(萬明)부인 사이에서 김유신(金庾信)이 나왔다는 주장[41] 등은 「가락국기」나 〈구지가〉의 해명에 대하여 의미심장한 측면을 지니고 있다. 문정창도 수로가 소호금천씨의 후예임을 문헌적·고고학적 탐색에 의해 밝힌 바 있다. 즉 수로를 포함하여 6가야의 건설자로 「가락국기」에 나타난 육란(六卵)은 전한(前漢)을 찬탈하여 17년 사직의 신제국(新帝國)을 건설했던 왕망(王莽)의 족당이었을 것이라 한다. 소호금천씨의 후예인 휴도왕의 아들 김일제(金日磾)의 증손자 왕망이 후한의 국조 유수(劉秀)에게 패한 것이 신라 유리왕 2년[서기 25년]이었는데 망의 족당 6인이 김해에 도착한 것은 그로부터 17년이 지난 유리왕 19년[서기 42년]이었다 한다.[42]

「가락국기」에 나타난 수로의 등장 부분은 등극제의에 관련된 극 행위[dromena]다. 기존 지배세력과 백성들 모두의 추대 형식을 빌어 즉위했다는 것은, 그것이 비록 후대에 이루어진 행사나 그에 관한 기록이라 할지라도, 왕권을 장악한 수로족의 현실인식을 극명히 드러낸다. 〈구지가〉는 이 지방 민중들 사이에서 불리던 집단가요였으며 「가락국기」가 형성되기 이전부터 이 지방에서 행해지던 영신굿 무가 중의 하나다. 즉 천신인 수로가 지령(地靈)인 신귀(神龜)를 기다려 강림하는 신화의 유형에 꼭 들어맞는다는 것이다.[43]

일정한 장소에서 백성들이 함께 어울려 신을 맞고 춤추며 놀았다는 것은 그 곳이 그들의 욕구나 현실적 이해관계가 합일될 수 있는 공동의

---

41) 三品彰英, 「三國遺事 考證－駕洛國記(二)－」, 『朝鮮學報』 30, 天理大 朝鮮學科研究室, 1964, 117~118쪽 참조.
42) 文定昌, 『加耶史』, 백문당, 1978, 17~18쪽.
43) 소재영, 「駕洛國記 說話攷」, 『語文論集』 10, 고려대 국어국문학연구회, 1967, 140쪽.

장이었음을 의미한다. 그런 상황을 통찰할만한 현실인식이나 예지 및 경험을 지니고 있었던 수로족으로서는 자신들의 집권을 정당화시킬만 한 합리적 근거를 모색하는 일이 시급한 과제였고 그 결과 이러한 전통 적 집단행사와 자신들의 집권의지를 접맥시키는 방법을 택하게 되었 던 것이다.

〈구지가〉는 수로가 왕으로 등극하기 위한 통과제의의 한 제차(祭次) 로 불린 노래다. 그것은 오래전부터 행해지던 집단행사 중의 한 단계 였으며 가락국기 초반에 삽입됨으로써 수로족의 등장 자체를 신성화· 신비화시키는 데 결정적인 역할을 하였다. 〈구지가〉는 오래전부터 불 려오던 노래였지만, 그러한 구조의 노래들은 이미 그 이전에도 그 이 후에도 있었다. 〈구지가〉를 중심으로 할 경우 이전의 노래로서 〈백록 가(白鹿歌)〉를, 이후의 노래로서 〈해가(海歌)〉와 〈석척가(蜥蜴歌)〉 등을 들 수 있다. 송양왕(松讓王)과의 투쟁 과정에서 주몽이 승리하는 계기 로 나타나는 것이 바로 〈백록가〉[44]이며 〈해가〉[45] 및 〈석척가〉[46]도 주술제의에서 불려진 의식의 노래들이다. 이 노래들의 주술대상은 하 늘이며 주술매체는 각각 사슴, 거북, 도마뱀 등이다. 따라서 이들 노래 에 등장하는 주술매체와 밀접한 관계를 맺는 경제 형태는 수렵 혹은 반농반어라고 할 수 있다. 그렇기 때문에 이런 성격의 노래들은 〈두솔 가〉를 필두로 사뇌가 장르가 자리 잡으면서 가요계의 주류로부터 밀려 나 그 명맥만을 겨우 유지하게 되었던 것이다.

---

44) 「東國李相國全集」 卷三·古律詩, 東明王篇 幷序, 『韓國文集叢刊 1』, 민족문화추진회, 1990, 318쪽의 "天若不雨而漂沒沸流王都者/我固不汝放矣/欲免斯難/汝能訴天" 참조.
45) 「校勘 三國遺事」, 121쪽.
46) 李能和, 『朝鮮巫俗考』, 永信아카데미 韓國學硏究所 영인, 1977, 21쪽의 "蜥蜴蜥蜴/興 雲吐霧/俾雨滂沱/放汝歸去" 참조.

상고시대의 노래들은 민간에서 자연적으로 발생되었거나 굿을 비롯한 의식에서 제차의 하나로 쓰이던 것들이었다. 따라서 이들 노래로부터 표출되는 서정성은 주술적 시의식과 밀접한 상관성을 갖고 있었음을 알 수 있다. 이들 노래에서 사뇌가로 넘어간 것은 집단정서에서 개인정서로의 전환과 등가 관계를 나타낸다. 이와 같이 '부르고 듣는 문학'[47]이 대체문자를 통하여 기록문학으로 합류된 시발점이자 개인적 정서 중심의 서정미학을 구현하는 단계로 진입하게 된 단서가 바로 〈두솔가〉이다. 첫 단계의 전환점을 이 노래로 보는 이유도 여기에 있다.

2) 제2전환점: 향가 → 훈민정음 창제와 속악가사의 기록문학화

고전시가의 두 번째 큰 전환점을 훈민정음 창제와, 그를 사용하여 고려속가들을 기록하게 된 시점으로 잡고자 한다. 다시 말하면 이것을 본격문자에 의한 전통노래의 기록문학화라고 볼 수 있다. 국어사의 측면에서는 훈민정음의 창제가 처음으로 전면적이요 정확한 국어 표기를 가능케 해 주었다는 점에서 의의가 있을 뿐, 언어 자체의 변화를 가져온 것은 아니라고 하지만[48] 시가문학의 측면에서는 그것이 본격문자의 등장과 사용이라는 측면에서 대체문자 사용시기로서의 사뇌가 시대와 다른, 새로운 시대의 개막을 알리는 단서로 간주될 수 있다고 본다. 훈민정음 창제로 새롭게 등장된 장르는 고려속가들을 포함한 기존의 우리말 노래들이다. 고려속가들은 그 명칭에서 명시되는 바와 같이 이미 고려시대 혹은 그 이전부터 불렸거나 존재했던 노래들이다.[49]

---

47) 이 용어의 개념은 조규익의 『가곡창사의 국문학적 본질』 참조.
48) 이기문, 『國語史槪說』, 탑출판사, 1983, 84쪽.
49) 박노준도 신라의 민요가 대체로 세 갈래의 양상[1. 향가에 흡수되었거나, 2. 궁중악으로

그리고 여러 가지 사례들로 미루어 볼 때 향찰이나 이두 혹은 구결(口訣) 등으로 대표되는 대체문자에 의해 기록되었을 가능성은 농후하다. 다음의 기록들은 그 점에 대한 방증으로 들 수 있는 것들이다.

> ① 속악은 그 말이 대부분 비리해서, 그 중 심한 것은 노래의 이름과 지은 뜻만을 기록하기로 한다.[『고려사』 권70, 1·악1]
> ② 고려의 속악은 여러 악보를 참고해서 실었다. 그 중에서 〈동동〉 및 〈서경〉이하의 24편은 다 이어를 쓰고 있다.[『고려사』 권71, 30·속악]
> ③ 〈동동〉이라는 놀이는 그 가사에 송축하는 말이 많이 들어 있는데, 대체로 선어(仙語)를 본뜬 것이다. 그러나 가사가 이어(俚語)라서 싣지 않는다.[『고려사』 권71, 32]
> ④ 신라 백제 고구려의 음악도 고려에서 모두 사용하고 그것을 악보에 편입했다. 그래서 여기에 붙여둔다. 가사는 다 이어다.[『고려사』 권71, 43]

『고려사』는 고려시대의 원 사료들을 바탕으로 찬술된 만큼 고려시대사로서는 비교적 완벽한 모습을 갖추고 있다. 따라서 고려왕조에 대한 조선왕조의 상대적 우위를 강조하기 위한 내용을 제외한 『고려사』의 나머지 부분들은 비교적 정확한 사료에 입각하여 기술되었으리라 짐작된다. 필자의 논리를 뒷받침한다고 보는 「악지」의 경우에도 이 원칙이 반영되었을 것은 의문의 여지가 없다. '대부분 비리하다'고 본 그 말이 구비 상태의 그것을 지칭했다기보다 우리말을 기록한 문헌이었을 것임은 이 책이 문헌사료를 바탕으로 했다는 점에서 분명해진다.

쓰이게 되었거나, 3.민간사회에 그대로 남겨진 상태에서 유지되었다]을 보인다고 하고, 상당수의 작품들이 신라 당시 이미 궁궐에 유입되어 왕실음악으로 사용되다가 고려의 궁중악으로 계승되었다고 하였다.[『高麗歌謠의 硏究』, 새문사, 1990, 8~9쪽.]

[①] 더구나 『고려사』의 편찬자들이 악공이 아닌 이상 구전되던 노래들을 기억하고 있었을 리 만무하기 때문이다. 따라서 당시 고려의 속악은 악보와 함께 가사까지 기록으로 남아 있었음은 이 기록으로도 뚜렷해진다.

또한 악보에 나온 〈동동〉 및 〈서경〉 이하 24편의 고려속악들은 모두 이어로 쓰여 있다고 하였다. [②] 이 경우 이어는 어떻게 기록되어 있었을까. 만약 그것들이 한역되어 있는 경우였다면, 그것을 가리켜 이어를 사용했다고 말할 수는 없었을 것이다. 이 노래들을 악보에 기록한 것은 고려시대의 일이니 대체문자를 사용하여 기록하는 것 외에 다른 방법이 있을 수 없었을 것인데, 그 대체문자란 바로 향찰이었을 가능성이 높다.

〈동동〉의 가사에 많이 들어 있는 송축의 말은 대체로 선어(仙語)를 본뜬 것으로 이어로 되어 있어 싣지 않는다고 하였다. [③] 이어란 우리의 구어를 말한다. 따라서 본격 문자가 등장하지 않았거나 아직 표기 방법이 체계화되지 않은 상태에서 대체문자를 사용하는 것은 불가피한 일이었다고 보아야 한다. 이런 점은 고려에서 신라·백제·고구려 등 삼국시대의 음악을 악보로 편입하여 사용했는데, 그 노랫말이 모두 이어였다는 사실에서도 입증된다.[④]

이들의 설명을 통하여 우리는 훈민정음 창제 이후 국문표기로 등장한 고려속가들이 원래는 대체문자로 기록되어 있었다는 확신을 가질 수 있다. 물론 그 대체문자는 향찰이었을 것이다. 왜냐하면 고려에서 이미 삼국시대의 노래들을 수용했었기 때문이다. 굳이 '삼국시대의 노래'라고 못박아 놓은 것은 이미 삼국시대에 기록으로 정착된 점을 강조하기 위해서였다. 삼국시대에 우리말 노래들을 기록했다면 그 기록수단은 향찰이 거의 전부였다고 보아야 한다. 고려 조정에서는 향찰로 정착되어 있던 삼국시대의 노래들을 수용하여 자신들의 속악으로 사용하는 한 편, 그런 기록수단을 동원하여 자신들의 노래를 기록하기도 하였다. 그러니 적어도 우리말 노래의 분야에서는 삼국시대에 이어 고려 일대를 대체문자 기록시기로 잡아야 할 것이다. 유일하게 작자가 뚜렷한 〈정과정〉의 경우 정무룡은 치밀한 역사적·실증적 고찰에 의해 의종 10년(1156) 4~8월 사이에 지어졌으리라고 추정하였다.[50] 그러나 이 노래가 문헌에 나타나는 것은 이제현(1287~1367)의 해시(解詩)[51]와 『대악후보(大樂後譜)』[52], 『악학궤범(樂學軌範)』 등이다. 『대악후보』는 세조조의 음악을 반영한 책[53]이고, 『악학궤범』은 성종 24년(1493) 성현(成俔) 등에 의해 편찬된 책이다. 이 노래는 『고려사 악지』에 유래와 함께 한역으로 남겨졌으며, 조선조에 넘어와서는 훈민정음 창제 이후 비로소 본격문자인 국문으로 기록될 수 있었다. 따라서 의심의 여지없이 이 노래 또한 당대에는 대체문자로 표기되어 있었을 것이다.

〈정과정〉이 창작된 1156년으로부터 이제현의 생존기간까지는 130여년, 세조 재위기간(1455~1468)까지는 무려 300여년이나 떨어져 있다. 그런데 이 노래 바로 전인 1120년(예종 15년)에는 사뇌가인 〈도이장가(悼二將歌)〉가, 이보다 약 1세기 전에는 현종 이하 12 신하의 〈경찬시뇌가(慶讚詩腦歌)〉[54]가 각각 출현한 바 있다. 그리고 〈경찬시뇌가〉로부터

---

50) 정무룡, 『鄭瓜亭 硏究』, 신지서원, 1996, 231~240쪽.
51) 「益齋亂藁」 卷四, 小樂府, 『韓國文集叢刊 2』, 민족문화추진회, 1990, 537쪽.
52) 『大樂後譜』 권 5 「時用鄕樂譜」, 國立國樂院傳統藝術振興會, 1989, 141~159쪽.
    이 책에 이 노래의 악보와 가사가 〈眞勺一〉, 〈眞勺二〉, 〈眞勺三〉으로 실려 있다.
53) 장사훈, 「大樂後譜解題」, 『大樂後譜』, 5쪽.
54) 「高麗國靈鷲山大慈恩玄化寺碑陰記」, 『한국고대가요』, 새문사, 1986, 168쪽의 "盖詩所

대략 1세기 전에 균여의 〈보현시원가〉가 창작되었다. 그런데 〈경찬시뇌가〉의 창작 경위를 설명하는 「비음기(碑陰記)」에 "방언으로 시를 짓는 풍속이 있었는데 비록 (한시와) 같지는 않지만 일을 찬양하고 뜻을 펴는 데는 이것(한시로 된)과 다름이 없다"(a)거나 "차탄해도 족하지 않으면 노래로 읊고, 노래로 읊어도 족하지 않으면 춤을 춘다"(b)는 요지의 「시 대서」를 인용, 노래의 자연발생적 당위성을 강조한 부분이 나온다. 이런 논리적 전제를 바탕으로 "임금이 향풍체가(鄕風體歌)를 지었고, 신하들에게도 〈경찬시뇌가(慶讚詩腦歌)〉를 짓도록 했다"(c)는 것이다.

이런 사실들은 고려에 들어와 한시가 융성하긴 했으나 그와 함께 우리말 노래의 창작이나 가창 역시 병행되고 있었음을 암시한다. 말하자면 삼국시대 이래 지속되어 오던 대체문자 기록의 조류가 이 시기까지 변함없이 이어지고 있었으며, 그런 경향은 창작시기가 비교적 뚜렷하게 추정되는 〈정과정〉에까지 이어지고 있었음을 드러낸다. 이제현이 〈정과정〉의 한 부분을 한역한 것은 지속되는 대체문자 기록의 조류를 인정하면서도 신장되던 한문학적 세력의 현실을 인정하여 악부라는 명분으로 반영한 결과인 듯 하다. (a)는 한시에 대한 우리말 노래의 독자성이나 우리말 노래가 한시에 비하여 손색이 없다는 점을 강조한 내용이다. 이 내용은 이미 앞 시기의 최행귀가 중국 글자로 된 시와 우리말로 된 가(歌)가 전혀 다른 것이지만, 문리(文理)에 있어서는 우열을 가릴 수 없을 만큼 서로 대등하며 양자가 함께 의해(義海)로 돌아가긴 마찬가지라는 점을 강조한 논조와 정확히 부합한다.[55]

云嗟歎之不足 故詠謌之 詠謌之不足 故舞之蹈之之義是也 聖上乃御製依鄕風體歌 遂宣許臣下獻慶讚詩腦歌者 亦有十一人 并合板寫釘于法堂之外" 참조.

55) 『大華嚴首座圓通兩重大師均如傳』 第八 譯歌現德分者, 『校勘 三國遺事』, 489쪽의 "然

(b)는 (a)의 논리를 보충하기 위해 「시 대서」를 인용한 부분이다. 이 글에서는 원래의 글 가운데 있던 "在心爲志 發言爲詩 情動於中而形於言 言之不足 故嗟歎之"를 생략하였다. 즉, '정이 마음속에서 움직이면 말에 나타나는데 그 마음 속의 생각[志]을 말로 나타낸 결과가 시라는 것'이다. 시로부터 두 단계 나아간 지점에 노래가 위치함을 드러낸 것이「시 대서」의 본뜻이다. 물론 시와 노래 사이의 상대적 우열을 가리자는 것이 이 글의 뜻은 아니나 시와 노래의 근원을 따져 변별하고자 하는 의도만은 분명 드러나 있는 듯 하다. 이런 논리적 바탕 위에서 (c)가 이루어진 것이다. 임금이 향풍체가(鄕風體歌)에 의거하여 노래를 지었고, 신하들로 하여금 〈경찬시뇌가〉를 짓도록 했기 때문에 〈경찬시뇌가〉 역시 향풍체가의 구조와 체제를 갖추고 있었을 것임은 물론이다. 향풍체가는 대체문자로 기록된 넓은 범위의 노래양식을 지칭하는데 비해, 〈경찬시뇌가〉는 그 범주 안의 특정한 형식을 말한다고 보아야 한다. 다시 말하면 사뇌가를 포함한 넓은 범주의 노래들을 포괄적으로 지칭한 것이 향풍체가라는 용어이며, 그 가운데 〈경찬시뇌가〉는 부처를 경찬하는 사뇌가로 범위를 좁힌 용어라 할 수 있다.56)

그런데 향가집인『삼대목(三代目)』이 진성왕 2년(888년)에 편찬되었다. 〈보현시원가〉는『삼대목』의 편찬으로부터 대략 50여 년, 〈경찬시뇌가〉는 〈보현시원가〉로부터 대략 70여 년, 〈도이장가〉는 〈경찬시뇌가〉로부터 대략 90여 년 뒤에 나온 작품이다. 그리고 〈정과정〉은 〈도

而詩構唐辭 磨琢於五言七字 歌排鄕語 切磋於三句六名 論聲則隔若參星 東西易辨 據理則敵如矛楯 强弱難分 雖云對衒詞鋒 足認同歸義海 各得其所 于何不臧" 참조.
56) 명칭으로 미루어 내용이나 형태상 〈보현시원가〉와 밀접한 관련을 맺는 노래라고 보나 본서에서는 상론하지 않는다.

이장가〉로부터 대략 30여 년 후에 지어진 것이다. 따라서 『삼대목』의 편찬으로부터 〈정과정〉 창작까지는 260여 년의 기간이 흐른 것으로 볼 수 있다.[57] 『삼대목』 편찬까지가 향가문학의 전성기이고 그 이후를 쇠퇴기라 할지라도, 연대 추정이 가능한 향가 작품들 사이의 시간적 간격이나 전체 향가 시대의 지속을 감안할 때 적어도 〈정과정〉을 비롯한 고려속가들의 1차적 텍스트가 이루어진 시기까지는 대체문자 기록 시대로 보아야 할 것이다. 그러나 문제는 대체문자로 기록되었을 1차 텍스트들을 현재 우리의 눈으로 확인할 수 없다는 점에 있다.

　기록되는 문자가 다를 경우 내용이나 형태상의 변개가 일어날 것은 당연하다. 대체문자로 된 텍스트를 본격문자로 바꿀 경우, 우리는 이 양자를 같은 텍스트로 볼 수 없다. 상당수의 연구자들은 대부분의 고려속가들을 민간가요들이 궁중악으로 수용되면서 이루어진 노래들로 보고 있다. 그렇다면 고려 당대에는 대체문자로 기록된 것이 텍스트이고, 그 소원(遡源)으로서의 민간가요들은 원텍스트라고 할 수 있을 것이다. 조선시대에 들어오면 본격문자인 훈민정음으로 기록된 것이 텍스트이고, 대체문자로 기록된 것들은 원텍스트의 범주에 속한다. 원텍스트가 분명히 존재하긴 했을 것이나 그것의 실체를 알 수 없는 이상, 그것을 쉽사리 재구할 수 없다. 따라서 그것을 잠재적 텍스트로, 본격문자에 의하여 기록된 현존의 텍스트들을 현상적 텍스트로 각각 명명하는 것이 타당할 것이다.

　그렇다면 본격문자 기록시대의 개막을 어디로 잡을 것이며, 그에

---

57) 필자의 견해와 같이 〈두솔가〉로부터 사뇌가 장르가 출발된다고 가정한다면, 『삼대목』 편찬까지는 860년의 간격이, 〈서동요〉로부터 친다 해도 300여년의 간격이 각각 생기게 된다.

관하여 문학사적으로 어떤 의미를 두어야 할 것인가. 시가문학사상 국문으로 기록된 최초의 텍스트는 고려속가다. 대체문자로 이루어진 잠재적 텍스트의 존재를 인정한다 해도 본격문자인 국문의 고려속가들은 시가사상 처음 출현했다고 보아야 한다. 이 국문시가들의 출현을 계기로 새로운 장르들 또한 속속 등장하게 된 것이다. 그리고 고려속가들은 조선초기 상당기간 동안 정재라는 궁중 공연예술의 창사로 가창되거나 연주되었다. 왕조의 교체가 곧바로 예술장르의 교체를 의미하지 않는다는 점을 감안한다면, 이런 현상은 지극히 자연스러운 모습이기도 하였다.

〈진작(眞勺)〉·〈이상곡(履霜曲)〉·〈만전춘(滿殿春)〉·〈서경별곡(西京別曲)〉·〈한림별곡(翰林別曲)〉·〈쌍화점(雙花店)〉·〈북전(北殿)〉·〈동동(動動)〉 등은 『대악후보』에 실린 향악곡들58) 가운데 들어있는 고려 노래들이다. 특히 지금까지 경기체가(景幾體歌)라는 별개의 장르로 간주되어 오던 〈한림별곡〉이 적어도 음악으로는 여타의 고려노래들과 함께 속악의 범주에서 함께 불려왔다는 점을 이 시기 문헌들을 통하여 확인할 수 있다.

이와 같이 훈민정음의 창제와 고려속가들의 기록을 시가사의 두 번째 전환점으로 보고자 한다.

---

58) 이외의 노래들로 〈속악환구악(俗樂圜丘樂)〉·〈창수곡(創守曲)〉·〈시용보태평(時用保太平)〉·〈시용정대업(時用定大業)〉·〈유황곡(維皇曲)〉·〈정동방곡(靖東方曲)〉·〈시용향악치화평(時用鄉樂致和平)〉·〈취풍형(醉豊亨)〉·〈봉황음(鳳凰吟)〉·〈납씨가(納氏歌)〉·〈횡살문(橫殺門)〉·〈감군은(感君恩)〉·〈만대엽(慢大葉)〉·〈보허자(步虛子)〉·〈영산회상(靈山會相)〉·〈자하동(紫霞洞)〉 등을 들 수 있다.

3) 제3전환: 고려속악가사 → 대엽(大葉)의 출현과 성행

고려속가들이 본격문자인 훈민정음으로 다시 기록되면서 우리의 시가는 새로운 전환기를 맞았다. 말과 글자가 실질적으로 부합되었다는 점, 그로 인하여 시가의 창작과 수용이 원활해졌으며 새로운 장르의 창출에도 크게 기여할 수 있었다는 점 등을 감안하면 기록수단의 변화야말로 시가사상 큰 전환점으로 간주되어야 할 것이다. 즉 말과 부합하는 문자에 의해 기록됨으로써 현존 시가형태에 대한 인식을 심화시킨 것은 물론 내용이나 형태의 변이를 통하여 새로운 장르의 안출에도 큰 기여를 할 수 있었다는 것이다. 그 가운데 주목할 만한 변화는 〈과정삼기곡(瓜亭三機曲)〉, 즉 고려속악 〈정과정〉으로부터 대엽이 파생되었다는 점이다. 양덕수(梁德壽)는 당시 사용되고 있던 대엽의 만·중·삭이 모두 〈과정삼기곡〉 가운데서 나왔다고 하였다.[59] 그렇다면 〈과정삼기곡〉 즉 〈삼진작〉의 '진작'은 언제부터 존재하였을까. 고려 충혜왕이 음란한 소리를 좋아하여 대궐 후전(後殿)에서 신성음사(新聲淫詞)를 즐겼는데, 이것을 〈후전진작(後殿眞勺)〉이라 한다 했다. 그리고 이런 진작에는 만(慢)·평(平)·삭조(數調)가 있다고 했다.[60] 그렇다면 진작은 이미 12세기 이전부터 사용되고 있었으며, 그 후 고려 일대(一代)는 물론 조선조에 들어와서도 여전히 성행되고 있었음을 알 수 있다.

충혜왕[재위 1330~1332, 1339~1344] 년간은 〈정과정〉으로부터 대략 180여 년이 경과한 시기이며 충렬왕[재위 1274~1308] 때 김원상 등이 신조를 지어 바친 것은 〈정과정〉으로부터 대략 110여년이 지난 시점이다. 따라

---

59) 「梁琴新譜」, 玄琴鄕部, 『韓國音樂學資料叢書 14』, 국립국악원전통음악진흥회, 1989, 77쪽의 "時用大葉慢中數 皆出於瓜亭三機曲中" 참조.

60) 세종 원년 정월 1일.

서 김원상의 신조는 진작으로부터 파생된 곡조였을 가능성이 크다. 말하자면 진작이 원래의 모습 그대로이거나 약간 변한 상태에서 충혜왕대의 〈후전진작〉이 나오게 된 한 갈래와, 그것으로부터 파생된 또 하나의 갈래가 공존하면서 노래문화를 유지시켜 왔을지 모른다는 추정이 가능하게 된다. 이 경우 파생된 곡이 바로 〈만대엽〉이었을 공산이 크다. 『금합자보(琴合字譜)』[1572년, 선조 5년 안상(安瑺) 편찬]에는 〈정석가〉·〈한림별곡〉·〈사모곡〉·〈감군은〉·〈여민락〉·〈보허자〉 등과 함께 평조만대엽이 실려 있다. 흥미로운 점은 독립된 노래 곡목으로서의 만대엽이 고려속가들과 함께 실려 있다는 점이다. 이런 사실은 앞 시대의 어느 시점부터인가 기존의 노래들과, 새로이 파생된 〈만대엽〉이 공존해왔다는 점을 드러내는 것이나 아닐까. 그렇다면 김원상의 이른바 신조가 〈만대엽〉을 지칭할 가능성은 꽤 크다고 보아야 할 것이다. 왜냐하면 진작에 익숙했던 충렬왕의 입장에서는 〈만대엽〉이 아주 새로운 노래로 생각되었을 것이기 때문이다. 그런데 광해군 12년(1620)의 『현금동문류기(玄琴東文類記)』에 〈만대엽〉이나 〈북전〉을 비롯한 당대 노래들의 성향을 엿볼 수 있게 하는 내용의 서찰이 한 건 실려 있다. 다음은 그 내용 중의 한 부분이다.

보내온 글에 이르기를, 선생이 만대엽을 현금으로 즐겨 뜯으시나 마침내 이 곡의 소리가 심이 만산하니 실로 정위의 난세지성이라고 하신 말씀을 신생이 얻어들었다 합니다. 아, 나는 음률을 알지 못하여 쉽게 말할 수 없으나 내 뜻에는 그렇지 않은가 합니다. 대저 금조에는 넷이 있는데 하나는 평조, 둘은 낙시, 셋은 계면, 넷은 우조로서 사계절이 만가지 변화를 돕는 것을 참조한 것입니다. 그 평조만대엽은 모든 악곡의 조종으로서 한가하고 자연스러우며 평담한데 만약 삼매경에 든 사람으로 하여금 이것을 연주하게 하면 봄 구름이 유유히 허공에 떠가는 듯 하고 훈풍이 질펀하게 들판을 쓰는 듯 하며 천 살 먹은 검은 용이 뇌하에서 읊조리는 듯 하고 반공에 뜬 생학이 소나무 사이에서 우는 듯합니다. 그러므로 이른바 그 삿되고 더러운 마음을 씻어내고 그 찌꺼기를 밝게 녹여내니 황홀하게도 당우삼대의 세상에 있는 듯합니다. 이것이 난세 망국의 소리와 아주 다르니 오히려 지금 이것을 비교하여 같은지 내가 감히 알 수 있는 바가 아닙니다. (…) 또 가로되 계미 이후 만조가 크게 유행하여 이에 세상이 어지러워졌다고 하나 또한 그렇지 않은 것 같습니다. 근년에 숭상하는 것은 만대엽이 아니라 다른 모양의 느린 곡조입니다. 느린 듯하나 느리지 않고 느린 가운데 음탕함이 있으며 조화로운 듯하나 조화롭지 못하고 조화 가운데 애상이 있습니다. 오르락내리락 서로 빙빙 돌아 변풍의 태깔이 많으니 지금의 북전 사조(斜調)가 이것입니다. 식자들은 옥수후정에 비하나, 알지 못하는 자들은 흔연히 즐겁게 말하기를, "지금의 음악이 옛날의 음악과 같지 아니한가?"라고 합니다. 이런 자가 비록 "정성의 어지러움을 싫어하고 정음을 좋아한다."고 말한들 이미 그러하니 문득 또한 (다른) 설명이 필요하겠습니까?[61]

인용문에는 평조만대엽과 북전의 곡태 및 공시적 위상, 평조만대엽

<hr>

[61] 「答鄭評事書」, 『玄琴東文類記 單: 韓國音樂學資料叢書 15』, 국립국악원 전통예술진흥회, 1989, 89~90쪽의 "來書曰 仍申生得聞 先生愛彈玄琴慢大葉 而遂以爲此曲音甚慢散 實是鄭衛亂世之聲云云 噫 予不解音律 固難容易說破 然於吾意則恐不然也 夫琴調有四 一曰平調 二曰樂時 三曰界面 四曰羽調 而叅四時贊萬化者也 其平調慢大葉者 諸曲之祖 而從容閑遠自然平淡 故若使入三昧者彈之 則油油乎若春雲之浮空 浩浩乎若薰風之拂野 人如千歲驪龍 吟於瀨下 半空笙鶴 唳於松間 則所謂蕩滌其邪濊 昭融其查滓而怳在於唐虞三代之天矣 此與亂世亡國之音 絶不相似 尙今乃比而同之非吾之所敢知也 (…) 又曰 癸未以後 慢調大行 仍致世亂者 亦恐未然也 近年所尙非慢大葉乃是別樣調也 似慢而不慢 慢中有淫 似和而不和 和中有傷 低昻回互多有變風之態 今之北殿斜調是也 識者以玉樹後庭爲比 而不知者欣欣然惟曰不足今之樂猶古之樂乎 若是者 雖曰惡鄭聲之亂 正音可也 夫旣然矣 而抑又有說焉" 참조.

과 북전 간의 관계 등에 관하여 비교적 중요한 언급이 나와 있다. 우선 이 글의 필자는 평조만대엽을 정위(鄭衛)의 음성(淫聲)과 같은 난세지성 으로 보는 잘못된 견해에 대하여 그것이 모든 악곡의 조종으로서 이상 적 미학을 갖춘 소리임을 강조하고 있다. 그리고 계미 이후 크게 유행 한 만조가 실은 만대엽이 아니고 북전 사조(斜調)라 하였다. 여기서 사 조란 바르지 못한 노래를 말한다. 즉 당대에는 만대엽과 북전을 혼동 하였다는 것인데, 그 이유는 북전이 완만하면서도 완만하지 않고, 완 만한 가운데 음탕함이 있으며 화기로운 듯하면서도 화기롭지 않고 화 기로운 가운데 애상(哀傷)이 있고, 저앙회호(低昻回互)하여 변풍의 태깔 이 있다고 하였다. 여기서 만대엽은 '만(慢)·화(和)'를, 북전은 '불만(不 慢)·만중유음(慢中有淫)·화중유상(和中有傷)·저앙회호(低昻回互)' 등을 각각 특징으로 한다고 본 듯하다. 말하자면 글쓴이의 입장에서는 만대 엽을 이상적인 곡으로 보고 있으나, 북전은 만대엽 비슷하긴 하나 변 풍으로 본 것이다. 예의가 폐지되고, 나라의 정치가 달라지고, 집집마 다의 풍속이 달라짐에 따라 변풍과 변아가 출현하게 되었다고 한다.[62] 따라서 변풍은 당시에도 전래되어 만대엽과 혼동을 일으키던 북전을 지칭했으리라 추정된다. 그런데 『현금동문류기』(1620)보다 48년 전에 편찬된 『금합자보』에는 평(平)·우조(羽調) 북전과 평조 만대엽의 노랫 말이 실려 있다.

평조북전: 흐리누거괴어시든어누거좃니져어전츠뎐츠로벋니믜젼츠로 셜면좃가시론둧범그러셔노니져

----

62) 「詩 大序」, 『漢文大系 十二: 毛詩』, 富山房, 1973의 "至于王道衰 禮儀廢 政教失 國異政 家殊俗 而變風變雅作矣"참조.

　　우조북전: 空房을겻고릴동聖德을너표릴동乃終始終을모ᄅ옵건마ᄅ나
　　當시론괴실시좃줍노이다
　　평조만대엽: 오ᄂ리오ᄂ리나민일에오ᄂ리나졈므디도새디도오ᄂ리새
　　리나민일댱샹의오ᄂ리오쇼셔

　이 노래들의 공통점은 모두 남녀간의 사랑과 향락을 내용으로 하고
있다는 것이다. 물론 우조북전에 '성덕(聖德)'이란 용어가 쓰임으로써
이것들이 임금에 대한 송축의 노래임을 암시하고 있긴 하지만, 어쨌든
기본적인 발상은 이성간의 사랑이다. 그러나 평조북전에서는 남녀간의
성행위를 은유한 표현이라는 점에서, 우조북전에서는 '공방(空房)'을 모
두에 드러냄으로써 성적 모티프를 노골화시켰다는 점에서 평조만대엽
과는 차원을 달리 한다. 말하자면 평조로 불렸든 우조로 불렸든 북전은
고려 이래의 〈후전진작〉 그 자체이거나 그와 유사한 향락 위주의 노래였
을 가능성이 크다. 더구나 진작으로부터 만대엽이 파생되었다면 음곡상
양자는 얼마간 유사한 모습을 보여주었을 것이다. 따라서 향락적이고
음탕한 내용의 북전과, 비슷한 음곡의 만대엽이 유교적 경건주의를 표방
하던 조선조 선비들에게 혼동을 일으켰고, 그에 따라 만대엽은 북전과
함께 도맷금으로 매도되었을 가능성은 농후했다고 보아야 한다.
　『금합자보』(1572)에 만대엽과 북전의 악보가, 『양금신보』(1610)에 만
대엽과 중대엽의 악보가, 『현금동문류기』(1620)에 만대엽·중대엽·삭
대엽의 악보가 각각 실려 있다. 그 외에 『백운암금보(白雲庵琴譜)』[1610~
1681 사이 추정[63]]에는 중대엽이 1·2·3으로 확대되었고, 『신작금보(新作
琴譜)』[영조 이전으로 추정[64]]·『한금신보(韓琴新譜)』[경종 4년, 1724]·『신증

---

63) 이혜구의 추정, 『한국음악학자료총서 16』, 25쪽.

금보(新證琴譜)』[영조 경으로 추정65)]에 이르면 삼대엽 역시 1·2·3으로 확대된 모습을 보여줌으로써 조선조 노래장르는 만대엽의 단계를 완전히 지나 중대엽과 삼대엽의 단계로 들어와 있음을 알 수 있게 한다.66)

　말하자면 초기에 만대엽이라는 독자적인 곡이 진작으로부터 파생된 후, 고려속가들과 공존하여 오다가 고려속가들이 세력을 잃는 과정에서 만대엽이 하나의 장르로 확대되었고, 그로부터 중대엽·삼대엽이 속속 파생된 것은 물론 삼대엽 또한 다양하게 확대됨으로써 조선조 노래 장르의 줄기인 가곡은 형성된 것이다. 따라서 〈과정삼기곡〉으로부터 〈만대엽〉이 파생된 시점을 시가사적 전환점의 하나로 꼽을 수 있으리라 본다.

4) 제4전환: 대엽의 성행·다양한 장르의 파생 → 가집의 편찬과 만횡청류의 부상

　영조[재위 1725~1775] 년간에 편찬된 것으로 추정되는『신증금보』67)를 통하여 1·2·3으로 확대된 삼대엽의 모습을 앞에서 살펴보았다. 이것은 적어도 영조 이전 시기에 이 노래들이 등장하여 가창되고 있었다는 점을 말해주는 사실이기도 하다. 물론 이런 현상은 영조 이전에 구체적으로 나타나기 시작했다고 보는 편이 타당할 것이다. 영조 이전의 시기에 해당하는 숙종[재위 1675~1720] 연간은 김동욱이 이미 추정한

64) 장사훈의 추정.『한국음악학자료총서 16』, 23쪽.
65) 이동복의 추정.『한국음악학자료총서 18』, 11쪽.
66) 이들 악보보다 거의 한 세기 전인 1610년에 편찬된『양금신보』에는 삼대엽이 춤에 사용되었다는 사실이 기록되어 있음.[『한국음악학자료총서 14』, 87쪽의 "數大葉與民樂步虛子靈山會相等曲 用於舞蹈之節 非學琴之先務 姑闕之" 참조.]
67) 이동복의 추정.『한국음악학자료총서 18』, 11쪽.

바와 같이 병자호란 이후 일기 시작한 민족문학의 재인식이나 연문학
(軟文學)의 발흥, 향락사상의 만연 등은 평민 가객 그룹에서 새로운 풍
의 노래가 다량 등장할 수 있는 기반이 되었다고 할 수 있다.[68] 삭대엽
까지의 노랫말을 단형의 정격으로 본다면, 그 이후 파생되어 단형과
병행된 장르들의 노랫말은 비교적 파격적 요소를 많이 지녔다고 할
수 있는데, 이 점은 우리 시가사상 중요한 변화라고 할 수 있다. 이
시기에 일어난 시가장르의 변화는 주요 가집으로부터 추정할 수 있다.

　규모로 보아 최대이며, 조선조 가곡의 집대성이라 할 수 있는 『가곡
원류』가 고종 13년(1876년)에 편찬되었는데, 이 책에는 당시까지 출현
한 모든 곡조들이 망라되어 있다. 그런데 아이러닉하게도 이 책의 출
현과 함께 전통 노래장르인 가곡은 쇠퇴하고, 같은 시기에 출현한 시
조가 그 뒤를 잇는 한편 새로운 문학의 물결이 닥쳐 온 것이다. 특히
새롭게 출현한 시조 역시 『가곡원류』의 각 이본에 등장하는 가곡과
같이 장르적으로 확대되었으며 그 명칭 또한 이 책에 등장하는 가곡의
명칭들과 정확히 대응되는 양상을 보여주고 있다. 예컨대 평거(平擧)는
평시조, 중거(中擧)는 중허리시조, 두거(頭擧)는 지름시조, 엇락(旕樂)·
엇롱(旕弄)은 사설지름시조, 엇편(旕編)은 수잡가(首雜歌), 편삭대엽(編
數大葉)은 휘모리잡가 등으로 대응되는 모습을 확인할 수 있다는 것이
다. 그렇다면 이 시기의 가집에 나타나는 변화를 구체적으로 살펴볼
필요가 있을 것이다.

　우선 영조 4년(1728)에 편찬된 『청구영언』을 살펴보자. 학계에서 원
본으로 추정하는 『진본청구영언』에는 만대엽이 사라지고, 중대엽(초·

---

68) 김동욱, 「辭說時調 發生考」, 『국어국문학』 1, 국어국문학회, 1952, 9쪽.

2·3)과 이삭대엽·삼삭대엽, 만횡청류까지 나와 있다. 『청구영언』에 수록된 내용들은 편찬 당시보다 훨씬 전 시기부터 형성되어 내려오던 음악적 사실을 반영한 것으로 보아야 할 것이다. 따라서 대체로 이 책에 수록된 음악적 사실의 확정 시기를 숙종조 혹은 그보다 훨씬 이전의 시기69)로 잡을 수 있다. 특히 만횡청류의 '만횡'은 첫머리(초장)는 곧은 목을 쓰는 삼삭대엽으로 부르고 2장 이하는 흥청거리는 농조로 부르는 창법이라 한다.70) 이러한 만횡과 함께 '농·락·편'을 두루 포괄하는 노래의 부류라는 의미가 들어 있는 만횡청류는 '방탕한 성격의 가사를 치렁치렁 늘어지는 곡조로 부르는 노래의 부류'로 정의될 수 있다.71)

이처럼 『진본청구영언』 안의 각종 곡조 가운데 만횡청류에 가장 많은 노랫말[116수]이 실려 있다. 말하자면 가집으로서의 『청구영언』이나 당대 유행가 가운데 만횡청류가 가장 첫머리를 차지하는 대표적인 곡조였음을 알 수 있다. 그리고 이전 시기까지 출현했던 삼삭대엽과 농조의 노래들을 합성한 노래들이 만횡청류이므로, 『청구영언』이 편찬될 당시에 만횡청류는 최신의 노래였던 것이다. 그럴 경우 만횡청류의 유래가 오래 되었다는 김천택의 설명과 배치된다는 반론이 제기될 수도 있겠으나, 사실상 김천택이 언급한 대상은 노랫말에 국한되는 것으로 보아야 한다. 왜냐하면 『진본청구영언』 소재 만횡청류에 실려 있는 노랫말들과 이본인 『육당본청구영언』을 비교한 결과 후자의 만횡은 10작품 가운

---

69) 김천택은 만횡청류의 유래가 아주 오래 되어서 한꺼번에 폐기할 수가 없다고 하였다.[「蔓橫淸類序」, 황순구 편, 『時調資料叢書 1: 靑丘永言』, 한국시조학회, 1987의 "蔓橫淸類 辭語淫哇 意旨寒陋 不足爲法 然其流來也已久 不可以一時廢棄 故特顧于下方" 참조.]
70) 『한국음악학자료총서 5』, 90쪽의 "蔓橫 舌戰羣儒 變態風雲 俗稱檜弄者 與三數大葉同頭而爲弄也" 참조.
71) 조규익, 『우리의 옛 노래문학 蔓橫淸類』, 박이정, 1996, 26~27쪽 참조.

데 3작품이, 언롱 20작품 가운데 10작품이, 농 126작품 가운데 37작품이, 계면낙시조 36작품 가운데 7작품이, 우락시조 21작품 가운데 6작품이, 언락 42작품 가운데 19작품이, 편락 7작품 가운데 4작품이, 편삭대엽 37작품 가운데 15작품이 각각 전자와 일치되기 때문이다.[72]

이러한 통계는 만횡청류와 나머지 변격들 간의 일치도일 뿐만 아니라 변격 속의 각종 곡조들에 배당된 노랫말들 사이의 일치도이기도 하다. 이것은 적어도 노랫말에 관해서는 만횡청류가 만횡 혹은 언롱과 배타적인 관계를 맺고 있지는 않다는 것, '농·락·편' 등 변격의 곡조에 부대된 노랫말들과 비교적 고르게 일치되는 정도를 보이는 점으로 미루어 만횡청류는 이것들을 대체로 싸잡아 부르는 노래일 수 있다는 것, 그러다 보니 그것들은 대개 흥청거리는 분위기의 노래들로서 당대인들에게 가장 인기가 있던 레퍼토리이자 노랫말이었을 것이라는 점들을 보여주는 통계이기도 하다.[73] 『청구영언』의 편찬은 이 시기의 노래들을 집성한 것이면서 통시적 맥락에서는 중간 결산이 되기도 한다. 이 책의 편찬이 노래의 형태나 내용적 측면에서 더욱 중요하다고 생각되는 점은 만횡청류를 집대성해 놓았다는 사실이다. 따라서 사실상 만횡청류의 구체적인 기록화(記錄化)는 정격 일변도 혹은 변격 노래의 잠재적 상황이 정격·변격 병행이나 변격 노래의 표면화로 전환되는 계기를 마련하였다고 생각한다. 만횡청류의 집대성을 계기로 조선조 후대의 시가문학은 정격으로부터 급속하게 일탈되기 시작하였다.

---

72) 조규익, 『우리의 옛 노래문학 蔓橫淸類』, 19쪽. 노랫말의 일치도를 백분율로 나타내면 만횡은 30%, 언롱은 50%, 농은 29.4%, 계면낙시조는 19.4%, 우락시조는 28.6%, 언락은 45.2%, 편락은 57%, 편삭대엽은 40.5% 등이고, 전체 평균 일치율은 37.5%에 달한다.
73) 조규익, 『우리의 옛 노래문학 蔓橫淸類』, 20쪽.

만횡청류와 같은 선례에 힘입어 그와 유사한 노래들이 창작되거나 수
집되었으며, 잡가 등을 포함한 서민대중의 노래문학 또한 급속도로 증
폭되었기 때문이다.

그렇다면 만횡청류의 집대성이나 표면화를 통하여 국문노래에 구체
화된 특질은 무엇인가. 그리고 이것이 과연 전환점으로서의 의미를 가
질 수 있는가. 『진본청구영언』에 실려 있는 116수의 만횡청류와 마악노
초(磨嶽老樵)의 발문 등이 이러한 전환적 의미를 구체적으로 드러낸다.
물론 이것들만을 그 시대가 지니는 전환적 의미의 물증으로 들기에는
모자란다는 반론이 제기될 수도 있다. 그러나 『청구영언』이 출현하기
직전에 이미 노론 벌열층(閥閱層)의 일원인 김만중(金萬重, 1637~1692)과
김창협(金昌協, 1651~1708) 등이 우리 노래나 시문학에 대한 개혁적 견해
들을 피력하였고, 김천택·마악노초와 함께 그 직후에 박지원(朴趾源,
1737~1805)·홍대용(洪大容, 1731~1783) 등이 등장하여 새로운 견해들을
발표함으로써 문예사조 상의 변화를 구체적으로 드러냈던 것이다.

고전시가를 둘러싸고 이 시기에 등장한 전환적 관점의 핵심에 진(眞)
혹은 진기(眞機)의 개념이 들어있다. 「청구영언후발(靑丘永言後跋)」[74]에
서 마악노초는 노래의 본원적 조건으로 성정(性情)을 들고 있는데, 이
점으로만 보면 기존의 주자주의자들과 별반 다를 것이 없다. 그런데

---

74) 磨嶽老樵, 「靑丘永言 後跋」 『시조자료총서 1: 청구영언』의 "金天澤 一日 持靑丘永言一
編 以來視余 日 是編也 固多國朝先輩名公鉅人之作 而以其廣收也 委巷市井 淫哇之談
俚褻之設詞 亦往往而在 歌固小藝也 而又以累之 君子覽之 得無病諸 夫子以爲奚如 余曰
無傷也 孔子刪詩 不遺鄭衛 所以備善惡而存勸戒也 詩何必周南關雎 歌何必虞廷虞載 惟
不離乎性情 則幾矣 詩自風雅以降 日與古背馳 而漢魏以後 學詩者 徒馳騁事辭以爲博
藻績景物以爲工 甚至於較聲病鍊字句之法出 而情性隱矣 下逮吾東 其弊滋甚 獨有歌謠
一路 差近風人之遺旨 奉情而發緣 以俚語 吟諷之間 油然感人 至於里巷謳歈之音 腔調雖
不雅馴 凡其愉佚怨歎猖狂粗莽之情狀態色 各出於自然之眞機" 참조.

이것이 자연지진기(自然之眞機)와 결부되면서 주자주의자들의 생각과는 크게 어긋난다. 즉 기존의 주자주의자들이 성정지정(性情之正)을 강조한 반면, 마악노초는 결과적으로 성정지진(性情之眞)을 강조했기 때문이다. 그리고 그는 성정지진의 근원을 자연으로 보았다. 따라서 마악노초가 추구했던 문예의 궁극적 지향점은 '성정-진-자연'의 통합적 개념이었다. 인정에 곡진하고 사물의 이치를 널리 통하여 부드럽고 성실하며 돈후하여 그 요점은 '올바름'에 돌아가는 것이 바로 시의 본원75)이라는 생각은 성리학적 관점에서 당위의 문제이고, 사람에게 품부된 천명 즉 도심(道心)으로서의 성(性)[인·의·예·지]에 부합되는 개념이기도 하다. 즉 올바름으로 돌아간다는 것은 성정지정을 확보한다는 뜻이고, 그것은 당위의 세계로 귀착한다는 것을 의미한다.

이에 비해 성정지진은 단순히 성정지정의 대립 개념만은 아니다. 오히려 성정지정을 포함하면서도 그것을 뛰어넘는, 초월적 진실을 나타내는 개념이다. 이 시기에 진을 주장한 사람들의 견해에서는 대체로 자연과 존재에 대한 노장적(老莊的) 사유의 흔적을 찾을 수 있다. 장자는 「어부문답(漁父問答)」76)을 통하여 인간이 추구하는 최상의 경지이면서 자연과 같은 차원의 개념으로 진을 들었다. 이 글에서 어부가 강조하고 있는 진이란 인위(人爲)나 당위(當爲)가 아닌 자연과 존재 그 자체다.

---

75) 「精言妙選序」, 『栗谷全書』卷十三, 『韓國文集叢刊 44』, 민족문화추진회, 1990, 271쪽의 "人聲之精者爲言 詩之於言又其精者也 非矯僞而成 聲音高下 出於自然 三百篇 曲盡人情 旁通物理 優柔忠厚 要歸於正 此詩之本源也" 참조.

76) 『漢文大系 九: 老子翼·莊子翼』(富山房, 1973) 卷之十, 「漁夫第三十一」의 "客曰 眞者精誠之至也 不精不誠 不能動人 故强哭者 雖悲不哀 强怒者 雖嚴不威 (…) 眞親未笑而和 眞在內者神動於外 是所以貴眞也 (…) 眞者所以受於天也 自然不可易也 故聖人法天貴眞 不拘於俗 愚者反此 不能法天 而恤於人 不知貴眞" 참조.

예악·인륜 등의 범주 안에서 인간 본성의 올바름을 지향하는 유가(儒家)의 주성적(主性的) 사고 대신 존재 자체의 자연성을 우선시하는 관점이다. 따라서 진이 구현되면 모든 일은 '저절로' 이루어진다고 본 것이다. 노자 역시 도(道)보다 상위에 놓이는 개념으로 자연을 들었으니,[77] 도가의 자연은 물질적 세계가 아닌 정신적 세계로서의 진인 셈이다.

　김창협·김만중·홍대용·박지원 등도 '천기·자연·진' 등을 우리말 노래들이나 시문학이 지향하고 구현해야할 궁극의 목표로 보았다. 특히 '공교로움과 졸렬함을 따지지 않고 선악을 잊어버린 채 자연에 의지하고 천기에서 발한 것이 노래 중의 좋은 것'[78]이라는 홍대용의 생각은 『청구영언』에 반영되어 있는 변화의 논리를 극명하게 대변한다. 박지원은 '진'이란 사물이 지니고 있는 진취(眞趣)를 발견하고, 자기 시대의 문제를 파악해야만 개성이 비로소 온전한 가치를 가질 수 있게 되는 그런 성격의 개념이라고 했다. 그런 점에서 집안사람이 예사로 하는 이야기, 아이들의 노래, 마을의 상말, 아주 사소한 말, 아무 가치 없어 보이는 말을 모두 그가 표현하고자 한 현실의 모습, 특히 시정인(市井人)의 생활 내용이나 그 고민을 전하기 위해 반드시 필요한 것으로 인식했다는 것이다.[79]

　다시 마악노초의 견해로 돌아가 보자. 그가 말한 "率情而發緣 以俚語 吟諷之間 油然感人"에 진보적 문예관은 뚜렷이 나타나 있다. 내면 표출의 계기를 성이 아닌 정으로 보는 주정적 관점, 민간인들의 일상

77) 『漢文大系 九: 老子翼·莊子翼』, 「老子翼」卷之二 上篇 『老子』 25장의 "有物混成 先天地生 寂兮寥兮 獨立而不改 周行而不殆 (…) 人法地 地法天 天法道 道法自然" 참조.
78) 洪大容, 「大東風謠 序」, 소재영·조규익 編, 『韓·中漢文選』, 태학사, 1988, 155쪽의 "舍巧拙 忘善惡 依乎自然 發乎天機 歌之善也" 참조.
79) 趙東一, 『韓國文學思想史試論』, 지식산업사, 1979, 268쪽.

어[이어(俚語)]라는 전달 도구, 노래[음풍(吟諷)]라는 전달 방법, 사람들
에게 쾌감을 준다는 결과로서의 미적 측면 등이 그 구체적 내용이다.
그리고 그가 말한 '이항구유지음(里巷謳歃之音)'이란 만횡청류를 지칭
한다. 그런데 그가 세련되지 못했다고 본 노래 곡조와 함께 제시한 '정
상(情狀)·태색(態色)'은 좀 더 구체적이다. 즉 '유일(愉佚)·원탄(怨歎)·
창광(猖狂)·조망(粗莽)' 등이 그것들이다. 말하자면 이것들은 노랫말의
내용적 범주이며, 적어도 그 당시까지 중시되거나 드러내놓고 흔히 부
르던 노래들과는 성격이 다른 것들임을 분명히 알 수 있다. 유일은 애
정과 유락(遊樂)의 노래들을, 원탄은 이별과 원망·한탄의 노래들을,
창광은 골계의 노래들을, 조망은 거칠게 늘여나가는 산문투 요설(饒舌)
의 노래들을 각각 포괄한다. 범주들 상호간에 겹치는 부분도 있기 때
문에 모든 작품들을 각각의 단일 범주에 갈라 넣기가 쉽지는 않을 것이
다. 대부분의 작품들은 다양한 범주의 성격들을 복합적으로 내포한다
고 보는 것이 타당할 듯하다. 이와 같이 모든 작품들을 어느 하나의
범주에 소속시키기 곤란한 점은 만횡청류의 내용적 다양성을 입증하
는 사실이기도 하다.[80) 바로 이 점에 시가사에서 두드러지는 만횡청
류의 독자성이 있고, 그것을 포함하는『청구영언』혹은 당대 가집들의
특징이 있는 것이다. 만횡청류가 등장함으로써 우리말 노래의 내용 및
표현의 폭이 확장되었고, 그에 따라 자연스럽게 평가의 기준까지도 다
양해질 수 있었다.

　시가에서의 진이란 표현 대상의 확대, 선택과 표현의 자유를 통하여
구축된, 새로운 시세계를 말한다. 이것은 이념으로부터의 탈피를 전제

80) 조규익,『우리의 옛 노래문학 만횡청류』, 116~117쪽.

로 하며 궁극적으로 인간성의 해방과 자유의 신장을 달성하도록 하는 절대적 조건이기도 하다. 이러한 새로운 사조가 구체화 된 계기를, 만횡청류와 그것이 실려 있는 『청구영언』으로부터 확인할 수 있다. 우리 고전시가사상 네 번째의 전환점을 가집의 편찬과 그로 인한 만횡청류의 표면화에 둘 수 있다고 보는 이유도 바로 여기에 있다.

4. 마무리: 관습·인식·시대의 변화, 그리고 시가사의 전환

문학사 서술의 첫 단계는 시대구분이다. 문학사에서 구분되는 시대는 문학의 발전이나 전개 단위인 동시에 서술의 마디이기도 하다. 마디를 제대로 끊지 못할 경우, 그것들로 이루어지는 전체는 유기적 완결성을 갖출 수 없다. 작품들 간의 공시적·통시적 맥락을 생명체의 관점에서 파악한다는 점 때문에 문학사 서술은 개별 작품의 확인이나 분석 작업을 넘어서는, 고도의 창조행위라 할 수 있다. 이런 점은 우리의 고전시가사에도 그대로 적용된다. 그러나 새롭게 이루어지는 고전시가사는 기존의 문학사들이 안주해온 관습적 파장에서 벗어나야 한다. 그러기 위해서는 작품들이 창작·향수되던 배경이나 상황을 면밀히 살펴야 하고, 가급적 선입견을 배제한 채 그것들에 내재해 있는 의미를 찾아내야 한다.

문학사 서술의 첫 단계가 시대구분이라 하여, 대뜸 시대구분에 착수할 수 있는 것은 아니다. 시대구분을 위한 예비단계가 필요하며, 그 예비단계는 첫 단계에서 범할 수도 있는 시행착오를 상당부분 축소해주리라 생각한다. 필자가 시대구분의 예비단계로 생각한 것이 바로 전환점의 모색이다. 어느 역사이든 전환적 계기가 될 만한 사건은 늘 있기 마련이다. 이러한 전환점들을 잘만 찾아낸다면, 난제로 여겨지던 시대구분이 오히려 쉬워질 수도 있다. 물론 중요도나 의미에 있어 독점적 지위를 주장할 수 없는 사건이나 계기들을 중요한 전환점으로 착각하는 경우도 없지는 않을 것이다. 그러나 본 단계에서의 실수를 줄여줄 수 있다는 점에서 예비단계에서의 그러한 시행착오가 전혀 무익하다고 할 수는 없다.

한국 고전시가사의 첫 전환점은 상고시가를 청산하고 향가시대를 열었다고 생각되는 〈두솔가〉의 출현이다. 두 번째 전환점은 향가 시대의 종언과 함께 나타난 훈민정음, 그리고 이에 힘입어 속악가사들을 국문으로 기록한 사건이다. 세 번째 전환점은 속악가사 시대의 종언과 겹쳐 등장한 대엽의 출현이다. 네 번째 전환점은 대엽의 성행과 다양한 장르의 분화·파생 시기를 거쳐, 그러한 것들을 집대성한 가집의 출현을 들 수 있다. 특히 삼대 가집 가운데 첫 결실인 『청구영언』의 편찬과 여기에 정리된 「만횡청류」, 그리고 이에 대한 편찬자나 당대 인사들의 관점 등은 당대에 구체화된 전환의 실질적 근거로 인정될만하다고 본다. 노래문학으로서의 고전시가를 연행(演行)하던 관습은 물론, 그를 둘러싼 당대 인사들의 변화된 인식이 구체적인 시대의 변화를 점치기에 충분했다고 보기 때문이다.

남한과 북한이 시가문학 작품의 해석에 그치는 현 단계를 넘어 시가사의 기술을 놓고 토론하게 될 경우 첨예하게 부딪칠 가능성도 없지 않다. 그런 가능성에 대비하기 위해서라도 우리는 이념과 상관없는 역사적 사실이나 논리적 근거들을 마련해야 할 것이다. 이 글에서 다룬 '전환기'의 모색 역시 그런 필요성으로부터 나온 작업이다.

제2장

통일 고전문학사의 가능성

1. 통일문학사 서술의 문제

　김대중 정부가 내걸었던 '햇볕정책'이 극도로 악화된 핵문제로 완전히 좌초되었지만, 남북 간 정치적 화해무드의 유지는 여전히 민족의 당위적 과제로 인식되고 있다. 최근 거의 사라지긴 했으나, 남북 간 문화계 상호교류의 필요성이 증대되었고, 학자들에 의한 '문화적 동질성 회복'의 중요성 또한 크게 부각되기 시작했다. 사실 교류와 협력을 통한 남북의 동질성 회복에 가장 손쉬운 분야가 전통문화임에도, 현재 양측은 복잡하고도 어려운 정치 분야의 거래에만 매달리고 있는 것 같다. 물론 북한의 문화라는 것이 체제 이념의 또 다른 구현체이기 때문에 정치와 별개로 다루어질 수는 없을 것이다. 그럼에도 불구하고, 잘만 접근한다면 남북 간 문화적 측면의 공통분모를 찾는 작업이 그리 어려운 일은 아닐 것이다. 그간 우여곡절은 많았으나, 남한의 경우 적어도 학문이나 문화 분야는 완벽한 자유와 자율을 지향해왔고, 지금 그 대부분을 성취한 상태다. 이에 반해 교류와 개방의 세계 조류를 거스르며 자신들의 체제유지에 급급한 북한에는 이념적 통제가 삶의 가장 중요한 원리로 작용되고 있다. 맑스-레닌주의를 거쳐 고안된 김일성의 주체사상과 자민족 제일주의[1]는 체제유지를 위해 절대로 포기할 수 없는 이념의 마지노선이다. 이런 상황에서 남한의 일부 학자들이 주장하는 '통일문학사의 수립'이야말로 이룰 수 없는 환상에 불과할지도 모른다. 남한 문학사 서술의 바탕은 자율성과 다양성이기 때문이다. 따라서 남북 문학사의 통합이 쉽지 않은 일임은 자명한 사실이다.

문학사는 존재로서의 문학작품들을 일정한 원리 아래 연계하여 만든 체계다. 물론 문학사가 문학의 역사를 구명하는 것일 뿐 역사학의 시선으로 문학을 해석하거나 문학을 역사로 환원하는 것은 아니라고 하지만,[2] 문학의 역사를 규명하기 위해서라도 문학작품 해석의 역사학적 안목은 필수적이다. 북한에서 맑스-레닌주의를 적용하여 주체사관을 만든 것은 변모하는 국제질서 속에서 살아남기 위한 자구책이었다.[3] 당연히 주체사관으로부터 나온 주체 문예관은 고전문학의 유일

---

1) 김정일[『주체사상에 대하여』, 조선로동당출판사, 1991]은 맑스-레닌주의로부터 주체사상이 나왔음을 밝히고["김일성 동지께서는 맑스-레닌주의를 우리나라의 현실에 창조적으로 적용하여 혁명의 진로를 개척하시는 과정에 주체사상을 창시하심으로써 우리 혁명의 자주적 발전의 길을 열어 놓으시었다.": 102쪽], 주체사상의 철학적 원리를 '사람 중심의 세계관'에서 찾고 있으며["사람이 모든 것의 주인이며 모든 것을 결정한다는 사상, 다시 말하여 사람이 세계와 자기 운명의 주인이며 세계의 개조자, 자기 운명의 개척자라는 사상은 관념론이나 형이상학과는 근본적으로 대립됩니다. … 주체사상은 물질세계 발전의 최고산물인 사람에 의한 세계의 지배와 그 개조발전의 원리를 독창적으로 정식화함으로써 세계관의 초석을 새롭게 밝혔습니다.": 84쪽], 그로부터 국제주의적 보편성을 지향한 '자민족 제일주의'[세계혁명 앞에 우리 당과 인민이 지닌 첫 째 가는 임무는 혁명의 민족적 임무인 조선혁명을 잘 하는 것입니다. 자기 나라 혁명에 충실하자면 무엇보다도 자기 민족을 사랑하고 귀중히 여길 줄 알아야 합니다. 나는 이런 의미에서 우리 민족 제일주의를 주장합니다. 우리 민족이 제일이라고 하는 것은 결코 다른 민족을 깔보고 자기 민족의 우월성만 내세우라는 것이 아닙니다. 우리 공산주의자들이 민족주의자로 될 수는 없습니다. 공산주의자들은 참다운 애국주의자인 동시에 참다운 국제주의자입니다": 148~149쪽]를 이끌어냈다.

2) 박상준, 「문예미학과 역사학의 만남」, 『역사문제연구』 9, 역사비평사, 2002, 220쪽.

한 해석도구로 이용되어 왔으며, 앞으로 상당기간 문학 창작의 원리로
도 원용될 것이다. 지극히 비관적인 전망일지 모르나 이런 상황에서
통일문학사를 지향한다는 것은 사실상 불가능하다. 흡수통일이든 합
의통일이든 남북 간의 정치적 통합이 이루어진다 해도 문학사의 진정
한 통일은 쉽지 않다. 원론적인 입장에서 말한다면, 문학사 서술의 통
일을 추구하는 것 자체가 그다지 바람직한 일도 아니다. 오히려 남한
의 문학사 내에 차이들이 엄존하듯이 북한문학사의 다름을 인정하는
것도, 우리 문학작품 해석의 다양성을 확보하는 차원에서 보다 생산적
일 수 있다.4) '표준적인 문학사의 확정'을 제안한 연구자도 있지만,5)
문학사의 표준형 자체가 우리가 질타해 마지않는 획일적인 이념 주도
형 문학사와 다를 바 없다. 이 시점에서 해야 할 일은 북한문학사가
갇혀 있는 이념의 족쇄를 푸는 것일 터인데, 그런 작업이야말로 체제
의 존폐문제나 민족통일문제와 직결되어 있는 만큼 장기간에 걸친 논
의가 필요할 것이다. 서술자의 역사관이나 미학적 신념에 따라 다양한
모습을 보여주는 것이 남한 문학사의 본질이다. 그런 만큼 남한의 체
제에 위협만 되지 않는다면, 북한의 문학사가 어떤 모습을 띠건 다양
성의 측면에서 수용해도 큰 문제는 없을 것이다. 즉 북한문학사의 사

---

3) 채미화[『고려문학 미의식 연구』, 도서출판 박이정, 1995, 13쪽]는 여타 미학적 방법론
   들에 대한 배척이 아니라 합리적인 개조와 정리를 거쳐 찌꺼기는 버리고 정화를 흡수하
   여 자체의 내용을 더욱 풍부하게 발전시키는 것이야말로 맑스주의 미학사상의 원칙이라
   했다. 따라서 맑스주의를 바탕으로 했으되, 그것이 지닌 긍정적·합법칙적 원리를 살리
   지 못했다는 점이 북한 주체사상 혹은 주체문예론의 맹점이라고 할 수 있다.
4) 물론 그 경우에 문학을 체제의 선전이나 혁명의 도구로 이용하지 말아야 한다는 합의는
   전제되어야 할 것이다.
5) 설성경·김영민, 「통일문학사 서술을 위한 단계적인 방안 연구」, 『통일연구』 제2권
   제1호, 연세대학교 통일연구원, 1998, 174쪽.

관이나 서술상의 원리가 남한의 학계에 받아들여질 수 있기 위해서는 문학사 자체의 논리적 정합성과 설득력을 어느 정도 갖추어야 한다는 말이다. 카프문학이나 김일성이 주도했다는 항일혁명문학 등의 처리6) 와 같이 체제 자체의 안위가 걸린 현대문학 시기와 달리 고전문학 시기 의 경우는 그런대로 남북한 간의 견해 차이를 좁힐 수 있다. 그런 점에 서 남북한의 문학사 논의는 시기별로 구분할 필요가 있다.

그간 북한문학 혹은 문학사에 대한 연구가 많이 이루어졌으며,7) 현 재 남한의 학자들은 통일문학사의 수립에 큰 기대를 걸고 있다.8) 그러

---

6) 김정일도 주체사상이 확립될 즈음까지는 카프나 신경향파의 문학예술을 부정적으로 보고 있었다. 즉 그의 「작가, 예술인들 속에서 당의 유일사상체계를 철저히 세울 데 대하여」[1967. 7. 3. 당 사상사업 부문 및 문학예술 부문 책임일꾼들과 한 담화]에서 "반당반혁명분자들은 또한 우리 당의 혁명전통을 상하좌우로 넓혀야 한다고 하면서 우 리 인민의 귀중한 혁명적 재부인 항일혁명 투쟁시기의 문학예술작품들을 발굴하여 재현 하는 사업을 하지 않고《카프》의 문학예술과《신경향파》문학예술을 우리 문학예술의 혁명전통에 끌어넣으려고 하였습니다."라고 했다. 그러나 그 후 발간되는 대부분의 북한 문학사에서 카프나 신경향파 문학예술은 사회주의적 사실주의 혹은 비판적 사실주의 미학을 구현한 것으로 평가되고 있다.

7) 그 가운데 대표적인 것들은 '황패강, 「남북문학사의 과제」, 『한국고전문학의 이론과 실제』, 단국대학교 출판부, 1997; 김대행, 「북한의 문학사 연구-문학의 역사를 보는 시각」, 『시와 문학의 탐구』, 역락, 1999; 이복규, 「북한의 문학사 서술 양상」, 『국제어문』 9 · 10 합집, 국제어문학회, 1989; 이강옥, 「북한문학사의 실증적 오류 및 문제점 검토」, 『한길문학』 4, 한길사, 1990; 안영훈, 「북한문학사의 고전문학 서술 양상」, 『한국문학논 총』 38, 한국문학회, 2004; 설성경, 「남북한문학사의 비교」, 김열규 외 『한국문학사의 현실과 이상』, 새문사, 1996; 심경호, 「북한의 고전문학 연구, 성과와 문제점」, 지교헌 외 『북한의 한국학 연구성과 분석-철학종교 · 어문편』, 한국정신문화연구원, 1991; 김경 숙, 「통일문학사를 위한 시론」, 『문학마당』 7, 문학마당, 2004; 김윤식, 「문학사의 흐름 에서 본 통일시대의 민족문학: 통일문학사론 · 준통일문학사론 · 병행문학사론의 범주에 대한 시론」, 『문예중앙』 91, 중앙 M&B, 2000; 이선영 외, 『한국문학사 어떻게 쓸 것인가』, 한길사, 2003; 김재용, 『북한문학사의 역사적 이해』, 문학과 지성사, 1994' 등이다.

8) 김윤식, 「문학사의 흐름에서 본 통일시대의 민족문학: 통일문학사론 · 준통일문학사 론 · 병행문학사론의 범주에 대한 시론」; 김경숙, 「통일문학사를 위한 시론」; 설성경 · 김 영민, 「통일문학사 서술을 위한 단계적인 방안 연구」, 『통일연구』 제2권 제1호, 연세대

나 앞서 지적한 대로 현 시점에서 통일문학사는 환상이다. 이 글에서
는 체제이념과 북한 고전문학사의 상관성, 북한의 고전문학사에서 발
견되는 이념이나 작품 해석의 문제 등을 중점적으로 짚어보고, 우리가
지향해야 할 통일시대 문학사 서술의 방향이나 통합의 가능성을 전망
해보기로 한다.

〈그림 11〉 북한에서 발간된 고전소설들

2. 주체사상의 교조성과 문학관의 경직성

주체사상이 등장하기 이전의 북한은 맑스–레닌주의를 이념적 골간
으로 삼고 있었다. 맑스–레닌주의의 미학인 사회주의적 사실주의는
1930년대 소련 작가동맹의 슬로건으로 채택된 이래 공산권 국가들에
보편화된 문예창작의 기본 원리였다. 사회주의적 사실주의는 '사회주

학교 통일연구원, 1998 등을 들 수 있다.

의적 내용과 민족적 형식을 가진 예술'로서 인민대중이 선호하고 각 민족의 구미와 정서에 맞는 고유한 형식에 혁명적이고 계급적인 사회주의 이념 내용을 담는 것을 말한다.[9] 주체사상 역시 맑스–레닌주의를 바탕으로 한 이념체계이므로 미학 자체가 크게 달라졌다고 볼 수 없는 것은 그들 스스로 주체사상의 근원이 맑스–레닌주의에 있음을 강조한 점[10]으로 보아도 그렇다. 따라서 인민성·당(파)성·비판적 사실주의·사회주의적 사실주의 등 맑스–레닌주의 사상이나 미학의 중심 개념들은 북한의 미학적 특수성을 보여준다는 점에서도 중요하다.[11] 외부의 변화에 따라 체제 유지의 바탕을 맑스–레닌주의에서 주체사상으로 바꾸었기 때문에 주체사상이 등장하기 이전의 문학사인 『조선문학통사』(상·하)와 이후의 문학사들[1977–1981, 5권으로 나온 『조선문학사』/1991–1994, 15권으로 나온 『조선문학사』]은 작품 해석의 양상에서 약간의 편차를 보여줄 것이다.[12] 주체사상화하기 이전의 개념들은 이론의 보편성을 추구하는 경향이 짙은 반면 주체사상화 이후의 경우 이론의 특수성을 추구하고 있는 점[13]이 차이라면 차이라고 할 수 있는데, 그 차이도 따지고 보면 전 세계 사회주의의 보편적 측면에 초점을 맞춘 맑스–레닌주의로부터 이끌어낸 특수성이나 개별성으로부터 나온 것이기 때문에, 엄격히 보아 양자가 다르다고 할 수는 없다.

---

9) 홍기삼, 『북한의 문예이론』, 평민사, 1981, 31쪽.

10) 김정일, 『주체사상에 대하여』, 102쪽.

11) 민족문학사연구소, 「통일문학사를 위한 시론」, 『북한의 우리 문학사 인식』, 창작과비평사, 1991, 18쪽.

12) 현재 북한을 지탱하고 있는 주체사상의 관점에서 해석된 고전문학이나 고전문학사를 보려는 것이 이 글의 주안점이므로 북한문학사들 사이에 나타나는 통시적 변화의 실상은 별도의 기회로 미루고자 한다.

13) 민족문학사연구소, 「통일문학사를 위한 시론」, 63쪽.

주체문예이론은 주체사상에 바탕을 두고 있다. 그것은 문예에서 주체 확립의 본질적 내용을 과학적으로 밝혀, 시대적 조건과 요구에 맞게 문예를 창조·발전시키는 가장 올바른 길임을 천명하는 목표를 지닌다. 문예는 민족적인 정서와 감정, 역사와 현실에 맞도록 혁명과 인민을 위해 적극적인 무기가 되어야 하므로 결국 그 논리는 이념적 보편성과 형식적 특수성을 포괄하는 사회주의적 사실주의 안에서 사회주의적 내용과 민족적 형식의 결합으로 귀결된다고 본다.[14] 계급성과 인민성이 강조된 맑스-레닌주의의 사회주의적 사실주의는 주체문예론의 단계에서는 '주체적 사실주의'로 바뀐다. 사실 정권수립 초기의 북한은 일반 사회주의적 요소를 강조하여 '계급성·당성·인민성'을 강조하는 사회주의적 사실주의가 문예이론의 핵심이었으나, 체제의 이념이 주체사상으로 바뀌면서 주체적 사실주의를 표방하게 된 것이다.[15]

7개의 장으로 구분된 김정일의 『주체문학론』(1992) 가운데 제2장 '유산과 전통'은 그들이 지향하는 문학관이나 문학사 서술의 원칙을 극명하게 드러낸다. 즉 '후손들이 이어받아야 할 것과 보존할 것, 없애버려야 할 것' 등으로 나누어 그 첫 번째 것을 전통이라 하고, 혁명적 문학예술전통은 유산이면서 전통이라 했다.[16] 좀 더 구체적으로 김정일은 『주체문학론』에서 고전문예에 대하여 다음과 같은 견해를 밝혔다.

지난날 문학예술부문의 일부 사람들은 복고주의를 반대한다고 하면서 실학파나 《카프》 문학을 비롯하여 우리 인민의 우수한 민족고전문학예술

14) 설성경·김영민, 「통일문학사 서술을 위한 단계적인 방안 연구」, 49쪽.
15) 김용범 외, 『김정일 문예관 연구』, 문화체육부, 1996, 40쪽.
16) 김정일, 『주체문학론』, 조선로동당출판사, 1992, 59~60쪽.

유산을 보잘 것 없는 것으로 여기면서 고전문학예술작품에 대한 연구와
출판보급 사업까지 가로막으려고 하였다. 이런 영향으로 하여 한 때 일부
문예학자들은 봉건유교사상을 반대한다고 하면서 우리나라의 민족고전문
학예술을 제대로 취급하지 않았으며 문학사와 예술사나 출판 보도물에서
고전문학예술작품을 취급하는 경우에도 그의 긍정적 측면은 간단히 언급
하고 부정적 측면에 대하여서는 지나치게 많이 언급하였다. 고전문학예술
에 대한 평가를 이렇게 할 바에야 구태여 문학사와 예술사나 출판보도물에
서 민족문학예술을 취급할 필요가 없을 것이다. 봉건유교사상과 부르죠아
사상을 반대한다고 하여 근로자들과 청소년들에게 우리나라의 문화예술
력사와 민족고전작품을 가르쳐주지 않으면 그들이 우리나라 력사에 어떤
고전작품이 있었는지 또 어떤 유명한 작가가 있었는지 잘 모르게 된다.
우리는 민족허무주의적 경향에 대하여 제때에 타격을 주고 민족고전문학
예술을 주체적 립장에서 공정하게 평가하고 처리하도록 하였다.[17]

　　주체사상 이후의 문학사들이 이전 시기의 문학사들과 다른 해석의
관점을 적용했음을 김정일의 이 견해는 분명히 보여준다. 그것은 맑스
-레닌주의에 입각한 비판적 사실주의나 사회주의적 사실주의의 관점
이 주체사상에 이르러 민족의 특수성이나 개별성을 바탕으로 좀 더
구체화되고 차별화되었음을 보여주는 내용이기도 하다. 그 변화의 핵
심에 주체문예론이 있다. 그는 실학파 문학, 민요, 시조, 음악・무용
등 궁중예술은 물론, 최치원・이규보・김시습・정철・허균・김만중 등
을 비롯한 고대와 중세 근대와 현대의 유명한 작가, 예술인들과 그들
의 우수한 작품들과 「춘향전」・「흥부전」・「심청전」 등을 비롯한 작가
와 이름이 알려지지 않은 작품도 많이 찾아내어 여러 가지 형식과 방법

---

17) 김정일, 『주체문학론』, 59~60쪽.

으로 널리 소개해야 한다고 했다.[18] 여기에 거론된 상당수의 유파·장르·작가·작품이 이런 견해 아래 구제되었으며, 새로운 차원으로 해석되었다. 따라서 이 경우의 주체문예론은 고전문예에 대한 새로운 해석의 도구라 할 수 있다. 주체사상이 체제 전반에 확고하게 자리 잡은 이후 문학사도 주체문예론의 입장에서 새롭게 정의되었음을 확인할 수 있다.

문학사는 문학의 발생, 발전의 합법칙성을 밝히며 작가들의 창작활동과 문학작품들의 사상예술적 특성, 작가들과 작품들이 문학발전에서 차지하는 위치와 의의를 연구한다. 문학사는 창작방법, 문예사조, 문학의 형태와 종류 등의 발생 발전의 합법칙적 과정을 서술하며 이러저러한 문학현상들의 선행문학과의 관계 및 그것이 그 이후시기의 문학발전에 준 영향 등을 밝힌다. 문학사를 과학적으로 서술하기 위하여서는 주체적 립장에 튼튼히 서서 당성, 로동계급성의 원칙과 력사주의적 원칙을 확고히 견지하며 매개 문제들을 민족의 력사와의 밀접한 련관 속에서 당대의 사회제도, 계급투쟁, 경제관계, 정치 및 다른 사회적 의식형태들과 예술형태들과의 호상관계 속에서 고찰하여야 한다. 문학사는 그것이 고찰하는 시대와 범위에 따라 문학통사, 시기별 문학사, 세계문학사, 혹은 개별적인 지역문학사 등으로 구분된다. 우리의 문학사는 주체의 방법론에 기초하여 우리나라 민족문학의 발생 발전의 력사를 체계 정연하게 서술하며 특히 위대한 수령 김일성 동지께서 조직 령도하신 영광스러운 항일혁명투쟁시기에 창조된 항일혁명문학예술과 해방 후 이룩한 성과와 풍부한 경험들을 분석개괄하며 리론적으로 일반화하는 것을 중요한 과업으로 삼고 있다. 우리나라 문학사는 위대한 주체사상을 사상 리론적 및 방법론적

18) 김정일, 『주체문학론』, 86쪽.

지침으로 함으로써 가장 과학적이며 혁명적인 문학사로 되었으며 인민대
중을 사상미학적으로 교양하고 새로운 사회주의적 민족문학을 건설하는
데 적극 이바지하고 있다.[19]

　이 글은 개념, 내용, 서술방법과 관점, 종류 등 문학사의 원론적인
측면과 서술의 실제를 포함한 현실적 측면으로 이루어져 있다. 문학사
가 밝혀야 할 내용은 문학의 발생·발전의 합법칙성, 창작활동 및 문학
작품들의 사상·예술적 특성, 작가 및 작품들이 문학의 발전에서 차지
하는 위치나 의의 등이라고 했다. 문학의 발생이나 발전의 합법칙적
과정에는 창작방법·문예사조·문학의 형태나 종류 등이 포함되며 이
것들로부터 생겨나는 다양한 문학현상들이 선후의 문학들과 갖는 관
계나 영향을 밝히는 것까지 문학사의 범주에 들어간다고 했다. 그런
일반론을 통해 좀 더 구체화된 것이 주체문학사의 개념이다. 주체적
입장에 튼튼히 서서 당성·노동계급성의 원칙과 역사주의적 원칙을 확
고히 갖고 모든 문제들을 민족사와 밀접한 연관 속에서 고찰할 뿐 아니
라, 당대의 사회제도·계급투쟁·경제관계·정치 및 여타 사회적 의식
형태들이나 예술형태들과의 상호관계 속에서도 고찰해야 한다는 것이
다. 그런 관점 위에서 서술되는 문학사는 다루는 범위나 시대에 따라
문학통사·시기별 문학사·세계문학사·개별 지역문학사 등으로 구분
된다고 했다. 그 다음으로 초점을 좁혀 설명한 것이 자신들의 문학사
다. 즉 주체의 방법론으로 민족문학의 발생·발전의 역사를 체계적으
로 서술했으며, 김일성의 항일혁명문학예술과 해방 후 이룩한 성과 혹
은 풍부한 경험들을 분석·개괄하는 것을 이론적으로 객관화하는 것을

19) 사회과학원 주체문학연구소, 『문학예술사전』(상), 과학백과사전종합출판사, 1988, 761쪽.

주된 목표로 삼고 있다는 것이다. 그리고 인민대중을 사상 미학적으로 교양하여 새로운 사회주의적 민족문학을 건설하는 데 이바지 하는 것이 주체사상을 사상이론의 방법론으로 삼고 있는 자신들의 문학사가 표방하는 목표라고 했다. 말하자면 주체문예론은 지난 시기의 문학작품들을 문학사에 편입시키는 해석의 도구이고, 새로운 창작을 통해 민족문학을 건설하기 위한 창작의 지침 역할까지 수행하고 있다는 것이 이 글의 요점인 셈이다.

이처럼 항일혁명문예의 전통과 함께 민족의 문화유산 또한 중시되어야 한다고 본 것이 주체문예론의 관점이다. 단순히 사회주의적 미학의 추구로서 항일 혁명문예의 계급성만을 추구하는 것은 민족의 문제나 민족 주체의 정립을 간과할 수 있다고 보기 때문이었다. 이런 논리에 따라 항일 빨치산 시기 이전의 문예물들에 대하여 재평가하고 항일 혁명 문화도 민족사의 흐름 속에서 이해하려 할 뿐 아니라 민족의 형식과 내용을 계승해야 한다면서 민족 주체적 문화의 계승과 창조에도 역점을 두었다.[20]

문학사는 작품들의 단순한 시간적 나열이 아니다. 문학사를 서술하기 위해서는 문학작품에 대한 해석이 선행되어야 한다. 해석된 문학작품들 사이에 존재하는 통시적 연결의 원리를 찾아내면 문학사는 성립된다. 주체문학론은 지난 시기 문학작품들의 해석을 위한 잣대이자 창작을 위한 지침이다. 주체문학론에서 강조하는 조선민족 제일주의나 문학적 효용성이 남북 문학사가 얼마간 공유할 수 있는 요인인 것은 사실이다. 그러나 북쪽의 그런 생각에는 문학을 혁명투쟁이나 체제유

---

20) 김용범 외, 『김정일 문예관 연구』, 42쪽.

지의 도구로 삼으려는 현실적·정치적 계산이 철저히 전제된 만큼 남
한의 학자들로서는 쉽게 수용할 수 없다.[21] 그나마 주체사상의 틀 안
에서 다양성이 수용되는 경우라면 양측의 거리가 좁혀질 수 있겠으나,
폐쇄의 길로 나갈 경우 그들의 주체사상은 스탈린식 교조주의로 후퇴
하여 기계론적 맑시즘 같은 전체주의로 급선회할 가능성도 없지 않아
있기 때문이다.[22] 지금은 주체사상이나 주체문예론이 다양성을 수용
하여 유연한 방향으로 나아가느냐 교조적 전체주의로 나아가느냐의
갈림길에 서 있는 것으로 판단되며, 그것은 문예 외적인 상황의 진전
여부에 따라 달라질 것으로 보인다.[23]

3. 고전문학에 대한 주체사관의 선험적 재단

북한식의 작품 해석 원리에 따라 서술된 것이 북한문학사이고, 남한
식의 작품 해석 원리에 따라 서술된 것이 남한 문학사다. 두 체제의

---

21) 김정일, 『주체문학론』, 17쪽은 "우리의 문학은 조선민족제일주의정신을 높이 발양시키
는 데도 적극 기여하여야 한다. (…) 문학은 조선민족의 위대성을 실감 있게 형상하여
우리 인민으로 하여금 조선 사람으로 태어난 긍지와 자부심, 자기 민족의 훌륭한 창조물
과 자기민족의 힘과 지혜에 대한 긍지와 믿음, 민족의 장래에 대한 굳은 확신을 가지고
혁명투쟁과 건설 산업을 더 잘 해 나가도록 하여야 한다. 민족적 긍지와 자부심이 없이는
제 정신을 가지고 자주적으로 살아갈 수 없고 혁명의 전취물을 지켜낼 수 없으며 주체혁
명 위업의 완성을 위하여 끝까지 싸워나갈 수 없다"고 했다. '주체혁명 위업의 완성=남한
의 체제전복'으로밖에 해석할 수 없는 것이 현실인데, 그런 논리가 남한학자들에게 수용
되기란 불가능하다.

22) 김용범 외, 『김정일 문예관 연구』, 348쪽.

23) 김정일의 『주체문학론』을 살펴볼 때 주체사상 이전 시기보다 고전문학 작품들에 대한
평가가 비교적 유연해지고, 그 폭 또한 넓어졌음을 알 수 있다. 그러나 그 유연성 자체가
외부적인 상황변화에 매우 취약하다는 점도 우리는 감안해야 한다.

지향점이 다르고, 이해관계 또한 상반되기 때문에 그런 상반성을 초월
하여 민족적 동질성으로 통합되는 것은 당위이지만 현실적으론 지극히
어려운 일이다. 현재 북한식의 가치와 남한식의 가치가 다르며, 어느
곳에도 치우치지 않는 가치중립적 판단 또한 불가능하다.[24] 민족통일
이라는 당위의 명제를 공유하고 있으면서 상반되는 가치관을 지닌 두
체제가 하나로 뭉칠 수 있는 이념구조는 현실적으로 기대하기 어렵다.
적어도 이 시점에서 '가치중립적 통일문학사'의 서술이 허구적인 구호

에 불과하다는 것은 바로 이런 이유 때문
이다. 그런 허구성은 민족 공동의 당위적
지향점에 쉽게 도달할 수 없다는 현실인
식으로부터 나온다. 북한의 문학사들 가
운데 최근 1990년대에 출간된『조선문학
사』(15권)에서 비로소 주체사관에 의해 문
학사가 서술되었음이 언명되고 있다.[25]
다음의 언급이 그것이다.

〈그림 12〉 1977년 사회과학원 문학
연구소에서 펴낸『조선문학사(고대
중세편)』

---

24) 더구나 집필자들의 자유로운 판단에 따라 이루어진 남한의 문학사들은 내용이나 관점
   이 다양하고 다기하여, 단일한 가치체계로 서술된 북한의 문학사와 1:1로 대응시킬 만한
   문학사가 없다고 해도 과언이 아니다.

25) 주체사상이 등장한 이후의 첫 문학사라고 할 수 있는『조선문학사』(1977/전 5권)에서도
   주체가 언급되긴 하나["위대한 수령 김일성동지께서 조직 령도하신 영광스러운 항일혁
   명투쟁시기에 이르러 <u>주체의 빛발 아래</u> 사회주의적 사실주의 문학으로 찬란히 개화발전
   하였으며"운운] 비교적 강도가 약한 점으로 미루어 이 단계에서는 아직 주체문예론의
   영향이 크게 작용하지 않은 것으로 판단된다.

친애하는 지도자 김정일동지께서는 다음과 같이 지적하시었다.

〈우리 민족이 먼 옛날부터 발전된 문화를 가지고 독자적으로 살아온 것은 우리 인민의 커다란 자랑입니다. 우리는 주체적 립장에서 우리 민족의 유구성과 우리나라 사회 발전의 합법칙적 과정을 옳게 해명함으로써 인민들에게 민족적 긍지와 자부심을 더욱 높여주어야 합니다.〉

우리는 문학사 서술에서 지난 시기의 성과와 경험을 살려 주체성의 원칙, 당성, 로동계급성의 원칙과 력사주의적 원칙을 철저히 구현함으로써 사대주의와 복고주의를 극복하고 조선문학 발전의 합법칙적 과정을 보다 정확히 밝혀낼 수 있게 시기구분과 서술체계를 세우며 새로 발굴 수집된 진보적이며 인민적인 작품들을 문학사의 응당한 위치에 올려 세우고 매 시기를 대표하는 작가들의 력사적 공적과 제한성을 올바로 천명하는데 힘을 넣었다. 우리는 특히 조선 로동당의 현명한 령도 밑에 사회주의 제도의 비옥한 토양에서 찬란히 개화발전하고 있는 사회주의적 사실주의 문학의 자랑찬 로정을 뚜렷이 그려내며 새 시대 민족문학의 본질적 특성과 그 발전의 합법칙성을 옳게 밝혀내기 위하여 탐구적 노력을 기울였다.[26]

문학사의 강령으로 제시된 김정일의 지적[27]은 '우리 민족의 문화적 독자성·우수성/주체적 관점에서 민족의 유구성과 사회발전의 합법칙성을 해명함으로써 민족적 긍지와 자부심을 높여야 한다는 당위성' 등으로 요약되는데, 이것이 바로 '주체문예론'의 골자이기도 하다. 문학사 서술자들의 말은 그 강령에 대한 부연설명이나 해설에 불과하다. 그들은 고전문학의 시기를 구분하고 서술 체계를 세우는 일, 새로 발굴·수집된 진보적이고 인민적인 작품을 문학사의 합당한 위치에 올려

---

26) 『조선문학사 1』, 1991, 머리말.
27) 김일성의 말은 '교시'로 김정일의 말은 '지적'으로 각각 명명·구분되어 왔으나, 80년대부터 김정일에게 권력이 세습되면서 양자는 사실상 같은 격으로 취급되어 왔다.

세우는 일, 대표적 작가들의 역사적 공과(功過)를 올바로 밝히는 일 등
이 문학사의 임무라고 보았다. 그리고 그런 일들의 목적은 사대주의와
복고주의를 극복하고 조선 문학 발전의 합법칙적 과정을 밝히는 데
있고, 그런 목적의 성공적인 수행을 위해서는 주체성·당성·노동계급
성·역사주의 등의 원칙을 철저히 살려야 한다고 보았다. 말하자면 주
체문예에 관한 김정일의 강령으로부터 네 가지 원칙을 이끌어냈고, 그
원칙들로부터 문학사의 당위적 임무들을 이끌어냈던 것이다. 그 내용
은 다음과 같이 도시될 수 있다.28)

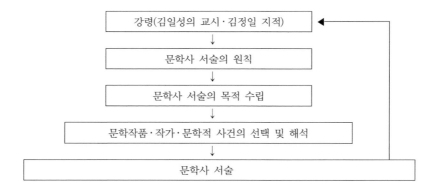

주체문예론의 틀 속에서 서술된 문학사는 강령의 원래 취지를 만족
시켜야 하며, 한 발 더 나아가 그 문예론이나 강령의 내용을 좀 더 풍부
하게 해주는 효과를 거두어야 한다. "조선 노동당의 현명한 영도 밑에
사회주의 제도의 비옥한 토양에서 찬란히 개화발전하고 있는 사회주
의적 사실주의 문학의 자랑찬 노정을 뚜렷이 그려내며 새 시대 민족문

---

28) 본서 83쪽의 도표.

학의 본질적 특성과 그 발전의 합법칙성을 옳게 밝혀내기 위해 탐구적 노력을 기울였다"는 집필자들의 말은 이미 이 문학사가 그 틀 안에서 충실하게 이루어졌다는 확인과 자부심의 또 다른 표현이다. 말하자면 북한의 문학사, 특히 주체문예론 확립 이후에 등장한 문학사는 이런 구상과 검증[검열]의 틀 안에서 이루어진 단순작업일 뿐이었다. 새로운 문학사가 등장한다 해도 발굴·추가된 작품 목록에만 변동이 있을 뿐 똑 같은 과정과 논리의 반복일 수밖에 없는 것은 '주체이념의 선험적 재단'이라는 한계를 넘어설 수 없기 때문이었다. 이런 점에서 북한의 문학사는 자율과 다양성을 근간으로 하는 남한 문학사[29]와 근본적으로 다를 수밖에 없다. 『조선문학사』(1991)를 중심으로 몇 가지 사항들을 살펴보기로 한다.

1) 문학 주체와 계급투쟁의 문제

김정일 스스로 『주체문학론』에서 양반 사대부 작가들을 거론하고 그들의 작품을 발굴·소개할 것을 촉구했지만, 그렇게 하기까지에는 우리 고전문학의 근본적 한계에서 오는 말 못할 고민도 없지 않았을 것이다. 말하자면 기록으로 남아 전해지는 것들 가운데 작자가 명시된

---

29) 남한문학사의 서술은 북한문학사의 그것과 여러 가지 면에서 대조를 보인다. 이념이 전제되지 않기에 과정이 단선적이고 자의든 타의든 검열의 제한을 받지 않는다. 그래서 서술된 남한의 문학사는 다양하면서도 '무질서'하다. 간략히 도표로 보이면 다음과 같다.

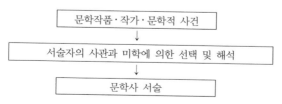

문학작품·작가·문학적 사건
↓
서술자의 사관과 미학에 의한 선택 및 해석
↓
문학사 서술

것들은 대부분 양반 사대부 작품들이며, 그들의 작품이 문학적 형상화의 수준에서 각각의 시대를 대표한다는 특수성이 바로 그것이다. 주체사상의 핵심 내용들 가운데 하나가 '우리민족 제일주의'인데, 그런『주체문학론』에서 양반 사대부의 문학을 수용한 것은 힘든 결단이었을 것이다. 『주체문학론』에서 문학의 주체는 어디까지나 '인민·평민'으로 표현된 봉건시대의 기층 민중이었기 때문이다.

　『조선문학사 1』에서 고대문학의 배경인 고조선을 '노예 소유자 국가'로 설정하고 씨족 공동체 사회 말기 생산력의 발전과 분업의 확대에 따라 사람들의 관계를 부유한 자와 가난한 자, 착취자와 피착취자로 구분하여 사회 계급의 분화를 설명했다. 노예주들의 무제한한 권력과 야만적인 압제를 반대하고 인간 본성의 요구인 자주성을 완전히 유린당한 인간 이하의 처지에서 벗어나 초보적인 생존의 권리를 찾으려는 노예들과 하호, 평민계층의 투쟁에 의해 조건 지어진 시대로 본 것이다. 따라서 이 시기의 문화는 착취계급과 피착취계급으로 갈라지고 착취자와 피착취자 사이의 대립과 투쟁이 사회관계의 기본을 이루었으며, 지배계급에 복무하는 반동적인 문화와 착취되고 억압받는 사회 성원들의 요구를 구현한 진보적인 문화로 갈리게 되었다고 했다. 계급투쟁은 기본적으로 새로운 생산력과 낡은 생산력 관계의 모순, 새로운 생산 관계의 요구와 낡은 상부구조의 요구 사이에 개재하는 모순의 결과로서 나타나게 되는데, 맑스는 이 모순이 사회혁명 즉 가진 계급의 사회적 특권의 박탈을 통해 지양(止揚)된다고 보았다.30)『조선문학사 1』에서는 「단군신화」를 비롯한 상당수의 신화들도, 심지어 〈공후인〉 같은 서정

---

30) 차하순 외, 『사관(史觀)이란 무엇인가』, 청람문화사, 1987, 92쪽.

가요조차도 계급적으로 해석되고 있다. 즉 〈공후인〉에 대한 다음과 같은 해석은 계급 투쟁적 관점이 극명하게 나타난 경우다.

> 나루가의 배를 보고도 탈 엄두를 내지 못하고 사품치는 물결에도 마다 하지 않고 강을 건느려다가 물결에 밀리워 목숨까지 빼앗긴 백발의 로인과 솟구치는 울분과 원통한 심정으로 가슴을 치며 통곡하다가 마침내는 야속한 세상을 등지고 남편의 뒤를 따르는 안해의 참혹한 형상은 노예사회의 엄혹한 현실이 빚어낸 참상이며 노래의 비감한 정서는 권세 없는 사람들의 생활 처지의 공통성으로부터 오는 창작자의 울분과 슬픔의 표현이라고 하여야 할 것이다. [『조선문학사 1』, 71~72쪽.]

'나룻배를 탈 만한 형편이 못 되는' 백수광부가 헤엄쳐 물을 건너다가 빠져 죽었다는 것이다. 〈공후인〉의 노랫말이나 배경설화 등 텍스트 자체에 무게중심을 두고, 가능한 한 많은 논거들을 찾아 논리적 타당성을 추구하는 남한의 담론과 극명하게 대조되는 사례를 여기서 확인하게 된다. '죽음이나 이별을 둘러싸고 생길 수 있는 인간의 보편적인 정서'를 중심으로 다양하게 해석하기보다는 계급투쟁의 한 비극적 결과로 풀어내고 있는 북한의 문학사는 계급투쟁을 통해 착취 받는 민중의 해방과 그들이 주체가 되는 사회를 건설해야 한다는, 이념이 전제된 해석의 좋은 예다. 이 경우 이념을 배제하지 않고는 남한의 문학사가 보여주는 다양한 해석의 스펙트럼에 부합되는, 어떤 다른 해석도 나올 수 없다. 이러한 고조선을 거쳐 삼국이 건설되고 발전해 나가는 과정을 '봉건적 착취관계의 발전과정'이라거나 '봉건 착취자들과 피착취 근로 인민들 간의 적대적 대립과 모순이 격화되는 과정'으로 보는 등[31] 시간적으로 내려올수록 계급간의 대립과 투쟁이 격화되는 것으로 해석하고

있다. 이런 시각은 「온달의 이야기」 같은 설화의 해석에도 보인다. "일
구이언하는 아버지 평강왕의 그릇된 처사에 항변하며 당대의 절대군주
인 아버지와 인연을 끊고 호의호식하던 궁궐을 나와 스스로 지지리
못 사는 바보 온달을 찾아가는 공주의 형상은 권세와 재물보다 도덕과
의리를 더 중히 여기는 우리 인민의 민족적 감정과 인간에 대한 멸시와
천대가 없는 세상에서 화목하고 행복하게 살기를 원하던 당대 인민들의
생활적 지향의 예술적 구현"이라고 했다. 말하자면 설화에서 평강공주
는 실재한 왕의 딸이 아니라 공주의 외피를 쓴 인민적 성격의 체현자라
는 것, 봉건사회에서 근로하는 사람들은 많은 경우 저들이 당하는 불행
한 처지와 빈궁의 사회적 근원을 깨닫지 못하였고 이로부터 왕이나
관료가 되거나 어질고 영특한 귀인을 만나 그의 도움을 받아야만 설움
과 고통이 없는 생활의 꿈을 실현할 수 있다고 생각했다는 것 등이
『문학사』에 나타나는 해석의 방향이다.

　「서동과 선화공주」, 「연오랑과 세오녀」 등도 「온달의 이야기」와 같
은 부류로 보고 있는 것이 북한의 관점이다. 온달에 관해서는 평강공주
의 지인지감이나 출장입상의 꿈을 형상화한 서사물이라는 견해로부터
최근에는 기존질서의 허위를 비판한 근대적인 민중의식과 여성의 주체
의식을 표출한 설화로 보는 견해까지 다양한 해석의 스펙트럼을 보이는
것이 남한의 관점이지만, 북한에서 말하는 계급투쟁 일변도의 관점과
는 거리가 멀다. 이규보에 대한 시각 역시 그런 관점을 바탕으로 한다.
분명 이규보가 자기의 주장을 적극적으로 편 사람, 즉 문학이 무엇이며
어떤 구실을 해야 하는가를 스스로 고민하고 깨달은 바를 설득력 있게

---

31) 『조선문학사』, 81쪽.

풀어 밝히고, 극복해야 할 장애라고 생각되는 것은 서슴지 않고 비판한 사람이긴 하지만[32] 『조선문학사』[237쪽]의 단정대로 '유물론적 세계관과 무신론적 사상에 바탕을 두고 있던' 인물로 보는 것은 지나치다.

『조선문학사』에서는 매 시기마다 '인민·평민'을 주체로 한 문학작품들을 중심에 내세우고 있으며, 그런 주체를 내세우는 경우 반드시 계급투쟁과 주체적 사실주의의 논리로 귀결시키곤 한다. 그런 점은 뒤에 언급하게 될 '반봉건·반외세'를 문학사 전개에서 의미 있고 바람직한 주제의식으로 꼽고 있는 사실이나 그런 주제의식을 뒷받침하는 미학으로 주체적 사실주의를 일관되게 견지해온 사실을 통해서도 입증된다.

2) 미학의 문제

주체문예론 확립 이후의 저작인 『조선문학사』에 주체적 사실주의 미학이 대전제가 되어 있음은 물론이다. 그 미학은 계급을 중심으로 하는 문학 창작의 주체나 '반봉건·반외세' 등의 각종 투쟁을 중심으로 하는 묘사 대상과 표리를 이루는 문제이기도 하다. 「춘향전」에 관한 해석에서 그런 점은 명백히 드러난다.

> 오늘 남조선의 반동 부르죠아 문예학은 춘향에 대한 리몽룡의 사랑을 변학도와 다를 바 없는 '색마적인 희롱'으로, 반대로 리몽룡에 대한 춘향의 사랑을 '지배계급인 량반에 대한 맹종'으로, 봉건사회에서 철칙으로 되어있던 '량반과 서민간의 주종관계'로 묘사하고 있다. 이자들은 이렇게

---

32) 조동일, 『제3판 한국문학통사 2』, 지식산업사, 1994, 43~44쪽.

함으로써 조선문학의 전통은 '무저항주의'라는 황당한 리론을 조작하고 있다. 그러나 이것은 작품의 형상 자체에 의하여 여지없이 론박되고 마는 전혀 무근거한 비방중상에 불과하다. 춘향의 형상에는 바로 당대 봉건사회 인민들의 해방적 지향과 민주주의 사상이 반영되어 있다. (…) 작자는 신관사또의 무모한 요구에 대한 춘향의 결사적인 거부를 자연발생적이거나 다만 리몽룡에 대한 봉건륜리적 의무감에서가 아니라 순결하고 심오한 사랑의 감정에 토대한 자각적인 행위로서, 변학도의 포악한 행동에 대한 계급적 증오의 반영으로서 묘사하고 있다.

[『조선문학사 1』, 173쪽.]

서술자는 남한 연구자들이 이룩한 「춘향전」 해석상의 진전을 전혀 알고 있지 못하거나 '자의적'으로 꾸며서 비판의 표적으로 삼고 있는 듯하다. 최소한 『조선문학사』가 발간된 전후 시기로부터 지금까지 서술자가 비판한 식으로 「춘향전」을 해석해온 남한의 학자들은 없다. 따라서 이 글은 자신들이 갖고 있는 '주체적 사실주의 미학의 타당성'을 내세우기 위해 합리성을 결했거나 남한 학자들로서는 이미 극복해버린 해석을 대립시켜놓고 있는 것이다. 그들이 말한 '자각적 행위'나 '계급적 증오의 반영'이 '주체적 사실주의 미학 원리'의 패러프레이즈에 불과하다는 것은 말할 나위도 없다. 그렇다고 「춘향전」에 대한 그들의 해석 전체를 부정하는 것은 아니다. "인물들의 생동한 전형화, 세부묘사의 진실성의 증대, 대화에서의 언문일치의 거대한 진전 등으로 종래 소설의 중요한 약점의 하나였던 개념적인 서술을 현저히 극복하고 그 인물들이 속하고 있는 계급의 본질적 특성들을 구체화함으로써 사실주의의 새로운 발전을 가져왔다"[『조선문학사 1』, 181쪽]는 견해는 부분적으로 문제가 있음에도 불구하고 그 나름대로 정곡을 찔렀다고 생각된다.

　　남한과 북한이 미학적으로 근접할만한 대상이라 할 수 있는 실학파 문인들에 대해서조차 첨예한 의식의 차이를 보여준다. 『조선문학사』는 "선행하는 진보적인 미학적 견해를 계승하고 18세기에 더욱 발전한 사실주의 문학예술의 성과와 경험을 리론적으로 일반화함으로써 우리나라 유물론적 미학사상을 더욱 풍부히 하고 발전시켰다. 연암은 당시에 있어서 문학발전의 가장 주되는 장애물이 량반 사대부들의 '모방주의', '형식주의'임을 옳게 간파하고 이를 반대하여 정력적인 투쟁을 전개하였다"[221쪽]고 연암 박지원의 미학을 평가했다. 그러나 연암이 삶의 실제적인 측면을 중시했고, '진보적인 관점에서 전에 없던 탐구를 하고자 해서 참신한 문체를 마련'했으며, '영달을 위한 문학이 아니라 비판을 위한 문학을 마련한 것'이 사실이지만, 본질적인 면에서 '중세 문인으로서 갖추어야 할 수련을 철저하게 다진 것을 토대로 변모를 시도한' 정도[33]라는 것이 그간의 평가였다.

　　사실주의 문학예술의 성과와 경험을 이론적으로 풍부하게 했다는 『조선문학사』의 주장은 충분히 수용할 만하나, 그런 성향을 유물론적 미학사상으로 확대·해석하는 것은 지나친 과장일 수밖에 없다. 연암을 포함한 북학파 문학의 연구는 반드시 '력사유물주의와 변증유물주의에 의거해야 한다'는 견해[34] 역시 균형 잡힌 시각을 위해 남한의 문학사 연구자들이 수용할 필요는 있으나, 그런 견해가 지나치게 강조될 경우 문학사의 논리와 당대의 문학적 현실이 유리될 위험성을 면하기란 쉽지 않다. 상당수의 문인들이 어렵게 살고 있는 백성들의 참상을 동정하거나, 평민계층의 노래에 공감하고 그들의 글을 한시로 번역

---

33) 조동일, 『제3판 한국문학통사』, 212~219쪽 참조.
34) 김병민, 『조선 중세기 북학파문학 연구』, 목원대학교 출판부, 1992, 15쪽.

하여 출간한 행위 등은 보기에 따라 '애국적이며 인민적인 미학사상을 반영한'[35] 일일 수 있으나, 그것이 확산되지 못하고 '개인적 취향' 차원에 머무른 한계의 원인이 규명되지 않는 한 그런 주장의 논리적 정합성 또한 충분히 확보될 수 없는 것이다.

오히려 관념 일변도의 종래 문학에 염증을 느끼고, 사실주의적 기풍을 가미하고자 하는 미적 욕구와 미학적 다양성의 추구 정도로 해석하는 것이 타당하다. 이처럼 미학적 지향의 균형을 추구하는 과정에서 불가피하게 선택된 사실주의적 성향을 '주체적 사실주의'나 '유물론적 미학'의 정착으로 해석하는 일이야말로 주체문학론의 선험적 재단에 불과한 것이다.

3) 묘사 대상의 문제

주체와 미학이 결정된 후 제기되는 것은 '무엇을 그릴 것인가'의 문제다. 사실 묘사의 대상은 주체나 미학과 표리의 관계에 놓인다. 『조선문학사』의 서술자들이 중시하는 주체는 '인민·평민'이고, 그들의 자각과 주체적 태도이며, 또한 그들의 실제적인 삶이다. 말하자면 '인민들이 자신들의 삶을 주체적 사실주의 미학으로 그려내는 것'이 주체문학론에서 이상으로 여기는 문학인 것이다. 그렇다면 자연스럽게 묘사 대상은 '부조리와 모순의 현실'이 된다. 부조리와 모순은 계급 대립에서 생겨나는 '착취-피착취', '빈-부' 등의 사회적 차별요소들이다. 뿐만 아니라 주체문학론에서 중시하는 '자민족 제일주의'는 민족의 문화적 우수성 뿐 아니라 민족적 자존심을 짓밟는 외세로부터의 침탈을

---

35) 『조선문학사 5』, 207쪽.

극복하는 데서 생겨난다고 본다. 따라서 부조리와 모순적 현실이란 '봉건제도 하의 피착취, 외세의 침탈' 등으로 가시화 된다. 자연히 주체문학의 주제는 '반봉건·반외세'로 구체화 되는데, 반봉건의 주제의식은 지배계층에 대한 계급투쟁으로, 반외세의 주제의식은 '반침략 애국투쟁'으로 각각 귀결된다.

『조선문학사 3』의 '15-16세기 한자시의 활발한 창작과 사회비판적 경향의 강화' 부분에서는 도학자들의 비판적 한시를 사회적 모순의 격화와 결부시켜, 흡사 도학자들이 봉건체제의 타파를 지향하여 그런 류의 한시를 창작한 듯이 서술했으나, 따지고 보면 그들은 그런 비판적인 성향 또한 당대 봉건체제의 테두리 내에서 이루어진 데 불과하다는 점을 간과하고 있는 것이다. 김시습에 관한 서술의 경우에도 『조선문학사』의 의도는 분명히 드러난다. 사실 한미한 무반가문 출신이었다 해도 김시습이 현실적으로 현달하고 싶다는 욕망을 처음부터 접은 것은 아니었다. 그리고 그가 보여준 기이한 행동 또한 처음부터 마음먹었던 것은 아니다. 세조에게 은근히 호감을 나타내면서 등용되기를 바랐던 것도 어느 정도는 사실이었고, 승려로 떠돌다가 환속하여 가정을 이루고 농사를 지어보려 애썼지만 소작인의 쓰라림만 맛본 것도 사실이다. 재능으로 보아 자신에게 미치지 못하는 서거정이나 김수온이 부귀영화를 누리고 있는 현실을 보상해줄 수 있는 유일한 것이 그의 문학일 수도 있었다.[36] 이런 사실을 감안할 경우 그의 글들에 드러나는 현실 담론의 진정성이 어디까지 인정될 수 있을까가 의문이다. 분명 그가 문학적 형상화의 대상으로 삼은 것은 '부조리하고 모순적인 현실'

36) 조동일, 『제3판 한국문학통사』, 1994, 421쪽.

이었다. 그의 문학이 선택된 그룹으로부터 배제된 자의 소외감을 표출한 것에 불과했다면, 문학에서 묘사한 그 내용들이 순수하게 착취되고 억압받는 민중들에 대한 애처로움의 표출일 수만은 없는 것이다. 그런 이유로 "김시습의 정론들과 시·소설 작품들에도 봉건 통치배들의 학정을 폭로 비판하고 인민들에 대한 뜨거운 동정을 표시한 작품들이 많다. 이렇듯 선진적인 철학적 및 사회 정치적 견해와 인민들의 지향에 대한 민감한 리해와 감수는 그의 선진적인 미학적 견해를 규정하였다. 김시습의 미학적 견해에서 특징적인 것은 일체 형식주의를 반대하고 생활반영의 진실성을 주장한 것이다."[『조선문학사 3』, 175쪽]라는 논술이야말로 정확한 해석의 담론이라 할 수 없다.

이외에 '임진 조국전쟁에서의 거족적 투쟁을 반영한 참전자들의 애국적 문학', '반침략 애국투쟁 주제의 시' 등의 항목들을 통해 『문학사』가 관심을 갖는 문학의 묘사 대상을 설명하고 있다. 이들 항목에서 강조한 것은 '조국과 민족이 외세에 침략을 받았을 때 자발적으로 목숨 걸고 싸운 것은 민중들'이라는 점이다. 그 말의 이면에는 평소에 인민들의 고혈을 빨던 '봉건 통치배'들은 외세가 침입해 왔을 때도 인민들을 방패막이로 삼아 자신들을 구명하기에 급급했다는 비판이 들어 있다. 따라서 '반봉건'과 '반외세'는 같은 물건의 양 측면과 같고, 인민들의 자주적 삶의 확보라는 단일한 결과가 그로부터 확보된다고 보았다.

이상에서 살펴본 것처럼 북한의 문학사에서는 '주체적 사실주의'의 미학을 바탕으로 인민들의 현실적인 삶을 사실적으로 그려낸 문학을 매우 중시하여 선택·해석했음을 알 수 있다. 인민들이 누리는 삶의 자유는 지배자들의 억압으로부터 해방되어야 얻을 수 있으므로, 계급간의 투쟁은 필연적으로 겪어야 하는 삶의 과정이었다. 따라서 문학작품을 계급 간 투쟁의 산물로 보고, 그로부터 주체적 사실주의의 미학을 읽어내는 것이 북한문학사의 근간인 것이다.

〈그림 13〉 북한에서 펴낸 조선문학개관과 한국에서 다시 찍은 것들

4. 마무리: 통일 고전문학사 서술의 전망

현재 북한의 체제는 주체사상을 바탕으로 유지되고 있으며, 문학이나 예술 또한 주체문예론에 바탕을 두고 있다. 맑스-레닌주의의 기본 미학인 사회주의적 사실주의는 주체사상 확립 이후 주체적 사실주의로 보다 구체화 되었으며, 문학사의 서술이나 문예 창작 또한 주체사상의 통제를 받아 왔다. 문학사는 과거의 문학작품이나 문학적 사건들을 해석하여 역사적 연계원칙 위에서 체계화하는 것이다. 그런 만큼

문학작품이나 문학적 사건들에 대한 해석의 관점 혹은 방법이 결정적
조건이며, 그것을 결정하는 것이 서술주체의 미학과 사관이다.

　북한의 문학사들을 통제하는 강령은 김일성의 교시, 김정일의 지적,
주체문학론 등이다. 이 강령들을 풀어 설명하고, 그 내용을 바탕으로
존재로서의 문학작품들을 해석하는 것이 북한문학사의 기본이다. 그
런 만큼 서술자 개인의 관점이나 생각은 허용될 수 없다. 일반 역사를
서술할 때 선택된 과거의 사건들을 현재의 관점으로 해석하듯이, 문학
사 또한 서술 대상을 지금의 관점으로 선택하고 해석해야 한다. 대부분
그들의 관점에 맞는 것들이 선택되지만, 설사 관점에 맞지 않다 하더라
도 해석과 비판이 동시에 따르기 때문에 문학사의 정신이나 체계에는
전혀 문제가 없다. 이에 따라 획일화된 문학사가 이루어질 수밖에 없었
고, 그것은 주체혁명의 한 수단으로 이용되어 왔다. 주체이념의 합법칙
성, 합목적성이란 북한문학사가 존립할 수 있는 유일한 기반인 셈이다.
따라서 텍스트를 중심으로 서술자의 개인적인 관점에 따라 자유롭게
기술하는 남한의 문학사와는 근본적으로 다를 수밖에 없다.

　이처럼 북한의 문학사는 획일적이고 남한의 문학사는 다양하다. 따
라서 북한의 문학사와 남한의 문학사를 일대일로 대응시켜 통합을 추
구하는 것은 가능하지도 않으려니와 바람직한 일도 아니다. 문제는 체
제다. 주체사상이 언제까지 유지될지 알 수 없고, 다시 어떤 사상체계
로 진화하게 될지도 알 수 없다. 지금 북한은 주체사상을 헤겔이나 후
쿠야마 식의 '진화의 종점' 혹은 '역사의 종말'로 선전하고 있다. 말하
자면 주체사상으로 그곳에 '지상낙원'이 구현되었다는 것이다. 그들이
'주체사상=역사의 종말=지상낙원'의 도식을 믿는 한 그 체제는 지탱되
어갈 것이고, 그에 따라 주체문학론과 그에 입각한 문학사 또한 유지

될 것이다. 그 시기까지 남북한문학사의 골은 메울 길이 없다. 말하자면 현 시점에서 통일고전문학사는 환상이다. 그렇다고 우리가 '감이 익어 저절로 떨어질 때까지' 팔짱을 낀 채 기다려야 하는가?

북한의 주체사상에서 가장 중요한 벼리들 가운데 하나는 '자민족 제일주의'다. 적어도 이 점은 남한에서도 부담 없이 수용할 수 있는 내용일 것이다. 그러나 과거 전체주의 집단들이 바로 그 점 때문에 자멸한 역사적 경험을 상기한다면, 우리로서는 일단 그 점을 경계해야 한다. 문학사의 경우도 보편성을 지향해야 한다는 불문율만 전제된다면, 얼마간의 '자민족 제일주의'는 허용될 수 있을 것이다. 그러나 독불장군식의 '내 식대로!'는 '역사의 종말'을 향한 진보를 스스로 포기하는 결과를 초래하게 된다. "역사는 방향성과 의의를 갖고 진보하는 것이고, 이해하는 것조차 가능하다는 맑스의 생각은 현대사조의 주류에서 말하면 완전히 이단"[37]이라고 단정한 후쿠야마의 생각은 이런 점에서 절묘하다. '경직성과 나만의 기준'은 역사적 관점에서 볼 때 분명 잘못된 것이다. 반대로 지나치게 번잡한 다양성 또한 스스로 모순을 지니는 것이 사실이다. 스스로 모순을 내포한 체제는 끊임없는 갈등으로 충돌하고 파괴되며, 그 보다 모순이 적은 체제로 대체되어 간다.

그동안 북쪽이 체제수호를 위해 주체사상을 고안했다면, 남쪽 역시 자유민주주의 체제의 확충을 향해 진보해왔다. 어떤 쪽이 우월한가는 시간이 판정해줄 것이다. 헤겔은 모든 인간에게 평등하게 자유가 부여되어가는 과정을 통해 '보편적 역사'를 이해할 수 있다고 했다. 즉 왕조체제에서는 '한 사람의 인간'만이 자유를 알았고, 그리스·로마 세계에

---

37) 프랜시스 후쿠야마 저, 이상훈 옮김, 『역사의 종말』, 한마음사, 1992, 120쪽.

서는 '일부의 사람'만이 자유를 알았으며, 현재의 우리는 '모든 인간이 절대적으로 자유롭다는 것'을 알게 되었다는 설명이다. 그래서 '세계사란 자유에 대한 인지가 발달되어 가는 것'에 불과하다고 본 것이다.[38]

　이질적인 체제와 이념이 지속되는 한 남북한의 문학사는 평행선을 그어갈 것이다. 그렇다고 체제와 이념을 그대로 놓아둔 채 문학사만 통합시키는 일은 가능하지도 바람직하지도 않다. 남한 문학사가 그간 성취했다고 자부하는 다양성이나 유연성도 알고 보면 편견과 아집에 의한 모순으로 점철되어 있다. 문학사의 질적 우수성이나 깊이는 서술자의 철학이나 역사적 관점에 달려있다. 우리 사회의 의식의 폭을 넓혀야 하고, 우리 내부에서만이라도 다른 관점들을 수용할 수 있어야 진정한 다양성을 확보할 수 있다. 그 시점에 이르러서야 북한의 주체문학사도 다양한 문학사들 가운데 하나라는 점을 인정하게 되고, 그 순간부터 남북한의 이질적인 문학사들이 남한 내의 이질적인 문학사들과 같은 차원에서 거부감 없이 수용될 수 있을 것이다. 우리는 인내심을 갖고 그 때를 기다려야 한다.

---

38) 헤겔 저, 김종호 역, 『역사철학강의(Ⅰ)』, 삼성출판사, 1982, 89쪽.

제4부

총결

옛 노래와 이야기로
남북한이 같은 꿈꾸기

　같은 말과 하나의 고전문학을 공유하면서도 지난 70년간 남북은 '다른 꿈'을 꾸어왔다. 같은 조상이 만들어낸 문학에서 다른 의미를 읽어온 것이다. 옳고 그름을 객관적으로 따지기보다 각자 자신이 옳다는 억지 신념에 매몰되어 진실로부터 자꾸만 멀어지는 방향으로 질주해왔다. 아직 세계문학사 속에서 '한글문학'이 지리멸렬한 위상을 보여주고 있는 것도 그 때문이다.

　문학을 창작할 때도 창작된 문학을 해석할 때도 북한 사람들은 자신들의 이념을 잣대로 사용한다. 사회주의적 사실주의 혹은 사회주의적 사실주의에 주체미학이 덧붙은 이념을 문학 창작과 해석의 전제로 사용하기 때문에 그로부터 도출되는 주제나 해석이 천편일률적이다. 그래서 북한의 문학사들은 대단히 연역적이고 작위적이다.

　기록된 첫 시기의 문학인 **상고시가** 중 집단 노동이나 의식(儀式/意識)을 반영한 〈구지가〉의 단계에서 개인 창작시가의 단계로 넘어가는 어름에 〈두솔가〉가 있었고, 그로부터 한시와 향가를 중심으로 하는 개인

창작 시가들이 앞 시대에서 지속되어오던 집단 가요들과 공존하는 시
대적 맥락을 형성했다. 원시사회가 무너지고 고대국가가 출현하던 시
기부터 개인 서정가요들은 만들어졌고, 그 가운데 한역을 통해 기록으
로 남아 있게 된 것이 〈공후인〉이다. 북한에서는 그 다음 단계인 삼국
을 봉건국가로 규정했고, 첫 봉건국가를 고구려로 보았으며, 그 시기
의 문학을 '중세문학'이라 했다. 이 시기 〈황조가〉를 비롯한 당대의
시가들을 통해 한자로 기록된 사실과 함께 '개별국가들을 초월하는 보
편성'이라는 중세문학적 성향을 읽어냈다. 고대사회에서 이미 이루어
진 착취계급과 피착취계급의 분화에 따라 양자 간의 대립과 투쟁이
치열해졌다. 그 투쟁을 바탕으로 계급 혹은 계층 간의 이해관계를 반
영함으로써 지배계급에 복무하는 '반동적 문화'와 착취 및 억압에 신음
하는 하층민들의 요구를 구현한 '진보적인 문화'로 갈라지게 되었다.
고대의 노래들 역시 그런 현실의 소산이라는 것이 그들의 견해였다.

　　향가가 '인민대중의 집단적 노동요' 즉 '두렛노래'에서 나왔다는 관점
은 북한의 모든 문학사들에 공통된다. 사회주의적 리얼리즘의 필수요
건인 '인민성·당성·노동계급성' 가운데 인민성과 노동계급성을 강조
할 필요 때문이었을 것이다. 노동계급으로서의 인민대중 속에서 불리
던 생활가요들이 상당기간 후에 고안된 향찰 서사법(書寫法)으로 기록
되면서 구체적인 시 형식으로 나타난 장르가 향가라고 했다. 따라서
그 서사(書寫)는 형식적 정제(整齊)를 이루어 나가던 가공(加工)의 행위이
자 과정이었다. 그리고 노래 즉 '읊던 시가'에서 시문학 즉 '쓰는 시가'로
의 전환을 향가에서 찾아낸 점은 시가사 전개 양상의 합리적 발견이었
다. 개별 노래들의 해석에서 이념적 과잉의 모습을 보여준 것은 문학을
'사회주의 혁명을 보조하는 수단'으로 인식하던 그들의 입장에서는 당

연한 결과였다. 비록 고전시대의 향가라 해도 사회주의적 리얼리즘 이론의 합목적적 기준에 맞도록 해석해야 했고, 그 핵심 내용인 '인민성에 기반을 둔 집단성, 계급투쟁, 반외세 투쟁' 등에도 부합되어야 했다.

주체사상이 등장한 시기에도 향가에 관한 문학사 서술의 기조는 앞 시기와 크게 달라지지 않았다. 주체사상 자체가 정치·외교적 현실의 변화를 반영한 삶의 노선이었기 때문에, 그들이 견지해오던 사회주의적 리얼리즘 미학의 근본까지 변화시켜야 할 이유는 없었다. 주체미학을 문학사의 강령으로 내세웠음에도 앞 시기의 문학사에 제시한 작품 해석의 경향이 지속된 이유를 여기서 찾을 수 있다. 향가에 대한 북한 문학사들의 해석이 비교적 정돈된 느낌을 주는 것도 향가들이 향찰이라는 우리 독자적 표기체계로 정착된 최초의 노래라는 점에서 부정적인 면을 찾기 어렵기 때문이었다. 무엇보다 작품에서 읽어낼 만한 계급투쟁이나 이념투쟁 혹은 외세와의 투쟁적 요소 등이 적었기 때문이다. 향가 장르의 역사적 전개나 작품 해석의 경우 이념 과잉으로부터 생겨나는 작위성이 적지 않음에도 불구하고, 부분적으로나마 그들 논리의 합리성을 인정하게 되는 이유 또한 여기에 있다.

콘텍스트나 상호텍스트를 고려하지 않을 경우 **고려속악가사**는 민중의 노래다. 그러나 고려속악가사가 궁중에 도입되어 궁중악으로 개작된 이상, 그것들을 순수한 민중의 노래로만 볼 수는 없다. 민중의 꿈과 상상력이 지배계층의 그것들로 바뀌었다고 생각되기 때문이다. 사실 국문학 연구가 시작된 이래 남북한의 학자들은 그 담당계층을 시종일관 '민중'으로 보는 오류를 범했고, 심지어 상당수의 남한 학자들은 그것들을 '속요'라 하여 대중가요와 같은 부류로 보고 있다. 물론 그것이 '속악'인 이상 우리의 전통적 정서나 고유의 노래 관습으로부터 자유롭지 못한 것은 사실이다. 그렇다 해도 곡조와 가사가 통합된 실체로서의 고려속악가사가 액면 그대로 민중의 것은 아니다. 따라서 적어도 고려속악가사에 대해서만큼은 북한의 학자들이 비교적 온당한 견해를 갖고 있는 셈이다. 물론 주제 해석에서 지나치게 이념 중심적인 논리를 펴고 있는 점은 흠이라 할 수 있으나, 고려속악가사들이 '곡조와 가사의 통합체'라는 전제 위에서 논리를 전개했고, 그런 전제로부터 담당계층·형태·미학 등에 관하여 비교적 타당한 결론을 도출했다는 점은 두드러지기 때문이다.

북한의 학자들은 도시의 평민층, 특히 여인들과 일부 봉건 관료들, 그리고 이름을 알 수 없는 사람들을 고려속악가사의 담당계층으로 꼽았다. 특히 사회적으로 천대를 당하던 당대 직업 예술인들을 포함하여 도시의 평민들 혹은 더 나아가 작자계층의 한 부분을 차지하던 여성들이 현실에 대한 불만과 불평을 노래에 표현했으며, 그것이 특정 계층에 국한되지 않고 보다 광범한 사회계층에 확산됨으로써 주제의 확장은 물론 내용의 다양성이나 복잡성을 보여주게 되었다는 것이다. 존재 양상이나 형태의 면에서 그들은 고려속악가사를 분명한 노래로 파악함으로써 시종일관 시문학의 관점에서만 보려는 남한의 학자들보다 정확한 인식태도를 보여준 것은 사실이다. 그러나 그들이 고려속악가사의 주제나 이념을 해석하는 문제에서는 어쩔 수 없는 한계를 노출한 것도 사실이다. 노래들의 화자를 '봉건 통치 집단으로부터 지배를 당하는 무산계급 인민들'로, 노래되는 내용이나 주제를 '봉건 통치배들에 대한 저항이나 투쟁'으로 보는 것이 북한 학자들의 일반적인 관점이다. 고려속악가사와 같이 아무리 오래 된 노래들일지라도 그것들을 자신들이 현재와 미래에 이룩해야 할 '혁명과업'의 수단으로 오랫동안 존재해 왔다고 보는 것은 엄청난 강변일 수밖에 없다. 그들이 담당계층이나 장르의 현실적 존재양상을 객관 타당하게 파악하고 있다 해도, 이면적 의미를 해석하는데 있어서 이념적 경직성을 벗어나지 못하는 한 자의적(恣意的)일 수밖에 없음은 분명하다.

1960년대 중반 이후 북한사회의 이념이 주체사상으로 바뀌면서 부정적으로 선회한 장르가 〈건국송가〉나 〈용비어천가〉, 〈월인천강지곡〉 등 조선조 **악장**이다. 조선조의 악장을 대부분 '반동적 시가문학'이라 낙인찍은 것도 그들이 조선을 '봉건왕조', 조선 건국의 주도세력을 '반동적인 봉건 통치배들'의 전형으로 보았기 때문이다. 그런 봉건 통치배들이 자신들의 체제찬양을 위해 만들어낸 악장을 긍정적으로 볼 수만은 없었을 것이다. 그러나 초·중기의 문학사들에 비해 최근의『조선문학사』(1991)에서 얼마간 융통성을 보여준 것은 약간 이색적이다. 이 책의 저자 김하명은 '노래 자체가 조선말의 고유한 어휘를 많이 쓰려는 경향을 보여준다는 점, 역사적 사실을 왜곡하고 터무니없이 현실을 미화하여 사상적 내용에서 반동적이며 무가치하다는 점, 그럼에도 불구하고 국문으로 된 첫 서사시 형식의 작품이며 당시 역사 및 조선어 연구의 자료로 쓰일만한 효용가치를 지닌다는 점' 등을 들어 조선조 악장에 대한 변호의 뜻을 드러낸 것은 다소 희망적이라 할 수 있다.

시조에 대한 관점 역시 마찬가지 양상을 보여주는데, 맑스-레닌주의에 입각한 사회주의적 사실주의와 주체적 사실주의의 등장을 경계로 양분되는 모습을 보여준다. 북한 학자들의 경우 조선조 양반 사대부 혹은 그들의 문학에 대하여 비판적이지만, 피지배 계층이나 진취적인 양반들이 성취한 미학의 전환만큼은 긍정적으로 보고 있는 것이 사실이다. 생활에 밀착된 노래, 조국 산천의 아름다움을 구가한 노래,

남녀 간의 애정이나 인정세태 등을 '사실적으로' 그려낸 노래들은 어느 시기에나 찬양되거나 권장되었다. 주체사상 등장 이전 시기의 성향은 이념 중시의 해석 틀과 함께 문학사적 사실의 확인과 해석의 객관성을 얼마간 유지하려는 노력을 보여주었으나 등장 이후에는 객관성을 잃고 이념의 함정에 매몰되는 양상을 보여주었다.

무엇보다 조선조 후기에 등장한 가집들이 가곡본(歌曲本)임을 전제로 의미를 추출하고자 한 점, 서민계층의 구전민요로부터 받은 영향이 전면에 드러나 있는 점, 『남훈태평가』와 같은 가집의 작품들에 종장 끝 귀가 생략되어있는 사실을 근거로 시조창법을 거론한 점, 가곡의 체제와 풍도·형용 등을 들면서 당시의 가집들이 가보(歌譜)에 중점을 둔 편찬임을 지적한 점, 이 시기 시조들의 시어에서 구어화(口語化)의 경향을 지적했다는 점 등은 시조에 대한 남한 학자들의 관점과 크게 다르지 않고, 오히려 어떤 점에서는 훨씬 객관 타당한 측면이 발견되기도 한다.

이와 달리 주체사상 이후 시기의 관점은 이전의 사회주의적 사실주의와 약간의 차이를 보여주는 게 분명하다. 이 시기의 문학사에서는 시조작품을 미적 소산 아닌 계급투쟁의 산물로 보았기 때문에 지배계층에 대한 적개심을 적지 않게 노출시키고 있다. 다시 말하여 시조문학사 초·중기의 작품들에 대한 해석은 남한 학자들의 관점과 크게 다른 모습을 보여주었으나, 후기 작품들로 갈수록 남·북한의 시각차가 좁혀지는 모습을 발견할 수 있는데, 그것은 조선조 후기의 체제나 사회의 모순이 확대되어 남·북한 어느 관점에서 보더라도 일치되는 해석을 도출할 수밖에 없었기 때문일 것이다.

사실 중세적 질서의 해체기인 조선조 후기 평민시인들의 미의식은 북한 지배층이나 학자들의 구미에 맞았다고 볼 수 있는데, 상품 화폐

경제의 발달과 신분관계의 변화에 따라 직업적 예술인들의 활동이 활발해졌다는 점, 계층 간·도농(都農) 간의 상호교류가 긴밀해지고 민요·판소리·시조·가사·잡가 등 다양한 예술형태들이 서로 영향을 주고받으며 교류관계가 강화되었다는 점 등이 강조되었다.

이와 약간 다른 차원에서 **가사**는 서정적이든 서사적이든 지난 시기 민족문학의 장르들 가운데 민중들이 살아가는 모습을 비교적 충실하게 반영한 문학 장르라 할 수 있다. 그 점 때문에 가사가 북한의 체제나 이념에 비교적 가까운 성격의 장르로 생각되었을 것이다. 북한의 문학사가들이 박인로에게서 발견한 것은 주체미학 구현자로서의 가능성이었다. 그럼에도 불구하고 그가 결국 조선조의 봉건적 이념을 벗어나지 못하고 통치체제의 강화에 기여한 사실은 극복할 수 없었던 그의 약점이기도 했다. 이념의 틀이 경직되지 않은 주체사상 성립 이전과 달리 주체사상 성립기에 들어가면 빈곤에 무너지는 인간상이나 관념적으로든 실질적으로든 빈곤을 극복하는 인간상을 중시하게 된다. 그리고 그런 인간상의 묘사를 통해 독자들의 탄식과 감동을 자아내는 데 그치지 말고 빈곤의 실상을 '제대로' 그려낼 것이며, 부와 권력을 독점한 지배계층에게 그 책임을 묻는 것이 작가의 책무임을 강조한다. 주체미학의 완숙기에 들어가면 외세의 침입에 대항하여 '투쟁하는 주인공'의 형상을 창조할 것, 기층 민중을 억압하는 지배계층에 대한 투쟁을 구체화할 것 등 문학작품에서의 '혁명적 투쟁성'을 강조하는 방향이 문학이나 예술의 이상으로 천명된다.

이처럼 이념의 족쇄에 사로잡힌 북한문학사에서 문학작품 대부분은 왜곡되거나 부분적인 특질들이 전체의 것인 듯 과장되기 일쑤였다. 체제의 통일을 통해 이념의 족쇄가 벗겨지고 문학사가들에게 무한한 자유가 주어지는 것만이 문학사의 그런 왜곡이 종식될 수 있는 지름길일 텐데, 현재로선 그런 날이 요원하다.

통일시대의 문학사를 위해서라도 문학사 체계에 대한 합의는 필요하다. 본서에서는 특히 고전시가에 초점을 맞추었는데, 고전시가를 통시적으로 체계화시켜 고전시가사를 기술하기 위해서는 무엇보다 합리적이고 객관적인 시대구분이 선행되어야 한다. 문학사 서술의 첫 단계는 시대구분이고, 문학사에서 구분되는 시대는 문학의 발전이나 전개 단위인 동시에 서술의 마디이기도 하다. 마디를 제대로 끊지 못할 경우, 그것들로 이루어지는 전체는 유기적 완결성을 갖출 수 없다. 작품들 간의 공시적·통시적 맥락을 유기체적 관점으로 파악한다는 점에서 문학사 서술은 개별 작품의 단순한 확인이나 분석 작업을 넘어서는, 고도의 창조행위다. 이런 점은 고전시가사에도 그대로 적용된다. 그러나 새롭게 이루어지는 고전시가사는 기존의 문학사들이 안주해온 관습적 파장으로부터 벗어나야 한다. 그러기 위해서라도 작품들이 창작·향수되던 배경이나 상황을 면밀히 살펴야 하고, 가급적 선입견을 배제한 채 그것들에 내재해 있는 의미를 찾아야 한다.

그러나 문학사 서술의 첫 단계가 시대구분이라 하여, 대뜸 시대구분에 착수할 수 있는 것은 아니다. 시대구분을 위한 예비단계가 필요하며, 그 예비단계는 첫 단계에서 흔히 범하게 되는 시행착오를 상당부분 축소해 줄 것이다. 여기서 시대구분의 예비단계로 생각할 수 있는 것이 바로 전환점의 모색이다. 어느 역사이든 전환적 계기가 될 만한 사건들은 늘 있기 마련이다. 이러한 전환점들을 잘만 찾아낸다면, 난제로 여겨지던 시대구분이 오히려 쉬워질 수도 있다. 물론 중요도나 의미에 있어 독점적 지위를 주장할 수 없는 사건이나 계기들을 중요한

〈그림 14〉 1977년 사회과학원 문학연구소에서 펴낸 조선문학사들

전환점으로 착각하는 경우도 없지는 않을 것이다. 그러나 본 단계에서의 실수를 줄여줄 수 있다는 점에서 예비단계에서의 그러한 시행착오가 전혀 무익하다고 할 수는 없다.

한국 고전시가사의 첫 전환점은 상고시가를 청산하고 향가시대를 열었다고 생각되는 〈두솔가〉의 출현이다. 두 번째 전환점은 향가 시대의 종언(終焉)과 함께 나타난 훈민정음, 그리고 이에 힘입어 속악가사들을 국문으로 기록한 사건이다. 세 번째 전환점은 속악가사 시대의 종언과 겹쳐 등장한 대엽(大葉)의 출현이다. 네 번째 전환점은 대엽의 성행과 다양한 장르의 분화·파생 시기를 거쳐, 그러한 것들을 집대성한 가집의 출현을 들 수 있다. 특히 삼대 가집 중 첫 결실인 『청구영언』의 편찬과 여기에 정리된 「만횡청류」, 그리고 이에 대한 편찬자나 당대 인사들의 관점 등은 당대에 구체화된 전환의 실질적 근거로 인정될 만하다. 노래문학으로서의 고전시가를 연행(演行)하던 관습은 물론, 그를 둘러싼 당대 인사들의 변화된 인식이 구체적인 시대의 변화를 선도했음은 물론이다. 그러한 변화들이 간혹 전환점으로 구체화되고,

전환점들 사이에는 보다 작은 규모의 전환점들이 구체화될 수 있다. 이런 전환점들을 정확히 찾아내는 일이야말로 통일시대 이후의 고전시가사 서술을 위한 준비 작업이라 할 것이다.

북한의 문학사들을 통제하는 강령은 김일성의 교시 · 김정일의 지적 · 주체문학론 등이며, 이 강령들을 풀어 설명하고 그 내용을 바탕으로 존재로서의 문학작품들을 해석한 것이 문학사의 골자다. 그런 만큼 문학사 서술에서 개인의 관점이나 생각은 일체 허용될 수 없으므로 획일화된 문학사가 이루어질 수밖에 없었고, 그렇게 이루어진 문학사는 주체혁명의 한 수단일 뿐이다.

주체이념의 합법칙성 · 합목적성이란 북한문학사가 존립할 수 있는 유일한 기반이다. 따라서 텍스트를 중심으로 서술자의 개인적인 관점에 따라 자유롭게 기술하는 남한의 문학사와는 근본적으로 다를 수밖에 없다. 북한의 주체사상에서 가장 중요한 벼리들 가운데 하나는 '자민족 제일주의'다. 문학사란 보편성을 지향해야 한다는 관점에서 보면, '이념적 경직성과 나만의 기준'은 역사적 관점에서 허용될 수 없는 독선일 뿐이다. 북쪽이 체제수호를 위해 주체사상을 고안했다면, 남쪽역시 자유민주주의 체제의 확충을 향해 진보해왔다. 지금처럼 이질적인 체제와 이념이 지속되는 한 앞으로도 남북한의 문학사는 평행선을 그어갈 것이다. 남한 문학사가 그간 성취했다고 자부하는 다양성이나 유연성도 알고 보면 편견과 아집에 의한 모순으로 점철되어 있는 것이 사실이다. 문학사의 질적 우수성이나 깊이는 서술자의 철학이나 역사적 관점에 달려있다. 우리 사회의 의식의 폭을 넓혀야 하고, 우리 내부에서만이라도 다른 관점들을 수용할 수 있어야 진정한 다양성을 확보할 수 있다. 그 시점에 이르러서야 북한의 주체문학사도 다양한 문학사들 가운데 하나라는 점을 인정하게 되고, 그 순간부터 남북한의 이질적인 문학사들이 남한 내의 이질적인 문학사들과 같은 차원에서 거부감 없이 통합될 수 있을 것이다.

* * *

북한문학사에 반영된 고전시가 해석의 실례들은 남북 간의 시각차와 함께 이념의 통일이 매우 어려운 민족적 과제임을 보여준다. 그렇다고 넘을 수 없는 산을 마주한 채 망연자실할 이유는 없고, 사실 그래서도 안 된다. 정상으로 오르는 길은 어딘가에 있을 것이고, 없다면 새 길을 찾거나 만들어야 한다. 세상에 높은 산들은 많지만, 그렇다고 오르지 못할 산이야 있겠는가.

참고문헌

1. 자료

과학원 언어문학연구소 문학연구실, 『조선문학통사』(상·하 2권), 과학원출판사, 1959.

김선려·리근실, 『조선문학사 11(조국해방전쟁시기)』, 사회과학출판사, 1994.

김일성, 『김일성저작선집 4』, 조선로동당출판사, 1972.

_____, 『김일성저작집 1』, 조선로동당출판사, 1979.

김창규, 『蘆溪詩文學原典資料集成』, 박이정, 2006.

김하명, 『조선문학사 3(15-16세기)』, 사회과학출판사, 1991.

_____, 『조선문학사 4(17세기)』, 사회과학출판사, 1992.

_____, 『조선문학사 5(18세기)』, 과학백과사전종합출판사, 1994.

_____, 『조선문학사 6(19세기)』, 사회과학출판사, 1991.

_____, 『조선문학사 7(19세기말-1925)』, 사회과학출판사, 1991.

류 만, 『조선문학사 8(항일혁명문학)』, 사회과학출판사, 1992.

_____, 『조선문학사 9(1920년대 후반기-1940년대 전반기)』, 과학백과사전종합출판사, 1995.

리응수, 『조선문학사(1-14세기)』, 교육도서출판사, 1956.

_____, 『조선문학사』, 한국문학사, 1999.

『문예상식』, 문학예술종합출판사, 1994.

사회과학원 문학연구소, 『조선문학사』(전 5권), 과학백과사전출판사, 1977.

_____, 『조선문학사(고대중세편)』, 과학백과사전출판사, 1977.

사회과학원 문학연구소, 『북한의 문예이론』, 인동, 1989.

사회과학원 주체문학연구소, 『문학예술사전』(상·중·하 3권), 과학백과사전종
        합출판사, 1988.

사회과학출판사, 『우리 당의 문예정책』, 사회과학출판사, 1973.

『原本影印 韓國古典叢書(復元版) Ⅱ〈詩歌類〉孤山外五人集』, 대제각, 1973.

『原資料로 본 北韓』, 『新東亞』 별책부록(1989년 1월호).

임석진 외, 『철학사전』, 중원문화, 2009.

정홍교, 『고려시가유산연구』, 과학백과사전출판사, 1984.

_____, 『조선문학사 1(원시~9세기)』, 사회과학출판사, 1991.

_____, 『조선문학사 2(10~14세기)』, 과학백과사전종합출판사, 1994.

2. 논저

곽종원 외, 『한국문학사』, 대한민국 예술원, 1984.

국어국문학회, 『고려가요·악장 연구』, 태학사, 1997.

권영민, 「북한의 주체사상과 문학」, 『북한의 정치이념: 주체사상』, 경남대학교
        극동문제연구소, 1990.

김경숙, 「통일문학사를 위한 시론」, 『문학마당』 7, 문학마당, 2004.

김관웅, 『서방문학사』, 연변대학 출판사, 1995.

김대행, 『북한의 시가문학』, 문학과비평사, 1990.

_____, 「북한의 문학사 연구-문학의 역사를 보는 시각」, 『시와 문학의 탐구』,
        역락, 1999.

김동욱, 『韓國歌謠의 硏究』, 을유문화사, 1976.

_____, 『國文學史』, 일신사, 1986.

김명준, 『고려속요집성』, 도서출판 다운샘, 2002.

김병국, 「장르論的 관심과 歌辭의 文學性」, 김학성·권두환, 『古典詩歌論』, 새문
        사, 1984.

김병민, 『조선 중세기 북학파문학 연구』, 목원대학 출판부, 1992.

_____·채미화·허휘훈, 『조선-한국 당대문학사』, 연변대학 출판사, 2000.

김승찬, 「조선족의 우리 고전문학사 기술태도와 그 비판」, 『중국 조선족 문학의

　　　　　　전통과 변혁』, 부산대학교 출판부, 1997.

김열규 외, 『한국문학사의 현실과 이상』, 새문사, 1996.

　　　　· 신동욱, 『高麗時代의 가요문학』, 새문사, 1986.

김영수, 『古代歌謠研究』, 단국대학교 출판부, 2007.

김완진, 『鄕歌解讀法研究』, 서울대학교 출판부, 1981.

김용범 외, 『김정일 문예관 연구』, 문화체육부, 1996.

김윤식, 「문학사의 흐름에서 본 통일시대의 민족문학: 통일문학사론·준통일문
　　　　학사론·병행문학사론의 범주에 대한 시론」, 『문예중앙』 91, 중앙 M&B,
　　　　2000.

김재용, 『북한문학의 역사적 이해』, 문학과 지성사, 1994.

김정일, 『주체사상에 대하여』, 조선로동당출판사, 1991.

　　　　, 『주체문학론』, 조선로동당출판사, 1992.

김학성, 「가사의 장르성격 재론」, 『국문학의 탐구』, 성균관대학교 출판부, 1987.

김흥규, 『한국문학의 이해』, 민음사, 1986.

민족문학사연구소, 『북한의 우리 문학사 인식』, 창작과 비평사, 1991.

박상준, 「문예학과 역사학의 만남」, 『역사문제연구』 9, 역사비평사, 2002.

박충록, 『한국 민중문학사』, 열사람, 1988.

박태상, 『북한문학의 현상』, 깊은샘, 1999.

반교어문학회, 『신라가요의 기반과 작품의 이해』, 보고사, 1998.

서영대 외, 『한국사의 시대구분에 관한 연구』, 한국정신문화연구원, 1995.

서울대학교 동아문화연구소, 『국어국문학사전』, 신구문화사, 1981.

설성경, 「남북한문학사의 비교」, 김열규 외, 『한국문학사의 현실과 이상』, 새문
　　　　사, 1996.

　　　　· 김영민, 「통일문학사 서술을 위한 단계적인 방안 연구」, 『통일연구』 제
　　　　2권 제1호, 연세대학교 통일연구원, 1998.

　　　　외, 『북한식 문화예술 창작 방법론 연구』, 문화체육부, 1998.

　　　　· 유영대, 『북한의 고전문학』, 고려원, 1990.

성기옥, 「국문학 연구의 과제와 전망―국문학의 범위와 장르문제를 중심으로」,
　　　　『이화어문논집』 12, 이화여자대학교 이화어문학회, 1992.

송현호, 『문학사기술방법론』, 새문사, 1985.

신재홍, 『향가의 미학』, 집문당, 2006.

심경호, 「북한의 고전문학 연구, 성과와 문제점」, 지교헌 외『북한의 한국학
　　　연구성과 분석-철학종교·어문편』, 한국정신문화연구원, 1991.

안영훈, 「북한문학사의 고전문학 서술 양상」, 『한국문학논총』 38, 한국문학회,
　　　2004.

양주동, 『增訂 古歌研究(重版)』, 일조각, 1981.

오정애·리용서, 『조선문학사 10(평화적 민주건설 시기)』, 사회과학출판사, 1994.

윤근식, 『유물론적 역사이론들』, 성균관대학교 출판부, 1993.

李家源, 『三國遺事新譯』, 태학사, 1991.

이가원, 『조선문학사』(상·중·하), 태학사, 1995.

이강옥, 「북한문학사의 실증적 오류 및 문제점 검토」, 『한길문학』 4, 한길사,
　　　1990.

이기동, 「北韓에서의 高句麗史 연구의 현단계-孫永鍾 著《고구려사》를 읽고-」,
　　　『東國史學』 33, 동국사학회, 1999.

이복규, 「북한의 문학사 서술 양상」, 『국제어문』 9·10 합집, 국제어문학회,
　　　1989.

이선영 외, 『한국문학사 어떻게 쓸 것인가』, 한길사, 2003.

이성제, 「北韓의 高句麗史 研究와 歷史認識-孫永鍾 교수의 최근 저술에 보이는
　　　고구려사 인식을 중심으로-」, 『高句麗研究』 18, 고구려연구회, 2004.

임기중, 『新羅歌謠와 記述物의 研究: 呪力觀念을 中心으로』, 이우출판사, 1981.

전영선, 『북한의 문학과 예술』, 역락, 2004.

조규익, 『高麗俗樂歌詞·景幾體歌·鮮初樂章』, 한샘, 1994.

＿＿＿, 『가곡창사의 국문학적 본질』, 집문당, 1996.

＿＿＿, 『조선조 악장의 문예미학』, 민속원, 2005.

＿＿＿, 『고전시가의 변이와 지속』, 학고방, 2006.

＿＿＿, 「頌禱 모티프의 연원과 전개양상」, 『고전문학연구』 32, 한국고전문학
　　　회, 2007.

＿＿＿, 『풀어 읽는 우리 노래문학』, 논형, 2007.

조규익,「교훈의 장르론적 의미와 교훈가사」,『고시가연구』23, 한국고시가문
　　　학회, 2009.

＿＿＿,『조선조 악장연구』, 새문사, 2014.

조동일,「歌辭의 장르規定」,『語文學』21, 한국어문학회, 1969.

＿＿＿,『한국문학통사 3』, 지식산업사, 1984.

＿＿＿,『제2판 한국문학통사 2』, 지식산업사, 1989.

＿＿＿,『동아시아문학사비교론』, 서울대학교 출판부, 1993.

＿＿＿,『제3판 한국문학통사 2』, 지식산업사, 1994.

＿＿＿,『제3판 한국문학통사 3』, 지식산업사, 1994.

＿＿＿,『제4판 한국문학통사 1』, 지식산업사, 2005.

조윤제,『朝鮮詩歌의 硏究』, 을유문화사, 1948.

＿＿＿,『조선시가사강』, 동광당서점, 1937.

차하순 외,『사관(史觀)이란 무엇인가』, 청람문화사, 1987.

＿＿＿＿,『한국사 시대구분론』, 소화, 1995.

채미화,『고려문학 미의식 연구』, 도서출판 박이정, 1995.

최 철,『향가의 문학적 해석』, 연세대학교 출판부, 1990.

최남선,『三國遺事』, 서문문화사, 1983.

최용수,『고려가요연구』, 계명문화사, 1993.

최진원,『고전시가의 미학』, 월인, 2003.

＿＿＿,『國文學과 自然』, 성균관대학교 출판부, 1981.

프랜시스 후쿠야마 저, 이상훈 옮김,『역사의 종말』, 한마음사, 1992.

피터 왓슨 저, 남경태 역,『생각의 역사: 사람이 알아야 할 모든 것』, 들녘, 2009.

하수도 지음, 한백린 옮김,『김일성사상비판: 유물론과 주체사상』, 도서출판 백
　　　두, 1988.

한국사연구회,『한국사연구입문』, 지식산업사, 1981.

헤겔 저, 김종호 역,『역사철학강의』(Ⅰ·Ⅱ), 삼성출판사, 1982.

홍기문,『향가해석』, 조선민주주의인민공화국 과학원, 1956.

홍기삼,『문학사의 기술과 이해』, 평민사, 1979.

＿＿＿,『북한의 문예이론』, 평민사, 1981.

황패강, 「남북문학사의 과제」, 『한국 고전문학의 이론과 실제』, 단국대학교 출
      판부, 1997.
E. H. Carr 저, 길현모 역, 『역사란 무엇인가』, 탐구당, 1976.

찾아보기

Summary

North Korea's Literary Histories and Korean Classical Poetry

- Contents -

Part I : General Introduction

Part II : North Korea's Literary Histories and Korean Classical Poetry
1. North Korea's Literary Histories and Ancient Poetry
2. Hyangga in North Korea's Literary Histories
3. Literary Histories of North Korea and their viewpoints about Goryeo-Sogakgasa
4. Literary Histories of North Korea and their viewpoints about Akjang
5. Literary Histories of North Korea and their viewpoints about Sijo
6. Literary Histories of North Korea and Gasa

Part III : History of Classical Poetry, History of Classical Literature, and Unified Korea's History of Classical Literature
1. A Prospect on Writing a History of Korean Classical Literature in the Unified Era
2. Changeovers in the History of Korean Classical Poetry

Part IV : General Condusion

North Korea's Literary Histories and Korean Ancient Poetry

The interpretative viewpoint or tone in North Korea's literary histories is very deductive and contrived in that they interpret literary works, using their own ideologies such as social realism or Juche ideology. There was Dusolga, personal creative poetry centering around Chinese poems and Hyangga works had formed the context of times existing with the collective songs persistent from the past era. These personal were created at the time of the collapse of primitive society and the first appearance of the ancient kingdoms. Gonghuin was a result of these changes. They defined the Three Kingdoms as feudal states, regarding Goguryeo as the first feudal state, and called the literature from that time as Korean medieval literature. They tell of the fact that poems of the age including Hwangjoga were written in Chinese characters, and represented a universality that transcended the individual state. Ancient society was divided into an exploiting and an exploited class. The reactionary culture devoted to the ruling class and progressive culture materialized demand of the lower class were divided based on the conflict and strife between the two classes. They saw the ancient songs as an output of this reality, and they learned out the ancient people's desire of ideological orientation in the hidden side of interpretation about Gujiga, based on collective labor and art, and they saw Gonghuin as a lyrical song which reflected the emotions and feelings of the exploited class in a slaveholders' society. When compared to Gujiga or Gonghuin, Hwangjoga is disregarded to such extent that only it's title, background story and song contents are referred to. In fact, North Korea's rulers emphasized Goguryeo's history to maintain their own legitimacy, and also used it as an ideological means to protect and keep their ruling system. If Hwangjoga was simply a song about King Yuri himself, who was simply a monarch and of a love story, complain to himself about his own loneliness and the conflict he felt with his surroundings, then it could not be about a figure of heroic sovereignty who could be admired and respected. The song was limited and of limited use: it contained no hidden traces of class struggle or strife, social realism, nor Juche aesthetics, but was simply about mediocre emotions like love and anguish. Therefore, they could not but discount or dismiss the very existence of this song, treatment vastly different from that accorded to the two prior songs. Strictly speaking, it is undeniable though that this itself is an action no less ideology-biased than an interpretation finding class strife.

Hyangga in North Korea's Literary Histories

Joseonmunhaktongsa(Sang)[1959], Joseonmunhaksa(Godae-Jungse pyeon) [1977], Joseon-munhaksa 1[1991] are the texts referred to in this section. The first of these texts was written before the appearance of Juche ideology, and the other two were written after the establishment of Juche ideology. The authors of the first text declared that they narrated their literary histories on the basis of Marx-Leninism and historicism, whereas the authors of the other two works filtered their interpretations through the aesthetic view of Juche ideology with Marx-Leninism and historicism. The viewpoint that Hyangga originated from the people's collective work folk songs, i.e. Dure songs, is common in all the literary history books of North Korea. A mandatory requirement of social realism seems to be this acknowledgement of the contributors of the working classes. Hyangga was a genre that emerged as a concrete poetic form, and came to be written in Hyangchal, a writing system created long after the working class first sung them as living songs. Therefore, the process of writing the songs was a process of manufacture that had been refined formally. And, to find the changeover from song i.e. 'poem reciting' to poetry i.e. poem writing was a reasonable discovery of aspect of developing the poetry history. It was a natural result to a people who recognized literature as a means of assisting socialist revolution to show the appearance of ideological excesses in the interpretation of individual songs. They had to interpret these songs in this manner, even songs like the Hyangga of the Classical age, and the result of interpretation had to reflect collectivity, class strife, and strife against foreign powers from the perspective of the people. The keynotes for narrating literary history did not need to be changed with the arrival of Juche ideology. There was no reason that they had to change from the aesthetic basis of social realism which North Korea had used to reassure itself for a long time. We know the reasons that this way of interpreting literary works was persisted with, the appearance of their own doctrine, Juche ideology. This is partly because it is not easy to be negative about Hyangga works if they are seen as the earliest songs written in our own writing system i.e. Hyangchal, an interpretation of Hyangga in North Korea's literary histories that seems to be a little neat. And it is partly because Hyangga works contain a little element of class, ideological strife or strife against foreign powers. Despite we can't deny the mendacity from excess of ideology in Hyangga's historical development or interpreting works, also there is a reason to recognize their own rationality partly in this point.

Literary Histories of North Korea and Their Viewpoints about Goryeo-Sogakgasa

This study was producted from research about North Korea's viewpoint of Goryeo-Sogakgasa(hereafter: Goryeo-Sog'ga), centering around their interpretation and ideological directives. Outwardly, Goryeo-Sog'ga was a genre of popular songs from the Goryeo Dynasty. However, once the songs were introduced into the Royal Court and revised as court music, we can't help but regard the Goryeo-Sog'ga genre as the music of the ruling class at that time. In actuality, since research about Korean literature first began, both South and North Korean scholars have mistakenly regarded the class responsible for Goryeo-Sog'ga genre as the common masses. In particular most South Korean scholars refer to it as Goryeo-Sogyo, and they regard it as something akin to folk music. As a Sog'ak, it is not free from traditional emotions or peculiar singing customs. But while this is true, the Goryeo-Sog'ga genre as synthetic body of tune and lyric does not, at face value, just belong to the masses. In regards at least to the Goryeo-Sog'ga, North Korean scholars have comparatively reasonable opinions. Of course, we can say that their views have been tainted by their ideology-centered interpretations. However, they developed their logic on the presupposition that the Goryeo-Sog'ga genre is a synthetic body of tunes and lyrics, and drew comparatively reasonable conclusions about the class in charge, form, and aesthetics. North Korean scholars took into account the common people in a city, especially women, some old fashioned officials, and anonymous people, and saw them as the class in charge of the Goryeo-Sog'ga genre. Above all the classes, the common people including professional artists who were treated contemptuously at that time, and women who were part of this class in charge of this class disclosed their dissatisfaction and complaints about the reality of their social situations into their songs. Their dissatisfactions and complaints expressed in these songs were disseminated throughout all classes. The attitude of North Korean scholars, who regard the Goryeo-Sog'ga genre as songs, is clearly more accurate than the South Korean scholars. However, the North Korean scholars revealed their limits when they interpreted the themes and ideology of Goryeo-Sog'gas, because they couldn't escape interpreting them the prism of their ideological views. It is the North Korean scholars' general viewpoint to interpret the speakers in the songs as the proletariat, and to see the songs' contents and themes as struggles and fights against old-fashioned officials. However old any songs like Goryeo-Sog'ga may be, they exist as a means to accomplish a revolution either right now or in the future. Although they understand real aspect of their existent being properly, interpretation about inside meaning of the songs can't help being arbitrary. This is the limitation of North Korean scholars interpretation of the literary histories of North Korea about Goryeo-Sog'ga, as well as a real problem that the North and South Korean scholars have to solve through frank discussions.

Literary History of the North Korea and Viewpoints about Akjang

North Korea started to equip with Juche ideology[ideology of self reliance), in the mid 1960s. Joseon Munhaksa(Joseon Literary History, 1977) which appeared in the mid 1960s shows a negative view of Akjang. The author criticized the Akjang works[⟨Dynasty Foundation Songs⟩, ⟨Yongbi'eocheon'ga⟩, ⟨Wolincheon'gangjigok⟩] as a reactionary poetry in this book.

From the viewpoint of North Korea, Joseon was a despotic dynasty. The leading powers behind the Joseon Dynaty's foundation were a group of reactionary despotic rulers. Therefore, they could not perceive but that the Akjang would praise the political structure. The viewpoint of Joseon Munhaksa[1991] is some flexible than the Joseon Munhaksa[1979]. The author Kim, Ha-Myeong made three main points about Akjang.

1. It shows a tendency to use more native vocabulary in lyrics.
2. It is reactionary and valueless, because of distortion of historical facts and unreasonable beautifying of reality.
3. Nevertheless, some of the works, such as ⟨Yongbi'eocheon'ga⟩, ⟨Wolincheon'-gangjigok⟩ have considerable value as the important materials for researching the Korean language.

We can suppose that North Korean viewpoints about Akjang changed over time. However, the viewpoints about Akjang cannot be radically changed unless they escape their current political structure and ideology. It is similar to the way that South Korean scholars neglect the connotative meaning of Akjang, seeing it as mere flattery or unreasonable eulogies.

Literary Histories of the North Korea and Their Viewpoints about Sijo

The research in this section is centered around an analysis of several works, namely 《Literary History of Joseon》[by Lee, Eung-Soo], 《A Complete Literary History of Joseon》[by Literary Research Team in Institute of Social Science] which were published in the pre-Juche era, and 《Literary History of Joseon(1~5)》[by Literary Research Team in Institute of Social Science], another 《Literary History of Joseon》 which appeared after the emergence of Juche ideology. North Korea's ideology and aesthetics can be divided into pre and post Juche periods. Social realism based on Marx- Leninism guided the earlier period whereas Juche realism was the main influence in the later period. North Korean scholars have criticized the Joseon Dynasty's governing class and their literature. However, they did praise some aspects of the works of the lower classes or progressive member of the ruling classes from this period such as its aesthetic merit. They always have praised or recommended those songs relevant to every day real lives, songs that glorify their country's beauty, songs that depict affection between male and females, songs that express human feelings and the way the world is actually. The scholars before the appearance of Juche ideology had an analytic frame that they took seriously, and they did make an effort to maintain objectivity in their interpretation. Their viewpoint was not different from that of the South Korean scholars. We can even find more objectivity amongst North Korean scholars than South Korean scholars.

Their viewpoints about Sijo after the introduction of Juche ideology from the social realism adopted in earlier times. They disclosed considerable hostility to the governing class, and they regarded Sijo works not as an aesthetic outcome but as a product of class strife. They have a very different viewpoint about Sijo works from their South Korean counterparts, but these differences become less pronounced when dealing with later period works. It seems that the reason for this is that flaws in the later Joseon period's governing system and social contradictions became larger, to the extent that whatever the ideology it is hard not to draw a consistent analysis about them.

The aesthetics of the later Joseon period's common poets fit with the aesthetic taste of the North Korean governing class and scholars. Following the development of a commodity-monetary economy and a change of social ranks, professional artists appeared. Naturally, mutual exchanges between urban and rural communities became close. Diverse art forms like folks songs, Pansori, Sijo, Gasa, and Japga began to mutually influence each other.

Sijo was a representative genre of lyrical poetry in the literary history of the Joseon Dynasty. Therefore, it had less potential to be interpreted ideologically compared to other genres like the epic poetry or Akjang. The

North Korean literary historians disclosed consciousness of social ranks. Sijo, in this lyrical substance, is in many ways sympathetic to this, a clue to the narrow difference of viewpoints between the South and North Korean scholars in the future.

Literary Histories of North Korea and Gasa

Whether it is lyric or epic, Gasa most reflected real people's lives amongst the literary genres of the Joseon Dynasty. The literary historians of North Korea also have stressed this. They found out the possibility that it was a materializer of Juche-mihak[Aesthetics of Juche ideology] from Park, In-rho. However they also regarded the fact that Park brought honor to the enforcement of the ruling system inside the Joseon Dynasty's old fashioned ideology as a weak point impossible to overcome. In the period of literary historian analyses about Gasa before the foundation of Juche ideology, they were not sharply critical about Confucian attitudes to life or ideology, evidence that their frame of ideological analysis was not yet rigid. However, after Juche's formulation, they emphasize that writers' duty is draw up real images of poverty well and to pressure the ruling classes to be responsible, not just to evoke readers' sighs and moving through describing the human image to overcome their poverty. As Juche ideology matured this is clarified to create a fighting protagonist image against outside powers, to give shape to fighting with the ruling class that oppresses the workers, etc. as the ideal of literature or art. This is the ideal direction of the ruling class or literary historians in the North Korea.

Changeovers in the History of Korean Classical Poetry

The first stage in the presentation of literary history is periodization. A divided period is a unit of literary development, as well as a node of presentation. If history cannot be divided into periods, it is hard to see the greater whole. Undertaking literary history is a highly developed, creative action that goes well beyond simply checking out the individual literary works. An analysis must be both diachronic and synchronic and see the work as a living thing. This viewpoint should be applied to the literary history of Korean classical poetry. However, any new history of Korean classical poetry should be free from traditional categories. We have to observe the background in which they were created, and they were enjoyed, and try to find out, any inherent meanings they have without preconceptions if possible.

Although, as stated above, the first stage in the presentation of literary history is periodization, it is not always possible to immediately divide history into periods. A preliminary step here that can help minimize trial and error is to try and find historical turning points, which can make the task easier. Of course, there is still the possibility that an insignificant event can be confused with important turning points. However, because of decreasing the mistakes in the main stage, trials and errors in the preliminary stage are absolutely useless, I think.

The first turning point in the history of Korean classical poetry was the appearance of Dusolga, which represented the end of Ancient Poetry and opened the Era of Hyangga. The second turning point was Hunmin-jeongeum, and the appearance of the Sok-ga[popular songs] in Korean Alphabets. The third turning point was the overlap between the appearance of Dae-yeop and the end of the Sok-ga era. The fourth turning point was the appearance of anthologies that collected the classical folk songs through

Dae-yeop, and recognized the existence of various genres, such as Cheong-gu-yeong-eon or Man-hoeng-cheong-ryu in which the viewpoints of compilers and the figures from those days can be recognized as concreted turning points.

A Prospect on Writing the History of Korean Classical Literature in the Unified Era

The main principles controlling North Korea's literary histories are Kim, Il-Seong's instructions, Kim, Jeong-Il's indications, and Juche's application to literature. The North Korea's literary historians' duty is to paraphrase these main principles, and analyze literary works on the grounds of these principles. The historian's personal viewpoints or thoughts cannot be permitted. They thus cannot help writing a standardized literary history, to be used as means of Revolution for Juche ideology. The lawfullness and purposiveness of the Juche ideology is the only one basis to build the North Korea's literary history. Therefore, it differs from the South Korea's literary history that is freely written according to the historians' individual views. It is impossible to unify South and North Korea's literary history, nor is it desirable. One of the most important principles of the Korea's literary history is the 'principle of My Own Race First'. South Korean literary historians accept this principle. However, if we recall the historical experiences which the past totalitarian states destroyed themselves following this principle, we need to be wary of it. We must direct universality in writing a literary histories. Allowing a little of 'Putting My Own Race First' could be permitted. However, rigidity and authors applying their own standards distort the historical view point. At the same time, too much variety may lead to a system that destroys itself through incessant conflicts, and will move to a less diverse one. North Korea thought out the Juche ideology to protect their regime, South Korea has made progress in expanding a liberal and democratic system. Which system is superior? This can be judged only by time. As far as the two countries keep heterogeneous systems and ideologies, the South and the North Korea's literary history will run parallel to each other. This doesn't necessarily make any unification of South and North Korea's literary history possible or desirable, laying aside the existing political systems or ideologies. In fact, the variety or flexibility that South Korea's literary historians are proud of is contradicted by their prejudices and egocentricity. The quality or depth or depth of a literary history depends on the historian's philosophical and historical views. We have to broaden the generosity of our society, and accept the many different views that exist within it. We can accept North Korea's Juche literary history as just another one of our various literary histories until the time comes when the North and the South Korea's heterogenous literary histories can be unified.

저자 약력 및 논저

조규익(曺圭益)

약력

문학박사, 숭실대학교 국어국문학과 교수 겸 한국문예연구소 소장,
아너 펠로우 교수(Honor Soongsil Fellowship Professor). 인문대학 학장 역임.
2013년도 풀브라이트(Fulbright) 지원 해외 연구교수로 오클라호마(Oklahoma) 주립
대학에서 연구, 1998년도 LG 연암재단 지원 해외 연구교수로 UCLA에서 연구, 한국연
구재단 우수학자 연구지원 수혜(2015년~2020년), 성산학술상·도남국문학상·한국시
조학술상 등 수상.

논저

『조선조 악장연구』(2014) 외 다수의 저·편·역서와, 「가·무·악 융합에 바탕을 둔
〈봉래의〉복원 연구」(2014) 외 다수의 논문 발표.

홈페이지: http://kicho.pe.kr, 블로그: http://kicho.tistory.com
이메일: kicho@ssu.ac.kr을 통해 세상과 소통중임.

북한문학사와 고전시가

2015년 7월 11일 초판 1쇄 펴냄

지은이 조규익
펴낸이 김흥국
펴낸곳 도서출판 보고사

책임편집 이순민
표지디자인 이준기

등록 1990년 12월 13일 제6-0429호
주소 서울특별시 성북구 보문동7가 11번지 2층
전화 922-5120~1(편집), 922-2246(영업)
팩스 922-6990
메일 kanapub3@naver.com
http://www.bogosabooks.co.kr

ISBN 979-11-5516-367-2 93810
ⓒ 조규익, 2015

이 도서의 국립중앙도서관 출판예정도서목록(CIP)은 서지정보유통지원시스템 홈페이지
(http://seoji.nl.go.kr)와 국가자료공동목록시스템(http://www.nl.go.kr/kolisnet)에
서 이용하실 수 있습니다. (CIP제어번호 : CIP2015016460)